郑州大学基础与新兴学科资助项目

自述、代述与混合叙述
―― 一种纪实伦理的研究

梁艳芳 著

中国社会科学出版社

图书在版编目(CIP)数据

自述、代述与混合叙述：一种纪实伦理的研究 / 梁艳芳著. —北京：中国社会科学出版社，2016.11

ISBN 978 - 7 - 5161 - 8421 - 9

Ⅰ.①自⋯ Ⅱ.①梁⋯ Ⅲ.①纪实文学 – 文学研究 – 中国 – 当代 Ⅳ.①I207.5

中国版本图书馆 CIP 数据核字(2016)第 138262 号

出 版 人	赵剑英
责任编辑	曲弘梅
特约编辑	薛敏珠
责任校对	王　斐
责任印制	戴　宽

出　　版	中国社会科学出版社
社　　址	北京鼓楼西大街甲 158 号
邮　　编	100720
网　　址	http://www.csspw.cn
发 行 部	010 - 84083685
门 市 部	010 - 84029450
经　　销	新华书店及其他书店
印　　刷	北京君升印刷有限公司
装　　订	廊坊市广阳区广增装订厂
版　　次	2016 年 11 月第 1 版
印　　次	2016 年 11 月第 1 次印刷
开　　本	710×1000　1/16
印　　张	17.75
插　　页	2
字　　数	258 千字
定　　价	66.00 元

凡购买中国社会科学出版社图书，如有质量问题请与本社营销中心联系调换
电话：010 - 84083683
版权所有　侵权必究

目　录

引言 ……………………………………………………………（1）
 第一节　"反右"书籍热与当代文化现象…………………（1）
 第二节　20世纪80年代和90年代：从虚构到纪实………（10）
 第三节　对复杂历史经验的不同处理方式………………（18）
 附录　20世纪90年代以来的"反右"作品大略…………（34）

上篇　自述与自我经验

第一章　何谓自述 ……………………………………………（41）
 第一节　自述即自我建构…………………………………（41）
 第二节　反思性——自述的叙事伦理尺度………………（47）

第二章　坦白、自省与忏悔 …………………………………（53）
 第一节　坦白叙事的可能与边界…………………………（53）
 第二节　自省叙事及其效果………………………………（76）
 第三节　忏悔的纯度、向度与深度………………………（99）

第三章　悲情与诉苦 …………………………………………（109）
 第一节　悲情诉苦：当前"反右"叙述的主流叙事模式……（109）
 第二节　"控诉"还是"叙述"：悲情诉苦中的"具体"
    与"节制"………………………………………（113）
 第三节　苦难不是历史的全部……………………………（122）

第四章　伦理之美与美之遗憾 ……………………………（127）
  第一节　祈祷与超越：面向"不在之在"的希望 …………（128）
  第二节　浸润与自由：灵魂在大地的复苏 …………………（132）
  第三节　爱恋与敬惜：美到极致乃是一种伦理的显现 ……（136）
  第四节　质疑与思省："无懈可击"还是"自我隐瞒"？ …（140）

第五章　自我经验的出场及其困境 ………………………（144）
  第一节　"说"还是"不说"：自述者的境遇伦理…………（144）
  第二节　信任或质疑：自述读者的接受伦理 ………………（151）
  第三节　经验遮蔽与言语迷失：自述的伦理困境与展望 ……（154）

下篇　代述、混合叙述与他人的经验

第一章　何谓代述 …………………………………………（163）
  第一节　引入代述概念的必要性 ……………………………（163）
  第二节　客观性——代述的叙事伦理尺度 …………………（169）

第二章　史料展示、口述实录与转述 ……………………（172）
  第一节　史料展示中的历史踪迹 ……………………………（172）
  第二节　口述中的历史记忆 …………………………………（177）
  第三节　语式、语态变换中的转述伦理 ……………………（183）

第三章　代述话语的语用伦理特征 ………………………（200）
  第一节　质朴、素净与克制 …………………………………（200）
  第二节　原述的"再口语化" ………………………………（202）
  第三节　原述的"再细节化" ………………………………（206）

第四章　代述者伦理 ………………………………………（209）
  第一节　代言人姿态与代言对象的选择 ……………………（209）
  第二节　有效介入与合理规避 ………………………………（214）

第三节　代述者的伦理困境：对代言合理性与代述可靠性
　　　　　的质疑 …………………………………………………（220）

第五章　混合叙述：自述与代述的结合 ……………………（225）
　　第一节　自述与代述两种叙述方式的混合使用 ……………（225）
　　第二节　复合视角下的混合叙事 ……………………………（230）

结语　几个相关问题的再思考 ………………………………（249）

参考文献 ………………………………………………………（262）

后记 ……………………………………………………………（277）

引 言

第一节 "反右"书籍热与当代文化现象

从20世纪90年代中期,特别是1998年以来,中国图书市场上陆续出现了一批与知识分子历史人物、历史史料及重大历史事件相关的"解禁书籍",一时成为图书出版界引人注目的文化焦点。其中,与"反右"运动相关的著作尤其多,已成为"解禁书籍"热点中的热点。如对相关史料和研究成果的汇编整理、对"反右"运动始末与成因的探讨。而尤为引人注目的是大量个体视角的创伤性叙述,已深入"反右"运动及其后的历史反思,其中又以纪实类作品居多(详情可以参见引言附录部分的三个表格)。这些纪实作品,既可以看作是对当代中国知识分子命运的记忆与回望,也可以看作是知识分子同历史的冲突与对话。其中,聚集着多种冲动与情绪,质疑与思省,清算与倾诉,对历史的解构与重构,对自我的辩解与忏悔,对历史的困惑与执着的探寻、求索,构成了一个极为沉重而复杂的话语场域。

一 "反右"书籍热的成因探析

"1957年"在当代中国历史中一度是意识形态禁忌的界标。始自20世纪70年代后期的拨乱反正并没有从根本上跨越"1957年"。1981年6月,中国共产党第十一届六中全会通过的《关于建国以来党的若干历史问题的决议》(后文如无特殊说明,均简称《决议》)对"反右"事件做出了明确定性,认为1957年"在全党开展整风运动,发动群众向党提出批评建议,是发扬社会主义民主的正常步骤。在整风过程中,极少数资产阶级右派分子乘机鼓吹所谓'大鸣大放',

向党和新生的社会主义制度放肆地发动进攻，妄图取代共产党的领导，对这种进攻进行坚决的反击是完全正确和必要的。但是反右派斗争被严重扩大化了，把一批知识分子、爱国人士和党内干部错划为'右派分子'，造成了不幸的后果"。①《决议》对"反右"运动的定性，实际上也是对"反右"历史叙述边界的一个划定，之后关于"反右"事件的叙述与反思始终没有越过这一界限。也正因此，20世纪90年代中后期形成的"反右"书籍热现象才尤其值得关注：继80年代的"伤痕文学"与"反思文学"之后，为什么在90年代中后期会再次出现"反右"叙述的高潮？

贺桂梅在《世纪末的自我救赎之路——对1998年与"反右"相关书籍的文化分析》一文中，运用文化研究的分析方法，从文化生产机制的角度，以较客观的描述，对1998年的"反右"书籍热现象进行了细致分析。贺桂梅认为促成这次"反右"书籍热现象的原因在于：①世纪末特有的时间焦虑带给渐已老去的当事人一种抢救历史、重建历史记忆与社会记忆的道德冲动；②90年代以来意识形态控制的适当解压提供了较为宽松的政治环境；③"反右"书籍潜在的揭秘性暗含的市场价值对消费意识形态现象的推动等。通过对这些成因的透视分析，贺桂梅认为这批作品的出版实际上展现了各种历史记忆、政治诉求与官方说法之间的话语争夺战，各种力量的争夺、妥协与共谋又揭示出不同记忆主体对历史与现实的不同阐释和想象，甚至在某类记忆主体内部也无法做到完全同质化的理解，而她就是要在这种种差异与对立中发掘各类记忆被生产或再生产的动力机制。

这篇文章分析详尽，某些观点也极具启发性，是运用文化分析方法细读文学作品与文化现象的有益尝试。但是贺桂梅的分析，更多偏重于外部文化生产机制，对这一现象中"反右"历史叙述主体自身复杂性与差异性的分析略显不足；此外，这篇文章写于20世纪90年代末，而在从那时起之后的十余年间，关于"反右"的叙述热潮并未完

---

① 《中共中央委员会关于建国以来党的若干历史问题的决议》（http://www.doc88.com/p-946603802569.html）。

全消歇，新的现实语境也必将会为理解这一文化现象提供新的角度与立场。在本书作者看来，这些"新"主要体现在以下几方面：

首先，从言说主体的独立性来说，独立叙述主体的渐趋形成是20世纪90年代中期以来"反右"书籍热的成因之一。所谓独立叙述主体指的是，叙述主体在精神指向与"存在决断"①上，不依附于意识形态的强制，有自觉独立的主体意识；有回到自身的写作意识；有独立自由的话语抉择能力以及属己的语言和言说方式。这两方面，一个指向主体自身，一个指向语言，二者缺一不可：语言作为"存在之家"，必定含有一定的历史与精神内涵；而主体自身，缺少属己的话语和表达方式，它所携带的复杂经验就难以内化为真切的个体经验被切实叙述出来，更勿谈向富有价值的思想资源的转化。因此独立叙述主体的形成对于反思历史、建构自我具有极其重要的影响。但长期以来，出于"社会教化系统整合的需要，意识形态强势话语曾树立了一系列人格范型和人格规范，要求个人对此作出承诺"②，这就在一定程度上造成了自由个体亦即责任个体的缺乏，以及个人存在的被否定与人的历史性荒芜。如20世纪50年代以来对知识分子的思想改造，不仅造成了他们独立人格的丧失，也破坏了他们属己的言说方式与思维方式。因此，在当代中国的历史存在语境中，独立叙述主体一度处于稀缺状态。而80年代的"思想解放运动""知识分子热""新启蒙主义""自由主义"等思潮，90年代以来市场经济的深入发展与社会生活的日趋多元化、日常化、个人化，改革开放以来对西方文化的引进与借鉴为人们提供的新的思想参照、话语资源及社会氛围，以及知识界在时代新境遇中对20世纪80年代思想与文化领域内各种思潮与现象的深入反省，都在不同程度上推进了具有反思、审视与言说能力的独立叙述主体的形成。90年代以来的"反右"书籍热可以说正是这一过程的伴生物。

其次，20世纪90年代以来，知识分子对自身精神状况的反思也

---

① 刘小枫：《这一代人的怕和爱》，华夏出版社2007年版，第272页。
② 王鸿生：《无神的庙宇》，上海人民出版社2001年版，第88页。

在某种程度上促成了 90 年代以来的"反右"书籍热。80 年代的"知识分子"热，曾一度唤起知识分子强烈的精英意识、启蒙情结和社会责任感，但随着 90 年代以来市场经济的快速发展，这一热潮渐渐冷却，知识分子一度被主流意识形态排挤出局，处于边缘状态，并陷入身份危机与精神困境中，这种种状况使知识分子们开始对自身的精神与道德状况、知识分子与大众之间的关系等问题进行反省，同时也激起了他们重塑自身形象以重获国民与社会的认同，以及重返体制中心参与社会公共事务的强烈愿望。90 年代初的"人文精神大讨论"及"顾准热""陈寅恪热""西南联大自由知识分子热"等现象的出现与此也不无关联。一批具有鲜明个体意识与自由意识、面对暴力性的历史敢于维护思想尊严与正义良知的思想者形象被树立起来，并成为知识分子重塑自我的样板。这种思想与意识深处的渴望与追求实际也成为知识分子在 90 年代重新叙述"反右"的一个自我期待和动力。在这些作品中被树立起来的具有良知与正义感、具有忏悔与反省意识的"文化英雄"，如巴金、韦君宜、邵燕祥等，对于重新打造知识分子形象、重塑公众对知识分子的认可和信心，客观上确实起到了一定的促进作用。因此"反右"书籍热的出现与这一思想背景也是分不开的。

最后，90 年代以来，对中国现代化道路与社会主义实践经验日趋深入的反省，也是促成"反右"书籍热生成的一个重要原因。早在 80 年代末，在现代化理论进入中国伊始，一些敏锐的学者就开始试图借助这一"武器"来反思 1949 年新中国成立以后的历史进程，并将"反右""文革"看成是这一坎坷历程的重要关节点。进入 90 年代以后，伴随着信息化与全球化的扩张，经济与政治体制改革的深入推进，现代性规划暴露出来的问题也越来越多。在这种状况下，持各种政治主张的知识分子都开始自觉地重返历史现场进行反思，并试图为现实寻找新的解释或出路。对 30 余年的改革开放实践与 60 多年的社会主义革命与建设实践经验的审视与梳理，也逐渐成为知识界与思想界热衷研究与探讨的话题。在这种背景下，对历史记忆问题的关注与对历史失忆问题的提醒，对新中国成立后"十七年文学"与"文革"写作的重新发掘、对历史创伤记忆的深入研究以及关于未来中国发展的设想等问题，也开始逐渐进入人们的视野，这些对于言说、反思"反右"这一曾经的政治暗礁也都起到了积极的推动作用。

总体来看，20世纪90年代以来的"反右"书籍热是非常复杂的文化现象，它既受制于外部文化生产机制，又与叙述主体的内在精神与思想状况分不开，而且由于言说语境的变化，当下对"反右"事件的关注，与对整个社会主义实践的反思与省察也分不开，这显然是进入"反右"叙述与思考的一种新的路径，由此得出的结论与探寻的思想资源也定会有所差异。如果说90年代之前关于"反右"的叙述更多强调的是这一事件在民族、国家及个体层面所体现的灾难感与悲剧感，在新的语境中当人们从整个社会主义实践的视野来审视这段历史时，则开始认识到历史与叙述本身都存在着多重面相。这种认识的推进也显示出对"反右"书籍热现象的研究其实有着非常复杂的问题场域，而如何穿越其中来形成自己的认识、判断与表述是对研究者真正的考验。

二 解码"反右"书籍的"纪实热"现象

20世纪90年代以来的"反右"书籍热中另一值得关注的现象是：在这批关于"反右"的历史叙述中，纪实类作品最多，其次为研究类与史料类，虚构类叙述最少（详情可以参见引言附录部分的三个表格）。为什么会出现这种状况？又该如何解释与看待这种"纪实热"现象？

首先，笔者认为，"反右"书籍的"纪实热"现象并不是孤立的。90年代以来，在很多领域都出现过"纪实热"的现象，如影视界的"纪实片运动"，社会学领域"口述实录"形式的广泛应用，文学领域也一度兴起过"报告文学"与"纪实文学"的热潮，而"新写实小说"与"日常化写作"的出现与此也有关联。这众多领域的"纪实热"现象集中出现，首先与80年代以来主体意识的崛起有关。吴秀明就曾指出："纪实文学的兴起，从表层来看，意味着文学创作的一种思维方法、叙述方法和表现方法的革新；但其深层意义则反映了人们对真实的社会生活和社会心理的关注，对人的个体深层心态的关注，这是人作为'人'的尊严意识、主体意识、自我意识觉醒和日趋成熟的标志。"[①] 这一点在90年代中后期表现得尤为明显。90年代后期，随着市场经济的发展，国家意识形态在人们的精神与日常生活中的淡出，以及西方后现代诸种哲学与理论的引进和传播，"日常生活"与"物质世界"日渐成为人们关注与思考的对象，面向自我、面向事物本身成为人们深层的社会心理，最真实、最直接地反映当下多元化的日常生活的原生态面貌，尤其是处于底层、边缘与弱势群体的生活世界的原生态面貌，成为许多人体认现实处境最有效与最便捷的方式。其实，无论是在影视领域还是社会学或文学领域，许多人都在努力而自觉地使自己的作品成为当下中国现实与历史的真实记录与文献见证，并希望借此带动人们给予社会现实更多的关注与思考。如纪实片《安阳婴儿》《铁西区》；纪实文学《中国底层访谈录》《一百个人的十年》等。这种精神导向为在90年代以纪实方式反思与叙述"反右"提供了一种社会氛围或场域性的影响。

其次，"反右"叙述"纪实热"现象的出现也与这些作者的叙述能力有关。在这些作者中，很多人并不是专业的写作者，对他们而言，依据事实原初的面貌，以直白的语言来加以呈现或许是最好的选择。当然其中也有专业作家或诗人，如巴金、邵燕祥、韦君宜、丛维熙、杨显惠等，而且有些人还曾在80年代以虚构方式叙述过"反右"经历，如丛维熙、王蒙。但在90年代以后，他们对这段历史的叙述也普遍采用了纪实性的文体。这种选择和转变，一方面是因为这批作者大都已到了通过写回忆录或自传来回顾、总结自己一生的年龄；另一方面的原因则在于叙述能力的有限，这一点在本书作者来看，或许更为重要。对类似"反右"这样敏感且复杂的历史经验来说，在当下有限的社会空间内，以"讲故事"的形式在宏大历史背景中实现真正的个人经验叙事，对当代中国作家来说，仍然是一道难题，历史经验主体在把个体经验结构化、个体化的过程中

[①] 吴秀明：《转型时期的中国当代文学思潮》，浙江大学出版社2004年第2版，第291—292页。

仍然会面临诸多困难，这一困境也促使他们转而以较为直接与朴素的纪实方式进行叙述。

最后，对纪实文体表现力的自觉与对"反右"题材的深度理解，也是理解"反右"叙述"纪实热"现象的重要维度。对许多人来说，当现实足够丰富和沉重的时候，虚构何堪？在他们看来，"反右"历史在许多时候是虚拟的形象再现，甚至想象都难以企及的，因此，纪实叙事或许是再现和还原如此沉重与复杂的历史的最佳文体选择，有着传统的虚构类文学难以替代的权威性、直接性和影响力。比如杨显惠、赵旭等非亲历性作者，其实拥有更多选择虚构创作的空间，但他们却都倾向于纪实叙述，只是出于现实的考虑才不得不做出一些调整或改变。如《夹边沟记事》虽然融有小说笔法并冠以"小说"名义出版，但这在某种层面上只是作者为作品的顺利出版而实施的一种出版策略；而赵旭的长篇小说《风雪夹边沟》也是由于最初写成的纪实文本难以出版，才不得不做出文体上的改变。因此，对纪实文体表现力的认可，以及对"反右"题材特殊性的强调，也是"反右"叙述"纪实热"兴起的原因。

除此之外，在这批纪实叙事中，很大一部分是回忆录，特别是由亲历者自述完成的个人回忆录。这一点似乎很容易解释，这批作者大多经历坎坷，到90年代中期时，大多已到了写作回忆录或自传来总结自己一生的年龄。因此，伴随着世纪末的来临，在时间与责任的双重焦虑中，很多人便选择了写回忆录的方式来反思人生与历史。正如贾植芳所说："老年人喜欢忆旧，喜欢回头看，因为人到了七老八十的年纪，随着体力与精力的日趋衰退，做事情越来越感到'心有余而力不足'，这是自然规律。人老了和生活的接触面就越来越缩小了，和复杂纷纭的广大世界的距离越拉越远，而和自己的主体世界的距离越来越近了。在这种窄小的生活气氛里总会自觉或不自觉地沉湎在记忆中，从记忆里寻找自己，认识自己，即是'我来到这个复杂的世界里，这么几十个春秋，是怎么活过来的，是为什么而活，干了些什么，是否活得像个人的样子'之类。这倒不是要学时髦做深刻状，而是我们这一代人生活的时代实在太复杂了。近百年来，在这种历史的震荡中，绝大多数知识分子以自己不同的人生理想和价值追求，走着各自不同内容和形式的生命之路。我常这么想：我们这一代吃文化饭的人，如果都潜下心来，写一本直面历史的真实的个人生活回忆录，对历史来说，实在是功莫大焉。"①

对现代文学史中回忆录创作史的回顾也将有助于我们认识这一现象。

现代文学史上，回忆录创作最早可追溯至20世纪初二三十年代的传记文学，特别是当时一些学者或文化名人的自传，如胡适的《四十自述》、郁达夫的《达夫自传》、沈从文的《从文自传》、谢冰莹的《女兵自传》、瞿秋白的《多余的话》、林语堂的《林语堂自传》等。这些作品，多是展示传主自己的人生经历与感悟，既具有一定的文学性，又具有一定的历史与社会价值；它们的出现既与"五四运动"以来的个性解放思潮与启蒙主义思潮相关，也与二三十年代个性解放逐渐向社会解放转换、启蒙思想逐渐为社会解放思想替代的政治文化现实相关联。值得一提的是，当时的这些作品从总体来说多属于个人自发行为，没有共同创作的倾向。

新中国成立后的"十七年时期"，回忆录，特别是革命回忆录开始大量出现，如《把一切献给党》《在烈火中永生》《红旗飘飘》《星火燎原》等，其撰写形式也由二三十年代自发的个人书写逐渐演变为"由庞大的写作主体组成的集体性创作运动，参与者包括工人、农民、普通军人、高级干部等"②。但在这种貌似多样的写作背后，"无作者"文本是"十七年"革命回忆录写作的一个重要特征。也就是说，作品不是以某一个人名义写作完成，而是集体分工协作的结果。而且在作品中，个人的历史也往往被整合进国家或主流意识形态的历史，属于自我的生命经验常常不留痕迹或干脆退场。这是由于革命回忆录在当时的文学建设、文化建设与政权巩固中承担着特殊的使命：即要

---

① 贾植芳：《我的人生档案——贾植芳回忆录》，江苏文艺出版社2009年版，自序第4页。

② 潘盛：《集体记忆的改写和重构——"十七年"革命回忆录写作的文学生产策略》，《南都学刊》2008年第5期。

通过"讲述革命起源的神话,构筑民族解放的宏大叙事"①,为刚刚取得政权的新生国家建构民族与公共的记忆,并为其合法性做出证明。而通过对历史有选择的放大、缩小或掩盖,通过对个人史的遮蔽、整合或删改,革命回忆录实际成为表达权力意识形态的工具,因此,对个人与历史都缺乏深入、自觉的反思。

与此相比,90年代以来的"反右"回忆录虽然也有"存史"或"做见证"的意图,但由于国家权力意识形态的逐渐淡出,个人亲历的切身历史经验,如个人的苦难与积怨就有了一定的表达空间。同时,强调个人史也并不是对个人生活的简单回顾,而是试图将个人经验与历史经验结合在一起,使经验主体能够真正以历史亲历者或见证人的身份来呈现与反思这一段历史,并以此作为后人阅读历史的窗口。因此,在某种程度上可以说,90年代的"反右"回忆录、特别是亲历者的回忆录,不仅是在试图重写这段历史,也是在努力恢复、建构叙述者历史见证人与在场者的身份。这也是90年代的"反右"回忆录与"十七年"革命回忆录的一个很大的不同。这些"'个人回忆叙述'是一种杂合性的话语形式,它既有一些历史的真实记载,又不必受制于正规历史学的严谨方法要求"。②"它是一种个人的写作,不象国家官僚话语的'正史'那样被严格定调。它不需要为政治正确而牺牲真实回忆"。③ 它的"真实可信几乎完全出于'无须说谎'的推导"④。"这些个人见证的叙述中有历史、有故事,能取信于读者,又能打动他们的感情,是最能帮助构建反右的叙述形式之一。尽管不同的回忆中,'历史'和'故事'的成分搭配不同,许多这样的回忆录涉及的是高层民主党派人士或高层知识分子,如《往事并不如烟》和韦君宜的《思痛录·露莎的路》(其中有专门回忆反右的一章,题目是《从反丁、陈运动到反右风涛》)。有的则是反右时并不出名者的

---

① 潘盛:《"十七年"革命回忆录书写中的历史叙事与公共记忆》,硕士学位论文,南京师范大学,2006年,第12页。
② 徐贲:《五十年后的"反右"创伤记忆》,《当代中国研究》2007年第3期。
③ 同上。
④ 同上。

自述，如高尔泰的《寻找家园》。这些作品往往以文字优美、思想真诚打动读者，比单纯的真实内情历史更能打动人心，引发创伤记忆。"①

如此强调这一点是因为，见证不仅代表一种实录的写作方式，也代表一种具有言说资格、言说合法性与言说权威性的写作身份。"历史见证人"这一名称本身，就是具有现在进行时特征的描述性语词，它表明，作为历史在场者的作者，拥有做证历史的权利，并且正在做证着历史。由于历史不能自语，只能因为见证人的做证而存在，因而他的出场对于弄清、甄别事件本身，对于修正、拟训历史记忆与想象具有极为重要的意义。因此，90年代的回忆录不仅是要呈现一个见证者所实录的历史，也是要通过见证者见证历史的行为本身，如实录与反思，通过对作者"历史见证人"身份的强调，为语词之外非语言状态的见证行为提供合法依据。由于见证者对历史的见证，总包含有当下的现实立场与政治诉求，他在有意或无意地遮蔽、疏漏甚至遗忘中有选择、有鉴别的"实录"，总是会留下见证历史的盲区。因此在回忆录中对见证人身份的强调背后是对确立言说合法性的话语权的强调。笔者认为，只有了解这些，才能够更加理解80年代的"主体热"、90年代以来的自由主义等现象同"反右"叙述的"纪实热"之间的关联。

第二节 20世纪80年代和90年代：从虚构到纪实

一 "历史中的个人"与"个人中的历史"

"反右"虽然一度是官方意识形态的敏感话题，但长久以来对这一事件的叙述与反思实际上从未间断过。可以说早在"反右"运动期间，在一些右派与"漏网右派"的"思想罪证"中就已初具反思萌芽，当然，形成潮流是在20世纪的70年代末至80年代中期，主要是以"伤痕文学"和"反思文学"为代表。但是由于当时适合深度

---

① 徐贲：《五十年后的"反右"创伤记忆》，《当代中国研究》2007年第3期。

反思的时间距离尚未形成，反思凭借的思想与文化资源还比较单一，再加上《决议》对"反右"事件的定性划定的叙述界限，叙述与反思的深度都还很有限。因此，随着社会转型期的到来，以及在新环境下文学观念的变化，这一高潮逐渐回落。

90年代以来的"反右"书籍热可以看作是第二次叙述高潮。不同于80年代的虚构叙述，90年代的叙述大多呈现出纪实性特征。但这不是简单的文体变化，在其背后体现的是历史与个人关系的位移：80年代叙述展现的是历史风云中的个人，即个人命运依托于宏大历史，个人只是表现历史的载体；而90年代对历史的叙述则多从作为独立、具体的个人立场出发，力求通过作为"历史见证人"的特殊身份的强调，在对个体经验的叙述与表达中携带出历史深处的远景，因此体现的是"个人中的历史"。如果将80年代"从历史到个人"的写作称为自上而下的写作，90年代"从个人到历史"的写作则可称为自下而上的写作。二者之间的差异具体体现在：

首先，在叙述立场上，作者从80年代人民群众集体记忆的代言人转变为90年代个体记忆的言说者。80年代关于"反右"的叙述多由亲历者完成。这些作者多具有强烈的民族关切感、巨大的政治热情与批判现实的热情，因此，常以清算历史、批判干预现实的战斗姿态，以人民群众集体代言人的身份，将个人的"反右"经验，转变成一种"集体记忆"或"民族记忆"展示于大众面前，作品多具有"超越性"内涵和"总体性"的叙述风格。比如，叙述者常常会在个人苦难经验与民族灾难之间建立一种联系，以"民族灾难"来代替或置换"个体苦难"，"这种联系，一方面满足了作家个人情感的宣泄和表达愿望，另一方面也为他们心系庙堂，表现对时代历史的思考找到了一个切实的途径。"① 于是我们看到，80年代"反右"叙述作品中的主人公常常既是受难者，又是心怀天下为民请命的英雄。这种叙事立场在当时的作品中是比较普遍的。

与80年代的"反右"叙述相比，90年代以来的纪实叙述，在主

---

① 陈思和主编：《中国当代文学史教程》，复旦大学出版社1999年版，第207页。

观愿望上更倾向于从群体记忆回归个体记忆，力求通过展现历史情境中具体真实的个人命运，而不是虚构出来的附加某些观念与理想色彩的抽象的个人来复现一场运动、映衬一个时代、反思一段历史。其中，亲历者的回忆录、回忆散文最能说明问题。而即使由非亲历者进行的代述和以亲见者身份讲述的"别人"的故事，对历史的呈现也都是以个体经验而非集体经验为基础的。因此，90年代的叙述缺乏统一风格，写作者的体验和思考也具有多向性与差异性，既有对"极左"路线挖地三尺的剖析，也有作为亲历人、参与者、见证者对自我及历史的质疑、忏悔与反思，较之80年代对抽象人性的呼唤，90年代的表达更具体也更切身。

其次，就历史记忆与官方记忆之间的关系而言，80年代叙述中的历史记忆更多受制于官方口径，并因此造成了对个体记忆的压抑或遮蔽；而90年代的叙述，则呈现出自觉与官方口径相疏离的状态。在80年代的文坛，50年代以来的作家被称为"复出作家"、"归来的诗人"，他们曾被批判与打倒的作品则被称为"重放的鲜花"。但体制的重新认可与相应补偿，也是重新收编，安抚中意识形态禁区的界标依然存在。因此，当时的作品仍有迎合官方主流意识形态的倾向。如作品中的个人的苦难常被民族或集体的苦难所置换，甚至还常被美化并被赋予理想甚至浪漫色彩。在作品中，苦难或是被当成"分辨忠奸的验金石"[①]，或是被看作"分辨好男人、好女人的道德验证"[②]，甚至被看作是主人公"摆脱权力异化而回归淳朴自我的难得机遇"[③]，对于作品中的人物来说，"苦难只是一个过程，在苦难的尽头是光明与丰厚的回报"[④]，这些叙述实际上是将事实上的悲剧改编为大团圆式的正剧，因而削弱了批判与反思应有的深度与力度。所以陈思和说：

---

① 贺桂梅：《世纪末的自我救赎之路——对1998年与"反右"相关书籍的文化分析》，载戴锦华主编《书写文化英雄——世纪之交的文化研究》，江苏人民出版社2000年版，第63页。

② 同上。

③ 同上。

④ 同上。

"从'伤痕'到'反思',反映了'文革'后文学与现实环境的第一场龃龉以及随机赋形"。① 这也说明,在70年代末80年代初,知识分子虽然重新获得了写作的权力,但是知识分子话语所具有的合法性还十分有限。正如王尧所说,这种写作并不是出于知识分子自身的"知识分子性",而是由于他们以知识或写作来服务于现实社会政治稳定与经济发展的生产性决定的。因此,这种写作"在本质上又是非知识分子的"②。而历史真相在这种"安全叙述"中则存在被掩盖与被遗忘的危险。

何言宏对张弦的著名小说《记忆》的研究,就很有力地说明了这一点。何言宏曾指出,作为新时期文学的历史性起源的"伤痕"文学与"反思"文学,实际上包含着"一个相当重大的思想文化命题,这便是一个关于知识分子'历史记忆'的问题,对于经历了很多重大的历史事件并且命途多蹇的当代知识分子而言,其重要性,尤显突出"。③ 因此,当他以这个角度切入《记忆》时,他发现,"在大量的'伤痕'、'反思'小说之中,张弦的著名小说《记忆》有着非常特别的典型意义"④,这不仅是因为它的关于"历史记忆"的具体言说,直接涉及民众及知识分子对历史灾难的"记忆权利"问题,还因为"这篇突出强调'历史记忆'的著名作品,却又是极其'吊诡'地'鼓吹忘却'"⑤,因为"叙事人所肯定的'历史记忆'的合法性,是不能包括有'个人主义'因素的"⑥。虽然叙事人也曾借作品人物之口发出了"'而我们,十多年来,颠倒了一个人!人!!'这样的感慨,但是,这里的人道主义话语,还只是对作为类的人的价值的肯

---

① 陈思和主编:《中国当代文学史教程》,复旦大学出版社1999年版,第207页。
② 王尧:《"非知识分子写作":"文革文学"的一种潮流与倾向》,《苏州大学学报》2000年第2期。
③ 何言宏:《为什么要鼓吹忘却?——重读〈记忆〉兼及知识分子的历史记忆问题》,《上海文学》2001年第7期。
④ 同上。
⑤ 同上。
⑥ 同上。

定，没有丝毫的'个人主义'内涵"①。也就是说，"基于'个人得失'之上的对于'历史记忆'的'表达'，在《记忆》之中并不具有充分的合法性"②。在作品中，只有"老部长们""才有表达'历史记忆'的基本权利，只有他们的'历史记忆'，才有着充分的合法性，而且，正是在这种权威性的'历史记忆'的基础之上、并且以有无'记忆权利'作为标准，才能建立起新的、正当而稳定的社会秩序，而这种秩序，便是如作品所已经表现的，依然是'老部长'和'放映员'们之间一仍其旧的等级关系。当这样一种等级关系重新恢复之后，秦慕平们甚至连'那些准备好的诚恳的赔礼道歉的话，那些适当的自我批评的话，那些表示关切和问候的话'都无须表达了"③。何言宏认为，"作为一个沉沦于底层的'右派作家'，张弦所声张与维护的，却是秦慕平们的历史记忆及其表达权利，而与秦慕平们有着同样命运的方丽茹们的记忆与表达权利，却未得到应有的关怀，这与新时期之初的'右派作家'群体对于'革命'与'人民'的身份认同以及知识分子意识的不甚自觉，显然有着极大的内在关联"④。

　　90年代知识分子地位的边缘化，曾一度使知识分子的精英感与使命感受挫，但从另一角度来看，却也意味着知识分子获得多元化的社会身份与持有差异性的文化立场可能性的出现。同时，市场机制的逐步建立在客观上也为知识分子重述历史、重塑自身形象提供了体制之外的缓冲空间。因此，90年代知识分子自觉地重返历史情境来重述历史，并不只是为了表明心迹，也是为了现实政治与文化的某种诉求，同时也是出于对历史、自我与后代负责的考虑，因而有可能展现一种与官方记忆不同的个人记忆。因此，不同于80年代的"美化"苦难，在90年代，展现个人苦难的"灾难性"叙述成为关于"反右"叙述的主流叙述模式；而且与80年代同质化叙述不同，90年代，即使在知识分子叙述内部也常可以听到不

---

① 何言宏：《为什么要鼓吹忘却？——重读〈记忆〉兼及知识分子的历史记忆问题》，《上海文学》2001年第7期。
② 同上。
③ 同上。
④ 同上。

同声音，比如，自由知识分子与"老左翼知识分子"关于"反右"历史的叙述就有很大的不同。这说明90年代中后期知识界内部的分化对90年代"反右"叙述产生了非常大的影响。

因此，可以说，90年代以来的纪实类"反右"叙述，是在与主流意识形态的疏离与周旋中，出于各自不同的政治与文化诉求，以"个体自我的名义"，在个体记忆中展现历史记忆，并同时重构着个人与历史的关系。但与80年代相比，又不是历史关系的简单倒转，而是如戴锦华所说，在90年代消费记忆与意识形态的诸多社会文化现象中，"反右"书籍是一个包含丰富信息的文化症候群："它是无虚饰的告白，又是心灵的假面，是伤痕的展露，也是精神财富的炫耀，它是一代人特殊记忆的书写、删改、补白或虚构，也是'寻根'——对民族文化记忆痛苦绝望地追寻与质疑……一如80年代的历史文化反思运动，实际上是夭折的政治反思文化的延伸或曰其转喻形式，它是在伤痕文学、反思小说、知青文学之后，直接负载着沉重的、令人难以负载的'反右'（文革）/现实政治记忆。"[①] 戴锦华的这种认识极具穿透力，它启示我们，在当下现实语境的复杂格局中去解读90年代的"反右"叙述时，不能只立足于作品本身，还必须穿越文本在展现、遮蔽、遗忘，在解构、建构、重构历史记忆与个人记忆时的种种表象，这样才能真切触摸叙述者每一次的彷徨与挣扎、坚持与妥协、固守与期待。

二 从抒情到叙事：美化与想象/拟真与还原

前面提到，20世纪八九十年代的"反右"叙述，在叙述层面的差别主要体现为叙述文体的不同，一个是虚构，一个是纪实。而从现代修辞学角度来说，虚构与纪实并不只是两种不同的文学类型，同时也是两种不同的思维方式与运用语言来结构个人或群体的现实与历史经验的模式。某种共同经历或某一确切发生过的事情，经由不同的思维进行整理，或以不同的语言来结构与叙述，将被转换为不同经验，

[①] 戴锦华：《隐形书写——90年代中国文化研究》，江苏人民出版社2000年版，第95—96页。

具有不同的意义。比如,事实层面的"反右"运动已是无法改变的过去,但是在八九十年代的叙述中,这一段历史却呈现为两种不同的经验:集体(国家)经验/个人(个体)经验。导致这种差异的原因是多方面的,比如,言说语境、叙事立场与政治文化诉求的不同,都会影响作者对这一历史的认知与理解,甚至在叙述过程中筛选历史材料的标准的不同,也会使历史经验呈现出不同面貌;而从叙事层面来说,以语言来结构事实经验方式的不同,也是原因之一。笔者将二者之间的这一差别概括为"抒情"与"叙事"的不同。

80年代的"反右"叙述,大多采用的是在"宏大叙事"或"正统叙事"框架内"大型抒情"的叙事模式。所谓"大型抒情",指的是一种集体主义式的抒情方式,即在原本应该依附于个体、"展现个人主体性的发现或解放欲望的个体抒情"[①] 中置入集体主义的诉求、国家意志或社会政治生活的乌托邦式的向往与憧憬,并以此姿态来完成政治立场的宣示与表白。因此,虽然它也需要依托于由语言、情感及各种叙事修辞所架构的美学空间,但却更意味着一种生活的风格、现实的态度、政治的立场、思维的方式,以及关于现代社会政治的想象[②]。

[①] 王德威:《抒情传统与中国现代性:王德威访谈之一》,《书城》2008年第6期。

[②] 这里对"抒情"的界定,部分借鉴了王德威的看法。王德威从中国传统文学与文论入手,认为抒情不再只是个人"简单的小悲小喜",还包括在"一种完满的乌托邦式的憧憬"中所体现出来的"一种大型的抒情的一种向往或陈述",因此,他在使用"抒情"这个词的时候,不再只是把它当作抒情诗歌,而同时也是"一个审美的观念,一种生活形态的可能性","一个生活实践的层面",以及"一个政治对话的方式"。他想要呈现的并不是关于"抒情"的好与坏、是与非的简单的价值评价,而是关于抒情的各种复杂面相,并将其视为在"革命"与"启蒙"之外,审视中国现代文学史的另一个界面和角度,以及考察中国现代性建构的另一种视野。(《抒情传统与中国现代性:王德威访谈之一》,《书城》2008年第6期)笔者在此处借鉴了他的某些说法,但是并不是在抒情传统与中国现代性视野的关系中来认识这个概念,而更多是从对生活、现实与历史的"态度"的层面来理解。同时,在这一点上,笔者也受到了学者蔡翔的启发。蔡翔曾认为,抒情本身总是要与个人相关,而且也只有和个人相结合并变成挽歌时才更有意义,如《红楼梦》。一旦进入集体的层面,抒情的内涵就必然会发生改变,或者由抒情蜕变为滥情与煽情,或者以公共之情取代个人之情。因此,"大型抒情"其实总是"反抒情"的。对于一个社会来说,这是一种欠缺理性的、非正常的状态。(此处蔡翔观点源于笔者听蔡翔教授授课的笔记。)

比如，以"民族苦难"遮蔽"个人苦难"而使苦难被美化和理想化，以历史受难者的灾民心理进行单一的政治控诉与道德指控等。这些对历史的叙述与呈现方式，无论在思维方式、反思方式还是表达方式上都带有主观性、情绪性、想象性和主题预设的味道，甚至用以描述这种情感的语词本身也都具有这种特征。正如王鸿生指出的，从"伤痕文学"名称的确立可以看出，用这一具有明显的情感倾向与道德意味的形容词来命名"文革"后第一次较大的叙述与反思潮流，这种起点本身就已经显示出关于（"反右"）"文革"研究与叙述的抒情特质[①]。而"伤痕文学""反思文学"之后的"忏悔文学"的粉墨登场，以及后来"伤痕文学"的一度低迷无不显示出这一时期文学思潮背后浓浓的政治意味。因此，从这一层面来说，在当代汉语写作中，只有使语言从在意识形态主导下满足于"情感的需要和道德的诉求"[②]的逻辑中独立出来，对词语现象进行新的体验与还原，其意义与创生力才可能获得再生，否则在"此情此语"中的个人只能是被层层包装而难见其真面目的"抽象的个人"。因此，在这些作品中，真正基于个人经验的叙事依然很少见到。

与80年代的"大型抒情"不同，90年代的纪实"反右"叙述对个体与群体之历史经验的叙述，如回忆录、自传、口述实录、访谈、转述、他传，以及日记、书信、文献资料的梳理等，多以对史实进行拟真与还原的纪实叙述的形式出现，对个体精神与肉体苦难历程的展现，多集中于苦难的过程性与对苦难的体验性，而不是将其当作抽象的时代事件或仅给予某种单一的历史判断。因此，90年代的叙述虽然也不乏大量的诉苦与责难，甚至还可以说，在90年代已成主流的"灾难性"叙述在很大程度上延续的依然是80年代的叙述逻辑，但较之"大型抒情"之下对历史苦难的美化与政治想象带来的"超越"，还是多了些许的人情味与切身感。而且以纪实方式叙述历史经验，真实与客观本也是题中应有之义。因此，从叙述层面来看，这种现象学

[①] 此观点源于笔者听王鸿生教授授课的笔记。
[②] 王德威：《抒情传统与中国现代性：王德威访谈之一》，《书城》2008年第6期。

式的拟真与还原，为实现真正基于"个人得失"之上的个体经验叙事提供了可能。

但也仅仅只是一种可能，要凭借一种事实的还原来完成历史记忆与个人经验自我的重建是不可能的。因为个体存在的真实性及历史经验的出场，只有经由记忆转化为语言，准确地说是转化为一种具有责任感、承担意识、切身性和反思性的伦理化的叙述语言，从具体的已然发生过的物理事件转化为一桩精神世界的言语事件时，才能够在某一话语框架内的言语世界中获得再生。但是在这一过程中，语言本身的建构性特征及当下的汉语言在表现历史苦难方面的无力、历史还原自身的悖谬性，以及相对于故事事件来说纪实叙事行为的滞后性等，都会导致历史记忆的变形与疏漏。更为重要的是，对写作者而言，在他重返历史现场来对历史进行还原时，新的现实语境、思想资源、政治与文化诉求，必然会被带入其中。因此，以纪实方式叙述个人与历史经验，并不是对历史的复制，而只能是依靠语言，在现时语境下有选择性、目的性和倾向性的重新建构。

正如前述，内在修辞决定外在修辞，还原与拟真的具体样态背后是叙述者对这一创伤性历史体验的认知态度，以及在言语世界中整合、结构、以个体化方式处理这些经验的模式。它们最终决定着这些经验能否以及在何种程度上被转变成为某种刻骨铭心的历史记忆与富有价值的思想资源，以及能否建立起一种真正意义上的个体经验叙事。从这一角度来说，提供一种有此担当、有此叙事品格的还原与拟真的叙事模式，不仅仅是在历史认知层面对写作设定的标准与尺度，也是在叙事伦理层面对写作者提出的伦理要求。

第三节 对复杂历史经验的不同处理方式

一 研究对象的界定与研究现状的回顾

由于叙述题材的特殊性、研究者与作品的同时代性以及意识形态禁忌在某种程度上仍然存在等原因，对 90 年代以来"反右"叙述的研究还不是很深入。当下的研究多表现为对某一单部作品的评论。如钱理群的《地狱里的歌声》（评和凤鸣的《经历——我的1957年》），《将苦难转化为精神资源》（评《不肯沉睡的记忆》）、《一个人的命运及其背后的社会体制运动——对张天痴〈格拉古轶闻〉的一种解读》、《迟到的敬意》（评李蕴晖的《追寻》）、《说真话：一个沉重的话题——读陈炳南〈赤子吟〉、〈回声集〉》；谢有顺的《一九五七年的生与死》（评尤凤伟的《中国1957》）；邢小群、孙珉的《回应韦君宜》（关于韦君宜《思痛录·露莎的路》的评论集）。关于杨显惠与邢同义的"夹边沟"故事系列、高尔泰的《寻找家园》及章诒和的《往事并不如烟》等作品的评论文章就更多。这些文章多是通过作品对"反右"历史真相的揭示与对历史和自我的反思，来挖掘作品深蕴的思想价值与现实意义。可能是由于题材的特殊，这些评论对作品内容与思想意义的研究远胜于对作品叙述层面的关注，而少数注意到叙述层面问题的，也多是针对虚构类作品而谈，如对《中国1957》以小说还原历史、在宏大历史背景下展开个人经验叙事的技巧的分析与解读。这大概是因为，通常人们会认为叙述表达的复杂性更多存在于虚构叙事中，而纪实叙述，受真实性与客观性表达要求的限制，是不应过分强调叙事技巧的。

除了对单部作品的评论，还有一些整体性的研究，如徐贲的《五十年后的"反右"创伤记忆》。在这篇文章中，徐贲首先援引了耶鲁大学社会学教授亚历山大（Jeffrey Alexander）在《文化创伤和集体身份认同》一书中关于"创伤"的定义，并"从社会、文化构建的角度，参照现有的文革记忆"[①] 讨论了"反右"发生的50年后人们对

[①] 徐贲：《五十年后的"反右"创伤记忆》，《当代中国研究》2007年第3期。在这篇文章中，徐贲提到亚历山大教授把"创伤"定义为"人们所经历的'可怕事件'，在'群体意识上留下的难以磨灭的痕迹。'对于那些受害者和同情受害者的人们来说，'可怕的事件'就是灾难。可怕事件的历史痕迹构成了对人有持续伤害作用和后果的记忆。"Jeffery C. Alexander, "Toward a Theory of Cultural Trauma." In Jeffery C. Alexander et al., *Cultural Trauma and Collective Identity*. Berkeley, CA: University of California Press, 2004, p. 1（徐贲在文后注释指出，他的文章中所引用的亚历山大的定义援引自王志弘的译文。见王志弘译：《迈向文化创伤理论》，http://www.cc.shu.edu.tw/~gioc/download/jeffrey_Chinese.doc）。

这一事件的创伤记忆的特征的认知和理解。他认为，当前关于"反右"，在"官方话语的'正史'之外，还有一种另类的历史话语领域，可称之为'真实内情'的历史"①，"包括各种各样'回忆录''回忆纪念'和'口述史'"②，其中关于右派小人物的纪实类叙述所形成的另类历史则尤其突出，它们的共同点在于：都是由"反右"灾难的"承载人"③来书写的，并都在对重要史实明确的定性与原始材料的揭示和重要历史细节的揭露方面，与"正统历史"中的语焉不详和闪烁其词形成鲜明对比，给"读者一种真实和值得信任的感觉"。④前文提到过的戴锦华与贺桂梅的研究也可以划入此类。她们运用文化分析方法在细读文学现象的同时，往往能够穿越复杂社会语境，显示出超于常人的敏锐眼光和思想穿透力，给人留下极其深刻的印象。但由于她们更多着眼于宏观的文学现象，对文本层面的细读略显欠缺。此外，扬州大学的徐武俊，在其硕士论文《"右派"叙述：当代小说

---

① 徐贲：《五十年后的"反右"创伤记忆》，《当代中国研究》2007年第3期。在这篇文章中，徐贲提到亚历山大教授把"创伤"定义为"人们所经历的'可怕事件'，在'群体意识上留下的难以磨灭的痕迹。'对于那些受害者和同情受害者的人们来说，'可怕的事件'就是灾难。可怕事件的历史痕迹构成了对人有持续伤害作用和后果的记忆。"Jeffery C. Alexander, "Toward a Theory of Cultural Trauma." In Jeffery C. Alexander et al., *Cultural Trauma and Collective Identity*. Berkeley, CA: University of California Press, 2004, p. 1（徐贲在文后注释指出，他的文章中所引用的亚历山大的定义援引自王志弘的译文。见王志弘译：《迈向文化创伤理论》，http://www.cc.shu.edu.tw/~gioc/download/jeffrey_Chinese.doc）。

② 同上。

③ 同上。在文章中徐贲指出，在构建历史灾难时，需要有人说出那个事情的经过，而且指出那是"坏事""灾难"。这样的人也就是韦伯所说的"承载群体"，他们或是直接受害者当中的幸存者，或是受害者的同情者。在关于灾难的叙述中，通常承载群体起着能动的作用，他们不只是讲事情的经过，陈述事情的成因，而且还对事情做出对错判断。这种对错判断中必然包含基本的道德原则和不容违背的道德戒律。借用这一概念，徐贲认为在"反右"叙述中，起能动作用的"承载者"即直接受害者和同情者，并不是超然的道德主义者，"承载群体兼有理想和物质利益；他们位居于社会结构里的特殊地点：而且他们拥有在公共领域里诉说其宣称（或许可以称为'制造意义'）的特殊论述天赋。承载群体可能是精英，但是他们也可能是遭贬抑和边缘化的阶级。"

④ 同上。

的一个类型分析》中，将"右派"文学作为当代小说的一个类型，考察了20世纪八九十年代两个时期的"右派小说"，以说明在不同历史时空中，关于"右派"的叙事的目的的独特性与必然性。这篇论文论题较为集中且有时空对比的参照，但由于缺乏更有效的理论方法与分析视角，研究仍显平面化。

总体来说，对20世纪90年代"反右"叙述的研究还处于起步阶段，在有限的研究成果中，对单部作品的分析多于对整体现象的研究；宏观视角的介入多于文本细读的把握；文本解读中，对思想价值与现实意义的强调多于对叙述层面的分析；分析视角、理论方法还较单一与陈旧。鉴于此，本书以20世纪90年代以来的纪实类"反右"叙述为研究对象，力求在以下方面做进一步的思考：

首先，针对当前研究中割裂思想与语言从而忽略叙述层面研究的状况，本书以90年代以来的纪实类"反右"叙述的叙述方式（叙述话语）为研究对象，希望能够对当前"反右"叙述研究进行补充；而针对通常认为叙述的复杂与表现的深度只能体现于虚构叙事的观点，本书将研究对象进一步限定为"纪实类叙述"，希望能够推进对于纪实文体叙述特征的研究。

其次，本书研究20世纪90年代以来的纪实类"反右"叙述时，并不只着眼于几部作品，而是将其作为一个整体来看，而且力求突破以往纪实研究中过多纠缠于"艺术真实"与"历史真实"之比较的研究思路，从内在修辞与外在修辞之间的辩证关系入手，将建构与拟真作为纪实叙述的两种最为重要的外在修辞特征，通过对文本建构与拟真的不同表现样态的分析，来探讨其背后的思维方式与话语结构方式的特征，以及复杂经验与作为经验主体的自我如何出场等问题。为便于研究，根据作者与叙述者及故事关系的不同，本书将这些作品大致分为三类：

一是自述类，即由"反右"运动的亲历者讲述自己的故事。这类作品主要包括个人回忆录、回忆散文、自传、亲历者的个人随笔，以及由亲历者编撰的当年的书信、日记或检讨书等文字材料，如《思痛录·露莎的路》《沉船》《经历——我的1957年》等。这类作品数量最多，表征出的问题也较复杂，对于研究历史经验的转化与经验主体的出场等问题，最具典型性。

二是代述类。此类作品的作者既非故事亲历者，也非见证人，而多以采访者、记录者的身份替别人讲故事。这类作品主要包括代述者对相关文献资料的整理、对当事人口述内容的实录整理、对他人故事经验的转述，以及以真实史料为背景的"非虚构类叙述"，如《夹边沟记事》《恍若隔世——回眸夹边沟》等。对"反右"记忆来说，这也是一代人复杂历史经验出场的方式之一，因为并不是所有当事人都具备叙述与传达这种历史经验的能力与机会。

三是混合叙述。这种方式是指叙述者以自述方式来讲述别人的故事，作者既是故事见证人，也是他人故事的讲述者，历史及经验主体在此以别样姿态出场，如《往事并不如烟》。

就笔者有限的阅读范围来说，这种分类方法在以往的纪实研究中还没有见到过，因此，笔者也希望能够通过这本书对纪实文体的研究有所促进。

二 问题意识概说与研究方法的简介

在当下现实语境中，当人们回头来审视新中国成立以来60余年的社会主义实践经验时，发现复杂的历史经验及经验主体应该如何被叙述与传达出来仍是未解的难题。因此在20世纪90年代，当知识分子有机会可以讲述这一久被压抑的历史时，他们如何来理解和利用这种言说空间与权利，他们给予这段历史以怎样的评价，同种身份与不同身份人的讲述体现出怎样的统一与差异，90年代多元化的叙述与官方叙述及80年代的讲述之间又有着怎样微妙的关联，叙述者如何来处理这种微妙的复杂性，叙述者在讲述中动用了怎样的参照目光和文化资源、体现了哪些现实立场与政治诉求，以及他们期望达到怎样的效果与目标等问题便格外值得思考。

特别是从20世纪90年代末直至现在，现实语境发生了深刻变化：随着改革开放的日益推进，随着中国与国际社会的接轨相融日益深入，知识界在全球化与重返历史现场的视野中，有着"远比先前宽广的历史比照和世界联想的空间"①,对 80 年代以来的启蒙主义、自由主义思潮、中国 60 余年的社会主义实践经验等问题,也都在不断做出新的审视与反省,对于"反右"历史事件的认识也开始逐步突破人道主义的框架。而当以"一些更具普遍意义的道德尺度去衡量"②历史时,人们将有可能发现"反右"历史原本具有的多种复杂面相。在这种情况下,这些新的思考在"反右"叙述中是否获得积极而复杂的回应,自然也成为人们关注的话题。

正是这些深蕴的问题意识赋予了 90 年代以来的纪实类"反右"叙述研究以新的切入视角和积极的现实意义,使它的出现成为探讨社会主义实践经验能否被转化成有效的思想资源,能否进入公共领域成为断层的社会历史记忆与官方叙述的补充,以及作为经验载体与叙述主体的自我能否从长期被遮蔽、被扭曲的状态中获得呈现,也即一种真正意义上的个人经验叙事能否实现等一系列历史难题的良好契机。

从表面来看,这些问题当然要在叙述层面来解决,也就是说如何通过语言的描述使得模糊含混的经验个体化、结构化。但紧随其后的问题是,这些当事人是否具有深入推进问题并进行辩证思考的能力?是否具有整合经验并把它叙述出来的能力?屡被规训的官方汉语言文字又是否还能创生新的语汇、概念、表达、形态、方法以捕捉、构造、发掘、把握对这些经验与意义的体验?其实在本书所考察的这些文本中,这些问题的暴露是非常明显的:如叙述中流露出的作者"说"还是"不说"的言说困境与言说意识的混沌,以及在将复杂的历史经验简单化为语焉不详的故事片断时所显示出的叙述能力的阙如等。这些问题的解决不能仅诉诸对叙事形式的分析,因为其中牵扯着社会、政治、历史、道德、伦理、文化,以及中国的文学传统与汉语言写作传统等诸多领域的问题。因此,研究 90 年代以来的纪实类"反右"叙述,必须要引入一种在打通了诸如文本/社会、内容/形式、内部研究/外部研究、文本自律/文本他律等二元对立界限的整体性的

---

① 徐贲:《五十年后的"反右"创伤记忆》,《当代中国研究》2007 年第 3 期。
② 同上。

研究思路与方法。也正是在这一意义上，本书引入了叙事伦理批评的研究方法。

叙事伦理批评，从广义上说其研究的范围可以包括整个人文社会科学的叙事与表达。而从狭义上来说，叙事伦理批评指的是自20世纪90年代以来随着西方文论自身的发展与现代伦理学的发展而兴起的一种新的文学批评方法。它的产生，既"缘于对结构主义叙事学和解构主义文论过度技术化、文本化的纠偏需要"①，也展示了"与文化政治批评有所分殊的文学与文化研究路向"②。它主张将文本语言、修辞层面的伦理分析与社会、历史层面的伦理探讨切实有机地结合起来，体现的是一种整合性的研究思路。具体来说，是通过对现代西方叙事学与修辞学研究成果的借鉴，在叙事话语的修辞层面（如结构、视角、语态、语气、词性以及叙事意图、叙事功能所建构的伦理空间）引入历史、政治、伦理、价值等语境因素，以此来探讨文学修辞的价值表征作用和价值生成能力，以及叙述语言实践的伦理效果与意义认同，揭示文本叙述所隐藏与携带的作者的世界观、价值观和意识形态的内涵，以达成形式的伦理化与伦理的形式化之间的互动。

同时，"叙事伦理研究既不充任价值的立法者，也不自居为各种相互冲突的价值的调停者，它只是通过意义与效果的追问、比较，来参与社会、文化、历史的价值选择过程，它要告诉人们：什么是且为什么是值得一写或值得一读的"③。它只是试图在言说的表述中间寻找一种可能，在道德与否的追问中达成伦理的自觉，而不是以简单的断言进行道德的评判或归罪。它和读者之间是一种平等对话的关系，体现的是走向他者、而非自闭的伦理结构。

因此，这种整体性的研究思路与内蕴的"他者"性，使得"不管是广义的或狭义的叙事伦理研究，都会在不同层面与20世纪以来已被意识到的语言学和伦理学方面的诸多悖谬打交道，如语言及物/语

---

① 王鸿生：《在叙事伦理研究领域拓荒》，载伍茂国《现代小说叙事伦理》，新星出版社2008年版，序第2页。
② 同上。
③ 王鸿生：《不排除解构视界，但拒绝虚无主义》，《文艺理论研究》2005年第4期。

言不及物、个体伦理/集体伦理、他律/自律、再现/虚构、描述/祈使等等"。①而以此为契机，叙事伦理研究还将会"帮助我们从思维方式上摆脱普遍主义/相对主义、本质主义/虚无主义、整体主义/零散主义的两极振荡"②，为当下文学批评存在的诸多困境，如单一的道德批评、社会学批评、审美批评或叙事学批评在回应当下诸多问题（如文学价值的生成）时显示出的屡弱，开拓出一个解决问题的新空间与新路径。同时，由于叙事伦理研究的核心问题是"对语言实践之伦理效果问题和意义认同问题的深重关切"③，因此，它又不仅"意味着一种能够批判性地梳理现代性知识的有效方式，同时也体现出某种在后现代文化语境中重建价值包括文学价值的建设性的努力"。④

伍茂国对文学叙事伦理学的看法对本书的研究也极具借鉴价值。在他看来，文学叙事伦理学要"对叙事所蕴含的伦理主题、内容、时代伦理声音，尤其重要的是在现代性语境中，对叙事过程中经由叙事各要素的互动而生发的境遇伦理做出阐释与总结，它最大的目的是在叙事虚构和想象中，探索伦理的各种可能性。与现实性伦理相比，文学叙事伦理是一种虚构伦理，拥有自己的秩序和规则，因此，二者不能随意越界"。⑤

三 相关学术成果的审视

本书虽然是在文学叙述层面来研究"反右"叙述，但由于"反右"叙述本身纠集着社会、现实、政治、历史、道德、伦理、文化、叙事传统等诸多复杂因素，因此，论题的复杂与敏感将并不只限于叙述与表达层面。如不能对这一段历史及不同政治与文化语境下对这一问题的理解与认识的变迁有较为全面的把握，就无法确立基本的研究立场，叙述层面的研究也将难以展开。因此，有必要对"反右"历史

---

① 王鸿生：《在叙事伦理研究领域拓荒》，载伍茂国《现代小说叙事伦理》，新星出版社 2008 年版，序第 3 页。
② 同上。
③ 同上。
④ 同上。
⑤ 伍茂国：《现代性语境中的文学叙事伦理学》，《北方论丛》2011 年第 3 期。

研究的成果与当下知识界的普遍看法做一番梳理。

第一，20世纪70年代末，随着对右派分子的"摘帽"及逐步平反，特别是随着《关于建国以来党的若干历史问题的决议》的通过，对"反右"运动的研究逐渐展开。在70年代末至80年代中后期，研究多是认同《决议》对于"反右"事件的定性，评断在价值态度与政治取向上与《决议》呈现出同质性与共向性。从那时起到21世纪初的一二十年里，随着新的社会变化与新的思想参照的介入以及部分档案的解禁，出现了一些新的研究成果。

国内目前较有影响的学术成果有：《1957年的夏季：从百家争鸣到两家争鸣》（朱正，河南人民出版社1998年版）、《反右派斗争的回顾与反思》（汪国训，香港国际学术文化资讯出版公司2005年版）、《一九五七年的中国》（朱地，华文出版社2005年版）、《禅机：1957苦难的祭坛》（胡平，广东旅游出版社1998年版）、《反右派始末》（叶永烈，青海人民出版社1998年版）、《毛泽东的晚年悲剧》（李锐，南方出版社1999年版）等。这些著作基本上都是从历史学的角度来探讨这一事件的产生和发展的脉络过程，与官方叙述相比，提供了一些新的角度、视野和发现。比如，汪国训在书中认为尽管当时党内的一些主要领导人并非"反右派"斗争中所有活动的直接参与者和执行者，但是对于"反右派"斗争的开展及其扩大化还是应当承担一定的责任。朱地在书中将"反右派"斗争看作整风运动的一个阶段，源自于共产党在陕甘宁边区时期对"民主新路"的探索，由整风转向"反右"，是由于党内主要领导人担心民主党派和知识分子试图走"第三条道路"以摆脱共产党的领导而最终做出的选择。

在专著之外还有一些有影响的研究论文：如《毛泽东"反右"动因及后果的再研究——对李慎之先生迟到的商榷与纪念》[①]一文认为"整风"与"反右"密不可分，只有把"整风"研究透了，才能搞懂"反右"；黎澍则在《毛泽东与"百家争鸣"》（《书林》1989年第2

[①] 章立凡：《毛泽东"反右"动因及后果的再研究——对李慎之先生迟到的商榷与纪念》（http://www.aisixiang.com/data/6331.html）。

期)中对"反右派"斗争的必要性产生怀疑;孙继虎的《毛泽东对知识分子阶级属性判断失误的原因》(《西北师大学报》1998年第2期)与张存国的《毛泽东知识分子理论的历史回顾》(《理论月刊》2002年第1期),将"反右派"斗争和知识分子问题联系起来,指出了党内一些主要领导人对知识分子阶级属性判断失误在"反右派"斗争中所起的作用。

海外研究由于受《决议》影响较小,与国内研究着眼于具体个人在"反右"中的作用、"整风"与"反右"的关系的研究思路较有差异。比如,《文化大革命的起源》(麦克法夸尔,求实出版社1990年版)一书认为,中央主要领导人之间存在的分歧对历史发展的每一个阶段包括"反右派"斗争,都产生了巨大影响。当然也有同大陆研究理路相近的,如默尔·戈德曼在《剑桥中华人民共和国史》(费正清、麦克法夸尔编,中国社会科学出版社1990年版)中关于"整风"运动和"反右派"斗争的论述,就与大陆学者较为相近,他认为当时发动"开门整风",确实是为了整顿党内"三风",后来转向"反右派"斗争,则是由于批评超过了对个别官员的批评,变成对制度本身的批评,这是党内主要领导人不能接受的。但戈德曼并没有将这种矛盾看成是某一具体个人与民主党派及个别知识分子的矛盾,而是将其放入中国共产党与知识分子的关系这一大背景中展开,这是他的独特之处。

近年来的"反右"运动研究,不再纠缠于"反右"运动发展始末的探讨,对"反右"运动思想资源的挖掘成为一种新的思路。

许纪霖将对知识分子的考察置于对现代化的变迁的反思中,从知识分子心态史与人格层面来进行研究,认为知识分子在20世纪50年代接受思想改造,是"自觉而不自愿"[①]的,也就是说,"在意志上,是被迫的,并非心甘情愿,但似乎没有选择空间。但在理性层面,却有非常自觉的因素,按照工具理性的思维,拼命去适应这套法制,最

[①] 风石堰:《知识分子的体制病——华东师范大学历史学系教授许纪霖访谈录》,《南风窗》2012年第12期。

终被体制内化"①。这造成了知识分子总体独立人格的缺失，也成为中国现代化的障碍之一。

钱理群提倡要建立"1957年学"，并视其为当代中国政治史、思想文化史、知识分子心灵史研究的重要组成部分。在《不容抹煞的思想遗产》一文中，他认为1957年的"广场运动"具有重要意义，学子们当年提出的问题与任务中，有许多仍然是今天中国的改革者需要继续解决与完成的，对后来者是极其宝贵的启示。他的一系列关于"反右"叙述的评论文章也都可以看作是其"1957年学"研究的重要成果。除上文我们提到过的文学评论之外，此类研究成果还包括《林希翎——中国1957年右派的代表与象征》《记1957年的三个学生刊物》《活着：艰难而有尊严——为钟朝岳先生六十九寿辰而作》《谭天荣：右派学生的另一个代表与象征》《所有"右派"兄弟姐妹：你们在哪里？》等个案分析与史料整理。此外，钱理群还在2007年出版了《拒绝遗忘："1957年学"研究笔记》（香港牛津大学出版社）。这本书不只是"1957年学"，也是关于"反右"历史研究的一个重要的学术成果。

值得注意的还有牛汉和邓九平主编的三卷本"思忆文丛"（分别是《六月雪——记忆中的反右运动》《荆棘路——记忆中的反右运动》《原上草——记忆中的反右运动》。）与段跃主编的《乌昼啼——1957年"鸣放"期间杂文小品文选》。在这些资料汇编中，当年被批判为"毒草"并因之获罪的文章、书信、日记、言论，变成了今天的"思想的见证物"（贺桂梅语）、"促进社会主义民主和社会主义法治健全"的"肺腑之言"（钱理群语），当年的"获罪之人"也变成了今天的"思想先驱"，这种意识形态内涵的转变对当前已成主流模式的"灾难性""反右"叙述的形成客观上也起到一定的推动作用。

张志扬由对"苦难转化为文字为何失重"这一社会和文化现象的哲学思考入手，提出"创伤记忆"的概念，并从形而上学的语言之维

---

① 风石堰：《知识分子的体制病——华东师范大学历史学系教授许纪霖访谈录》，《南风窗》2012年第12期。

落实到个体人生的现实境遇，以巴金、曾卓为个案，运用现象学的方法对"创伤记忆"的言说进行了较有深度的研究。虽然这一命题的提出更多是基于"文革"创伤记忆的状况，但对研究"反右"叙述也很有启发。某种程度上可以说，"创伤记忆"已成为当下"反右"叙述研究的一个关键词。

谢泳的《1957年反右运动史料的收集与评价》《1949—1976年间中国知识分子及其它》《1957年中国民间知识分子言论》《最好的出局》等，均能"用材料作基实，用事实来说话，得理而不骄，理失而即改。在四九年后非友即敌，非黑即白的阶级教育方式熏陶下的人，鲜有这样的行文与做人态度，真可谓难得的异数"。①

冉云飞则注重各种原始资料的收集与整理，并以个人或民间的力量着手《右派资料知见录编年稿》《右派知识分子名录》的编撰，力求为每一个受害人立名录。

此外，2007年由香港星克尔出版社出版的《五十年无祭而祭》（章诒和主编）中收录的《从波匈事件到反右派运动》（沉志华）、《"反右"与中国民主党派的构造》（章立凡），以及2013年由广东人民出版社出版的《处在十字路口的选择：1956—1957年的中国》（沈志华）对"反右"运动的研究也都体现了新的时代语境与思想背景的影响。

第二，从20世纪80年代以来，知识界经历了两次大的思想分化与论争，第一次是80年代末的自由主义与新权威主义之间的思想论战，第二次是90年代末以来的自由主义与新左派之间的思想论战，经过这两次思想分化，当下的中国知识分子，在对中国的历史问题、现代化进程、当下中国应采取的政治选择与发展目标等一系列重要国际、国内问题上，形成了各自不同的看法。这种分化与论争也影响到对"反右"事件的认识与理解。比如，"右派分子"从1957年的"坏人"变成了"含冤者""思想先驱"，"'反右'从'伟大胜利'变成了几百万件

---

① 冉云飞：《贺谢泳、龚明德二兄执上庠教席》，2007年11月2日，"匪话连篇：冉云飞博客"（http：//blog.tianya.cn/blogger/post_read.asp?BlogID=185021&PostID=11588187）。

'冤假错案'，这种转变本身就是对'反右'运动正邪判断的重新构建"。① 而且从已有资料来看，在越来越多的（有关"反右"的）文章与论著中，"据以阐述这段历史的意识形态内涵，则逐渐集中到了'自由主义'理论和姿态之中。在《顾准日记》的序言中，李慎之将顾准的思想追求表述为'自由主义'，朱学勤则进一步将这种思想立场看作是'第一次破题，发出了1998年自由主义言说的第一声'。谢泳在《逝去的年代——中国自由知识分子的命运》（文化艺术出版社1999年版）、《教授当年》（百花文艺出版社1998年版）等书中，非常确定地描述了'西南联大'和《观察》等自由知识分子群体在思想改造中的失落流脉，'仔细一想，整批倒下去的都是那些自由知识分子'"。② 对自由知识分子身份的强调显然是为与"左翼"知识分子相区别，而在这样的叙述姿态中，"反右派"斗争被叙述成为自由知识分子与社会体制文化之间的矛盾，以及一部自由知识分子的悲壮覆灭史。这种倾向在《往事并不如烟》一书中体现得尤其明显。该书所提及的几个知识分子，无论是旧式的贵族还是新式的民主人士，在作者看来都具有自由知识分子的特征，他们被划"右派"的事实则被作者叙述为当权的社会体制对"先进的"民主思想及其持有者的"粗暴压制"。

而90年代末以来，随着知识界对自由主义思潮的再反思、在全球化视野下以历史的态度对新中国成立以来60余年的社会主义实践经验与改革开放30余年来的现代化经验的再回顾，使他们对90年代以来已成主流的"灾难性""反右"叙述，及在自由主义或人道主义背景下形成的关于"反右"历史的认识也有了新的看法。比如，就知识分子与中国现代化的关系来看，在中国知识分子人格独立性的不足成为中国现代化道路的障碍之外，是否也存在知识分子对当时中国国情认识、估计不足而导致一些主张未免操之过急的状况？这种心态又是否暗含着知识分子自身的某种缺陷及其对此的浑然不觉，而不仅是一种认识能力的欠缺？在这种历史的偶然背后是否还有历史的必然？

---

① 徐贲：《五十年后的"反右"创伤记忆》，《当代中国研究》2007年第3期。
② 贺桂梅：《世纪末的自我救赎之路——对1998年与"反右"相关书籍的文化分析》，载戴锦华主编《书写文化英雄——世纪之交的文化研究》，江苏人民出版社2000年版，第69页。

贺桂梅的相关思考或许会对我们有所启发：

> 自由知识分子在思想改造和"反右"运动中确实遭遇了悲惨的命运，但让人难以认同的是，叙述者将"左翼"知识群体与权力体制混为一体，而丝毫不曾考虑"左翼"知识分子本身存在的分化以及他们在权力体制中遭受的同样悲惨的命运。历史中的英雄被指认为自由知识分子，似乎只有自由知识分子才是真正的历史英雄。但实际上，从留下来的众多史料来看，在1957年"鸣放"期间，言论最为激烈，立场最为坚定，而且对一种理想社会体制表达了最多热情的，主要是那些具有"左翼"政治立场的青年学生或知识分子。"左翼"文化理论和文化信念赋予了他们强烈的批判精神，并使他们把对于当时社会体制的批判看做是革命理想的一部分。与之形成参照的，则是具有自由主义立场或倾向于自由主义立场的大多数知识分子表现得较为温和，他们针对当时体制所发表的言论，主要是一种并不那么主动的"试探"。当然，不可否认有像储安平等这样具有较为明确的政治设想的自由知识分子，也有像顾准这样明确地把自己的思考方向确定为思考民主制度的可行性的人，但把他们从当时的历史语境下完全撤出，不考虑他们对"左翼"政治文化理想的亲和及其立场的复杂性，而简单地将其指认为自由知识分子，却不能不说是一种过于简单的做法。导致这种简单化做法的一个基本思路，是将自由知识分子与"左翼"文化等同于当时的社会体制，并从历史后果推导出对全部历史的"清算"。而这样一种思路，在90年代的知识界反省历史时，似乎是一种较为流行的观点，那就是从"左翼"的一极走向"自由主义"的一极。在对历史人物、历史事件和文学作品的重新评价中，被赋予"自由主义"的称谓往往同时意味着被赋予了更崇高的思想和更"高尚"的道德力量①。

---

① 贺桂梅：《世纪末的自我救赎之路——对1998年与"反右"相关书籍的文化分析》，载戴锦华主编《书写文化英雄——世纪之交的文化研究》，江苏人民出版社2000年版，第69—71页。

贺桂梅认为，"当知识界夸张地将当代知识分子的历史改写为一段自由主义知识分子受难史或以'自由主义'名义审判历史记忆时，或许回避了更为复杂的历史经验"。① 因此，她提出了这样的质疑："知识界在90年代的历史叙述非常明确地试图确立知识分子的群体身份，并把它定位在'自由'和'民主'之上。这种变化是市场孕育出来的知识分子的独立的开始，还是另一种用自由的名义重新建构市场主义的方式之一"？②

上述关于"反右"运动的研究，与知识界在这一问题认识上的差异、争论，为本书研究提供了一个复杂的问题场域，也使笔者看到，在如何看待中国60多年来的社会主义实践经验，包括"反右"运动的问题上，完全肯定过去，而漠视或抹去这一过程中的历史经验的创伤性与悲剧性，与完全否定过去，无视新中国成立后在一贫如洗的基础上，新的国家政权在诸如工业化、农村医疗、教育、科技等方面所取得的巨大成就，都是不足取的，对于中国当下现实问题的解决也提供不了富有生产性和建设性的意见，因为这两种观点都忽视了社会主义整个实践过程的复杂性。或许，正如戴锦华指出的，"对历史与现实的深入探究，或许是我们颠覆这种二项对立式的思维的起点之一"。③ 也正因如此，本书持这样一种立场：

首先，无论当初的历史境遇与当年的右派分子内部的情况如何复杂，在"反右"运动中，在一种非法制的状态下，通过意识形态归罪来剥夺人的政治身份与公民身份的做法，是完全错误的；而对因此而身陷囹圄的人，无论是知名的"大右派"还是无名的底层"小右派"，都应当给予同情性包容。

其次，应该看到也应当承认，虽然这正是社会主义历史实践经验中具有悲剧性的一面，但整个社会主义的实践经验并不止于此，对在

---

① 贺桂梅：《世纪末的自我救赎之路——对1998年与"反右"相关书籍的文化分析》，载戴锦华主编《书写文化英雄——世纪之交的文化研究》，江苏人民出版社2000年版，第71页。

② 同上。

③ 同上书，第70页。

这一坎坷路途中取得的成就也应该给予客观评价。这样做并不是要对"完全肯定"或"完全否定"的对立论调加以简单的调和，而只是想使历史的复杂性更加明确化、具体化。因为，在整个社会主义实践过程中，断裂和连续性是同时存在的，我们不能以简单粗暴地贴政治标签的方式，用一种价值判断来取代另一种价值判断，而是应当清醒地认识到：在当前的"反右"叙述中，作为历史受难者在作品中进行的控诉或释放的积怨，无论对于历史、社会还是个人都是合法的，也是合理和必要的。健全的法制社会应该促进个人苦难真实地进入历史书写；但这些又绝不是"反右"历史的全部，历史真相还有许多未被叙述、未被认识的面相。因此，与80年代在叙事向度与伦理诉求方面都比较单一的虚构叙事相比，90年代的纪实叙述在多元化的思想参照下虽然提供了再度认识与料理历史的新起点，对于丰富深化历史认知具有十分重要的意义，但是研究者仍然要警惕将叙述中的个别经验普遍化与整体化的危险，否则必然会造成历史记忆的另一种遮蔽与压抑。

当然，作为中国历史上影响重大的政治与历史事件，1957年的"反右派斗争"涉及了党派纷争、阶级纷争、对某些领导者及相关的知识分子政策的评价，以及知识分子问题、中国现代化路径、社会主义建设实践等重大问题，可谓千头万绪、难端其详，想要在短时间、有限篇幅、有限资料的情况下，将历史事实本身及其来龙去脉解释清楚，并不是一件容易的事，而且这也不是本书的目的。本书只想从叙述层面入手，对一代人的复杂经验与经验主体被叙述与表达出来的可能性与方式等问题进行考察，注重的只是这一问题场域中的"反右"叙述，而不是"反右"事件本身，这些缠绕于"反右"运动的各种争论只是为本书的研究提供了一个复杂的问题场域，并启示着只有穿越这一场域，研究才会具有相应的复杂性与层次感，也才不会沦为某种既有认识的简单重复。

附录　20世纪90年代以来的"反右"作品大略

表一　　　　　　　　　　纪实类"反右"叙述

序列	时间	书　名	作者	出版社
1	1986	《随想录》	巴金	人民文学出版社
2	1992	《离人泪——沉重的1957》	叶永烈	百花洲文艺出版社
3	1993	《阳谋——"反右"前后》（修订本）	丁抒	香港九十年代杂志社——臻善有限公司
4	1994	《葛佩琦回忆录》	葛佩琦	中国人民大学出版社
5	1994	《办〈光明日报〉十年自述》	穆欣	中共党史出版社
6	1995	《再思录》	巴金	上海远东出版社
7	1996	《沉船》	邵燕祥	上海远东出版社
8	1996	《从文家书》	沈从文	上海远东出版社
9	1997	《往事如烟》	梅志	河南人民出版社
10	1996	《怀旧集》	季羡林	北京大学出版社
11	1997	《二流堂记事》	唐瑜	安徽文艺出版社
12	1998	《思痛录·露莎的路》	韦君宜	北京十月文艺出版社
13	1998	《毕竟是书生》	周一良	北京十月文艺出版社
14	1998	《漏船载酒忆当年》	杨宪益著、薛鸿时译	北京十月文艺出版社
15	1998	《九死一生——我的右派历程》	戴煌	中央编译出版社
16	1998	《走向混沌》	丛维熙	中国社会科学出版社
17	1998	《我亲历过的政治运动》	萧克、李锐、龚育之	中央编译出版社
18	1998	《往事苍老》	李辉	花城出版社
19	1998	《人民记忆50年》	宋强、乔边编	甘肃人民出版社
20	1999	《储安平：一条河流般的忧郁》	谢泳	中国青年出版社
21	1999	《王造时：我的当场答复》	叶永烈	中国青年出版社
22	1999	《罗隆基：我的被捕的经过与反感》	罗隆基	中国青年出版社
23	1999	《第一个平反的右派：温济泽自述》	温济泽	中国青年出版社
24	1999	《虽九死其犹未悔》	叶笃义	北京十月文艺出版社

续表

序列	时间	书　名	作　者	出版社
25	2000	《往事随想——萧乾》	唐文一、刘屏主编	四川人民出版社
26	2000	《往事随想——吴祖光》	唐文一、刘屏主编	四川人民出版社
27	2000	《悔余日录》	冯亦代著，李辉整理	河南人民出版社
28	2000	《郭小川1957年日记》	郭小川著，郭晓惠、郭小林整理	河南人民出版社
29	2000	《林昭，不再被遗忘》	许觉民编	长江文艺出版社
30	2000	《新生备忘录》	李应宗	长江文艺出版社
31	2000	《我的人生苦旅》	柳溪	长江文艺出版社
32	2001	《昨夜西风凋碧树》	徐光耀	北京十月文艺出版社
33	2001	《检讨书：诗人郭小川在政治运动中的另类文字》	郭晓惠等编	中国工人出版社
34	2001	《没有情节的故事——有关1957年反右运动的文章专集》	季羡林主编	北京十月文艺出版社
35	2001	《我们都经历过的日子》	季羡林主编	北京十月文艺出版社
36	2001	《经历——我的1957年》	和凤鸣	敦煌文艺出版社
37	2002	《我与吴祖光的40年悲欢录》	新凤霞	中国工人出版社
38	2002	《夹边沟记事》	杨显惠	天津古籍出版社
39	2002	《顾准文存》	顾准著，陈敏之、顾南九编	中国青年出版社
40	2002	《北行小语》	曹聚仁	生活·读书·新知三联书店
41	2002	《追寻》	李蕴晖	甘肃人民出版社
42	2003	《告别夹边沟》	杨显惠	上海文艺出版社
43	2003	《亲历一九五七年》	徐铸成	湖北人民出版社
44	2003	《我们仨》	杨绛	生活·读书·新知三联书店
45	2003	《蒙恩历程》	李景沆	香港：天马图书有限公司
46	2003	《黄苗子自述》	黄苗子著，李辉编	大象出版社
47	2004	《再思录》（增补版）	巴金	广西师范大学出版社
48	2004	《往事并不如烟》	章诒和	人民文学出版社
49	2004	《寻找家园》	高尔泰	花城出版社
50	2004	《恍若隔世——回眸夹边沟》	邢同义	兰州大学出版社

续表

序列	时间	书 名	作 者	出版社
51	2004	《卷地风来——右派小人物记事》	茆家升	远方出版社
52	2004	《心路——良知的命运》	杨勋	新华出版社
53	2004	《黄永玉自述》	黄永玉	大象出版社
54	2004	《又见昨天》	杜高	北京十月文艺出版社
55	2004	《北大一九五七》	张元勋	香港明报出版社有限公司
56	2004	《记忆：往事未付红尘》	章立凡	陕西师范大学出版社
57	2004	《一纸苍凉——〈杜高档案〉原始文本》	李辉	中国文联出版社
58	2004	《找灵魂——邵燕祥私人卷宗：1945—1976》	邵燕祥	广西师范大学出版社
59	2004	《赤子吟：一个小右派之坎坷人生》	陈炳南	中国文学艺术出版社
60	2005	《束星北档案》	刘海军	作家出版社
61	2005	《百年记忆：民谣里的中国》	林希	中国社会出版社
62	2005	《自述与自诬——聂绀弩运动档案汇编》	本社编	武汉出版社
63	2005	《最后十年：1949—1958》	郑振铎著，陈福康整理	大象出版社
64	2006	《林斤澜说》	程绍国	人民文学出版社
65	2006	《丁玲自述》	丁玲	大象出版社
66	2006	《不肯沉睡的记忆》	俞安国、雷一宁编	中国文史出版社
67	2006	《半生多事》	王蒙	花城出版社
68	2006	《生死恋曲》	赵瑞兰	中国文联出版社
69	2006	《郑振铎日记全编》	郑振铎著，陈福康整理	山西古籍出版社
70	2007	《别了，毛泽东：回忆与思考1945—1958》	邵燕祥	香港牛津大学出版社
71	2007	《顺长江，水流残月》	章诒和	香港牛津大学出版社
72	2010	《徐铸成回忆录》	徐铸成	生活·读书·新知三联书店

此外，私人自费印刷或网上发表的自述作品有：《"反右"的余震》[①]

---

① 波子：《"反右"的余震》（http://www.edubridge.com/youpai/index.html）。

《我所知道的北大整风反右运动》①《我所了解的林希翎》②《北大在一九五七》③《空军头号右派泣血控诉噩梦年代》④《风雨怆惶五十年》⑤《浮游在希望与绝望之间》⑥《铁帽压顶》⑦《上海交大反右派亲历记》⑧《我在北大1957年整风反右中的遭遇》⑨《"疯子"的话》⑩《臭老九的一生》⑪《劫海恶波》⑫《1957年新湖南报人》⑬《57年的桃李劫》⑭等。

表二　　　　　　　虚构类"反右"叙述

序列	时间	书名	作者	出版社
1	1998	《盛世幽明》	孙民	作家出版社
2	2000	《乌泥湖年谱》	方方	人民文学出版社
3	2001	《中国1957》	尤凤伟	上海文艺出版社
4	2002	《风雪夹边沟》	赵旭	作家出版社
5	2002	《苦太阳》	贾凡、庞瑞林	中国戏剧出版社

---

① 陈奉孝：《我所知道的北大整风反右运动》（http://360doc.cn/showweb）。
② 陈奉孝：《我所了解的林希翎》（http://www.tecn.cn）。
③ 丁抒：《北大在一九五七》（http://www.xici.net/d845112.htm）。
④ 李凌：《空军头号右派泣血控诉噩梦年代》（http://www.56cun.myanyp.cn/blog/archive）。
⑤ 李慎之：《风雨怆惶五十年》（http://blog.tianya.cn/blogger/post_show.asp）。
⑥ 茆家升：《浮游在希望与绝望之间》（http://www.philosophydoor.com/Thinkers/）。
⑦ 舒展：《铁帽压顶》（http://www.cssm.org.cn/view.php?id=4951）。
⑧ 施绍箕：《上海交大反右派亲历记》（http://chinsci.bokee.com/viewdiary）。
⑨ 萧立功：《我在北大1957年整风反右中的遭遇》（http://www.360doc.com/show-RelevantArt.aspx?ArticleID=447137）。
⑩ 严仲强：《"疯子"的话》（http://www.cnread.net/cnread1/zzzp/）。
⑪ 姚治邦：《臭老九的一生》（http://hk.netsh.com/eden/blog/）。
⑫ 吴容甫：《劫海恶波》（http://www.taosl.net）。
⑬ 朱正、刘皓宇、罗印文等：《1957年新湖南报人》（http://www.tianya.cn/publicforum/content/books/）。
⑭ 曾伯炎：《57年的桃李劫》（http://www.360doc.com/content/11/0729/16/4402542_136557110.shtml）。

表三　　　　　　　　　研究类"反右"书籍

序列	时间	书名	作者	出版社
1	1989	《中国的反右运动》	纳拉纳拉扬·达斯	华岳文艺出版社
2	1989	《文化大革命的起源》	麦克法夸尔	求实出版社
3	1990	《剑桥中华人民共和国史》	费正清、麦克法夸尔主编	中国社会科学出版社
4	1992	《毛泽东的中国及其发展》	莫里斯·梅斯纳	社会科学文献出版社
5	1994	《第三只眼睛看中国》	洛伊宁格尔	山西人民出版社
6	1994	《顾准文集》	顾准	贵州人民出版社
7	1995	《反右派始末》	叶永烈	青海人民出版社
8	1998	《胡耀邦与平反冤假错案》	戴煌	中国文联出版社
9	1998	《1957年的夏季：从百家争鸣到两家争鸣》	朱正	河南人民出版社
10	1998	"思忆文丛"三卷本①	牛汉、邓九平主编	经济日报出版社
11	1998	《乌昼啼：1957年"鸣放"期间杂文小品文选》	段跃编	中国电影出版社
12	1998	《禅机：1957苦难的祭坛》	胡平	广东旅游出版社
13	1999	《李锐文集》	李锐	南方出版社
14	2005	《储安平与〈观察〉》	谢泳	中国社会出版社
15	2005	《回声集：关于〈赤子吟〉的通信和书评汇编》	陈炳南	中国文学艺术出版社
16	2005	《1957年的中国》	朱地	北京华文出版社
17	2005	《反右派斗争的回顾与反思》	汪国训	香港国际学术文化资讯出版公司
18	2007	《拒绝遗忘："1957年学"研究笔记》	钱理群	香港牛津大学出版社
19	2007	《五十年无祭而祭》	章诒和	香港星克尔出版社

---

① "思忆文丛"三卷本分别是：《荆棘路——记忆中的反右运动》《原上草——记忆中的反右运动》和《六月雪——记忆中的反右运动》。

上 篇
自述与自我经验

第一章

何谓自述

第一节 自述即自我建构

在这批纪实类"反右"叙述中,以自述方式叙述历史与个体自我经验的占多数。所谓自述,指由亲历者依据自身的生活经历,以"当下之我"的叙事视点来讲述"既往之我"之故事的一种回顾性叙事。从叙事人与故事关系的角度来说,它是一种同故事叙述,即作者与叙述人、故事主人公基本同一。在这一意义上,个人回忆录、自传(包括口述自传如《舒芜的口述自传》)[①]、个人的回忆性散文、随笔等都可以划入其中。

但虽然同为同故事叙述,在具体作品中,自述的表现样态与表现重点并不完全相同。比如,大多数自传重在展示自述者的个性史,

[①] 口述自传作品实际上是由传主与他人(执笔人)合作完成,执笔人在对传主口述内容加以整理,使其更逻辑化、条理化、原述语言更书面化的过程,往往也会凝聚着执笔人的创造性劳动,并且会对叙事效果产生一定影响。但是由于从体例上来说,口述自传仍属于自传体书写范畴,讲述的仍然是传主自己的故事,自述研究涉及的各种叙述语态等叙述伦理层面的问题,在口述自传中也都存在、适用;而且,最重要的是,执笔人虽然参与了部分工作,但并不是故事的独立讲述者,对故事的组织与形成也不具有完全独立的主导权,这不仅体现在他的整理要尽量尊重传主口述的原貌,还体现在作品最终要经过传主自己的审核、修改、斟酌之后才能最终敲定,因而,无论在所述故事的内容,还是在叙述形式上,起决定性影响的还是传主自己,而不是执笔人。因此,在本书中,口述自传也被列入自述研究的范围。同样,虽然从执笔人的角度来说,他的整理过程具有一定的代述特征,比如要尽量尊重传主原述,要力求客观,减少自我主观因素的介入。但在代述中,原述人只是提供信息或材料,对作品写作过程、叙述形式并不具有直接影响,代述者对故事的组织与形成也有比较独立的主导权,作品主要是他个人精神创造的产品。因此,虽然口述自传带有代述的痕迹,本书并不将它列入代述研究范围。

一切材料都是围绕塑造叙述者,也即作者的个性而被组织起来的,重在通过历史境遇的呈现来展示和定义"我"自身,历史与他人只是人物个性史的背景,如王蒙的自传《半生多事》。但对自我个性史的书写不能是随意的,它不仅要建立在人与其时代之关系的说明的基础之上,还应该充满对自我的冷静审视与反省。对经历过"反右"运动的自述者来说,尤其应该如此。而大多数的个人回忆录,或单篇的个人回忆性散文,对个人生活的回忆并非是要有意展现作者个性的历史,而是将个人视角作为透视历史的窗口,并借对"既往之我"的清理与审视,对历史做出新的书写。如《思痛录·露莎的路》(韦君宜)、《经历——我的1957年》(和凤鸣)、《走向混沌》(丛维熙)、《九死一生——我的右派历程》(戴煌)、《昨夜西风凋碧树》(徐光耀)、《赤子吟:一个小右派之坎坷人生》(陈炳南)、《寻找家园》(高尔泰),以及在《没有情节的故事——有关1957年反右运动的文章专集》《我们都经历过的日子》《不肯沉睡的记忆》与"思忆文丛"之《荆棘路——记忆中的反右运动》中收录的一些亲历者的单篇回忆文章。网上以私人名义或在民间以地下方式流传的个人回忆性文字就更多。相对于自传来说,这类回忆录或回忆性散文占多数。此外,在本书中,亲历者以回忆性笔触对自己当年写就的诗歌、杂文、散文甚至小说等文学作品,以及书信、日记、检讨书、思想汇报、思想改造材料等档案资料的编撰与整理,如邵燕祥的《找灵魂——邵燕祥私人卷宗:1945—1976》、冯亦代的《悔余日录》等也包括在内。因为,虽然这些作品没有采用常见的"讲故事"或"散文"化的叙述方式,但是由于这些材料"均为己出",而且它们不只为还原历史现场提供了有力证据,还在被编撰与整理的过程中,寄予了作者对自我与历史的审视与反省,因而也被视作一种讲述自己故事的方式。

以上界定只是为方便笔者的研究与写作。实际上在具体文本中,个性史的展现与历史书写之间的界限并不那么清晰。因为在"反右"运动的特殊年代,个人的日常生活多被时代的政治生活所取代,个体心性与人格的发展也都曾受到意识形态的强制性规训,因而个人个性史的发展、个体命运的推进始终被裹挟在历史沉重、复杂的脚步之中，甚至在某种程度上可以说，对他们而言个人即历史，历史即个人，历史经验与经验主体已难以区分。因此，在他们的自述中才鲜有对真正意义上的个人日常生活的描述：对个体生命史的回顾往往也是对那段历史的回顾，讲述"我"的故事的过程同时也是建构自我经验主体、重新书写历史经验的过程。

这一点对于中国当代文学的书写来说又是非常重要的。长久以来，个人存在的被否定与人的历史性荒芜一直是中国当代文学的一道难解之题。因此，无论这些自述能否成功建构一个具有历史承担意识的独立叙述主体，无论它自身还存在怎样难以克服的困境与局限，它的出现本身已为个人经验叙事的出场提供了具有典范意义的研究个案。

同时，由于自我与历史相互纠缠的复杂关联，"反右"自述对于自我经验主体的建构也不同于一般意义上的个性史塑造，它将直接影响到复杂历史经验能否很好地出场并进入公共领域成为断层的社会记忆与单一的官方历史记忆的补充，以及能否转化成有效的思想资源以为当下的社会主义实践提供借鉴等一系列的问题。因而，自我的建构包含有复杂的历史内涵。

而从现代伦理意义上的主体观来看，自我也已不再具有本质主义意义上的恒定内涵，即不再是单纯的"我是谁"或"我怎样"，如"由存在主义者的绝望激发出来的孤独的自我"，[1] 或"启蒙运动确立起来的自主的自我"[2]，或"浪漫主义者的自我表现的自我"，[3] 以及"实证主义者佯装的无自我"[4]。在现代伦理意义上，特别是在后现代的精神文化状况中，自我的身份更像是一个"'可移动的宴席'，在与我们在文化系统中被表征或书写的方式的关系中持续地被形构与转

---

[1] 伍茂国：《叙事伦理：伦理批评新道路》，《浙江学刊》2004 年第 5 期。
[2] 同上。
[3] 同上。
[4] 同上。

化。它是历史地而不是生物地被界定的"。① 也就是说，自我是被建构出来的，自我生成的道德空间充满了不确定性与他者性。

自述行为本身的建构性也可以说明这一点。从时间上来说，回忆性自述相对于事件本身来说，总是现时的、延后的补叙行为，只能通过记忆来构建曾经的历史与自我，而时间的流逝必然会导致记忆的变形或遗忘。"按柏格森的观点来看，记忆的实践功能就是认知，它必须要以两种不同的方式发生：有时在于行动本身，即一种适应于环境的机制运动的自动设置；在其它时候，它则暗示大脑努力搜寻过去那些最能进入目前情形的表征，以便应用于目前。记忆的这种提供现实应付能力的功用，使作为其对象的历史事件，得以走出过去直接参与进维系现实的活动当中"。② 因此，作为经验式的记忆现象学的自述不可能是复述而只能是制作，其实质"不过是对记忆符码的重新编程，即由现实需求动因触发而设置的关于往事的回忆"。③ 正如哈布瓦奇对记忆当下性的强调："人们头脑中的'过去'并不是客观实在的，而是一种社会性的建构。回忆永远是在回忆的对象成为过去之后。不同时期的人们不可能对同一段的'过去'形成同样的看法。人们如何构建和叙述过去在很大程度上取决于他们当下的理念、利益和期待。回忆是为现在时刻的需要服务的，因而它是断裂的"。④《自传契约》的作者菲力浦·勒热讷也曾指出："任何第一人称叙事，即使它讲述的是人物的一些久远的遭遇，它也意味着人物同时也是当前产生叙述行为的人，陈述内容主体是双重的，因为它与陈述行为主体密不可分；只有当叙述者谈论自己当前的叙述行为时，它才重新变得单一；反之

---

① Stuart Hall. "The question of culture idedtity" in Stuart Hall, Diavid Held and Tony McGrew ed. Modernity and Its Futures, Cambridge: Politry Pr. . 转引自贺玉高《霍米巴巴的杂交性理论与后现代身份观念》，博士学位论文，首都师范大学，2006 年，第 12 页。

② 潘盛：《"十七年"革命回忆录书写中的历史叙事与公共记忆》，硕士学位论文，南京师范大学，2006 年，第 16 页。

③ 同上。

④ 郑广怀：《社会记忆理论和研究述评——自哈布瓦奇以来》（http://www.douban.com/note/56013548/）。

则不然，它永远也不能指一个脱离任何当前叙述者的人物"。①

因此，在自述文本中，故事中的"既往之我"与叙述行为中的"当下之我"及现实生活中的"自在之我"只能是基本同一而非真正的同一。而由语言、历史、他人（如读者）及现实境遇所构成的复杂的道德空间对自述者叙述视点、叙事姿态、叙事立场、伦理取位、现实诉求、政治期待以及身份认同等的影响，也使自我的建构充满异质性与他者性。因此，自述建构的真实性，只能是自述人用满足当下自我意识的方式来实现的、有选择的建构性，而自我的建构也必然是沿着过去的欲望轨迹，并结合当下诸多层次的自我才能完成。此外，作为叙事媒介的语言自身的概念性、抽象性及二律背反性，也使自述及自我形象的生成具有了建构性甚至是虚构性的特征。

因此，自我是有待建构的，自我身份是不断漂移的，通向现实自我的任何道路都必须穿越具有多元化特质的语言和充满纷乱和含混的历史，在诸如对话、交往、写作、阅读、阐释等实践过程中，在文化、语言、历史、他者等多维空间中展开。缺少任何一维的参照，自我的建构都不可能成功。也就是说，自我建构既是个人的，也是历史的，既是自我的，也是他者的，即是时间的，也是空间的，既是个性的，也是普遍的，既属于独特境遇中的作者，也属于特定语境中的读者，只有经由这多种因素的共同牵制、合力协作，具有现代伦理意义的主体自我的建构才能完成。从这一角度来说，自述也可被看作是一种由亲历者伦理地建构自我经验主体的叙事。

而自我建构与叙述之间天然的内在关联也为上述界定提供了依据。通过叙述发现自我性，实现个体对自我的认同，从而最终完成自我的构建，这正是现代社会哲学在讨论叙述与自我认同关系时得出的结论。保罗·利科曾说，在生命史中不能够接受的诸多事实，在叙述中会重新构成一个整体。"这种整体，不仅是故事本身的整体，也是讲述者自身生命整体的形成过程……通过讲述故事，讲述者会获得一

---

① ［法］菲力浦·勒热讷：《自传契约》，杨国政译，生活·读书·新知三联书店2001年版，第238页。

种'叙述认同'。讲述的故事所形成的整体，反过来促成了讲述者自身认同的形成：'生命的整体就是被讲述的故事的整体'。这两种整体的意义在于，通过叙述而来的自我认同，是以伦理生活的基础的形象出现的"[1]。因而对于个体而言，叙述为其"生命中的创伤时刻找到了恰当的伦理位置"。[2] 泰勒对现代自我认同的研究也表明："自我性和善，或换言之自我性和道德，原来是难分难解地纠缠在一起的"[3]。人作为一个伦理主体要确定"我是谁""我是什么"，就必须依赖一定的价值标准，并在一定的道德空间之内来确定界定的方向，而这个过程要依赖叙事才能完成，也"就是要叙事性的理解我的生活，我成为什么的含义只能在故事中才能提供"[4]。"我们依靠我们如何到达那儿的叙说，来决定我们是什么"[5]。叙事因此成为"我们"确立身份的通道和方式。在此意义上，亲历者自述自己故事的过程，也是建构自我、发现自我性、实现自我认同的过程，因而也可被看作是一种伦理地建构自我经验主体的叙事。

也正是在这一意义上，笔者更倾向于从叙述话语层面而非故事层面来探讨自述。相对于作品所塑造的自我形象与叙述人所讲述的关于自我与历史的故事，本书更关注的是这一自我主体是如何被伦理地建构起来的：即对这些亲历者和自述者来说，个体生命与历史中的这一创伤性时刻如何在叙述中找到恰当的伦理位置；叙述过程如何为伦理主体的生成营造恰当的道德空间、提供合理的价值标准，以促进伦理主体自我性的发现；叙述者又是以怎样的语式、语态、叙述逻辑来结构、整合和描述关于"我"的故事；这种叙述又将会遭遇来自经验本身、叙述者认知与表达方式本身，以及自述者言说境遇与读者接受境

---

[1] 孙飞宇：《对苦难的社会学解读：开始，而不是终结——读埃恩·威尔库森〈苦难，一种社会学的引介〉》，《斯为盛学报》2007年第11期。

[2] 同上。

[3] [加拿大]查尔斯·泰勒：《自我的根源——现代认同的形成》，韩震等译，译林出版社2001年版，第3页。

[4] 同上书，第71页。

[5] 同上书，第70页。

遇层面的哪些限制、禁忌与障碍。本书对自述伦理的探讨主要就是围绕这些问题展开的。

第二节　反思性——自述的叙事伦理尺度

　　作为一种涉及重要历史经验的叙述，真实性是自述首要的也是最基本的叙事要求。这一点毋庸置疑。但事实上，在自述过程中，由于亲历者个人认知、表达能力、结构经验的能力、经验本身的局限，以及自述行为本身的建构性特征等诸多方面的原因，自述作品并不总像它们"理应如此"的那么"真实"。因此如何克服这些局限、如何使自述有选择的建构性更加客观，更加贴近"理应如此"的要求，已不只是具有历史认知层面的意义，还同时赋予自述一种伦理内涵。

　　而要做到这一点，关键在于自述是否具有反思性。因为，只有经过理性反思，琐碎的、零星闪现的经验才能成为具有逻辑性的意义整体，也才能使回忆真正成为一种思考。在这一方面，赫尔岑的《往事与随想》、爱伦堡的《人·岁月·生活》、帕斯捷尔纳克的《人与事》以及索尔仁尼琴的《古拉格群岛》堪称经典。在这些作品中，回忆不只是亲历者对个体人生的简单追忆，同时也是爆发着"思想威力"的关于生命、死亡、自由、理想、历史、苦难、存在、真理、爱情、宗教等命题的哲思。没有了这种思考的重量，无论赫尔岑的自信、乐观与激情多么感染人，无论其文体与语言多么优美和光辉；无论爱伦堡、帕斯捷尔纳克与索尔仁尼琴对历史真相的揭露多么具体入微，这些作品也都不会如现在这般震撼人心。

　　因此，反思性的有与无、深与浅对于"反右"叙述来说尤为重要。这是灵魂残破的一代，曾几何时，有意无意间，他们被卷进时代狂潮的风口浪尖；又曾几何时，他们作为历史的"剩余物"被抛向岁月荒芜的边缘。曾经的屈辱与折磨已使他们的灵魂饱受摧残，道义上的过失与过错又带给他们长久的不安，而历史记忆在青年一代被扭曲、被淡化、被中断的事实，则尤使他们觉得遗憾、焦虑与痛心。内心对于无憾圆满与心安幸福的迫切渴望、对于历史与后代的责任感与使命感的日益增强，使他们不得不在人生的暮年负重前行。因此，当他们在讲述自己故事的过程中，与一度被深藏或遗忘的历史，和一度被隐匿的残破灵魂相遇，并进行追问、审视与清理时，反思性的有与无、强与弱，已不只会影响到世人对于历史客观性的认知，也会影响到叙述能否通向经验主体内心与精神的深处，从而完成修订、完善、提升、建构一个既能直面自我心灵又能承担相应历史责任的伦理主体的重任。因此，反思性在重构自我、发现并抵达自我性、实现自我认同等方面具有重要的意义。只有经由具有反思性的叙述，使回忆真正成为一种思考，自述者才能为生命中的受到创伤的那一时刻找到恰当的伦理位置，为伦理主体的生成营造恰当的道德空间，提供合理的价值标准。因而，建构自我的叙事应当是一种具有反思性的伦理叙事。在此，反思不仅代表了叙述所能达到的深度，也昭示着一种自述者不容回避的叙事态度；既是叙述者在叙述话语中置入的态度选择和努力实现的伦理意图，也是叙述者对读者做出的态度承诺和读者对文本给予的伦理期待。

其实，只要是叙述，就必然会包含叙述者的态度选择。因为，语言中总是有态度的，也即语态。语态就是一种"存在的修辞学"[①]。但是在当下的文学叙事中，这一点要么被忽略，要么被种种叙事面具掩盖或替代，从而造成了叙述态度的被隐蔽与语言行为的伦理淡漠。就"反右"叙述来说，由于"反右"事件本身所蕴含的历史、政治、文化、思想、道德、伦理等层面的复杂内涵，以及它对当下社会生活实践的重大意义，使得关于它的回忆、认识与叙述必须包含作者严肃认真的态度选择。因此，自述应当是自述者基于历史责任感与义务感的一种源自内心要求甚至自我生命绝对命令（钱理群语）的、严肃、沉重、匍匐于地面的写作行为，虽然其中也可以夹杂暖色与亮色，但叙述并不会因此而显得随意、散漫，不可能也不应该轻若飘云，散若浮沙，畅若奔溪，否则对历史的反思、对历史责任的承担，以及对自我真实性的认同，就会缺乏明晰的立场与应有的深度。而一种清晰的

[①] 王鸿生：《无神的庙宇》，上海人民出版社2001年版，第72页。

反思意识，则说明了叙述者对此态度的自觉，它的存在将会使人在自述中看到那些显示着思想与生命力度的重要质素，如伤痕与疼痛、犹疑与暧昧、矛盾与挣扎、失望与绝望，以及在"结痂处"生长起来的谦卑与宽容、温暖与原宥、希望与爱。

因此，对作为涉及敏感政治事件的自述，反思性既是为还原历史真相在认知层面对叙述者与研究者提出的要求，也是在建构自我经验主体与重新书写历史在叙述伦理层面对写作者设定的态度标尺。而只有将自我作为被打量、被深思的"他者"，也即一切异于自我又构成自我的东西，如信念、理想、他人、历史、语言、自然等，反思才能形成，自我的内在经验、道德焦虑、叙事焦虑、意义焦虑才能真正出场。由于词语本身特有的表态与创化功能，这种反思性的有与无、强与弱，又都将会通过叙事话语的语式、语态等外在修辞特征表现出来。因此，本书在自述部分，没有笼统地按照叙述形式的不同（如邵燕祥的一些自传性文本与杜高的《又见昨天》，主要倚重的是档案史料，它们或是把过去的档案原封不动地展示出来，或是在讲述自己故事的过程中不断穿插进一些重要的资料文献；而大多数的自述作品则是以纯粹回顾性视角、散文或随笔等的表现方法，依照时间顺序，线性地讲述自己的故事）进行研究，而是重点选取了坦白、自省、忏悔、控诉、具体、节制、祈祷、超越、爱恋与敬惜等语态加以分析，希望能够以管窥豹，对自述话语的语用特征有所把握。而透过这些叙述语态或语象，也将使人看到自述者对自我经验的梳理与选择：有一些经验经过现时的改造进入了他的叙述视野，另一些经验则在经意或不经意间被舍弃与遮蔽了，而在这一取一舍之中体现了自述者不同的现实诉求与伦理取位。因此，建构自我的不同样态也是对自我经验的不同处理方式的体现。

需要说明的是，本书自述部分主要以公开发表的作品为研究对象，并重点分析了《随想录》《思痛录·露莎的路》《沉船》《经历——我的1957年》《走向混沌》《半生多事》及《寻找家园》等作品。选择依据在于：

首先，在20世纪90年代以来的"反右"书籍热中，公开出版的书籍是这一文化现象的直接载体，它们直接参与并经历了创作、出版、发行（部分作品还在出版后被禁）的整个过程，全程见证并体现了在现有体制空间内，涉及这一敏感历史题材的著作和官方意识形态、主流意识形态、大众文化等各个环节和领域之间的"遭遇战"。同时，由于这些作品的作者多为知名作家、记者、学者或有资历的老干部，作者身份的特殊也使这些作品更容易产生广泛的影响。因而较之以民间或以地下方式流传的作品，这些作品蕴含了更多的叙事信息与文化征候。

其次，从所述经验本身来说，公开出版的作品已基本涉及各阶层右派的人生体验，上述几部作品在这一方面也颇有代表性。其中，既有险些被划右派却最终变成划别人为右派的"历史同谋者"的人生体验，如《思痛录·露莎的路》；有自认为左派却被划右派，历经迷惘到自觉接受这一事实的精神体验，如《沉船》；也有在这一过程中，从迷惘、坚持、反抗至崩溃、顺服，并在各种惩罚中经受重重磨难的体验，如《走向混沌》《经历——我的1957年》等。此外，在这些作品中，既有较为知名的右派，如丛维熙、王蒙、杜高、邵燕祥（他们当时在北京甚至中国文坛与戏剧界均已具有一定名气）等对自我生命故事的讲述，也有原本不太出名的右派如高尔泰、和凤鸣、陈炳南，以及许多根本无名的底层"小右派"对自我惨凄生命经验的展示。因而，从经验层面来说，这些作品也都具有一定的典型性。

再者，对纪实类写作叙事伦理的研究，叙述能力及叙述语言是研究的重点之一，一些未公开出版或只流行于网上的作品，有时并不是十分注意主体自我的呈现与叙述语言的考究，因此对于本书的研究不具备充分的样本特征。而公开出版的作品在这方面要典型得多，特别是上述几部作品，在叙述能力、叙述话语与叙事伦理征候的体现上都较有代表性。当然舍弃非公开出版的作品，也与笔者研究能力、时间及精力所限有关。

还需一说的是巴金和邵燕祥。首先是巴金。从时间上说，巴金《随想录》的写作及成书时间均不在本书研究范围内；从内容上说，无论是《随想录》还是《再思录》（包括1995年版和2004年的增补版）涉及历史反思的部分，主要针对的是"文革"而不是"反右"（《随想录》中少数篇章提及过"反右"，如《怀念叶非英兄》等）；而从反思的深刻性、揭示政治运动对人不堪忍受的精神与肉体的折磨方面看，这两部作品也并不是最典型的。但是作为"反右"及"文革"后老一代知识分子的最高代表，巴金及其作品的意义在于：无论"反右"还是"文革"，当历史的脓血看似已被清洗干净，当往事已成为历史或某种纯粹学术性的话题，当更多的人已经将其淡忘或轻轻放下时，巴金始终怀有深深的负罪感与忧患感。在几十年的时间里，他不停歇地思考、探索、追求、自省，在历史记忆的片断中展现着历史的酷烈和震撼，偿还着对他人、历史、自我欠下的良心债，并苦口婆心地一再告诫人们千万千万不要忘记历史，历史的悲剧不能重演。因此，从某种程度上来说，巴金的持续性思考本身已是典型的、值得研究的个案。不仅如此，无论是《随想录》还是《再思录》，都显示出一代良知未泯的知识分子对自己亲历的罪恶绝不姑息与掩盖的坚决，其中对于现实、历史、自我与知识分子人格的一些反思，是颇为深刻与精到的，即使放在今天也有很强的现实意义。而且，从《随想录》到《再思录》，由于社会氛围与作者写作心态的变化，对历史的反思与话语表达也都发生了一定的转变，这对于亲历者自述的研究也是一个值得关注的表征。因此，巴金及其作品也是本书要着重分析的文本。

在这一点上，邵燕祥与巴金相似。从 20 世纪 80 年代初，在"文革"中被抄走的大量资料归还给他之后，他就开始自觉地对这些资料及其背后的历史加以清理，并在从此之后至今的三十年左右的时间里，从《沉船》（1981 年写作，1996 年发表）、《人生败笔——一个灭顶者的挣扎实录》（1997 年）、《狂欢不再》（1998 年）、《邵燕祥自述》（2003 年）、《找灵魂——邵燕祥私人卷宗：1945—1976》（2004 年），到《2007——新年试笔》，再到《别了，毛泽东：回忆与思考 1945—1958》（2007 年），撰写了一系列自传性作品与历史研究文章。从中我们既可以看到他作为自述者的历史认知的逐步深化，也可以看到他关于自我认知的提高、自我解剖的深化以及个人思想立场的移转，因此，对研究特定时代知识分子的改造史和思想史是极好的案例，同时也呼应着巴金拒绝遗忘和拒绝推卸历史责任的心声。因此，本书选取邵燕祥的作品作为分析样本，不仅是因为它们在叙述层面的特殊，也是因为在几十年的时间中，他的持续性的思考和写作对于历史叙述与自我建构所具有的意义。

此外，自传作者在讲述自己的故事时，往往会运用一些小说手法，因此，自传与自传体小说单从文本表现特征来说，区别并不明显。但一部作品是否是自传体小说，要有作者的公开声明或文本之外的其他材料加以佐证，而自传包括纪实写作则是建立在写作者、读者及传主等各方相互信任基础之上的体裁与叙事方式，因此本书涉及的自述作品不包括自传体小说。

第二章

坦白、自省与忏悔

第一节 坦白叙事的可能与边界

坦白，指能够据事直书、坦诚说出历史与自我的真相。这真相可以是一种个人信念，也可以是普通历史与日常生活。但更多时候，一桩真诚的坦白意味着以事实为准绳，尽量客观公允地还原被遮蔽、被扭曲、被遗忘的历史以本真面貌，能够不加隐瞒和讳饰地将带有污迹的个体人生公示出来。因此在某种程度上，坦白事实是对自述者最基本的伦理要求之一，也是认识自我、构建自我的重要前提。本书主要通过对污迹坦白、信念坦白、历史史实坦白以及关于日常细节的叙述等几种坦白叙事话语的分析，来探讨自述者如何建构自我以及如何处理各种不同的自我经验。

一 污迹坦白

在这些自述作品中，大多数自述者在叙述自己苦难的同时，还在一定程度上对自己当年因为种种原因失去应有的批判与认识能力，以及人格应有的尊严与品质，在事实与正义面前变得怯懦、沉默与退缩，"真诚"甚至违心地去认识、加害别人，以至成为历史悲剧直接或间接制造者的事实，进行了深刻的揭露与反省。

如巴金的《随想录》与《再思录》。前者是巴金"打破十年沉默"后的主要著作，按巴金的话说，包括从1978年到1986年的8年之间写就的150篇随笔。它们如实地记录了巴金的"文革"（包括"反右"）记忆，即便是那些因当下社会问题而触发的即兴之作，也仍然被笼罩在已成"情结"的历史创伤记忆的引力场中，可以看作是

"我的记忆触发感觉的直接陈述"。① 常常,"自我或者我,直接就是《随想录》的思想者和言说者,或者说,既是写出文字的人,又是文字写出的人"。② 作为"反右""文革"后老一代知识分子的最高代表,巴金将反省之矛对准了自己的灵魂,丝毫不掩盖自己灵魂的残破与污迹。而《再思录》虽然是"巴金在相对'封闭'条件下的内心独语"③,却仍然在相对而言属于自己的话语系统中,延续了《随想录》中反思"文革""讲真话"等主题,对自我与中国知识分子人格的剖析与思考也更"归于内心更触及本质"④ 了,显示着"巴金晚年思想的连续性"⑤,也让人"见识了一个更丰富和更完整的巴金"。⑥ 如:

> 那些年我口口声声"改造自己",究竟想把自己改造成什么呢?我不用自己脑筋思考,只是跟着人举手放手,为了保全自己,哪管牺牲朋友?起先打倒别人,后来打倒自己。……想想可笑,其实可耻。⑦

> 他完全变了,一看就清楚他是个病人,没有什么表情,也不讲话。我说:"看见你这样,我很抱歉。"我差一点流出眼泪,这是为了我自己。这以前他在上海住院的时候,我没有去看过他,也是因为我认为自己不曾偿还欠下的债,感到惭愧。⑧

---

① 张志扬:《创伤记忆——中国现代哲学的门槛》,上海三联书店1999年版,第89页。
② 同上书,第93页。
③ 周立民:《从"没有神"到"大家都是人"——读〈再思录〉札记》,《华文文学》2003年第5期。
④ 同上。
⑤ 同上。
⑥ 同上。
⑦ 巴金:《随想录·无题集》,人民文学出版社1986年版,第138页。
⑧ 同上书,第182页。

但赖账总是不行的。即使还债不清或者远远地过了期,我总得让后人知道我确实作了一番努力,希望能补偿过去对亡友的损害。①

可是想到那些"斗争"那些"运动",我对自己的表演(即使是不得已而为之吧)也感到恶心,感到羞耻。今天翻看三十年前写的那些话,我还是不能原谅自己,也不想要求后人原谅我。②

不像我写文章同胡风、同丁玲、同艾青、同雪峰"划清界限",或者甚至登台宣读,点名批判,自己弄不清是非、真假,也不管有什么人证、物证,别人安排我发言,我就高声叫喊。说是相信别人,其实是保全自己。只有在"反胡风"和"反右"运动中,我写过这类不负责的表态文章,说是"划清界限",难道不就是"下井投石"?!我今天仍然因为这几篇文章感到羞耻。我记得在每次运动中或上台发言,或连夜执笔,事后总是庆幸自己又过了一关,颇为得意,现在看来不过是自欺欺人。终于到了"文革"发动,我也成为"无产阶级专政死敌",所有的箭头都对准我这个活靶子,除了我的家人,大家都跟我"划清界限",一连十载,我得到了应得的惩罚,但是我能说我就还清了欠债吗?③

"六大标准"的发表无疑是一件好事。可是我却感到一点紧张,我似乎看到了一顶悬在空中的"反党反社会主义"的帽子。我想他不会比我轻松。……我自己也想多找机会表态,不加考虑便在原稿上署了名。今天翻看三十年前的表态文章,我还仿佛接触到两颗战栗的心和两只颤抖的手。……我东奔西跑花了好几年的功夫写成一部废品,我只想避开头上达摩克里斯的宝剑,结果,蜘蛛网越收越紧,悬在空中的帽子还是落到我的头上,我过

---

① 巴金:《随想录·无题集》,人民文学出版社 1986 年版,第 183 页。
② 同上书,第 187 页。
③ 同上书,第 149 页。

了十年的地狱生活。①

这些记录非常实感。过去的历史,"反右"也好,"文革"也好,不只是一个简单的概念,更是一种"罪恶"的事实,一种使"肉体破裂、扭曲、折断直至灭亡的铁与火的力量"②。对这种记忆的坦言是滴血的,有"十年创伤的脓血"③,也有"解剖自己、割自己的心的血"④。因此叙述、写作成为巴金表达激愤与忧虑、自我责问与解剖、自我否定与自我示众的展台。

邵燕祥也在他的一系列自传性回忆文本中,将那个年代中的"我"的幼稚、莽撞、无知、盲从,"我"对政治生活的"热衷""积极",对理想信念的"爱"与"向往",以及在批判他人时为表示"真诚"而表现出的自我人性中的怯懦与虚伪一一展示出来:

> 我会从任何泛泛地反右派、批判资产阶级思想意识的报刊文章中,划线、摘录、逐条地对照自己,寻找自己灵魂深处有哪些类似的,哪怕是隐蔽的表现,深信越是隐蔽的、平时不经意的表现,越是可致决堤的蚁穴,贻害千年的隐患。⑤
>
> 并且把其中的文字消化为我的思想。因为作为消化器官的胃是不具备怀疑功能的。⑥
>
> 形诸于语言文字,还很有一点奴颜媚骨呢……⑦

丛维熙在《走向混沌》中坦诚说到:

---

① 巴金:《再思录》,广西师范大学出版社2004年版,第8—9页。
② 张志扬:《创伤记忆——中国现代哲学的门槛》,上海三联书店1999年版,第96页。
③ 同上。
④ 同上。
⑤ 邵燕祥:《沉船》,上海远东出版社1996年版,第28页。
⑥ 同上书,第63页。
⑦ 邵燕祥:《人生败笔——一个灭顶者的挣扎实录》,河南人民出版社1997年版,序第2页。

反右斗争之后许多人都本能地蒙上了一种奇异的保护色。就像狡兔的毛近乎衰草的枯黄，知了的皮和褐色树皮同色一样。我也不例外，在向报社交上年终思想改造总结时，我写了满纸的对大跃进的阿谀之词，真实的我裹上了一层厚厚的外衣，而把影子——甚至连影子都不如的东西，拿给管理我们的人看。①

和凤鸣则说：

我们一个个不明不白地因"反党反社会主义"而获罪，在受苦受难中连做梦都想着如何争取早日回到人民的怀抱……这样我们在劳动改造期间又成为"总路线""大跃进"的热情宣传者。功欤？过欤？背着沉重十字架的右派们，是根本不去考虑的……当了右派的处世原则只能是进一步的惟命是从！②

陈炳南回忆往事，也没有回避曾说过违心话的事，他将自己在"右派摘帽"会上的发言，一字不改地抄录了下来，并沉重地自责："一个原来坚持真理，坚持正义的铮铮铁汉，竟然也学会了两面三刀，当众说假，满纸谎言。"③

韦君宜在《思痛录·露莎的路》中也提到，当年的自己是如何失去了思辨的能力，对人对事只做简单的、冷淡的分析，直到对上边的一切布置习以为常。于是，"我在反右运动中间也干了些违背良心，亦即违背党性的事。我甚至写过违心之论的文章。……我竟然执笔去写批判他（黄秋耘）的文章！……这种文章我怎么能写！但是我居然写了……"④ "难道我能够不批判别人吗？不能。也得批。"⑤ "我明知

---

① 丛维熙：《走向混沌》，花城出版社2007年版，第41页。
② 和凤鸣：《经历——我的1957年》，敦煌文艺出版社2001年版，第75页。
③ 钱理群：《拒绝遗忘："1957年学"研究笔记》，牛津大学出版社2007年版，第464页。
④ 韦君宜：《思痛录·露莎的路》，文化艺术出版社2003年版，第42页。
⑤ 同上书，第41页。

这完全是无理株连，也只好睁只眼闭只眼。"①"那两年的实际情况是一面牢骚满腹，一面继续做'驯服工具'，还在努力说服自己。只要气候上稍微转暖一点点，马上就欢欣鼓舞，全原谅了。"②

杜高在《又见昨天》中，也表现了自己在劳动教养期间人格的被扭曲与自我"自觉""主动"变形的过程。如作品附录部分的档案文件《解除劳动教养呈请批示表》，就详细记载了当时他经过学习和改造后，政治觉悟的"提高"和政治态度的"转变"："我的整个灵魂是资产阶级的，罪恶的私字统治了我，从极端的个人主义的立场出发追求名利地位，追求资产阶级精神贵族的生活方式……"③，在文件最后还记录了管理人员对他的学习"效果"及表现的评价，认为这时的他"尚能靠拢政府反映情况，如汇报姚志成缪光千等人的情况"④，也就是说，在长期磨难中，他也从一个被告发者、承受者、受虐者变成一个告发者和一个参与"制造灾难"的人。杜高在书中，毫不掩饰地使这一真相在档案展示这种极具有个人性与现场感的形式中表现了出来。

冯亦代则公开出版了自己在"反右"时期的日记《悔余日录》（由李辉整理）。在这些日记中，"反右"时期的"自我鞭策"与"鼓励"、自我检讨与解剖随时可见，清晰地展示出他的政治观念、思想立场在一系列的思想改造运动中，如何在胆怯、犹豫、动摇之中被改变，直至积极、自觉、自愿地去做别人的驯服工具的过程。特别是在日记中他还大密度、翔实地展示了自己如何渐渐放弃灵魂应有的"耻感""罪感"和"歉疚感"，到章伯钧、费孝通、潘光旦等"大右派"和大知识分子家去做"坐探"和"卧底"，并满含优越感与自豪感地称这种以密告为能事的工作为"家里"的工作的情况。

这些自述者的一生多充满磨难与坎坷，在晚年，他们能够放弃平和的生活坚决地站出来讲述以往带有污迹的历史，这是值得肯定的。

---

① 韦君宜：《思痛录·露莎的路》，文化艺术出版社2003年版，第41页。
② 同上书，第43页。
③ 杜高：《又见昨天》，北京十月文艺出版社2004年版，第16页。
④ 同上。

在这些触及灵魂的反躬自问、自揭疮疤、自我撕裂、自毁形象的污迹坦白行为中，显示出中国知识分子一度最为稀缺的赤诚与勇气，也增加了读者对他们的信任与理解。

但是，应该如何看待这些"幡然醒悟"的叙述呢？"成功的光环无法销蚀有耻有痛的记忆"①，有些痛楚终究无法回避，有些事实终究不能忘记。谢泳在怎样看待知识分子的问题上，曾有过这样一段论述："人们评价一个人物，常常会以他们晚年的忏悔或逢人作揖、见人道歉而使人们不计较他的以往，我对这种人大不以为然。一些曾经迫害过大批知识分子的人在晚年的忏悔固然能够赢得一些人的好感，但一个现代的知识分子必须懂得……对他们的忏悔给予正确评价的时候，绝不要忘记当年他们的作为……"② 谢泳的观点看似严苛，却给我们一种启示：无论是面对历史还是历史中的个人，都要时刻警惕那种黑白分明、善恶两立的两项对立式的思维。茨威格在研究卢梭时也曾指出，在《忏悔录》中存在着许多"伪自白"和"玫瑰下的忏悔"。因此，对于这些坦白话语，盲目地相信或盲目地批判都是不可取的。在揭示自述者的每一种情感与思想的神经和血脉时，我们应当将评价建立在对文本中的坦白话语进行精细分解和大胆分析的基础之上，并同时佐以更多的旁证和资料。这样做并非是要对这些自述者的人格或人品提出质疑，而是要对一种叙述方式做出反省。

在这种思路下，结合文本，本书对这个问题的讨论从以下两点入手。

首先，是用于坦白污迹的句式与语气。

细读文本，笔者发现，自述者在坦白个人污迹时常常会用诸如"即使……却又不得已而为之""难道……不能……""怎么能……却（竟然）……""虽然……但是……""不可能不"之类的转折句、反问句或双重否定句。从修辞格上来说，这些句式的功用在于增强结论的力量，但是这些表达在从语气上强化对那样一个"既往之我"的难

---

① 章诒和：《卧底》，《南方周末》2009年4月2日，第24、26版。
② 谢泳：《〈观察〉撰稿人的命运》（http://www.douban.com/group/topic/4639669/）。

以置信、痛斥、厌恶、反感、否定以至唾弃时，却又不经意间使人产生一种自述者要为自我辩护的感觉，即无论从内在原因还是外在环境来看，"既往之我"都是无奈、无力也无助的，所做的一切都是"别无选择"的结果。而在这种选择的"唯一性"背后被压抑的其他选择、无从选择的原因、如此选择的得与失却在叙述话语的决绝中被遮蔽了。因此虽然坦白就是要"讲真话"，但是在实际的叙述中，人们却总是在说"愿意说"和"能够说"的真话，即使叙述者并不想骗人骗己，却也常常"未尝将心里的话照样说尽"①，而由此敞开的自我也必定是有限的。

自述文本中坦白话语的这种叙事效果或许同人们对"坦白"一词的理解有关。提到坦白，往往会使人产生这样的联想：即"好人"或代表正义与权力的专政机构与"坏人"之间的二元对立。而且，就这批自述者来说，曾几何时，内化为他们的日常生活的无休无止的坦白、交代、检查、悔过等，都是在这一对立中完成的。但基于这种逻辑的"坦白"常常并不是"出于自我或内在的驱动"②，而更多是"被暴力或威胁从一个人身上挤出来"③的，因此，姿态往往是卑微的，与自我真实性的获得之间没有什么关联。

在笔者看来，真正与自我的构建发生关联的坦白是从灵魂深处自然生发出来的。它不但不依附于某种二元对立的逻辑，还有着自己的尊严。这尊严在于坦白者内心的"无畏"。坦白意味着将自我的污迹暴露在公众视野中，因此，需要坦白者具有承担"被看"及其结果的勇气，即站在今天，面对历史、面对自身、面对未来，不做事不关己、高高挂起的局外人或旁观者，而是使自己努力克服对权力与他人的恐惧，努力突破历史、文化、政治、道德等诸多层面的禁忌，甚至

---

① 钱理群：《拒绝遗忘："1957年学"研究笔记》，牛津大学出版社2007版，第465页。

② [法] 米歇尔·福轲：《性史》，张廷琛、林莉、范千红等译，上海科学技术文献出版社1989年版，第61页。转引自刘再复《忏悔意识与中国思想、文学传统的局限》（http://www.zaifu.org/）。

③ 同上。

能够放弃现实的利益，成为被观察、被认识、被言说甚至被审判的对象。而基于这种意识，当坦白者把自己亮相出去的时候，通过坦白那些不为常人所知、甚至在某种程度上有违道德、法律与习俗的思想、感情或行为，通过对听取者与受害人之信任、宽容与谅解的吁请或吁求，他也将会获得人格的提升与完善。

这既是坦白者的尊严，也是坦白叙述话语的尊严，叙述者的自我建构与自我真实性的获得也都应以此为前提。但无论是这种勇气还是这种尊严，如若不能在叙事层面有所体现，自我的建构与复杂历史经验的出场也将不可能。但是在现有自述作品中出现的那些有意无意的话语躲闪与失语，则显示出叙述者在这方面的无力。

其次，是污迹坦白中某些情节与细节的选择与安排。

在这批作品中，还有这样一种情况，即自述者在坦白当年人生的种种污迹之后，通过"不过""但是"这样的转折词，穿插进一些在当年顶风冒险、救护别人的"好"事出来，而且，对这种"好"事的叙述还往往详于对当年不齿之事的叙述。这种情况在一些曾经有过较高职位的老干部、老领导的自述中比较多见。

其实这原本也无可厚非，与当年的不齿之事一样，这些"好"事也同样属于自述者"我"的故事。而且在今天看来，他们当年的胆识、勇气和作为，不只对于受保护的人，对于他们自己也都具有非同寻常的意义：正是曾做过的这些"好"事，给了他们受损害的心灵一丝慰藉，使他们不至于那么痛苦、内疚和不安。因此，完全可以相信这些事情出现在叙述中绝非是叙述者对自己的炫耀。特别是经由叙述得知有些事情最终并没有办成，被尽力保护的人最终还是被划了右派时，就更可以体会到他们当时的诚恳与无奈。而与此同时，他们对于曾经的耻辱与污迹也并没有掩盖；再加上作为人本身的局限等诸多方面的原因，使得坦白即使再真诚，也总难免会有自辩之嫌，对此似乎是完全可以也应当可以理解的。因此作为没有那种切身体验的后来者对这些年迈的亲历者实不应过于苛刻。实际上，对在那样一种境遇下，虽然"他"同大家一样无能为力，但至少还是设法尽力为别人做了些事情的事实，我们应当给予认可和褒扬。

但尽管如此，这些事件穿插于作品并被详细叙述，还是会产生一种"别样的"阅读感受：即这种情节的安排在不经意间形成了一种话语的平衡，并于无形中起到了为自述者"文己过""覆己过"的效用，从而成为潜在的平衡其人格的隐性叙事手段。而事实判断与价值判断是不可混淆的：尽管能够"少划一个"的确是好的，但是"划了别人"的事实并不能因此而被抹去，因此，无论是具体事件本身，还是对事件的叙述、反思与意义探究，都应该有明晰的清理、判断与定性，不能因为叙述效果上的含混而被置换。

这实际上也提出一个问题，即在坦白叙事中如何处理个人经历中那一类属于"光荣"的经验。虽然在笔者看来，"反右"自述更应该"是一个人的忏悔录而不是光荣史，应该写自己如何受惠于人，而不是写自己如何施恩于人"①，更应该着力于呈现自我的剖析与反省，而不是自我的炫耀与赞美，但这并不意味着此类经验不能在自述中出现。因为对于自述者的自我建构来说，"光荣"与"耻辱"同样需要反省。而且反思自我的目的并不在于一味地否定自我，而在于经由对旧我的否定来提升、完善伦理主体的自我性。因此，在自述中呈现与反思这类经验是适当的，也是合理的。问题在于如何把握这一叙事的边界：仅仅作为个人污迹的对立面，很容易简化对某些事实的认识与判断；而脱离二元对立的框架来表现，又很容易使坦白叙事蒙上自恋与自我赞美的嫌疑。因此，坦白叙事如何途经语言抵达自我与历史的真实性、如何才能让人感知叙述人是在置心于一桩真实而深刻的坦白，对现有文本来说，仍是没有解决的问题。

二 信念坦白

说到信念坦白，很容易让人想到20世纪50年代思想改造运动以来，知识分子们"自觉或自愿"写就的大量的检讨书、思想汇报、个人总结、思想表态等改造材料。比如：

---

① 李建军：《〈王蒙自传〉：不应该这样写》，《当代文学研究资料与信息》（2008.6）2008年总第188期，第39页。

首先，敬祝我们心中最红最红的红太阳、最最敬爱的伟大领袖毛主席万寿无疆！万寿无疆！万寿无疆！！！……我一定听毛主席的话，走毛主席指出的出路，在群众专政条件下，接受伟大的毛泽东思想的改造，争取重新作人，回到毛主席革命路线上来，以自己后半生赎罪。①

今后我必须抓紧一切时间交代自己的问题，革面洗心……往日的罪过将成为我永生永世的教训，伟大的毛泽东思想将是我的强大武器。伟大领袖毛主席呵，下半生我将永远忠于您！②

我确确实实对毛主席犯了罪，对党和人民犯了罪，我要向毛主席请罪，向革命群众请罪！同时，我也要发誓：我要永远革自己的命，革阶级敌人的命，永远跟着伟大领袖毛主席……继续革命，重新革命。③

这些自我检讨、自我归罪的文字是"那样的卑怯、那样的低沉、那样的懦弱、那样的可怜"④，那些歌功颂德、类似于标语口号、原本空洞苍白的词句又是"那样的谄媚、那样的肉麻……"⑤ 而作为后来人，除了对这些被迫做检讨的人的人格的被蹂躏、思想的被扼杀、尊严的被剥夺、灵魂的被鞭挞感到痛惜、怜悯与不平之外，也常会对其中的荒谬深感不解。历史怎么会这样？然而这就是历史。沙叶新在《"检讨"文化》一文中分析得好，当思想表态与自我检讨成为一种模式，甚至一种习惯，"便有两种结果，一是令人麻木，默认了既定的现实，丧失对它的批判性；一是令人好笑，否认了它的严肃性，因而采取敷衍应付的态度"⑥，"像任何模式化了的政治运动一样，检讨

---

① 邵燕祥：《人生败笔——一个灭顶者的挣扎实录》，上海远东出版社1997年版，第198页。

② 郭晓惠等主编：《检讨书：诗人郭小川在政治运动中的另类文字》，中国工人出版社2001年版，第225页。

③ 同上书，第251页。

④ 沙叶新：《"检讨"文化》，《民主与科学》2004年第1期。

⑤ 同上。

⑥ 同上。

终于走向它的反面"①。也正因如此，这批自述作品中有关个人信念的表述才格外引人注意。

在"反右"运动期间，邵燕祥虽感茫然，但还是"竭诚地拥护党中央所发动的伟大的反右派斗争"②，并立志要在"这伟大的斗争中坚守岗位，发挥战斗力"③。同时，他还坚信着"党是我的至亲。党是我的师长。党是我的领路人。党代表未来。党代表一个经历着临盆的阵痛的人民民主共和国。党代表一个光明无瑕的新世界"。④ 即使在被划为右派后，他也依然"痛下决心"："我要用我自己的实际证明党的政策的英明——党是完全有力量把像我这样的反党反社会主义的右派改造成建设社会主义的积极因素的。"⑤

和凤鸣作为曾在最底层摔打过的右派，她对自己及一些难友在"反右"运动中的思想历程的叙述也具有一定代表性："柔弱的我使用方头大铁锨并没有流泪，是因为心中还有另一种力量支撑着我，我从来就没有认为自己是右派，在这里改造就是继续为革命而战斗"⑥。"难友们想想，觉得他说的也是，自己就是有再大的冤情，在劳动中听党的话，跟党一条心，是对自己的一切的最好证明"⑦。"他对自己戴上右派分子的帽子从未服气过，从未承认自己反党……从未同党有过二心，对农场分配给自己的工作……他认识到这是在进行一场特殊的战斗，经受一场特殊的考验。他仍然凭借着共产党员的良心和热情，……他相信逆境会进一步好转，自己听党的话没错。他就是要以共产党员坚定的步伐，把革命进行到底"⑧。"我始终是忠于党、忠于革命的"⑨。"我作为一个一心向党的人，不能就这样不明不白地结束

---

① 沙叶新：《"检讨"文化》，《民主与科学》2004年第1期。
② 邵燕祥：《沉船》，上海远东出版社1996年版，第139页。
③ 同上。
④ 同上书，第144页。
⑤ 同上书，第19页。
⑥ 和凤鸣：《经历——我的1957年》，敦煌文艺出版社2001年版，第34页。
⑦ 同上书，第45页。
⑧ 同上书，第155页。
⑨ 同上书，第248页。

一切。党抛弃了我,……我确信,总有一天,党的阳光会照耀到我的身上"①。"我坚强的活下去,更是要证明我自己的一切……我是一个坚定的革命者。"②

在邵燕祥的叙述中,"拥护""伟大""证明""英明"等带政治色彩的动词与形容词;"至亲""未来""领路人""新世界"等在特定语境中具有时代意味的描述语词;"党是……""党代表……"这种简单主谓句式的重复使用;以及赞美、歌颂的抒情语气都已初见60年代盛行一时的检讨书与思想汇报之端倪。不同的是此时他的自我剖析还带有自发意味,抒情语气的显露也多源自他诗人的本性,与60年代思想被强制与禁锢、人格被蹂躏与扭曲之后,在"检讨"已被模式化、规模化之后写的那些检讨书、思想汇报还不完全相同。当然这种叙述越是真诚与严肃,也越能够说明叙述者反思意识与自主意识的淡薄。

而通过和凤鸣的叙述可以看出来,虽然他们当时正在经历生死存亡的极端考验,虽然他们也曾有过困惑、不解与不满,甚至还常常感到冤屈和不甘,但是始终没有放弃对党的依恋、信任与向往,而且坚信这一切终会好转,终有一天党会重新认识他们的本心。这样的表述,虽然与五六十年代的检讨书和思想汇报中大量运用的苍白的标语口号及空洞、肉麻的歌颂赞扬相比要更为切身和具体,但类似于"从未""从来""始终""相信""确信""考验""战斗"之类的表态语言还是常可看到。决绝的语气、信愿式的表达、战争语汇的使用背后是对自我政治立场的态度承诺,也是对个人信仰之坚定的强调,虽然在一定程度上显示了他们的赤诚之心,但另一方面,却也说明了右派们在劳动改造期间并没有对当时的历史与自我形成深刻的思省。因为表态的语言往往是简单化、概念化、意愿化与模式化的,它的语气的决绝常带给人不容置疑的强制感,因而又是单向的、无须交流的。而没有他人思想与话语可以进入的空间,也就难以形成自我与他者之间

---

① 和凤鸣:《经历——我的1957年》,敦煌文艺出版社2001年版,第248页。
② 同上书,第257页。

的对话，当然也就难以承担对自我、历史、信念、理想等的质疑与反思。因而从叙述话语层面来说，这种简单的表态式的语言不是一种适合反思的语言，或至少说明叙述者在这个问题上是不自觉的——浓厚的感情既可能是他们在不堪承受的岁月中的精神支撑，也可能是阻碍他们以理性、批判的眼光来反思理想与信仰的情感迷障。而且决绝话语中的乐观与坚定，也并不等于赫尔岑式的彰显着"思想的威力"的自信与乐观，因而这样的叙述话语总难免要流于平面、空洞、肤浅。

当然，长期的精神折磨与肉体的流放，也曾使一些人的思想认识发生了很大变化。邵燕祥曾有这样的质问：

究竟是因为我反党，所以我是右派，还是因为我是右派，所以一言一行都成为反党。①

我无法解释为什么这种崇高的爱，在许多年里却沦为几乎是一厢情愿的单恋？②

而对那些被抛向底层的右派来说，"是否要活""为什么而活""能否活下来"，一度是他们最为关心的问题。而"活着的理由"，则实际上有一个渐行矮化的过程，即从为了党、为了共产主义理想、为了自由与尊严而活，到为了爱我者、为了敌人而活（钱理群语），甚至仅仅只是为了活着。和凤鸣这样描述她在劳改农场拼命改造的心境与动力："我拼命，是因为我承受着双重的苦难，我的和他的。我拼命，是为了争取早日改变目前的处境，好进一步帮他脱离苦海。然后，我们的两个孩子也才能得救，……在当时，这一切就是如此真实，沉重酷烈的苦难使我别无选择。"③ "人的生命意识竟是如此强大，强大到只要活着就行，只要活着有个既定的目标就行。我这样活着，我身边的难友大都也这样活着。"④

---

① 邵燕祥：《沉船》，上海远东出版社1996年版，第49页。
② 同上书，第121页。
③ 和凤鸣：《经历——我的1957年》，敦煌文艺出版社2001年版，第156页。
④ 同上书，第146页。

这些表述既可看作是对历史的控诉，也可以看作是对自我与历史的反思；既是事实的坦白，也是信念的坦白，虽然这种信念显得不够纯粹与高尚，但在那种境遇下，比起"高尚"理想与信念所能带给人的勇气与力量，这些"软弱""动摇""低矮"的生存理由也许更为可信。

当然，在几十年后的今天重新回忆与讲述往事，又是另一种思想印迹：

> 至于我，虽曾两次戴过右派分子的"桂冠"，前后达十一年之久，我仍自认为我从十六岁起就一心向党，坚信走社会主义道路，会将我国人民引向富裕幸福，会使我们的国家走向兴旺发达。……我在大半生经历的重重苦难中，始终对未来抱有坚定信心，对党会恢复实事求是的优良传统抱有信心，从不低下我昂起的头，阔步前进！于是，我才拥有了我现在的一切。[1]

这段论述出现在作品最后，由于读者已通过作品先前的讲述了解了自述者坎坷、负重而坚强的一生，因此，表述中虽然也出现了一些决断式的语汇，却并不让人觉得太浮夸。只是这种饱满、乐观的情绪虽然令人钦佩，但决断式、表态式的表述方式却仍不是适宜于反思的话语方式。因为，即使对信念反思的结果一如从前，具有反思性的信念坦白却还是应该让人感受到自述者的痛苦、暧昧、犹疑与焦虑。与此相似的是韦君宜苦苦的哀劝："我是个忠诚的老共产党员。……前边的领袖有错误，后边的领袖还是好的……错一点儿，我们还是原谅了吧。"[2] 虽然在倾诉苦衷的同时体现了某种值得后人省思的动人情愫，但就反思性来说，仍是不足的。

值得一提的还有邵燕祥的表述。《沉船》中有这样一段表白：

---

[1] 和凤鸣：《经历——我的1957年》，敦煌文艺出版社2001年版，第367—368页。
[2] 韦君宜：《思痛录·露莎的路》，文化艺术出版社2003年版，第3页。

年轻的后来者！你们也许惋惜、同情、怜悯我，你们也许讥诮、奚落、蔑视我，以为我是盲目、愚昧以至白痴吧！你们这样做，是因为你们不理解像我和跟我有相似的经历的同志。而我希望你们能够理解：我们有值得你们嫉妒的炽热的爱，燃烧着对党和人民的信心，即使在我们的天真、幼稚、形而上学的错误里，也伴生着高于个人荣辱与毁誉的执著的追求。因此，尽管漫长的岁月磨钝了我们的痛苦，我们还关切着党的存亡，人民的痛痒；尽管伪善的说教长久地要我们悔改为明哲保身的市侩和奴才，到头来，我们依然是党和人民不知悔改的儿子，保持着革命的初衷，信守着入党的誓言。①

这些话写于1981年前后，既是对"我"曾经的心路历程的深情呈现，也是对被扭曲与变形的"既往之我"的清晰指认，更是痛定思痛之后对自我坚守的信念与理想的宣誓和表白。与前文引用过的他在"反右"期间与"文革"中的那些表态、检讨相比，在这段表述中，不见了那些空洞、浮夸的比喻与修辞，也不见了那种讲求气势的论断句的排比式使用，而是多了一些转折句、条件复句，也多了一个对话者——"年轻的后来者"，因而语气中流露着长者善意的温存，不但给自己的表述留有了余地，也给读者的理解留出了空间，同时，也体现出自述者对历史的认识与反思是在不断深化的。因此，虽然诚如自述者所言，作为年轻后辈的我们的确难以真正理解和想象他们投入在理想与信仰中的真诚与热情，以及炽热的被崇高化的爱；虽然这段具有浓厚抒情味道的叙述还不能代表他的反思所能达到的深度与高度，作为一种历史叙述也还显得不够成熟、厚重，但哀婉的语气、倾诉的语调还是体现出一种对历史的认知与情感，并默默影响和感染着读者，使读者能够在同情性理解的基础上做出自我的思省。

表达方式应该与它的思想方式与认识方式相连，思想也应该与表

---

① 邵燕祥：《沉船》，上海远东出版社1996年版，第50页。

达它的语词相连。信念的表白并不只是单纯决绝的表态,甚至恰恰相反,在信念的表达中,一种伦理的声音应该是"因思想的泅渡而潜沉在水底的声音。这种声音不会震荡你的耳膜,也很容易被嘈杂所湮没,但不知为什么,某种尖锐的不安,某种吃力的搜寻,某种充满理解力的犹豫不决或战战兢兢"[①],更能使人清晰地触摸到叙述者的思想筋脉,更能体会到他在形成、接受或坚守信仰过程中的痛苦、犹疑、矛盾与焦虑,因而,也更容易打动人,更容易让人从心底产生信赖。因为这个从暧昧、混沌到清晰的过程正是自我在反思中寻找、设定、建构新的价值尺度与评判标准,并以此来提升和完善自我人格的过程。因此,没有反省意识的信念坦白,只能是没有深度与力度的苍白叙事。

三 事实坦白

坦白不只是坦陈个人的污迹,还意味着要还原历史的真相,因而要求自述者能够克服和抛弃种种顾虑和犹疑,坚持"事实正义论",合理处理"正义"和"善"之间的关系。比如,赫尔岑的《往事与随想》与爱伦堡的《人·岁月·生活》之所以堪称个人回忆录中的经典,不只是因为作品蕴含的深刻的思想内涵,还因为作者在叙述中竭力呈现了自己的真感情,并努力做到不讲违心之言。而且,在作品中,不只有对自我严格的解剖,也有对他人的缺点与错误的客观而深刻的批判,而这些对于历史真相的认知来说是极为重要的。

通常情况下,自述者能够坦然谈及的往往是受害人、有恩于己的人、与己无过多利害关系的人或受自己恩惠的人。因为对受害人,回忆叙述可看作道歉、忏悔或对宽恕的吁请;对恩人,铭记于心可视为一种回报;与自己没有太直接利害冲突的人,列出姓名或陈述其事有时也无大碍;而曾受过自己恩惠的人,适当提及也不会引起太大非议(当然也有自述者不能很好地处理这种关系,使得自述成为自我吟咏、自我赞美的恋歌,或对他人隐私的暴露)。而牵涉到施难者或参与迫

---

① 王鸿生:《无神的庙宇》,上海人民出版社 2001 年版,第 185 页。

害的执行者时，则往往有两种处理方式：一种是直列姓名，如《经历——我的1957年》中，因秘密告发王景超而使和凤鸣一家坠入深渊的杨允文，以及劳教农场的某些恶毒的干部和难友，如王智礼、杨振英、崔建国等；一种是有所隐讳，在涉及某些人与事时，以字母或某一具有代表性的事件代替。比如，温济泽在作品中以字母M代替当年划自己右派的人；和凤鸣谈到迫害自己的人时，以"×××"代替，如"×副场长"；王蒙则常以汉语拼音字母来表示某些人，如"有一位L同事，（为了不刺激一些人或他们的家属的神经，我使用一些代号，条件成熟时，可以完全转化成真实姓名）。"① 这或许是基于某种"善"的考虑，比如，"为尊者讳""为长者讳""为生者讳"，害怕被误解，担心给别人带来伤害与麻烦等。王蒙就曾明确说过"如果牵涉到旁人的感情、尊严、或者是隐私，我就必须有所考虑，不能自己怎么高兴怎么来。我愿意坦诚不等于每一个人都坦诚，我要尊重别人对自己保留的权力"。② 季羡林也曾谈到，他在《牛棚杂忆》（主要是关于"文革"的记忆）中提到的一些人，虽然被有意隐去了真实姓名，但当事人如果想要对号入座还是易如反掌的，这样一经公开出版，让那些虽然做过错事，但本来是好人的人知道了，一定会觉得自己是秋后算账、打击报复。因此，为避免这种尴尬局面的出现，《牛棚杂忆》一度是"秘而不宣"的"抽屉文学"。

但是也有些叙述比较"无所顾忌"。比如，韦君宜的《思痛录·露莎的路》就不只局限于"反右"与"文革"，还触及了一般知情人或当事人都不太愿意提及的"根据地时期"的一些政治运动；也不只谈自己，在提及一些不光彩的事时，锋芒也指向了历史进程中一些其他重要的人和事，如"刘白羽本人是个作家，但是那一阵他在作家协会表现真厉害"③，"在上边指挥的是周扬"④ 等。虽然这本书中有些

---

① 王蒙：《半生多事》，花城出版社2006年版，第168—169页。
② 王蒙：《我也扮演过愚蠢角色》，人民网（http://culture.people.com.cn/GB/22219/4460370.html）。
③ 韦君宜：《思痛录·露莎的路》，文化艺术出版社2003年版，第48页。
④ 同上书，第49页。

地方也还是有所回避,但相对而言,她的叙述是较为直接的。

又比如,杜高在一段回忆吕荧挺身为胡风辩护的自述中提及了张光年:"我看到吕荧不屈地站在讲台上,满脸淌着汗,直到被坐在第一排的大理论家张光年把他揪下台。"① 这里,一个"揪"字把运动中的张光年的形象刻画了出来。而在他五六十年代的完整的个人档案中,有许多他与朋友之间的相互检举与揭发的材料。为了能够把一个真实的昨天原封不动地交还给历史,杜高最终决定把自己和朋友的这些尴尬毫无掩饰地公布于众,就像公开自己的一系列交代材料一样,让有利于或不利于自己的一切都亮相出来。每个人都是历史的人,都受着历史的局限,而历史本身的荒谬也将因此而呈现出来。当然,能够这样做是非常不容易的,正如李辉所说:"在如何处置检举揭发材料的问题上,杜高恐怕会度过一个个不眠之夜,在无比痛苦之中又一次次煎熬自己"②。但面对他的赤诚,相信无论是健在的还是早已故去的朋友的家人,都终将会体会到他的良苦用心。

由此也可以看出,"正义独立于善"并不就一定意味着二者不能相容,二者的平衡在于自述者在执着于正义和真相的前提下,能否怀抱一种中立、理性而善意的叙事立场;能否做到在态度鲜明的理智分析中,既不掺杂过多个人倾向或情感意图,也不姑息对他人的蓄意伤害,或对自我责任的推诿与回避;以及能否让人感受到叙述者无所阻碍的澄明心性。如果能够做到这些,相信被提及的当事人也会理性地面对与接受叙述者的所作所为。这也许是"事实正义论"所能达到的最大的"善",也是自述者作为一个有自主能力的伦理主体的重要体现。

四 日常生活细节坦白

讨论自我主体的伦理构建,有一点不能回避,即个人的日常生活。相比那些重大历史事件,日常生活才是构成一个人个体生命的主

---

① 李辉:《一纸苍凉——〈杜高档案〉原始文本》,中国文联出版社2004年版,第21页。

② 同上书,序第6页。

体。赫勒就曾认为，所谓日常生活，就是指"同时使社会再生产成为可能的个体再生产要素的集合"①，是个体自我的个人性格从社会性格中脱离出来、并获得再生产的重要基础，个体自我的再生产就是在其所属的日常生活中的自我再生产。从个体存在层面来说，日常生活确证和维护着个体生命价值的本源性。因此关于日常生活的细节的叙事——如吃、喝、拉、撒、工作、学习、爱情、家庭、婚姻、性等等——无疑应该成为自述的一个重要内容。但正如前述，这一代人很难有完全脱离于时代政治与历史的属己的日常生活与个人意志。因此对他们而言，如何处理日常生活也是坦白叙事的一个重要课题。在此，我们可以杨绛在《我们仨》中的某些叙述为例。

杨绛在《我们仨》中，谈到她与钱锺书在"反右"运动中的遭遇时，是这样叙述的：

> 我们认为号召的事，就是政治运动。……风和日暖，鸟鸣花放，原是自然的事。一经号召，我们就警惕了。我们自从看了大字报，已经放心满意。上面只管号召"鸣放"，四面八方不断地引诱催促。我们觉得政治运动总爱走极端。我对锺书说："请吃饭，能不吃就不吃；情不可却，就只管吃饭不开口说话。"锺书说："难得有一次运动不用同声附和。"我们两个不鸣也不放，说的话都正确。例如有人问，你工作觉得不自由吗？我说："不觉得。"我说的是真话。我们沦陷上海期间，不论什么工作，只要是正当的，我都做，哪有选择的自由？有友好的记者要我鸣放。我老实说："对不起，我不爱'起哄'。"他们承认我向来不爱"起哄"，也就不勉强。②

> 但运动结束时，我们方知右派问题的严重。我们始终保持正确，运动总结时，很正确也很诚实地说"对右派言论有共鸣"，但我们并没有一言半语的右派言论，也就逃过了厄运。③

---

① ［匈牙利］赫勒：《日常生活》，衣俊卿译，重庆出版社1990年版，第3页。
② 杨绛：《我们仨》，生活·读书·新知三联书店2003年版，第135页。
③ 同上书，第136页。

一场"灭顶之灾"就这样因他们的"始终保持正确",因被他们一贯的"不爱'起哄'"而躲过。当然他们也受到过非难:

> 反右之后又来了个"双反",随后我们所内掀起了"拔白旗"运动。锺书的《宋诗选注》和我的论文都是白旗。……只苦了我这面不成模样的小白旗,给拔下又撕得粉碎。我暗下决心,再也不写文章,从此遁入翻译。锺书笑我"借尸还魂",我不过想借此"遁身"而已。①

这两段文字,笔触轻盈平静、内敛节制,又不乏清新优雅和冷峻的幽默与嘲讽,透露着远离政治、遗世独立的超脱与淡然,让人感到在历史劫难面前,他们尚能清醒地认识时局、把握自己,因而比起大多数在被牵连、被压制、被打压之下,自觉或不自觉地放逐自我、扭曲心灵的知识分子来说,他们的自我是相对自足与完整的。因此站在当下来回望历史与自我,在杨绛的叙述中虽然也有些许历史的沉重和个人内心怨恨的堆积,但没有自我分裂的痛楚与重建自我的焦虑,这和巴金、邵燕祥、韦君宜等人对"既往之我"加以质疑、解剖、忏悔甚至否定是大不相同的。这种叙述姿态并不只是因为他们在"反右"运动中没有受到太大冲击,而是和他们一向持有的"独善其身的处世哲学"和豁达、从容的生存智慧分不开的,当然和他们的工作和人生际遇也有关联。

谢泳曾在《〈观察〉撰稿人的命运》(载《储安平与〈观察〉一书》)一文中指出,当年为《观察》撰稿的三种人中,有一种是"看透政治并厌恶政治。他们对政治绝非不关心,但这种关心有两种方式,一种是完全退入内心,对政治冷眼旁观;一种是把对政治的理解融入到自己所选择的专业中"②。钱锺书、杨绛就属于这后一种人。因此,虽然《观察》是一个政论刊物,但"钱锺书在《观察》上却只

---

① 杨绛:《我们仨》,生活·读书·新知三联书店 2003 年版,第 136 页。
② 谢泳:《储安平与〈观察〉》,中国社会出版社 2005 年版,第 146 页。

写了几篇简短学术随笔,他对政治的态度和他对政治持有的回避方式,常使人想到《围城》。在抗战结束之后,有多少作家在为国家和民族的命运忧虑重重,而钱锺书却能在他的书中把这一切都消解在永恒的日常人生主题中"。[①] 谢泳认为,钱锺书对政治的看法非常独特,可以说,正是因为这种对政治的独特理解和态度,使他在1957年躲过了"反右"一劫,也使他在"文革"中受到冲击和影响时,依然能够保持某种遗世独立的超然与清醒。钱锺书在《干校六记·小引》中曾写到:"现在事过境迁,也可以说水落石出。在这次运动里,如同在历次运动里,少不了有三类人。假如要写回忆的话,当时在运动里受冤枉、挨批斗的同志们也许会来一篇《记屈》或《记愤》。至于一般群众呢?回忆时大约都得写《记愧》或者惭愧自己是糊涂虫,没看清'假案'、'错案',一味随着大伙儿去糟蹋一些好人;或者(就像我本人)惭愧自己是怯懦鬼,觉得这里面有冤屈,却没有胆气出头抗议,至多只敢对运动不很积极参加。也有一种人,他们明知道这是一团乱蓬蓬的葛藤帐,但依然充当旗手、鼓手、打手、去大判'葫芦案'。按道理说,这类人最应当'记愧'。不过,他们很可能既不记忆在心,也无愧于心。"[②] 谢泳认为,"钱锺书对于灾难的评价依然如此平静,这符合他的一贯性格。钱锺书在当代为人广泛尊敬,除了他在专业上的巨大成就外,钱锺书是一个真正超然物外的学人,凡是了解历史的人,都很难在任何一个历史的波动中找出钱锺书前后不一致的地方,这种人格的力量是非常令人尊敬的。"[③]

钱锺书与杨绛的这种生存智慧也使人想起卡尔维诺曾说的话:"当我觉得人类的王国不可避免地要变得沉重时,我总想我是否应该像柏修斯那样飞向另一个世界。我不是说要逃避到幻想与非理性的世界中去,而是说我应该改变方法,从另一个角度去观察这个世界,以另外一种逻辑、另外一种认识和检验的方法去看待这个世界。我所寻

[①] 谢泳:《储安平与〈观察〉》,中国社会出版社2005年版,第148页。
[②] 杨绛:《干校六记》,转引自谢泳《储安平与〈观察〉》,中国社会出版社2005年版,第148页。
[③] 谢泳:《储安平与〈观察〉》,中国社会出版社2005年版,第148页。

求的各种轻的形象，不应该像幻梦那样在现在与未来的现实生活中必然消失。"① 在笔者看来，钱锺书与杨绛也许正是这种具有灵活智慧、可以飞入另一种空间的人。因此，上述引文的轻描淡写看似随意，却是智慧的，自觉的，它始终没有脱离自述者有意设置的叙述边界——同现实政治生活的边界，叙述者清醒地知道自己是谁，他们在说些什么。

同样，在《我们仨》中还有这样的叙述：

> 搬进了城，到"定稿组"工作方便了，逛市场、吃馆子也方便了。……我家那时的阿姨不擅做菜。锺书和我常带了女儿出去吃馆子，在城里一处处吃。……上随便什么馆子，他总能点到好菜。……吃馆子不仅仅吃饭吃菜，还有一项别人所想不到的娱乐。……在等待上菜的时候，我们在观察其他桌上的吃客。……边听边看眼前的戏或故事。……我们的菜一一上来，我们一面吃，一面看。吃完饭算账的时候，有的"戏"已经下场，有的还演得正热闹，还有新上场的。……我们吃馆子是连着看戏的。我们三人在一起，总有无穷的趣味。②

如果说对于"反右"运动中政治生活的描述采用的是轻描淡写的平静笔触，这一段对于日常生活（主要是吃）细节的描写，则倾注着作者体味家庭快乐的欢喜、暖意、满足以及随缘任运的坦然与自在，并彰显着生活的兴味与乐趣，与他们一贯的独善其身、自足自乐的处世哲学也相吻合，因此，在笔触、文风以及个体精神意识的体现上都与上文别无二致。

但是如果联系上下文知道这段话描写的是"三年饥荒"时期钱家的生活状况的话，就会发现有一点是不相同的：即自述者在叙述日常生活时，是没有边界意识的，不然她就不会对下馆子吃饭、看"戏"

---

① [意大利] 卡尔维诺：《美国讲稿》，译林出版社2012年版，第7页。
② 杨绛：《我们仨》，生活·读书·新知三联书店2003年版，第139—140页。

之类的事如此兴致盎然，而是多少会有些顾虑、犹疑与忌讳，因为这种生活如同他们的"政治叙述"一样，与当时的历史语境距离太远，虽然这种生活对她而言是真实的。

　　因此，同样是对既往真实生活的坦白，却形成两种不同的叙述效果，叙述者由于对自我人生期待与设想的不同而对"某种叙述界限"持有不同程度的自觉，而这又直接影响着读者的阅读感受。对杨绛来说，她并不想成为"政治人"，而只想做平静天空下、日常生活中怡然自足的学者，所以在叙述她极力想要远离的政治生活时，她是警惕的，这警惕不只是因为对政治迫害的恐惧，也是因为内心对"非我"生活的排斥与厌恶；而在叙述她心向往之、并怡然自乐的"自我"生活时，便会沉醉其中，甚至忘记现实伦理或某些道德上的顾虑。事实上，这也正是他们常受批评之处。比如，许多人认为，他们的精英气或贵族气虽然精致优雅，却缺乏对苦难，特别是底层大众苦难的关注、担忧与承担；而他们"独善其身"的处世哲学，虽然超脱与淡然，却缺乏对自我与历史应有的批判与反思。作为途经那段历史的幸存者，无论当时离那场运动是近还是远，都不可能有完全的清白之身，所有亲历者都注定也是历史悲剧的同谋者，每一个幸存者、每一个走过历史的人，都不仅有义务留下历史的证词，更有责任对历史做出深刻的反思。因此，纵然"吃馆子"、看"戏"属于私人的生活乐趣，但在成千上万的人食不果腹时还能津津乐道于这种兴趣，就不能不显得有些不合时宜。因此，坦白固然是要说出事实，叙述却存在边界，这边界不是叙述者随意设定的，也不仅仅只是由主流意识形态所圈定的，存在于民间或底层的普遍的社会情境，如普遍的社会苦难等，或许也是一种重要的叙述禁忌或规约。而知识分子和底层、普遍的社会苦难之间又该保持怎样的距离？或许这是另外一个话题，但也许，这本也是同一个话题。

第二节　自省叙事及其效果

　　王蒙在谈到他的自传《半生多事》时曾说，"自省对我的自传来说也是最重要的目的。"① 对于"反右"自述来说，自省意识的有与无、自省程度的深与浅，的确是非常重要的。

所谓自省，从字面来理解即是自我反省、自我检查，指的是在日常生活中通过经常性地对自身的思想、情绪、心理、行为、动机等的回顾、检查、总结，来认识自我，查找不足，以明确自我前进的目标。在我们的传统文化中，自省更倾向于一种自我道德修养的完善，"见贤思齐焉，见不贤而内自省也""日省吾身，有则改之，无则加勉"说的都是这个意思。而"君子博学而日参省乎己，则知明而行无过矣"则将"自省"与学习结合起来，作为实现知行统一的一个环节，是自我意识能动性的一种表现。在这一意义上，自省不是为了暴露自己的无知与缺陷，而是为了自我主体能够有所知、有所完善。苏格拉底就曾说过"未经自省的生命是不存在的"。而对于自述来说，自省不只是完善自述者个人道德修养的方式，或鉴别叙事深度的尺度，而首先是一种叙事的态度，其重要意义在于，它使得自述不再是简单地再现过去，而是在此过程中，通过"既往之我"与"既往之历史真相"向现实与他者的敞开，通过叙述者对自我经验的质疑，对自我与他者之关系的探寻与追问，使自我的精神主体能够日益丰满与健全。因此，自省叙事应是谦卑的、没有终点的、永远"在路上"的写作，它拒绝自我美化、自我辩护、自我虚枉以及过度的自我迷恋和自我臆想。在这批自述作品中，自省叙事常表现为如下几种形式。

一 自我追问

"一个一个失去了的个人，一个一个迷失了的灵魂，如其灵魂在迷惘中迷失，还有哪个灵魂为迷失的灵魂招魂？"② 多年以来，这个内在追问始终困扰着邵燕祥，使他不得不一次次把目光投向过去，

---

① 王蒙：《我也扮演过愚蠢角色》，人民网（http://culture.people.com.cn/GB/22219/4460370.html）。

② 邵燕祥：《找灵魂——邵燕祥私人卷宗：1945—1976》，广西师范大学出版社2004年版，第8页。

一如鲁迅笔下踽踽独行的过客,在记忆中徘徊于历史现场,从《沉船》(1996.2)、《人生败笔——一个灭顶者的挣扎实录》(1997.11)、《邵燕祥自述》(2003.1)到《找灵魂——邵燕祥私人卷宗：1945—1976》(2004.5),在一系列的自传性文本中,一次次在"一堆废纸,或温和地说是一堆故纸"①中,与"那消逝的年代的故我"②重逢。

由于意识到大多数人的回顾性叙述往往因为缺乏历史现场感和细节证据,而使历史史实与它在不同时代文本中的叙述表达之间总存在一定的距离,因此,无论是《沉船》、还是《人生败笔——一个灭顶者的挣扎实录》,抑或是《找灵魂——邵燕祥私人卷宗：1945—1976》,作为对"反右"与"文革"经历的实录,都没有如一般的回忆录,按照时间顺序来叙述与展现恩怨淡薄的外部自然,也没有过分"渲染人生具有的悲剧性,甚至没有常见的悲剧情节,一切可以强化效果的'戏眼'均轻轻放过"③,而是以列举具有物证性质的历史档案和准档案性文献(如当时的检查、交代、认罪、申辩材料,以及曾经发表和未发表过的作品),并通过对这些资料进行评点与说明的方式,来复现历史、展现政治运动对知识分子人格的改造和蹂躏,并让"当下之我"与不同时期的"既往之我"与"既往之历史"进行质疑、对话甚至辩论。

"我们"是谁？昨天我不还是"我们"之中的一员吗？今天我却是"我们"施以不杀之恩的囚徒,是吗？也许我从来不属于"我们",而像我所称为同志的人们竭力论证的,我只不过是混入"我们"队伍的异己者？如果是这样,这样的异己者不是成千上万吗？如果是这样,我为什么又如此执拗地自认为是党的儿女呢？是没有自知之明的谬托知己？是自命

---

① 邵燕祥：《找灵魂——邵燕祥私人卷宗：1945—1976》,广西师范大学出版社2004年版,引言第3页。

② 同上。

③ 邵燕祥：《沉船》,上海远东出版社1996年版,封底丛书简介。

不凡的误会？是不知羞耻的攀附啊……我是一个忤逆的浪子吗？①

人民在哪里？我曾经也许是不自量力地狂妄地自命为人民的歌者，我要反映人民的利益和愿望。而今天，比我更有权宣布自己为人民的愿望和利益的代表者宣布我是反人民的……人民不置一词。人民不暇一顾。②

这是"当下之我"对"既往之我"的质疑与诘问，也是"当下之我"甚至"既往之我"对"何为自我""何为人民"的困惑的展示。而对于这种追问与困惑，作品并没有提供一个确切的答案，也没有给予自述者有关自我的恒定内涵或明晰画像，而只是展示了一种"透视里的变化的过程。行为不仅仅因为发生过才被叙述，而是因为它们代表了成长的阶段……"③。在此，自我成为流动的历史的"中间物"，并因此拥有了多副面孔。读者可以看到，作品在追问与展示的同时，也一笔一画地勾勒出了"既往之我"如何踏着历史的风口浪尖步步沉没的图景："我"在迷惘与困惑中，由"思想的毒草"沦为"人民的垃圾"，并最终学会"落井下石""墙倒众人推""振振有词""侃侃而谈"地去"历数同胞的'该'杀之罪"，以致越来越失去独立思考、独立判断的能力，一步一步丧失自我："反右派运动后的二十年里，我的写作一直徘徊在'求用'与'不为所用'之间。……以冀做一个驯服的宣传工具而不可得。至于说不对任何个人折腰，只向党和人民俯首，不过是掩耳盗铃，聊以自慰的自欺而已。"④ 而直到多年以后，"我"才意识到"只有自由思想、自由意

---

① 邵燕祥：《沉船》，上海远东出版社1996年版，第6页。
② 同上书，第157页。
③ 李建军：《〈王蒙自传〉：不应该这样写》，《当代文学研究资料与信息》（2008.6）2008年总第188期，第42页。
④ 邵燕祥：《找灵魂——邵燕祥私人卷宗：1945—1976》，广西师范大学出版社2004年版，第8页。

志、独立人格才是一个人的灵魂"。①

在这批自述作品中，在反映内在自我中的"这一切是如何发生"的这一问题上，邵燕祥的叙述最为详细，好像电影中的慢镜头，让人真切地感受到了灵魂在迷惘、困惑中寥落、魂逝的处境。而在作自我追问时，邵燕祥尽力摆脱了思想规训留给语言的创伤：如程式化、政治化、口号化、空洞、苍白、不切身、不具体等，而采用了一种哀婉的语气和喁喁似诉的语调，以呢喃的私语和温和的笔触对历史与自我进行思省，哀而不伤，悲而不愤，无论是表达"枉掷年华如废纸，又从废纸忆华年"②时的感伤，还是揭开耻辱、丑行时的果决，以及对自我进行层层理性拷问时的隐痛，喁喁似诉的笔调都像是在说别人而不是自己的故事。比如：

> 孩子们，你们现在十几、二十几岁的年轻人，你们写过批判稿（那是抄的报纸上批林批孔的文章），写过决心书（那是烂熟的一套），但是你们没有写过连篇累牍的自我检查、甚至看都没有看过。你们不理解一个幼稚而真诚的革命者渴求改造、渴求修养得完善而表现出的狂热的自我批评。我会从任何泛泛地反右派、批判资产阶级思想意识的报刊文章中划线、摘录、逐条地对照自己、寻找灵魂深处有哪些类似的哪怕是隐蔽的表现……③

这样的论述在作品中俯拾皆是，在呢喃的叙语中蕴藏着一种绵里藏针的尖锐、纯绵裹铁的强韧和耐人咀嚼的谨慎、克制，不但将自我无知、盲从以及迷惘、痛苦的一面暴露无遗，也让人在惋惜、同情、怜悯的同时明白，沉沦不是外在的，而是从一个人的内心生长出

---

① 邵燕祥：《找灵魂——邵燕祥私人卷宗：1945—1976》，广西师范大学出版社2004年版，第8页。

② 邵燕祥：《找灵魂——邵燕祥私人卷宗：1945—1976》，广西师范大学出版社2004年版，引言第3页。这是邵燕祥自己写的一首诗，全诗如下："枉掷年华如废纸，又从废纸忆华年。梨枣春秋馀一梦，旧时燕子奈何天。"

③ 邵燕祥：《沉船》，上海远东出版社1996年版，第28页。

来的。

而如若将邵燕祥的几部自传性文本联系在一起来看,就更可以看出他对自我追问的深入与透彻,以及自我在追问过程中所体现出的"中间物"和阶段性的特征。《沉船》写于 1981 年,也就是刚刚拥有一定言说空间与可能的时候(政治气候转暖,部分个人档案被发还本人),从中可以较为详尽地看到在当年是"怎样地发生了这一切";但是在 20 世纪 90 年代,随着各种档案的解密,随着历史与自我认知能力的提高与深入,重读《沉船》,邵燕祥发现"这本书还是不够解放,还是带有极左思想的烙印"①,还是"没能站到历史的高度来反思自己"②。于是,为了痛苦之后的明白,他再一次努力地回到历史现场,摸底、打捞、探究,而且,在这个过程中,他还发现:"当时有很多人写回忆录,也有更多的人是通过被采访的方式,把历史真相告诉后人,但这些事后的回顾读起来往往缺乏历史现场感和细节的证据。同样一件事,当初的文本和现在的话语表达总是有很大的差距。如何回顾历史才能更接近历史真实?"③ 在这种问题意识下,邵燕祥采用的方式是"把过去的档案原封不动地抖出来。于是,便有了《人生败笔——一个灭顶者的挣扎实录》"。④ 但是在呈现档案资料的同时,邵燕祥也谈到,他主要还是以类似过去写检讨的方式,"只是一件件地忏悔自己的所作所为"⑤,而"没有去分析为什么会做错"⑥,虽然"有人生经验的人,是可以从中感受到很多的。比如,面对一份检讨,你读到的不只在承认错误,你还能读到隐藏在背后的东西"⑦。但是在几年以后,他就"意识到自己并没有给自己一个像样的交代:我为什么这样?我为什么会这样?我为什么会变成这样?也就是说,光是忏

---

① 邵燕祥:《我说出了一切,我拯救了灵魂》,《厦门日报》2007 年 1 月 10 日第 20 版。

② 同上。

③ 同上。

④ 同上。

⑤ 同上。

⑥ 同上。

⑦ 同上。

悔自己那些有悖于人情事理的言行是不够的，而是要分析'我是怎么在一个相当长的时期里，一步一步丧失了自己的良知？'"①这样，便有了《找灵魂——邵燕祥私人卷宗：1945—1976》。这本书包括他从1945年到1976年间发表的文学习作，以及许多应政治需要而作的诗歌和散文。邵燕祥谈到这本书时说："它们非常真实地暴露了我的曲折复杂的精神历程，这是那段不堪回首又必须审视的岁月在一个人的身上留下的最有力的佐证"。②对邵燕祥来说，写作的过程本身即是自我追问、自我质疑、自我探询、自我认知与自我建构的过程。

从上述例子中可以看出，自我不停歇地追问使"自我"始终行走在路上，而伦理自我的形成也只有在路上才会成为可能。因为"个人的真实性总在追问之中，它是一个现在性的生成事件：如果放弃了这一个体关怀，不以此为历史关怀的端点，那么一切关于'人'的设想就会失去起码的合法性"。③因此，尽管邵燕祥的叙述在反思的深度上还有限，还没有能够完全跳出旧思路的窠臼，也还没有能够完全站在更高的历史维度来反思自己，但就自我建构过程性的体现这一点来说，他的一系列的自述在这批自述作品中是比较突出的。

二 自我归罪

自省是自我剖析、自我反省，但决不是自恋者孤独的自我吟唱和虚妄者自负、随意的宣泄与臆想。因为，自省不能只囿于自我一己的维度、只站在自己的立场上去看自己，还必须同时引入"他者"的参照、在"他者"的高度与视野中来审视自我与个人的命运。这里的"他者"指一切异于自我又构成自我之物，如他人、历史、语言、宗教、信仰、理想等。因为，自我自身无法获得自足，"他者"始终是自我完善的一面镜子："自我本身就是由'他者'加'我'混合组成

---

① 邵燕祥：《我说出了一切，我拯救了灵魂》，《厦门日报》2007年1月10日第20版。

② 同上。

③ 王鸿生：《无神的庙宇》，上海人民出版社2001年版，第88页。

的综合体。'人'（既包括内在的也包括外在的）的存在乃是一种深刻的交流。是交流的手段……是赞同他者、通过他者、支撑自我的手段。人没有内在的自主领域：他全部而且总是处于边界；他在他者的眼中或是通过他者的眼睛来检视自我……在他者那里发现自我，在我身上（在相互反省和感知中）发现他者。证成不能是自我证成：承认也不能是自我承认，我从他者那里得到我的名字，这名称为他者而存（自我命名乃是从事篡位的行为）。"① 米德的"主我和客我"的理论也认为："个体只有在与他的社会群体的其他成员的关系中才拥有一个自我。自我，作为可成为它自身的对象的自我，本质上是一种社会结构。一个产生于社会经验之外的自我是无法想象的。"② 拉康在《"我"之功能形成的镜子阶段》中也认为，"人不能在自己的内部发现自己，也就是只有在他者中才能发现自我。"③ 因此，自我的反思只有结合了具有多重所指意义的"他者"眼光的参照、过滤之后，才能更切近一个真实的、具有伦理自主性的自我。

  对"反右"叙述来说，有了这种参照，自述者就不会单纯地只将自己当作历史悲剧的受难者或牺牲品，对自身历史同谋者身份的认同，也不会只是因为自己当年做过整人者或施难者、或只是因为认识到自己不是所谓的施难者只是因为侥幸，因为没有机会去做各种蠢事和坏事。如徐光耀在《昨夜西风凋碧树——忆一段头朝下脚朝上的历史》中将自己的灵魂拉到太阳光下时进行的拷问："假如我不被揪出来，我将如何？答案是，肯定不会手软，肯定也会做出不少蠢事，甚至不少坏事。没能做成，只是因为没有这样的机会。"④ 如巴金在《随想录·解剖自己》中对自己的解剖："在那个时候我不曾登台批判别人，只是因为我没有得到机会，倘使我能够上台亮相，我会看作莫大的幸运。我常常这样想，也常常这样说，万一在'早请示、晚汇

---

① 王成军：《自在·叙述·他者——中西自传主体论》，《国外文学》2006年第4期。
② 同上。
③ 同上。
④ 徐光耀：《昨夜西风凋碧树——忆一段头朝下脚朝上的历史》，《新文学史料》2000年第1期。

报'搞得最起劲的时期,我得到了解放和重用,那么我也会做出不少的蠢事,甚至不少坏事。……使我感到可怕的是那个时候自己的精神状态和思想情况,没有掉进深渊,确实是万幸,清夜扪心自问,还有点毛骨悚然。"① 自述者对自我"同谋者"身份的界定,更应当是基于这样一种认识:无论"我"是否做过什么蠢事或坏事,只因为"我"曾在那样的历史境遇中经历过、存在过,"我""就是历史事件的一种内容"②,"我"就再不可能只是无辜的"被'罪犯'所迫害,所摧残"③ 的受害者,而是"在某种意义上也是一个'犯人',至少是一个缺乏勇气和力量的怯懦者"。④ 事实上,"我""早已和镜子中的历史成为/同谋"⑤,"同谋者"是每一个途经历史的人都永远无法摆脱的历史宿命。因为"即使并非所有的人都干过罗织罪名、党同伐异、屈从权贵、卖友求荣的恶行,然而,经历过浩劫的人,至少都学会了说谎,都懂得了求生之术,都知道如何对一种荒谬的思想与逻辑表现出顺从甚至忠诚的姿态——包括某一个历史阶段中的受害者,也无一幸免地加入荒谬的合唱"。⑥ 因此,每一个途经历史的人都须自问,面对历史的荒谬,自己可曾只是"闭着眼睛,装着糊涂、听之任之"?⑦ 自己可曾在无意识之中,以一名"旁观者"的身份参与制造着历史?

我想,正是因为意识到这一点,巴金的自省不只限于一己私人的痛苦,即曾经的过失与对别人带来的伤害,而是将自己与更多的别人联系在一起,主动将自我置入对他而言可能只是无辜负疚的有罪境遇之中,并因此而承受着良心的质问与谴责:"你有没有做过什么事情

---

① 巴金:《随想录·真话集》,人民文学出版社1983年版,第130页。虽然巴金在这里解剖的是"文革"时期的内心状态,但在我们要讨论的问题上却有着十分典型的意义,因此被采用。

② 刘再复:《忏悔意识与中国思想、文学传统的局限》(http://www.zaifu.org/)。

③ 同上。

④ 同上。

⑤ 洪子诚:《中国当代文学史》,北京大学出版社1999年版,第302页。

⑥ 尚木、丁东等:《容忍比自由更重要》,《博览群书》2001年第3期。

⑦ 刘再复:《忏悔意识与中国思想、文学传统的局限》(http://www.zaifu.org/)。

来改变那个、那些受苦人的命运"?① 比起那些"不得不"做的"表态""表演"以及对他人的"批判"与"投井下石",这种由于自我的懦弱甚至人格的卑贱而漠视或无视他人痛苦、并因此而给他人带来恶果的行为使他感到更大的不安。

"无辜负疚"指无论自己是苦难的蒙受者,还是无辜的不幸者,无论这苦难是否与己相关,都"主动担起苦难中罪的漫溢"②,在苦难面前,永远怀罪在场。在刘小枫看来,这种负疚感已不只是心理学意义上的负疚——"抉择必然是负罪的,尽管是无辜的负罪"③——还同时具有生存论的意义,它不但会使人长期处于一种并非由于自己一己私人的痛苦而带来的生存的裂伤之中,而且,这种"负疚感的缺失,表明精神质素已经丧失最基本的怜惜感,这正是罪恶产生的根源之一"④。也因此"无辜负疚"感的存有,成为生命品质与生命品格的见证。

刘再复也曾提到:"当人类社会发生一个罪恶性的历史事件之后,人们往往有两种对待它的姿态:一种是抓住若干'替罪羊',让他们既承担全部决策的责任,也承担全部道德责任,其他参与者与旁观者则努力塑造自身乾净的'无罪'形象。另一种则是在惩处罪恶事件制造者之外,所有的参与者与旁观者都感到'我们共同创造了一个错误的时代'。前者是'替罪羊'原则,后者是'共负原则'。确认共负原则的人,在没有他人与他力追究罪责的情况下,自己感到不安,自己追问自己的罪责,叩问自己的灵魂。而只有当每个人都进行这种追问和叩问的时候,才能真正铲除罪恶的条件与基础,使灾难性的悲剧免于重演。人类所以会不断重复历史错误,不断重演灾难性的悲剧,正是因为绝大多数人都把历史罪责推到'替罪羊'身上,而自己却未从历史事件中吸取教训与道德营养。也就是说,当一个罪恶性的历史事件过后,其产生事件的土壤并未扫除,于是,等到具备相应的条

---

① 巴金:《随想录》第一集,人民文学出版社 1980 年版,第 2 页。
② 刘小枫:《这一代人的怕和爱》,华夏出版社 2007 年版,第 28 页。
③ 同上。
④ 同上书,第 29 页。

件,历史罪恶就会重新出现,疯狂和罪行就卷土重来。"①

巴金的意义正是在这一点上被体现出来的。

就对历史与自我的反思来说,在我们面前,不乏"控诉一番以后就不作深究而将苦难轻轻放下的那种态度"②,不乏"重返体制以后感恩戴德的那种神情"③,不乏有人对"既往之我"进行某种较浅显的思省,仿佛一次忏悔一次思省就可以洗清所有的罪责,也不乏有人因为他人的忏悔,因为他人的承担而心安理得,"仿佛那被指定忏悔的人真的很有能耐,可以制造出漫无边际的灾难"④,而其他的人包括他自己则都如天使般纯洁。

但是回望过去,巴金从未有过丝毫的轻松,他以持久的忧郁使自身一直处于"无辜负疚"的痛苦之中,并不断地向被"意识形态败坏的人类品质"⑤ 提出质疑。甚至从某种程度上可以说,巴金使自己成为了"祥林嫂",无休止的自责、愧疚和悔恨,这些折磨心灵的精神形态,几乎成为晚年巴金思想生活的全部内容。《随想录》150 篇可以说就是巴金对自我灵魂的 150 次审判与解剖。当然自省的深度并不取决于反思的次数,但是能够长久地有意将自己抛入耻辱、苦难和可怕的梦魇之中,不断将自己内心的伤疤一次次撕裂给人看并非易事。几十年,是好几代人成长起来的时间,一个人,就算是面朝美丽的大海或洁净的天空,也会因这么长久的注视而深感疲惫、眼痛,更何况面对的是沼泽、荆棘与深渊。也许用今天的眼光来看,《随想录》对历史与现实的反思还缺乏"顾准式"的深刻,甚至从某种程度上说巴金的反思还不能称为思考本身,但完全割裂一个人的思考与他所处的历史情境和所生活的时代的联系,要求他做到什么和不该做什么,不但是一种苛求,也是缺乏历史公正的谬言。比如,在《随想录》第一集巴金曾写了两篇谈《望乡》的文章(《谈〈望乡〉》和《再谈〈望

---

① 刘再复:《忏悔意识与中国思想、文学传统的局限》(http://www.zaifu.org/)。
② 摩罗:《耻辱者手记》,内蒙古教育出版社 1998 年版,第 89 页。
③ 同上。
④ 尚木、丁东等:《容忍比自由更重要》,《博览群书》2001 年第 3 期。
⑤ 刘小枫:《这一代人的怕和爱》,华夏出版社 2007 年版,第 29 页。

乡》》），这在当时多少都还是有一些"风险"的，但是在八年后，谈《望乡》就已经不是什么问题了。而且，如果把《随想录》第一集和第五集比较起来看，人们还将会发现，其实，在八年的跨度中，第五集的文章要比第一集的文章深刻许多。还需一提的是，其实和由陈思和等人主持编印的《随想录》的手稿本相比，"当年出版的《随想录》只是删节本。巴金当年所讲的有些真话，在今天看来也是惊世骇俗的。"① 因此无论巴金的思考与叙述还存在怎样的不足，他近似宗教般的对漫溢之罪的承担与对自我的苛责与否定，已经给予他修补残破灵魂、重铸自我的可能。

与巴金相似，邵燕祥也始终没有放下心头的那副重担，在几十年的时间中他也一直在不停歇地反思与忏悔。早在1982年年初的一篇《代自传》中，他对自己就有过这样的责问：

> 谈到二十多年前的"反右斗争扩大化"，难道能够只是戚戚于个人的遭遇，而不扪心自问：对于当时已肇其端的⋯⋯给整个社会主义事业造成沉重的痛苦与危害的左倾灾难，作为一九五七年以前入党的共产党员，我就没有一份应该承担的责任吗？②

而在从那之后的几十年的时间中，这种愧疚非但没有随着时间的流逝被磨灭，反而愈加强烈地折磨着他的心。面对那段历史，面对在"我"之外的一个庞大社会群体的惨死经历，他始终无法心安。

> 我虽然也在反右和文革中受到冲击，但我是不幸中的幸者，比起已死的人，我活了下来，比起破家的人，我尚有枝可依。③
> 我能不能⋯⋯向所有1949年后的无辜死难者道一声"对不起"!？但我深知，没有哪一级党组织授权，让我来履行这一个道歉的义务，并承担相应的政治责任。我这不又是没有"摆好自己

---

① 张者：《巴金，一些说不出的随想》，《巴金研究》2002年第44期。
② 邵燕祥：《代自传》，转引自邵燕祥《2007新年试笔》，《开放》2007年第2期。
③ 同上。

位置"的严重越权吗？我只能在夜深人静的时候，默默地向自己的良心念叨。然而，对于受迫害的死者和他们的亲人后代，这有什么意义？我一个个体的再深重的负疚之情，与一个……群体应有的历史忏悔比起来，又有多大的份量？①

这其中既有深深的愧疚，也有沉重的无奈，较之《沉船》中浓厚的抒情，也多出一份理性的厚重。正如爱伦堡所说：谁记住一切，谁就将感到沉重！事实上在1982年他发表那篇《代自传》时，就已经有人向他直率地指出："谁要你承担这份责任？你承担的起吗？谁听你的？……你承担哪家的责任！是不是把自己放到一个不适当的位置上了？"② 但是邵燕祥没有因此而姑息和掩饰自己，也没有逃避罪责，而是不断地将自己置于"有罪责"之境地并进行持续的责问与忏悔。因为他明白自我与历史之间有着不可分割的关联；他明白，虽然我们迎来了"翌日的清晨"，但曾经走过的绝非"五月的芳草地"；他明白，唯有当我们对自我的非道德有着自觉的不满，并意识到自己对他人和道德的某种刻骨铭心的需要时，内在的道德感才会真正出场，想要建构一个伦理的自我主体的可能才会真正出现。从这一意义上来说，"无辜负疚"感的确立，"共负原则"意识的自觉，恰好为人们提供了建构自我与促成内在道德感出场的道德空间。

有人认为邵燕祥的这种"承罪"之心并不是出于普通人的良心发现，而是"来自一个自由主义知识分子的文化立场和历史自觉"。③ 不论这种评价是否真切，在邵燕祥身上的确发生了某种立场与意识的转变。

从《沉船》《人生败笔——一个灭顶者的挣扎实录》及《找灵魂——邵燕祥私人卷宗：1945—1976》中提供的材料来看，在当年的政治运动中（无论"反右"还是"文革"），邵燕祥曾是一个将一腔

---

① 邵燕祥：《2007新年试笔》，《开放》2007年第2期。
② 同上。
③ 章诒和：《三千丈清愁鬓发，五十年春梦繁华——邵燕祥〈别了，毛泽东〉（牛津版）序》（http://www.aisixiang.com/data/14664.html）。

热血洒向政治、寻求为政治所用的"左翼"的、甚至有些激进的革命者。比如，在《沉船》中邵燕祥写道："我感到了作为党的宣传员的光荣。我并没有在党的语言之外擅加一个单字。"① "这不是为了写诗而杜撰，我相信我投身在革命的热潮中：'我们要把资本主义的古物抛出地球，让地球变成个锦绣的花团'，因为我们党已提出了用最快的步伐、最短的时间赶上并超过国际先进水平的号召。我认为我作为歌手的职责就是用我的喉咙歌唱党的口号，为了政治有时候要不惜牺牲艺术，虽然我并没有多少艺术的储备可以牺牲。"② "反右派运动后近二十年里，我的写作一直摇摆在'紧跟'和'跟不上'之间，我的为人则一直徘徊在'求用'和'不为所用'之间。"③ "这首诗的写作，符合我当时对文艺的社会作用的理解，要求'为时而作'，'为事而作'，越直接地为政治服务越好的主张。"④ "在这占全人类四分之一的人口跑步进入社会主义的庄严时刻，我仿佛被看不到摸不着的潮涌推向了我们星球的历史的驿站上，满怀对我们伟大事业的胜利信心，置身其中的自豪，神圣的责任感，无以名状的一种崇高感情……"⑤ "我认真地响应党的一切号召，从捐献飞机到'打老虎'，从买人民胜利折实公债到订无所不包的爱国公约。我认真地参加历次政治运动，以自己讽刺'胡风反革命集团'的诗能在报纸版面上为公安部长关于肃反的论文补白为荣。我不仅对机关内部的所谓'旧人员'即从解放前留用的办事人员，而且对老知识分子以致著名民主人士，都抱有一种优越感：我是党员，我代表工人阶级。我的诗是马雅可夫斯基《左翼进行曲》的继续，我以左派自居是理所当然，这难道有什么值得怀疑的？"⑥ 从这些自述中，可以看出他当年的确更像一个

---

① 邵燕祥：《沉船》，上海远东出版社1996年版，第59页。
② 同上书，第58页。
③ 邵燕祥：《找灵魂——邵燕祥私人卷宗：1945—1976》，广西师范大学出版社2004年版，第7页。
④ 邵燕祥：《沉船》，上海远东出版社1996年版，第70页。
⑤ 同上书，第62页。
⑥ 同上书，第122页。

"左派"。

但与很多被放逐底层后又重新"复归"到体制内,并因此而与体制相妥协的曾经的"左翼右派"或"位置"中人有所不同,持久的思考与自省使他的思想立场渐渐发生了某种移转,因为他最终认识到,在希冀"做一个驯服的宣传工具而不可得"[1]的时代,"说不对任何人折腰,只向党和人民俯首,不过是掩耳盗铃,聊以自慰的自欺而已"[2],"我也到了所谓的晚年了吧,这才发现只有自由思想、自由意志、独立人格才是一个人的灵魂。"[3] 从《沉船》《人生败笔——一个灭顶者的挣扎实录》《找灵魂——邵燕祥私人卷宗:1945—1976》到《2007新年试笔》,再到《别了,毛泽东:回忆与思考:1945—1958》,在这些自我经验的梳理中,可以清晰地看到其思想移转的轨迹。

当然今天来看,无论巴金还是邵燕祥,对历史与自我的持续性反思都还有一定局限:如过于拘泥于个人经验,以至于有时会将个人经验普遍化为整个民族经验;对历史的质询过多集中于执政党的得失;受某些思潮或话语的限制,叙述空间与思考维度还缺乏相应的历史感与丰富性;将某种普适的价值当作定论和叙述的潜台词,使反思带有"历史终结"的幻觉等。事实上,邵燕祥自己也曾说,如果将彻底的解剖自我定为10分的话,他对自我的解剖只能说达到了七八分,而这剩余的几分,是由各种原因造成的,如外在压力、对会涉及某些个人隐私的顾虑,以及他对自我与历史认知所具有的限度等。[4]

尽管他们的思考还存在种种不足与局限,由于在自省中加入了历史与他人的参照,巴金与邵燕祥深怀"罪感"的自省还是始终浸透着沉重、严肃、谦卑与警觉——警觉因时间的久远与生活的平淡而导致

---

[1] 邵燕祥:《找灵魂——邵燕祥私人卷宗:1945—1976》,广西师范大学出版社2004年版,引言第7页。

[2] 同上。

[3] 同上书,解题第2页。

[4] 邵燕祥:《我说出了一切,我拯救了灵魂》,《厦门日报》2007年1月10日第20版。

的对自我罪责的麻木与遗忘；警觉因周围世界的冷漠或希望的渺茫而导致的对追问历史真相之可能的绝望、对坚持正义的勇气与良知的放弃，以及在静默与任何一次的发声中对历史与他人的伤害。因此，读者可以时时感受到自述者在自审时的痛苦与紧张、自我解剖时的分裂与矛盾，以及重构自我时的困惑、犹疑与焦虑。

三 自我取悦

王蒙认为自省对于自传写作来说十分重要，具有历史见证与心灵见证的双重特性。他曾说纯粹的诉苦是不负责任的，"我必须老实告诉读者我在历史中扮演过什么角色。我扮演过推波助澜的角色，也扮演过真理在胸、自以为是，甚至不惜伤害别人、也不怕伤害别人的角色，我还扮演过正义的角色，也扮演过愚蠢的角色，所以每个人对历史不仅仅有讨债的权利，不光具有诉苦的悲情，历史发展到今天，你也跟着叫，对历史是有责任的。"① 这些话说得十分坦诚，而且在他的自传《半生多事》中，他也对自我做了较有深度的反省。如对于当年被划"右派"的经历，王蒙有过这么一段反思：

> 现在一切明白，如果我与她一样，如果我没有那么多离奇的文学式的自责、忏悔，如果我没有一套实为极"左"的观念、习惯与思维定势，如果不是我自己见杆就爬，疯狂检讨，东拉西扯，啥都认下来，根本绝对不可能把我打成右派，我的这种事实上的极左与愚蠢也辜负了那么多其实想保护我的领导同志。归根结底，当然是当时的形势与做法决定了许多人的命运，但最后一根压垮驴子的稻草，是王蒙自己添加上去的。在这个意义上，说是王蒙自己把自己打成了右派，毫不过分。②

这段叙述，笔触冷静，也较为客观，自述者既没有歇斯底里的控

---

① 王蒙：《我也扮演过愚蠢角色》，人民网（http://culture.people.com.cn/GB/22219/4460370.html）。

② 王蒙：《半生多事》，花城出版社2006年版，第173页。

诉与愤懑，也没有怨天尤人的无奈与哀怨，而是在一定程度上直面了自我的真实，其中一连几个"如果没有……就不会……"的典型的追问与分析句式的运用，通过提出种种假设，将对自我的追问与问题的思考分解在不同层面进行，自我也因此而被置入不同境遇、不同层面之中。

但阅读《半生多事》常会有一种"别样的"感受。

这部自传涉及的是从王蒙幼年时代开始至20世纪60年代初期时的生活，"反右"是其中的一部分。一般人谈及这段生活，多是悲情的诉苦与愤激的控诉。但这些调子在王蒙的这部自传中却很少见到，比如，上述这段平静、流畅的自省。但这里的假设与追问更多还只是停留在复述事实的层面，还只是自我与过去事实的对话，虽已触及内心，却还没有深入到个体自我的意识、思想与人格深处去进行解剖。

又比如，他描述自己在"反右"运动中受到批判时的心理："我"十分"佩服"批判者W对"我"的分析帮助，并能清晰地感受到"他批判我时的快感"①，但与此同时，"我还必须承认，如果是我批判帮助一个人，如果是我'帮助'他，我的振振有词，不一定逊于他。"② 如徐光耀或巴金一样，这些描述体现了王蒙对自己有可能成为同谋者的自觉的反思，但是略带反讽的语调，却又像是在调侃。而在被遣派到远郊的桑峪农村与一担石沟进行劳动时，他的生活似乎与苦难无关，每天，"我高高兴兴"地参加少年宫工地的建筑劳动，并认为"其乐如游戏"，是对"我"一度缺失的童年的"补偿"，所以对于这种生活，"我"不但无可抱怨，相反还充满珍惜甚至感恩："这是哪儿来的机遇，脆弱的幼稚的神经纤细的王蒙能到这里一游一走一干活一锻炼一成长！"③ "我与大自然、我与农村农民一拍即合。茫然中使我兴奋、宽阔中使我安慰、山野中使我得趣。我得到了新体验、新知识、新感觉……在一担石沟我摆弄过草莓，单是草莓的名称也令我

---

① 王蒙：《半生多事》，花城出版社2006年版，第170页。
② 同上。
③ 同上书，第176页。

快乐。"①

不只如此,在如此严峻的形势下"我"还不忘时不时来一点幽默与自嘲:

> 当厄运成了规模的时候,厄运就变得容易接受了。又不是我一个人的事,天灵灵,地灵灵,"点儿"走到这一步了。②
> 也许我当真忘记了自己严峻的处境?也许我的细胞里有中国失意诗人徜徉山水之间的遗传基因?③

诸如此类的叙述还很多,甚至连一向枯燥、严峻的思想改造学习会也颇具喜感。当然在轻松的笔触下,在充满黑色幽默的反讽与调侃中,人们也常常能感受到某种荒谬感与悲剧性,但是,这期间的艰辛,如自然环境与社会环境的恶劣、劳动强度的难以承受以及当时普遍的饥饿,则或被略去,或只做轻描淡写,和那些满含悲怨与愤懑的控诉相比,王蒙的叙述的确有着很大的不同。

悲情诉苦往往能够唤起读者的理解与同情,但是过度倾倒苦水不但不利于反思历史,还常会引起读者的反感与不悦,因此在关于"反右"历史的叙述中,我们并不主张毫无节制的苦难宣泄。但是如《半生多事》这样好似有意回避苦难的叙事,虽然避免了对苦难的过度抒情,却也很容易形成一种"反效果"或"逆向评价",读者有可能会认为这些似乎是自述者"刻意做出来"的,总显得不那么真实。

这样就产生了两个问题:读者为什么会有这种"别样的"感觉,以及自述者为什么要以这样的方式书写。

就前者来说,笔者认为这里所涉及的依然是一个叙述边界的问题。在王蒙的叙述中,沉重的历史被置换为"快乐"的生活史,历史的苦难与艰辛被个人的坚强与乐观所遮蔽,但这种乐观是一种纯粹沉溺于自我的抒情,它回避着和历史与苦难的相遇。因而,它只是自我

---

① 王蒙:《半生多事》,花城出版社2006年版,第177页。

② 同上书,第175页。

③ 同上书,第178页。

与自我之间的和解，不是自我与历史与苦难的和解，更不是对历史与苦难的超越，与赫尔岑在精神的囚禁与肉体的流放中生长出来的、饱含历史感与思想厚重感的自信乐观也不完全相同，因此，它可能会影响人，但难以感动人。而且在笔者看来，这种沉重感与厚重感是"反右"历史本身赋予叙述的一种内在要求。也就是说，即使是在讲述快乐，这快乐也不会纯然轻松，里面定会浸满血迹与泪痕、悲伤与沉重。因此，从这一角度来说，王蒙在自述中对于快乐记忆的呈现有些过于轻松、洒脱了，好像完全隔离了个人生活与当时的政治、历史生活之间的关联，又仿佛二者之间存在着一条明晰的界限，而他只钟情于自己的自足世界，外在的一切都似乎与他无关。但正如前文一再提到的，在"反右"这一非常历史时期，个人的日常生活须臾离不开时代、政治生活的影响，特别是对于如王蒙这样个人命运和时代历史紧密纠集在一起的人来说就更是如此。

而且，那段岁月在他心中真是如此轻松吗？丛维熙在《走向混沌》中曾提到一个细节：在《走向混沌》出版后的一个年节，王蒙的儿子曾问王蒙，他当年是不是真的像丛维熙在书中所写的那样（"他似乎什么都知道，又好像什么都不知道；他貌似在合眼睡觉，其实在睁眼看着四周，与其说他表现出不近人情的冷酷，不如说他对这个冷酷的世界有着相当的警觉。"[①]），王蒙在如是回答之后，潸然泪下。笔者觉得，此时的王蒙较之《半生多事》中"快乐的王蒙"更加真实。因此，在笔者看来，造成这种"别样的"感觉的成因之一即在于王蒙有意设置了这样一个叙述边界，并以表现纯粹日常生活的方式来叙述本是充满时代感与政治性的"反右"生活。

那么，王蒙为什么要这样处理自己的历史经验？为什么要"刻意"回避苦难、制造轻松呢？

在笔者看来，这一方面与他天生的乐观情怀有关。王蒙曾说，所谓逆境多半是由人自己心理的沮丧造成的，如果人自己不认为是逆境，不受逆境情绪的控制，人就可以时时感受到快乐。因此，在自述

[①] 丛维熙：《走向混沌》，花城出版社2007年版，第41页。

中，那些悲惨的经历便被他的乐观情怀暂时屏蔽或过滤掉了。

另一方面的原因则在于他审视自我的视角。在笔者看来，他始终是在自我自足的世界中，在纯粹自我的立场上来看问题的。他笔下的"右派"生活，往往只有他自己，或只有自然界的花草山水，而很少涉及其他人。因此，他的快乐始终是源于他个人的自足世界的。这和其他右派叙述中表现出的那种生发于群体性的、劳动创造出的快乐是不同的。如和凤鸣在《经历——我的1957年》中描述过的右派们在割麦子比赛、在安西种瓜、在"七一"与国庆节前的节目表演与排练等简单而朴素的快乐。王蒙寄情于山水之中的快乐只属于他自己，也只有他自己才能感知得到。当然这种"自我沉溺"也可以看作是一种自我保护，一如丛维熙所言，是对周围世界有着"相当的警觉"之后"不近人情的冷酷"的一种体现，因而背后其实还是有着痛苦与忧伤的痕迹。

这种"纯粹自我"的叙述视角还体现在作品对于"别人"这一他者形象的展示上。"难友"这个词在"反右"叙述中会常常遇到，但在王蒙的叙述中几乎没有——他总是以冷眼旁观的姿态，冷峻克制的眼光，漫画式的笔法，以及甚至略带嘲讽的话语来描绘"别人"："事态变得更加严重，我也更加默默无语。已经没有心软心疼的余地，谁倒霉至少暂时只能是谁扛着，王蒙能够做到也必须做到的是照顾好自身，争取不跌入更凶更险的深渊。"[①] 他的快乐、多情、对自然与生活的爱，在这里都冻结了，相比他描写自我快乐生活时的那种内在的兴致、热情，这里对他人的描述显得节制与冷静，甚至冷酷。虽然他叙述的也是一种心理的真实。这"一热一冷""一纵情一节制"，不由让人产生这样的困惑：一个清醒的智者难道一定要是一个冷酷的旁观者吗？

因此，在笔者看来，《半生多事》之所以给人以"别样的"感觉，并不在于作者书写了"快乐"，而在于这种快乐书写好像是一种自我取悦，他的世界只有自己，一旦面对历史与他人，这快乐与温情就荡

[①] 王蒙：《半生多事》，花城出版社2006年版，第183页。

然无存。因而叙述中总带着几分掩饰与冷漠，而难以给人震撼、感动、温暖以及爱。正如有学者所指出的，这种叙述好像"缺乏春天般的温暖，缺乏照亮人心的光芒；它以夸张的方式凸显了自我，却失去了一个可以与他人共享的光明而美好的世界"[①]。

而说到"反右"叙述中的"快乐"书写，在《半生多事》之外，值得一提的还有和凤鸣的《经历——我的 1957 年》。这部作品，不只描述了右派们的苦难生活，还展示了许多"快乐"生活的小小片断。比如，在沙地上种瓜、表演节目、跳舞等，它们不单是对单调、枯燥、沉重不堪的劳教生活的调剂和放松，也让作者感受到了作为女性的一种性别回归。除此之外，作品中还大量穿插了作者少年时代及被划右派之前的一些快乐而美好的生活片断，如和丈夫之间的温馨爱情、对兰州瓜果的甜蜜回忆等。作者在叙述这些往事时，笔触细致、跳荡、舒展，充溢着温暖与诗意，但不同于邵燕祥"喁喁似诉的笔调"带来的诗意，这是生活与劳动本身带来的诗意。在笔者看来，这是另外一种自我取悦式的书写。这一方面与作者特有的女性视角的敏感和细腻有关，一方面也与作者的叙事姿态有关。

和凤鸣不止一次说过，她的大半生都活在重重苦难之中，是苦难重新铸造了她。对她而言，苦难不只是地狱苦海，也是她从命运谷底奋起的踏板。因此，当更多的人揭示苦难的残忍与不堪的重负，甚至放弃对这一段创伤性经验的言说时，和凤鸣不但详细展示了苦难，还在其中挖掘出了快乐与温暖。但值得一提的是，这快乐与温暖不是历史造就的，而是源自生产与劳动本身，源自保有温暖的敏感之心，因此，和严酷的历史并没有形成截然的对立。作者的一段自白或许可以解释这种心态。

> 现如今回首往事，我真愿意把那些丝丝缕缕、点点滴滴早已失落了的故事全部重新拣起，在心里再细细地过一遍。毕竟，因

[①] 李建军：《〈王蒙自传〉：不应该这样写》，《当代文学研究资料与信息》（2008.6）2008 年总第 188 期，第 42 页。

为这些年代久远而失落了的事情，不论它欢快温馨也罢，凄迷伤感也罢，它们都失落在我一生最美好最令人神往的青春年华里，受难的青春依然闪光。尽管青春一去不复返，而我仍然愿意咀嚼个中特殊的人生六味，再再咀嚼，再再消受。①

对苦难的回首与缅怀成了对青春的祭奠与哀悼。"故事"一词尤其能说明这一点。对于个体记忆来说，"故事"是一个很感性的词汇，人们往往是怀着美好、缅怀甚至感激的心态来面对可称之为"故事"的往事。因此，作者将那段不忍卒读的苦难经历称之为"故事"，背后也许就蕴藏有温暖的情愫。这种心境在这一代人当中是很少有的。许多亲历者往往会因往事不堪回首而有意回避这段历史，像和凤鸣这样仍然愿意"再再咀嚼，再再消受"的的确不多。这也说明作者心中的确存有一种"坚硬如水"的力量，使她在任何时候都能保持感受美、创造美，感受爱、施爱与人，感受温暖、温暖别人的能力。因此，她才视苦难为磨炼、为铸造自我的基石。正如电影《肖申克的救赎》中，安迪提醒他的狱友，莫扎特就在心中，从来不曾、也不应当失去。也正是这种保有尊严的力量使他得以重生。就像杜弗瑞说的那种神奇的鸟，它拥有绚烂的翅膀，任何对它的束缚都是有罪的，没有什么东西可以束缚它，因为它的力量源自内心。和凤鸣在苦难中的自我取悦，让人感受到的或许正是这种神奇之鸟的翅膀的绚烂！

同样是"自我取悦"，王蒙的叙述因为在沉溺于自我的同时有意回避了苦难与历史而给人"冷"的感觉，而和凤鸣的叙述，因为有着苦难底色的衬托反而使人感受到一种绚烂与温暖。正如钱理群所说，这是给艰于呼吸与视听的人带来新鲜气息与耀眼的光亮的"地狱里的歌声"。

但是在和凤鸣的叙述中，这些发散的"快乐"描写大量充斥于文本，使作品在结构上显得枝蔓、凌乱，情绪的酝酿也不够集中，有过度抒情的感觉，也许可以看作是另一种自我的沉溺。如果叙述者能够

---

① 和凤鸣：《经历——我的1957年》，敦煌文艺出版社2001年版，第92页。

多一些深沉的他者观照，作品的叙述也许会更为内敛和凝练。

总体来看，在这些自述中，当事人对历史与自我虽然都或多或少进行了一定的思省，却也都还存在一定的问题。这不仅是由于历史认知的有限，也是由于对具有表现力的自省话语形式开掘的不足。潘婧在《抒情年代》中的一段话或许可以说明这个问题："我们没有能够掌握叙述我们自己的故事的形式，或者说，有关我们的时代，我们以生命和青春为代价的惨痛经历，我们的新鲜而残酷的感受，所有这一切，并没有酿造出一个可见的形式"①，因此"最终留给历史的，也许不过是一些语焉不详的断句"。② 但也正是怀着对这一问题的警醒和自觉，在《抒情年代》中，她"把写作带入了不断的自我质疑之中，结果，自我质疑和自我对话的过程本身，变成了故事的形式"③，并"在持续不断地质疑中升腾起严峻的诗意"④，使得作品在个体生命史与复杂历史远景的结合、展现个体的"灵魂力量和语言层面的道德感"⑤ 方面为当代文学提供了一个较好的样本。而本书曾多次提及的赫尔岑的《往事与随想》、帕斯捷尔纳克的《人与事》以及爱伦堡的《人·岁月·生活》之所以能够成为个人回忆录的经典，也不只是因为它们具有的深刻的思想，还同时是因为它们在文体与叙述话语表现方面的卓越，因为思想和用于表现思想的叙述话语之间的相得益彰。在这一点上，现有的"反右"自述还难以企及。抛开思想的深度与话语表达能力方面的不足暂且不说，大多数自述者似乎还没有意识到，在思考的困境之外还有表述的困境，在追求思想深度的同时，还应当追求叙述的深度及其与思想的和谐，对于大多数经历过从思想、思维方式、话语表达到日常生活

---

① 潘婧：《抒情年代》，作家出版社 2003 年版，第 69 页。
② 同上书，第 7 页。
③ 王鸿生：《灵魂在一种语调里——〈抒情年代〉的叙事伦理意义》，《上海文学》2003 年第 7 期。
④ 同上。
⑤ 同上。

世界改造的自述者来说，似乎尤当如此。

第三节　忏悔的纯度、向度与深度

刘再复在《忏悔意识与中国思想、文学传统的局限》一文中，这样界定"忏悔"一词的含义：

"（1）忏悔不是社会权力关系支配下和任何其他外在力量控制下的世俗活动，而是发自内心需要的精神活动。坦然和恐惧是它们之间最清楚的心理界限。真正的忏悔一定是心理坦然和无所畏惧的，而伪忏悔一定是恐惧的结果。……发自内心的忏悔并没有外在的对象，它只是从精神的深处把良知唤起。它是自愿而坦白的精神行为。

（2）忏悔不是道德权威、纲纪伦常控制下就范某些道德框架的社会行为，而是个人在善的内心的呼唤下对道德责任的体认。忏悔确认的责任，不是外部权威的指示，而是良知意识到的使命。

（3）忏悔作为内心的隐秘活动，它是自由的，没有任何具体的规定。因此，这种精神活动指向神的幸福和精神的解放，而不是精神的折磨。作为政治和思想钳制的伪忏悔却是精神奴役，它意味着精神甚至肉体自由的丧失。

（4）忏悔是个人化行为，是自己和自己的对话，自己对自己的承诺，不是社会化、集体化的行为，因此，它也不是对社会的承诺。"[①]

总之，"忏悔是一种形而上的超越世俗的个人自由精神活动，因此，忏悔过程无须灵魂的裁判官，无论是作为神的代言人（牧师）的裁判官，还是作为政治权力和道德权威代言人的裁判官。"[②]

从上述描述可以看出，"忏悔是有关灵魂的一个严肃主题，也是有关人性的一个严肃主题"，[③] 也正是这一点使它和文学息息相关，因为真正的文学也总是关乎灵魂与人性的。因此，刘再复认为，在文学中"如果拒绝思索这一主题，就会影响文学挺进到灵魂的深处和人性

[①]　刘再复：《忏悔意识与中国思想、文学传统的局限》（http://www.zaifu.org/）。

[②]　同上。

[③]　同上。

的深处，就会影响到文学精神内涵的深广度"。① 而就"反右"自述而言，忏悔叙事在挺进灵魂与人性深处的一个重要表征即是，它可以更好地抵达自我的真实性、提升自我的人格、回归本色与自由的自我生命，并进而推动一个伦理的自我与伦理的世界的建构。正如有论者所指出的，"在忏悔录形式里，人们使用了自己的语言，形成了自己的风格，描述了自己的生活，作者和他的作品形成了一个整体……主体与客体得到了协调，自我与其身份取得了同一。"② 甚至可以说，忏悔叙事是使一个人的自我意识、心灵秘史及个体灵魂在叙述中生成的最直接的形式。因此，文学（自述）中的忏悔不只是一种意识，也是一种精神，一种澄澈的历史理性和勇于承担历史责任的人格自觉，一种在反思中追求良知、善与完美的叙事品格和叙述语态。

但以此为度考量这些自述作品，我们将会发现，虽然许多自述者在作品中对"既往之我"的一些作为进行了忏悔，或表达了想要忏悔的意识与渴望，但通过对这些忏悔叙事在思想与语言层面的分析可以看出，一种高品格的忏悔叙事并没有形成。

如韦君宜在《思痛录·露莎的路》中说："我有罪过，而且没别的改正的做法了。……应该把自己的忏悔拿出来给人看看，不必那么掩饰吧。"③ 她认为，对无论在"反右"还是在"文革"中的很多事，都"应该惭愧、没脸见人的是我自己和我们这些知识分子干部，跟着那种丑角去参观，甚至还随着帮腔、点头赞扬、闭眼不管，还签字……这是干的什么？是不是帮同祸国殃民？"④ "现在我在干这些，在当编辑，编造这些谎话，诬陷我的同学、朋友和同志，以帮助作者胡说八道作为我的'任务'。我清夜扪心，能不惭愧、不忏悔吗？"⑤

邵燕祥在《沉船·代序——写给儿女》中说，这里要说的一些

---

① 刘再复：《忏悔意识与中国思想、文学传统的局限》（http://www.zaifu.org/）。
② 杨正润：《论忏悔录与自传》，《外国文学评论》2002年第4期。
③ 韦君宜：《思痛录·露莎的路》，文化艺术出版社2003年版，第120页。
④ 同上书，第126页。
⑤ 同上书，第156页。

"别样的话"①"不是人间的神话,而是一个共产党人的忏悔:忏悔一个共产党人却不是彻底的唯物主义者"②;忏悔"一个幼稚而真诚的革命者"③ 在简单盲目的是非观的引导之下"渴求改造,渴求修养得完善而表现出的狂热的自我批评"。④ 比如,"我会从任何泛泛地反右派、批判资产阶级思想意识的报刊文章中,划线,逐条地对照自己,寻找自己灵魂深处有哪些类似的哪怕是隐蔽的表现"⑤,"甚至急不可待地拾起大家走散时遗留的解剖刀,在自己身上横一刀、竖一刀地施行手术"⑥,并自认为"这一切是为了挽救自己"⑦;忏悔自己为何终于丧失判断能力,"一会儿把自己和别人的正确当成错误,一会儿又把自己和别人的错误当成正确。以至有些到今天还分不清正确和错误,以及它属于我还是属于别人"⑧;以及忏悔自己在当年怎样以"左派"腔调和面孔,调动"我的全部教养,包括对敌要狠的战斗精神,行之有素的新闻观点,习惯成自然的套话语言和论战方法"⑨"振振有词地侃侃而谈"⑩ 地对所谓"右派分子"与"反党反社会主义的社会势力"进行"口诛笔伐"和"落井下石","在完成把王世甫塑造为敌人形象的事业中,我也充当了刀笔。王世甫也许会因我跟着蹈上覆辙而原谅我,他一直对我是念旧的、友好的,我却不能原谅自己。但我也庆幸我终于被推入了泥潭,丧失了在萁豆相煎的比赛中作啦啦队的资格。我将主要由于痛感对不起党和人民,而不是由于对不起很多个人,而受到良心的谴责。"⑪

---

① 邵燕祥:《沉船》,上海远东出版社1996年版,代序第2页。
② 同上。
③ 同上书,第28页。
④ 同上。
⑤ 同上。
⑥ 同上书,第29页。
⑦ 同上。
⑧ 同上书,第157页。
⑨ 同上书,第137页。
⑩ 同上。
⑪ 同上书,第136页。

王蒙谈到自己这一段经历时也说："我感到悔愧的是，我主动向作协领导郭小川同志反映了冯雪峰老师与我的唯一的一次个别接触中谈到文艺问题的一些说法……我还在大会上发了一次言，表示了批评丁玲、冯雪峰之意，也表示要好好学习提高认识。这不是一个光荣的记录，用现在的语言，人们会，人们可以，我自己也应该狠狠地责备自己，我应该忏悔。对不起冯雪峰老师，他在家里接待我，是对我的照拂，我却从里头找出了材料。"①

而巴金的《随想录》更是一度被称为中国的《忏悔录》，朱学勤曾说："在一个没有罪感氛围的轻浮国度里，一个享有世界声誉的老人完全可以带着他的隐私或污迹安然离去，不受任何谴责。现在，他突然觉得自己的灵魂中有罪恶，不吐不快，终于说出这一番富于忏悔意识的语言。"② 于是，人们看到在几本小小的册子中，巴金将自己的灵魂翻检了一遍又一遍，对曾经做下的错事、犯下的错误进行了严苛的解剖。而自《随想录》以来，是否对过去进行忏悔，也成为读者大众对这一批叙述者人格进行考量的一个参照。

对这些年迈的老人来说，他们勇于忏悔的叙述姿态令人感动，阅读者高倡当事人应该忏悔的呼声也容易理解。但与此相比，同样值得关注的是用于忏悔的语言及其裹挟的关于忏悔的纯度、向度与深度的问题，以及在这种呼声背后隐含的读者大众的道德倾向与话语立场的问题。前者将涉及对自我个体生命垂直深处的挖掘与对"说出这一自我"之语言能源的深处开采。因为一方面正如前文所言，忏悔叙事是抵达自我真实性的有效途径之一，另一方面，作为宗教与哲学命题的"自我忏悔"，从文学的角度来说其实就是一场语言的革命。至于后者，则是一个阅读境遇中会遇到的接受伦理的问题。这里只谈前者，后者放在后文分析。

首先来看忏悔的纯度。《忏悔录》中，卢梭以道德自审的眼光和

---

① 王蒙：《半生多事》，花城出版社2006年版，第173页。
② 朱学勤：《我们需要一场灵魂的拷问》，《书林》1998年第10期。

"一种前所未有的方式努力披露一个人一生全部的内心真实"①，赚取了数代人的同情与信任，并成为人们心目中道德纯洁与高尚的代表，《忏悔录》也因此成为后世自省文学的源头，其叙事模式也成为后世忏悔叙事的模本。但现在有越来越多的研究者对此提出异议。保罗·约翰逊就曾指出，《忏悔录》的"描述具有欺骗性，被展示的这颗心带有误导性，表面坦率，内里却充满狡诈"②。这一判断是否客观暂且不说，它至少启示人们，以忏悔名义所作的坦白也会存在自我辩解的可能，忏悔也存在纯度的问题，不可以价值判断来取代事实判断，也不能以利害观念取代是非观念。在忏悔叙事中，事实永远是第一位重要的。

以此维度来看这些作品，我们发现许多叙述者对"既往之我"的"有罪之身"进行的忏悔往往也潜藏着一些问题。

比如，许多叙述人是在施难/受难的单一的叙述结构内以受难者的名义进行忏悔的，从叙事立场来说，这一点虽可以理解，但这种叙述起点与逻辑框架却直接影响着忏悔的彻底性。仔细阅读作品可以知道，从受难者的立场出发，叙述者"我"在当年或者是无辜的历史牺牲品；或者，虽然不那么无辜，虽也曾是"暴虐历史"的参与者与共谋者，但是"我"的参与在多数情况下是迫不得已的，如怯于迫害者的疯狂、或历史认知能力的有限。因此在作品中，便不难看到这样的表达：

难道我能够不批别人吗？不能。也得批。③
叫我有什么办法呢？④
如果在"一二·九"的时候我知道是这样，我是不会

---

① ［英］保罗·约翰逊：《知识分子》，杨正润、孟兆纯、施敏泽译，江苏人民出版社2003年第2版，第21页。

② 邵燕祥：《沉船》，上海远东出版社1996年版，第4页。

③ 韦君宜：《思痛录·露莎的路》，文化艺术出版社2003年版，第41页。

④ 同上。

来的。①

　　这悲剧，当然得由我们俩自己负一部分责任，可是，能完全由我们负责吗？②

　　我竟然执笔去写批判他的文章……这种文章我怎么能写，但是我居然写了。③

　　我不敢冒那个看来也起不了作用的风险……但是在一天没有陷入不可自拔的泥潭以前，就不能不对已经陷入泥潭的人施以挞伐，唾以口水。不然，在这场你死我活的阶级搏斗中，作为一个共产党员的立场站到哪里去了呢？④

　　当了右派的处世原则只能是进一步的惟命是从？⑤

　　我竟受一个吃饱肚子的"职工"的摆布，冷酷地拒绝为他们寄信……⑥

　　此刻的我竟冷酷地对他们不理不睬，竟扬长而去……⑦

　　现在让我感到羞愧万分内疚不已的事，在当时竟认为理所当然……⑧

　　在这些表述中，"难道……"的反问句式在自我质疑的同时，也强调了"不能不"的选择的决绝；"叫我有什么办法呢？"的反问流露出的无可奈何与"不能不"的双重否定中对"别无选择"的强调，"竟然""居然"的自我震惊背后具体动机有意或无意的隐藏，在"如果……那样……"等虚构的话语前提中对某种可能性的遮蔽，以及依靠这种昔日的"真诚"与"错误良知"所形成的对自我的有意或无意的辩护……这样的叙述姿态、语气、口吻、语调、语式，不但

---

① 韦君宜：《思痛录·露莎的路》，文化艺术出版社2003年版，第43页。
② 同上书，第29页。
③ 同上书，第44页。
④ 邵燕祥：《沉船》，上海远东出版社1996年版，第137页。
⑤ 和凤鸣：《经历——我的1957年》，敦煌文艺出版社2001年版，第75页。
⑥ 同上书，第257页。
⑦ 同上书，第303页。
⑧ 同上书，第304页。

使对与错、好与坏、正确与错误、善与恶这些对立的价值立场在叙述效果上达到一种巧妙的话语平衡,而且,在这种二元对立的模式中,施难人的身份被纯洁化了,即施难人成为纯粹的无辜者、清白者或残酷历史的牺牲品,而他们的忏悔则因此或止步于对伤痛的展示并因此转化为含冤受屈者的控诉,或蒙上功利色彩成为自我的辩解与辩白,甚至成为一种重新美化自我的工具。因此,我们看到,在这些自述文本中,叙事话语与忏悔话语常常被割裂开来,施难人的创伤记忆在本质上也是同谋者的记忆的事实并没有得到深刻、彻底的反思。而事实上,同谋者之间也是有所差异的:"年轻时批判别人,有盲从的因素,表现自己的私欲同时在作祟,等别人批到自己头上了,才能体会到什么叫迫不得已,应付差事,什么叫趁风扬土、落井下石。前者不至于给人增添痛苦;后者必定让人感到雪上加霜。"① 而只有意识到这其中的细微区别,反省与忏悔才能体现出应有的深度。但从上述叙述可以看出,大多数的叙述实际上无法展示其间的区别。需要说明的是,这里的分析并非是要苛刻地要求这些老人每一个都成为毫无瑕疵的圣洁者,而只是想说明,对自述来说,一种能直通清白、圣洁与高贵的忏悔叙事,在某种程度上仍是难以企及的品质和品格。

在忏悔中还存在向度问题,即向谁忏悔。在自述中,大多数人的忏悔都是指向受害人的,并希望能够因此得到他们的原谅与宽恕。忏悔当然要面向受害人,但是在面向受害人时,忏悔者并不只是施难者,而首先是一个有罪的待审判者,因此,在受难者之外,还需有一个更高的可以担当道德审判者的角色,他超越于有限个体,像阳光一样照耀着每一个人,使忏悔者不能够存有任何隐藏罪行的侥幸。因此,在宗教维度下的忏悔首先是面向神的存在的一次悔悟,其前提是,在任何时空中,都存在着一个作为倾听者、审察者和赦免者的神,其次才是面对历史和现实灾难的记忆与直观,面对人制造的恶,面对人自身的有限与责任。因此,在宗教意义上的忏悔往往蕴含有被救赎的期待与被神安抚和聆听的渴望。

---

① 尚木、丁东等:《容忍比自由更重要》,《博览群书》2001 年第 3 期。

当然我们并不是在宗教的意义上来谈忏悔的。我们强调忏悔需要的那个"更高的可以担当道德审判者的角色"不是什么"神的代言人",也不是某种"政治权力和道德权威代言人",而是忏悔者自己的某种内在良知或内心道德律。因此,从根本而言,正如刘再复所说的,忏悔是忏悔者自己和自己的对话,是一种私人行为,是一种"形而上的超越世俗的个人自由精神活动"。① 也因此,笔者认为,自述者的忏悔,在指向受害人的同时,更应当指向自述者自己的内在良知或内心道德律。

　　而结合这一视角来审视上述引文,可以看出许多自述者对这一点的认识仍然是比较肤浅的。甚至,还有这样一种情况,即他们的"忏悔并不是出于普通人的良知,而是一份'文化英雄'的自觉。只因知识分子被视为文化英雄,因而他们对历史就必须承担更多的责任"。② 这可能与我们的国度不是一个宗教的国度有关吧。而反观西方文学,特别是俄罗斯文学中的忏悔叙事对人性与人之存在的深度开掘之所以令人难以企及,原因之一就在于作品融入了直指灵魂的宗教之维。这对于我们非宗教国家的忏悔叙事来说,当是一个良好的借鉴与启示。

　　此外,还有深度的问题。当前自述作品中的忏悔叙事,因为在忏悔向度意识上的混沌,还往往局限于对自我简单的道德归罪与道德批判,还缺乏意识深处对自我的剖析与反省;甚至将忏悔等同于简单的道歉,缺乏应有的理论与道德深度。这种深度意识的匮乏,又必将导致忏悔语言的浅显与单调,这也是当前忏悔叙事最大的问题之一。我们可以看到,这些用于忏悔的语言在感情、思想、用语、句式、语式、语气中,还无不渗透着在当年的各类思想改造和政治运动中被意识形态规训的痕迹。比如,反诘或反问的语气,"如果……那么……""难道""居然""竟然"等语汇,虽然它们在某种程度上对自我提出

---

　　① 刘再复:《忏悔意识与中国思想、文学传统的局限》(http://www.zaifu.org/)。
　　② 贺桂梅:《世纪末的自我救赎之路——对1998年与"反右"相关书籍的文化分析》,载戴锦华主编《书写文化英雄——世纪之交的文化英雄》,江苏人民出版社2000年版,第64页。

了质疑,但客观上却起到了强化一种外在借口与理由的作用,其锋芒所指并不是自述者自我的知识结构或意识纯度、思想或人格、体制与精神源流等内在原因。又比如,许多忏悔者爱使用陈述句式,如"我做了什么""我做过什么""我应该怎样",这种表述方式是一种归纳式的表达,虽然在语气上带有检讨、悔过的意味,但对造成这种结果的中间过程的追问,如"为什么会这样""为什么要这样",却被省略了。也就是说,叙述者只是在对"一次对话或一种想法进行总结,而不是将这些作为直接引语或内视角让我们进入"①,因而使得忏悔终只如隔靴搔痒。

因此,现有的忏悔叙事,虽然不乏对自我之罪的呈现,却鲜有对自我之罪的深刻省察,这使得他们的忏悔往往不自觉而沦为自我的辩解与托词,而忏悔所依托的叙事与语言也较为模式化、公共化,不具备抵达私人经验的切身性,自然也就无法传达忏悔者内心深处生发的矛盾、焦虑、战栗,以及在灵魂深处危机四伏的撕扯。也因此,我们只看到忏悔者空洞的呐喊,却感受不到忏悔者紧张的呼吸,看不到忏悔者作为一个失败者、焦虑者、有罪者内在的悲沉、挣扎与紧张,看不到他作为被审判者,对救赎、聆听与洗刷属己之罪的渴望。残雪说:"忏悔的语言色彩是灰色的,既非完全明亮也非完全的黑暗,而是处在二者之间的交界地带,在这片忏悔之地,一个人的灵魂既不能彻底升华,也不会完全沉沦,而是永远的灰色,矛盾着、挣扎着,只有触摸到此,才是真正触摸到了忏悔的边缘。"② 也唯其如此,才能说明忏悔已经真正内化为我们的灵魂结构,并成为一个提升、再造灵魂与人格的严肃主题。就这一点来看,现有的自述,还没有在叙述语言层面为忏悔叙事打开一个可能的空间。

从总体来说,忏悔、坦白、自省,作为文本呈现出的三种叙事语

---

① [英] 马克·柯里:《后现代叙事理论》,宁一中译,北京大学出版社 2003 年版,第 26 页。

② 残雪:《什么是我们的自我·答荒林问》(http://blog.sina.com.cn/s/blog_4fe0dfec0101aiu0.html)。

态，它们表露于文本不乏作者的真诚，但从意识与语言表述所能达到的深度而言，并不让人满意。原因之一在于，叙述者是在同一种意识形态框架内来完成对此种意识形态的反思与批判，而从精神定向与存在决断来看，相当一部分叙述者目前还不具备作为独立叙述主体的身份与能力，也不拥有属己的个人言说方式，因此无法有效地进行关于自我的言说，这对要在个体私人层面才能有效完成的忏悔、坦白与自省来说，只能是一种悖论。因此，无论叙述者怎么努力，都很难使本应面向自我的忏悔、坦白与自省逃脱沦为总体言说的命运。正如刘小枫所说："仅就语言形式而言，要想在一种由人民意识形态话语所操纵的言述语境中保持个体言说的属我性，肯定相当困难。这本身就要求个体精神的超常自主力，而这种自主力的丧失，在其他地方没有比在汉语语境中更严重的了。"[①]

需要说明的是，三种叙述语态并非那么泾渭分明、不可通约。作为对"反右"一段特定历史与个人经验的书写，三种叙述语态之间实际有着许多交叉。比如，忏悔中肯定会有坦白与自省的成分，深刻的坦白往往要体现出忏悔与自省的意识，而对于自省来说，坦白则是前提。因此，三者的不同只在于反思侧重点与反思程度的不同。而这也说明，只有将道德意图与叙事方式结合起来，真正实现形式的伦理化与伦理的形式化之间的完美结合与互动，才是完整意义上的叙事伦理研究。当然还需指出的是，这种分析框架难免有将复杂历史经验类型化的弊端。

---

① 刘小枫：《这一代人的怕和爱》，华夏出版社2007年版，第272页。

第三章

悲情与诉苦

第一节 悲情诉苦：当前"反右"叙述的主流叙事模式

在这批关于"反右"的自述中，最震撼人心的莫过于自述者以受难者身份对个人苦难的叙述，这也是许多自述主要表现的内容。前文说过，在20世纪80年代的"反右"叙述中，个人苦难往往被美化或理想化，正如季羡林在《牛棚杂忆》中所写到的："虽然有一段时间流行过一阵所谓的'伤痕文学'。然而，根据我的看法，那不过是碰伤了一块皮肤，只要用红药水一擦，就万事大吉了。真正的伤痕还深深埋在许多人的心中，没有表露出来。"① 因此"个人苦难史"真正进入历史书写，实际上是90年代以来的纪实类"反右"叙述与80年代同题材的虚构类叙述的最主要的区别之一。

在90年代以来的"反右"叙述中，尽管每个人的叙事策略不尽相同，具体表现内容也有所差异（如有些作品侧重于展现自己深受历史迫害、无辜冤屈的一面；有些着力于表现自己作为历史参与者，与历史共谋的一面；还有些作品，则是以疏离者甚至局外人的姿态来展现历史生活之外的别样的人生），各不相同的叙述策略与叙事姿态，也形成了作品叙述话语意向上的分野（有的在悲愤中控诉、有的在自疚中忏悔、有的则遁入匿名冷观历史与人生），但不论是哪种样态，叙述逻辑与叙述框架却都大体相似，即都是在"施难/受难"的逻辑框架内来完成叙述

---

① 季羡林：《牛棚杂忆》，中共中央党校出版社2005年版，自序第3页。

的。因此，可以说 90 年代自述一个最为明显的表现征候即是：在回顾过去时，亲历者们完成了一次清晰的历史指认，"非常明确地把自己和历史区分开来：一个是受虐者，一个是施虐者"①，"历史当事人作为个体书写者开始成了清白之身，一个被历史强暴的无辜的'局外人'"②，50 年代的政治体制则成了一种明确的压抑机制。因而这些作品多表现出对历史苦难的悲情控诉，以及当事人深陷其中时感受到的强烈的的冤屈感与怨恨感等政治情绪。如和凤鸣在《经历——我的 1957 年》中说："全国在册的 55 万多右派分子又有哪个未曾试图为自己辩护过？但他们连张口说话的机会都没有啊！"③ "历史向葛佩琦开了一个残酷的玩笑，全国人民被愚弄，我们也成为被愚弄者。"④ "又有哪个右派分子从内心里承认过自己真的是反党反社会主义的右派分子？……谁敢把内心的秘密公开道出？"⑤ 在作品中，和凤鸣还常常以无标点的长句来表达无法排遣的压抑与愤懑。而韦君宜则在《思痛录·露莎的路》中写道："如果一二·九的时候，我知道是这样，我是不会来的"⑥，被历史愚弄、欺骗的愤懑与无奈溢于言表。类似这样的口吻还大量出现在历史当事人对历史的描述之中："只因我对党说了老实话……我便成了'顽固右派'"⑦，"回顾五〇年代，正是我对党最热爱最真诚之时，竟因坦率交心而被思想定罪……"⑧ "只因为我

---

① 贺桂梅：《世纪末的自我救赎之路——对 1998 年与"反右"相关书籍的文化分析》，载戴锦华主编《书写文化英雄——世纪之交的文化研究》，江苏人民出版社 2000 年版，第 66 页。
② 同上。
③ 和凤鸣：《经历——我的 1957 年》，敦煌文艺出版社 2001 年版，第 12 页。
④ 同上。
⑤ 同上书，第 156 页。
⑥ 韦君宜：《思痛录·露莎的路》，文化艺术出版社 2003 年版，第 43 页。
⑦ 刘衡：《只因我对党说了老实话——我是怎样成了"顽固右派"的》，载牛汉、邓九平主编《荆棘路——记忆中的反右运动》，经济日报出版社 1998 年版，第 148 页。
⑧ 钱辛波：《交心成"右派"》，载牛汉、邓九平主编《荆棘路——记忆中的反右运动》，第 404 页。

对党说了实话"①,"我听话成了'右派'"② 等,无辜之情可见一斑。即使是在忏悔与反思中,自述者也常常会强调"别无选择的无奈"(这一点上文已有分析)。因此,无论个人与历史构成了怎样的关系,自述者的情绪底色是一样的:在他们的意识中,"反右"历史首先是一部个人的苦难史,因此,关于"反右"的叙述也首先是一种呈现个人悲惨经历的苦难叙事。

最能说明这一点的是叙述者用来概括或描述这一历史事件的语象在语义取向上具有的"家族相似性",如:噩梦、六月雪、荆棘路、倒春寒、地震、漫漫长夜、大风阵等,它们令人想起可怕的梦魇、含冤的窦娥、艰难追日的夸父、抑郁的冬日,以及鲁迅笔下踽踽独行的过客;而对叙述者个人来说,那段悲惨的经历则被描述为:九死一生、下油锅、走向混沌、坠入黑洞、堕入地狱、落入泥潭、坠入深渊、陷入苦难、沉船、落入冰窟窿、铁帽压顶等动名词组合的语象;与此相关的是叙述者个人难以言传的内心体验:不堪回首、令人窒息、煎骨熬心、萁豆相煎,以及耻辱、恐惧、惊悸、绝望、麻木、异化、堕落、死亡等形容词或名词化的语象。

从语言学角度来说,语象是指文字的构形或造型。由于语言文字特有的概念性、抽象性等特征,由文字完成的构型与绘画、雕塑等依据现实物质材料完成的具有直观性的形象造型不同,它总会带有意向性、抽象性或想象性,但也正因如此,语象本身更容易携带或隐藏叙述者的价值判断、思绪与心情。因此,某种程度上语象可视为"存在的现象学"③。因而作品中这些语象看似随意道出,其实是叙述者的精心选择,它们或抽象或具体,有的重在物质,有的则重在精神,但总体却都具有意向性和比拟性特征,对叙述者情绪意向的传达与价值的表征也颇为一致:即通过这些语象在作品中高频率的使用,从不同侧

---

① 贺桂梅:《世纪末的自我救赎之路——对1998年与"反右"相关书籍的文化分析》,戴锦华主编《书写文化英雄——世纪之交的文化研究》,江苏人民出版社2000年版,第64页。

② 同上。

③ 王鸿生:《无神的庙宇》,上海人民出版社2001年版,第70页。

面拟想、归导或还原了那段历史与当事人所处的生存空间与状态，强化了这一事件的悲剧性及其给当事人带来的永久的、深刻的，甚至无法愈合的精神创伤。经由此，"历史的暴力性被极大突现出来，当事人的怨恨情绪明确无误地流露在文字表述之中"①，"1957年的历史因而成为一段'梦魇'，一次'苦难的祭坛'，和一次有预谋的政治迫害。"② 它给个人和社会带来了沉重灾难。由此，叙述者作为历史受害人的身份也更加巩固。

因此，这些语象的选择不仅涵纳着叙述者心中关于"反右"事件的形式，也网结着叙述者讲述历史时的"位置、意向、视野、情绪以及它们与各种叙事材料的交互作用关系"③，即叙述者今天对"反右"事件的整体认识、态度与隐含的价值评判，并间接转述着"言语与主体的关系，叙述与故事的关系，写作者与他生存于其中的这个世界的关系"。④ 这种关系已经深化到他们的思维与血液中，使得这种语象既是他们的思维、性格及当时生存状态的表征，也是描述这种生存状态的语言的表征。而叙述者生命中的创伤性时刻与备受摧残的自我也在这种语象选择中被置于了相应的伦理位置。同时，语象的使用也并不只是起到描述或比喻的作用，比如，"堕入地狱"或"落入泥潭"这两个语象的使用，就不仅是对当事人被划"右派"之后精神与肉体的苦难之旅的展示，而同时也是对何谓"地狱"与"泥潭"这一语象的现象学还原。因此，这些语象其实又是被作者有意或无意当作主体事件来关注的。

同时，由于这批自述者多为资深的"老干部""老文化人""老学者""老作家"，他们的言论多具有较强的公共影响，再加上读者往往会以文学想象的方式来看待这些作品及作者，将自述者道出个人苦

---

① 贺桂梅：《世纪末的自我救赎之路——对1998年与"反右"相关书籍的文化分析》，载戴锦华主编《书写文化英雄——世纪之交的文化研究》，江苏人民出版社2000年版，第64页。

② 同上书，第66页。

③ 王鸿生：《无神的庙宇》，上海人民出版社2001年版，第71页。

④ 同上。

难的行为等同于说出历史真相的行为，并进而将其视为勇于承担历史责任、重塑自我人格的"文化英雄"，而这种认识又反过来强化了读者对于自述者叙述的认同、理解与接受。这种种原因，使这种带有浓厚怨恨情绪的"灾难性"的纪实回忆有别于官方记忆，成为当前关于"反右"记忆的主流叙述模式。

第二节 "控诉"还是"叙述"：悲情诉苦中的"具体"与"节制"

一 "具体化"与"感性化"：让回忆成为一种思考

针对已成主流叙事模式的"灾难性反右"自述，人们在接纳、认可的同时，在强调谴责、抒愤的必要性与正当性的同时，也常常会有这样的看法，即这些叙述对历史与自我的理性反思远远少于对历史与施难者的控诉和怨恨，以及对曾经所承受的苦难与冤屈感的悲情呈现；与苦难本身所蕴含的巨大的思想能量相比，现有的反思往往还是过于单薄，因此，面对这段历史，我们需要的不再是叙述苦难而是反思苦难，因为对苦难的宣泄与对历史的控诉已经够多了，过多拘泥于此只能影响反思历史的深度。

这种看法虽有道理，却似乎包含这样一种倾向，即苦难的反思与苦难的叙述可以分离，只要能够控制悲情，就可以去做冷静、理性的分析。这种观点在笔者看来也是颇让人担忧的，因为从某种程度上说，当前"反右"叙述对个人苦难的揭示还远远不够，现有叙述的问题不仅在于控诉与悲情过多，还在于对于苦难的呈现过于笼统，以诉苦代替具体而翔实的苦难呈现，被描述出来的苦难与苦难本身之间还相距甚远。

比如在一些作品中，复杂的苦难还只是自述者笔下零散的只言片语（如《随想录》）；另有一些自传，只是将这一段经历作为整个人生回忆的一部分而在作品中留出一定的篇幅加以叙述（这是比较多见的），虽然从中也可以窥见苦难的某些面相，但由于写作体例的考虑，终不能详细展开；至于一些单篇文章，多是对某一个别事件的回忆，虽然也同样深厚感人（如荒芜的《伐木者日记》《不肯沉睡的记忆》《没有情节的故事》中的部分篇章），却难以从整体上全面、深入、细致地呈现这段历史。而且由于种种原因，有些作品还有意回避着对真实苦难的书写（如《半生多事》）。因此，总体来说，在当前的叙述中对于"反右"的"灾难性"呈现还是笼统的。虽然作品也高频率地使用了许多具有表现力的语象或概念，但这些也只是烘托出一种苦难的氛围，以此来涵盖甚至取代整个苦难的事实，还是过于简约了。

　　而且对历史的反思也并不会因为在作品中出现了诸如"专制主义""极权路线""左倾思想""个人崇拜""体制压抑""机制反抗""人格欠缺"等概念化的词汇就显示出其深刻性。因为如果没有经历过对事实从有形到无形、从具体到抽象的剖析与提炼，对苦难的认识与反思就会因思考的不充分而呈现出断裂、刻意、急切、不自然、不和谐、不真实的样态。所以陈家琪在谈到"如何让回忆成为思考"时，提到的第一点就是"观察，仔细地观察，同时加上体察或者理解为感受，这应该说是一种属于作家的特殊的本领"[①]。在笔者的理解中，这里的"观察"就是要回到基本事实，这是具体叙述与深刻思考，也即陈家琪非常推崇的"雕塑家式的思考"的前提，如阿·尼·托尔斯泰，他"能通过形象、叙述、画面非常精确地把他所想表现的思想表现出来"[②]，或是如海明威，在他的作品中，他并"不叙述自己的主人公——他是在表现他们"。[③] 这与陈家琪始终坚持的另一个观点也是相吻合的，即警惕抽象概念的途径是尽量把问题感性化，使之成为可描述的对象，从而呈现出其丰富性。因此，一种"感性化"的可描述性，即一种具体的"非抽象化""非概念化""非观念化"的叙述是重要的。"对于叙述者来说，无论是用语词来复活现实，还是

---

① 陈家琪：《如何让回忆同时成为思考——重读爱伦堡的〈人·岁月·生活〉》，《书城》2008年第6期。

② 同上。

③ ［俄］伊得亚·爱伦堡：《人·岁月·生活》下卷，冯南江、秦顺新译，海南出版社2008年版，第122页。

让事实自己说话,'具体'化的叙述对于保证事物的层次、肌理、丰富性的不被过滤与甚至歪曲都是至关重要的。"① 因此"具体"不只是一种技术性的叙事方法,还首先是一种伦理性的叙事态度。

从这一角度来考察,在这批自述作品中,能够表现出苦难本身的悲剧感、崇高感、复杂感,能够达到陈家琪所推崇的"雕塑家式的思考"与呈现的叙述并不多。当然还是有一些作品接近了这一边缘。比如,戴煌的《九死一生——我的右派历程》、邵燕祥的一系列自传性叙述、李蕴晖的《追寻》以及和凤鸣的《经历——我的1957年》等。这些作品或如一部显微镜,对准了某一阶段或某种类型的特殊经历,使之放慢、静止、放大;或如一个广角长镜头,囊括了作者长达二三十年的右派生涯,展示了那个时代在他们的生理、心理、精神、情感、心智、家庭、事业、健康上留下的难以磨灭,甚至难以逆转的摧残与损害,就像一把手术刀,把那些伤口重新剥开来细细翻捡,让人听到从生命细微处发出的撕裂的声音。这种声音虽然微弱,却在丝丝缕缕中彰显着命运与历史的痕迹。也因此,虽然这些自述者不过是普通的、无名的"小右派",但却通过自己翔实的讲述,让自己小人物的历史同样折射出了那个"大时代"的疯狂与残酷。这里可以《经历——我的1957年》为例。

对于"右派"个体苦难经历的展示,《经历——我的1957年》最为详细。比如,《思痛录·露莎的路》虽然也对"反右"做了回顾与剖析,但因为是传记式回忆,对这一段经历的展示还只是概括性、片断式的,而且由于韦君宜的身份与资历,她对于"反右"的"灾难性"感受并没有如和凤鸣这样的底层"小右派"那样深刻与切身;而相对于《随想录》的片断式结构,《经历——我的1957年》更像是一部人物形象生动,故事情节曲折、饱满、完整的电视剧。在这部历时十年,以饱蘸血与泪的细致笔触来完成的巨著中,和凤鸣以约41万字的篇幅对她风雨如晦的右派生活进行了全景式呈现,包括她与丈夫被划右派的具体经过、在此过程中承受的侮辱与损害,以及夫妻之间

---

① 王鸿生:《湿润的叙述:伯尔与陈应松》,《书城》2007年第11期。

患难与共的相濡以沫；她在以"极右分子"的罪名被发配劳教后，劳燕分飞、家破人亡的悲惨处境；她在农场劳动时承受的艰辛、挣扎、饥饿与凌辱，对某些恶毒领导和恶毒干部的痛恨、控诉与责难，负罪后内心深处罄竹难书的痛苦、悲哀与煎熬；以及在这一过程中思维逻辑方式与人格的渐次转变等诸多层面的内容。此外，还有她以有限的个人视角对大量难友经历的叙述。笔者粗略统计了一下，在她笔下，被较为详细叙述的右派有近50位，这还不算那些被一笔两笔简单提及的右派。而且，由于丈夫王景超的关系，她对夹边沟的劳教状况及部分难友的故事，也都做了力所能及的描述。不仅如此，在她的描述中，她不只是以一名右派分子、一名被迫害的知识分子（许多自述作品都体现了知识分子这一视角，如丛维熙的《走向混沌》），甚至也不只是一个被践踏了公民权的独立个人的视角来进行叙述，而同时，也以一名女性的视角，展现了一名"右派妻子""右派母亲""右派女儿""右派女人"所要承受的痛苦与煎熬，以及以她女性的细腻所感受到苦难中的温馨、黑暗中的光明和地狱里的歌声。因此，对苦难的叙述从视野的宽广、内涵的深透来说，都较其他作品更胜一筹。

但支撑起这洋洋41万字的绝不只是对所述驳杂事件简单罗列式的会展，如果这样，它的叙述依然是笼络的、抽象的，而是以文学式的感性语言所进行的细致的描绘。如写到景超知道"我"挨斗后，"用双臂围住了我，悲伤柔声地说'他们为什么要斗我的小娇娇啊？'"[1] 这一声"小娇娇"唤出了他对挨斗的妻子的无限怜惜、疼爱、内疚与无奈。而面对报社美编将展示"我"的"妖魔鬼怪"身份的漫画、对联深夜贴到家门口的"革命行动"，"我们"不能有任何表示，唯一的反应是"开宿舍门时动作迅速，并立即闪身入内。无论怎样，我们总想和毒蛇拉开距离，即使暂时地将它们关到门外，视而不见，也是一种逃避"。[2] 这里一个"闪"字，形象地刻画出在那种境遇中只能以沉默来吞咽难堪凌辱的痛楚，而儿子小夏天真地将这

---

[1] 和凤鸣：《经历——我的1957年》，敦煌文艺出版社2001年版，第15页。
[2] 同上书，第16页。

些丑恶画面看作"小白兔"的稚嫩行为则尤让人心酸。又比如,写到面对愈加猛烈的批斗,景超终于想到了死,"在绝望中,我抽噎着哭成了一团。这天晚上,我们没吃晚饭,连灯都没开。在绝望的哭泣中,我们觉得彼此都无法离开,也感受到了大难之中相依为命的甜蜜,一种未曾经历过的甜蜜。"① 绝望与黑夜相联系,"甜蜜"也更加苦涩了!在劳教农场,在经过了"万种柔肠焦急等待"以后,"我"终于收到了心上人的来信,"一个小小的、揉得皱巴巴的信封,奇怪的是信封开着口,没粘,里面装着一张薄薄的信纸,字写得歪歪斜斜,没有了他的来信中惯常对我的爱称,只是简单地说到他现在新添墩站,已开始劳动……"② 和凤鸣写到,她"反复读着这封被检查过的来信,想从字里行间捕捉到什么,却什么也捕捉不到,干巴巴的字句,意思明确,连引起联想的可能都没有"。③ 她突然明白:"唯一沟通和抚慰两个受难的灵魂的渠道已被堵死……我们在苦难中想要互诉衷肠、沟通心曲已无法做到,这种残忍的剥夺使我心颤不已。"④

这些细节的呈现具体而实感,非亲身经历不足以有如此细致深刻的感受,它们在将读者引向一种身临其境般的痛苦体验的同时,也让读者在字里行间感受到一种雷霆万钧的震撼与长歌当哭的悲哀。因此,与80年代苦难被历史化、政治化、理想化,以控诉苦难代替展现苦难本身不同,这里人们感受到的是一种切切实实被具体化、经验化、个人化的苦难。

但具体叙述苦难不是为了渲染悲情,而是为了更好的反思。反思不是凭空架构出来的,它需要依持具体化的经验本身,经验叙述的越具体,反思的空间也就越大。所以即使自述者自身缺乏超越苦难的反思能力,一种真实、具体的呈现本身已是一座宝藏,拥有慧眼的人总能够从中挖掘出重要的思想与伦理命题,这也是陈家琪极力推崇用精确的画面来表现丰富的思想这一观念的原因所在。因此,在《经

---

① 和凤鸣:《经历——我的1957年》,敦煌文艺出版社2001年版,第20页。
② 同上书,第48页。
③ 同上。
④ 同上书,第49页。

历——我的1957年》中,尽管和凤鸣自己的反思还很有限,敏锐的学者或思想家们却还是通过她翔实的描述提炼出许多富有启发性的思想命题,如钱理群对政治运动中"政治命名""精神隔离""革命紧箍咒"的逻辑,"人身依附""饥饿与死亡对于人的肉体与精神的摧残、异化""幸存者的责任"等许多重要命题的思考,就是建立在对作品中大量细节进行细致分析的基础之上的。也正因如此,笔者认为当前的自述作品,对"反右"苦难历史的叙述不是太多,而是太不具体了。

二 节制与距离:苦难的升华与超越

在苦难叙述的笼统与抽象之外,当前"反右"叙述的另一问题在于,对悲情的过度渲染使得反思常因难以遏制充溢于心的悲愤与积怨,而止于声嘶力竭的声讨与控诉,缺乏应有的克制与深度。如前所述,倾诉内蕴于心的强烈的悲愤之情对历史当事人来说是必要的也是合理的。但毫无节制的倾泻有时也会产生反作用,比如,失去反思应有的冷静与节制,影响读者的情绪,甚至使之迷失自我的思考。因此强调苦难叙述的具体化,是指回到苦难的事实本身——当然也包括对苦难的情感体验本身——而不是指过度地渲染悲情或控诉哀怨。也就是说,对苦难的叙述,在努力"具体"的同时还应该有所"节制",和苦难本身保持适当距离。有了这一距离,叙述者就不会动辄就陷入激动、亢奋,甚至无法遏制的悲愤中无法自拔,也不会让这些具体、琐碎而又强烈的情感体验来消耗思想的积淀,甚至使自身沦为情绪的奴隶。因此,如"具体"一样,对于叙述者来说"节制"首先是一种伦理的叙述态度,其次才是一种技术性的叙述方法。它意味着叙述者能够认识到自我认知的有限性,因此,不在叙述中以真理在握的姿态凌驾于人,也不任由自己的情绪或兴趣介入叙述对象,而是时常保持清晰、理性、冷静的头脑来面对所要处理的问题,从而使叙述避免陷入自我迷恋的泥沼。也就是说,对于苦难经验的呈现是与关于苦难的观念与态度相关的。苦难转换成文字之所以失重,是因为在它被转换成文字之前就已在人们无法遏制的悲情意识中失了重。这种现象在当前大多数自述作品中是很普遍的。也因此,笔触节制、内敛的《寻找家园》显得特别突出。

《寻找家园》的作者是高尔泰。高尔泰的一生称得上坎坷,"中国几十万右派,被整死的有之,被压垮的有之,劫后辉煌的有之,辉煌之后忘乎所以的亦有之。唯有高尔泰,劫难宿命般地追赶着他。"[①]"在夹边沟农场的日子不用说了,'文革'中,他从敦煌被抽调到酒泉办展览,体弱多病的妻子李茨林带着女儿被下放到农村,因为交通不便病倒了无法医治,当他用了三天时间赶到时,只来得及看到她的遗体。妻子死时怀着八个月大的胎儿,留下个三岁大的女儿。从此,他带着女儿,颠沛流离,吃尽了苦头。这个苦命的孩子最终没有逃离母亲的命运,重点中学免试保送的成绩却上不成大学,九十年代初死于非命。母女俩死时都只有二十多岁。高尔泰的第二次婚姻在法律上维持了十五年,其中为离婚分居七年。另外的时间塞北江南,相隔万里,如果按每年见一次面,每次一个月算,加起来一共八个月。离婚后两个女儿跟母亲,如今女儿已经三十上下,父女隔海相望,起码有十五年没见过面。中年觅得知音,再婚却困难重重,婚后虽心心相印,但贫病交加,第三任妻子又险些丢掉性命。"[②] 直至后来,两个人远走异国,过着隐士般的生活。

对这种宿命般的劫难,高尔泰的叙述与他一贯倡导的美学理论一样,具体细致,从感性出发又回归本真的人性,虽然展示的只是个体记忆的片断,但却是在细节的盛筵中徐徐展开、细细穿插,叙述节制、凝练,在细微处还原历史,以生活的原初力量来打动人。

比如,他写饥饿,不是写饥饿令人触目惊心的惨状,如浮肿、食五毒、偷窃、食人肉,也不是去刻意表现在种种行为中的人格,尤其是知识分子人格的堕落与人性的异化和扭曲,而只是描绘一些极其微小的细节。如人们喝完糊糊后,会舐盆,然后去刮桶,这样的情景在许多右派的叙述中都有过表现(如丛维熙在《走向混沌》中就曾写

---

① 徐晓:《半生为人》,同心出版社 2007 年版,第 263 页。
② 同上书,第 262 页。

过,会有人拿着鞋底子等着在大家盛完饭后刮饭桶),但高尔泰的与众不同在于对细微之处的捕捉,"吃完后再喝糊糊。喝完糊糊,舔完盆,就去刮桶,刮吃那空桶壁上沾着的薄薄一层。起先大家抢着刮,后来大家相约轮流刮。管教干部们都不干涉。桶是木桶,约半个汽油桶大小。我把它倾侧过来,转着用小铝勺刮,随刮随吃。刮下来的汤汁里带着木纤维、木腥气和铝腥气,到底上还有砂土煤屑,一并都吃了。"①

又比如,他写夹边沟风暴的猛烈,不只是写风暴来临时的状况,还写了风暴在每一个人身上留下的印迹与感觉,"人们在各自的铺位上坐着,默默无息。个个从头到脚一色土黄。眉毛嘴巴都分不清。只有闭着的眼睛,在土黄色的眉毛下,呈现出两片模糊的红湿。昏暗中望上去,一个个和泥塑无异。想到这些泥塑里面有活人的血液和心脏,不禁骇然。……虱子怕冷,都离开冰冷的衣服,到干燥的皮肤上来爬,浑身奇痒难熬。不得不时时扭动身体,使衣服和皮肤互相摩擦,干扰它们的行动。……我生平第一次,发现了时间的硬度,时间作为我的生命的要素,或者我的生命的一个表现,变成了我的对立面,像一堵石砌的大墙,用它的阴冷潮湿滑溜溜的沉重,紧紧地抵着我的鼻尖,我的额头和我的胸膛。"②

他写一个年青的右派在接到来自老家的包裹后的动情:"他领回包裹时,会已开始,不敢拆开来看,把它放在膝上,先是隔着布包又捏又摸,后又从邮检的拆口一件件拉出一角来看。在昏暗的灯光的阴影里,什么也看不清,但他还是要看。看不清就用那骨节粗大的手指去捻,捻一会儿塞回去,再拉出另一件……睡下以后放在枕头边,时不时用他那骨瘦如柴布满裂纹的大手去摸一下。我的铺位紧贴着他的。可以闻见他那边一股子新鲜棉布的气味,农村的、家的气味。农村的、家的气味引起许多童年生活的联想,快要朦胧入睡的时候,隔着被子,感到他的脊背在一抖一抖的。渐渐地愈来愈抖得强烈,听到

---

① 高尔泰:《寻找家园》,北京十月文艺出版社2014年版,第126页。
② 同上书,第135—136页。

他蒙着头在被窝里哭,渐渐地哭声愈来愈高,完全像小孩子的号啕。黑暗里有人大叫:吵死了!哭声戛然而止。但那脊背的抖动,仍然持续了很久很久。"①

他写死亡,不是直接写死亡的残酷,如大批人相继死去的悲哀、人命不如草芥的凄凉,或者某些干部甚至难友草菅人命的可恶,而是间接写一种和死亡相关的人生状态,如尊严,"分饭的时候别人都到手就下了肚子,他还要找个地方坐下来吃。……一勺一勺吃得人模人样。别人都躺在炕上,他不到天黑不上炕,在门外边地上铺一块东西,背靠墙坐着看天。……他就是这么坐着死的。"②

他写苍凉,"山是光秃秃的土山,山上没树没草没石头。山后面还是山,都是这种山,从最高峰望出去,千山万山一派苍黄,单调丑陋之中,有一种雄奇犷顽。"③他写伤害过父亲与自己的"仇人":"看不清帽檐子底下阴影中的脸,只看见胸前补丁累累的棉大衣上一滩亮晶晶的涎水,和垂在椅子扶手外面的枯瘦如柴的手。但是仅仅这些,已足以使积累了近四十年的仇恨,一下子失去支点……。"④他写夹边沟农场的右派分子们整体形象的破败:"……大墙外面临时搭成的司令台前,已经席地坐着一大片人。灰乎乎的,就像是拾荒者晾晒着的一地破烂。"⑤"西斜的秋阳照着横七竖八、静静的、一动不动的人群,像照着许多没有生命、被风吹散的破布垃圾。灰淡灰淡的地平线,长而直。刹那间,有一种被活埋了的感觉掠过心头,也想唱点儿歌,但我没有唱。"⑥

这种描述舍弃了多余的修辞与浮杂,只有痛感和美感交织在一起的刻骨铭心的体验。北岛曾提到,高尔泰说自己是压着极大的火气来写下这些文字的,但在字里行间,读者却难见到这种刻意,作

---

① 高尔泰:《寻找家园》,北京十月文艺出版社 2014 年版,第 172—173 页。
② 同上书,第 147 页。
③ 同上书,第 97 页。
④ 同上书,自序第 5 页。
⑤ 同上书,第 137 页。
⑥ 同上书,第 145 页。

者对笔力的控制深藏于笔锋，使得作品在整体的气韵与语调上都保持了某种和谐、均衡与统一，因此，"没有呼天抢地的大悲愤，也没有伤心欲绝的大哀怨"[1]，"静夜读高尔泰，觉得血管胀得鼓鼓的，血液被激荡起来，仿佛能听到撞击心脏的声音。但是眼睛却是干涩的。"[2]

单纯的、无节制的痛苦只是一种纯粹的情感体验与情绪感受，并没有多少认知成分参与其中，它持续的时间是短暂的，空间是此在的，既很难获得对自我生命的重新发现，也很难从中生产质地厚重的思想与情感；而适当的节制与距离之外的具体呈现，纵然是经血泪浸泡而成，却难觅怨恨与歇斯底里的影子，幽深的情绪涌动在文字的底部，不执着于此，不沉溺于此，反倒使苦难有可能获得升华与超越，甚至可以展现出某种严肃、深沉、庄严、崇高的悲剧感。就关于"反右"的自述来说，这种阅读感受是十分稀缺的。

第三节 苦难不是历史的全部

尽管悲剧性是事实真相的一面，对当年的受害者也应给予同情性理解，但与此同时，也应当理性地承认这些绝不是历史真相的全部。

这首先是因为，任何叙述都有意识形态性，控诉或诉苦式的叙述方式与施难/受难的叙述结构也不例外，不辩证来看，便会仅依靠片面截取的某一部分事实，来整合、归导历史的其他元素，并进而以这种叙述取代、压制其他叙述，导致历史在二元对立中被简化，历史参与者与当事人重述历史的复杂动机也因此而被忽略了。比如，如果我们注意到，对"反右"运动做出各种回忆与梳理的始终是当年深受其害的知识分子群体的话，就不能不注意到"它作为知识分子群体的特定的叙述对象所具有的某种局限性"[3]。它可能"是作为受害者的一

---

[1] 徐晓：《半生为人》，同心出版社2007年版，第264页。
[2] 同上书，第265页
[3] 陈湘静：《关于十七年文艺领导权问题的再思考》，《文艺理论与批评》2008年第5期。

个墓碑,以彰显某个群体的圣洁"①,或者是利用 90 年代中后期较为宽容的社会与政治氛围,来公开知识分子群体与体制之间的矛盾,并通过在文本中直接发露政治情绪这一自觉的政治行为,来表达"特定的意识形态征候与其实践内容"②,如对历史记忆的清算与改写、对自身形象的重塑等。又比如,在同为受害的知识分子内部,叙述立场也并不完全相同,如韦君宜与章诒和,她们的叙述在某种程度上就代表了老一代"左翼"知识分子与自由知识分子不同的现实诉求。而在知识分子叙述之外,还存在着非知识分子立场的叙述,如《人民记忆 50 年》(宋强)以"人民"的名义进行的讲述,《北行小语》(曹聚仁)以"较为中间"的立场进行的叙述,以及由置身"反右"运动之外、既非受难人也非施难者的局外人与旁观者(如当时的工人、农民等)做出的回忆。他们提供的必然是另一种历史经验。但在以受难的知识分子作为经验主体的历史叙述中,这一部分人的历史视角显然被遮蔽掉了。这说明语言本身就是一种意识形态,在其深处要受制于某些特定社会群体的价值观念系统的驱动和引导。

除此之外,对于个人来说,"反右"运动已经不单纯是个人的经验,而总是与历史经验错综复杂地纠集在一起。但是在叙述中,自述者首先要处理的仍是个人经验,或者说,他要在个人经验的基础上来处理历史经验。因此,如果不能认识到这一点,就很容易将个人经验普遍化,从而削减生活与历史记忆的复杂面相,导致历史认知与历史判断的偏颇与局限。

因此笔者认为只有跳出知识分子的框架并努力回归到历史的原初情境中,只有看到 90 年代叙述背后隐含的复杂的意识形态性,并理性看待这种叙述模式与叙述立场的局限,才能对历史做出较为公允的判断与较有深度的反省,才有可能建立起新的历史记忆与历史叙述模

---

① 陈湘静:《关于十七年文艺领导权问题的再思考》,《文艺理论与批评》2008 年第 5 期。
② 贺桂梅:《世纪末的自我救赎之路——对 1998 年与"反右"相关书籍的文化分析》,载戴锦华主编《书写文化英雄——世纪之交的文化研究》,江苏人民出版社 2000 年版,第 66—67 页。

式，建构伦理自我的视野与胸襟也才会打开。

其次，任何叙述都要受到言说情境的制约。所谓言说情境是指："言说行为发生的历史、文化和制度环境。"[①] 它直接或间接影响着叙述者的伦理取位、言说立场、言说方式、言说限度以及对所依托的思想资源的选取，同时也体现出叙述者自我建构的复杂。在这批作品中，施虐/受虐的叙述结构，怨恨式的个体记忆，替代了长期以来官方关于"反右"事件的历史记忆，如党或国家的"一次伟大胜利"，也替代了"55万"右派的抽象数字下的抽象记忆。但从某种程度上说，关于"反右"的叙述依然十分有限，而这与其所处的言说情境不无关联。在从"反右"至"文革"的近二十年间，"反右"记忆始终没有过宽松的构建情境；而在今天，官方对"反右"事件的定性也从根本上决定了对"反右"事件的叙述与反思只能在有限的言说空间展开。因为历史一旦进入书写，就有了被重新建构的可能。因此，是否允许历史进入书写，允许历史以怎样的面目进入书写，背后其实是对权力的争夺和对各自利益的体现。从这一角度来看，在当下言说情境中，以施虐/受虐的叙述逻辑所演绎的个人灾难性的历史记忆，或许已是"反右"叙述所能抵达的最大限度。而在这种模式中，无论是创伤记忆下巴金的自我否定与解剖、邵燕祥的自我坦白与嘲讽，还是韦君宜的忏悔和反思；无论是对自我主体的重构、对被贬损的知识分子形象的正名，还是对历史记忆的新的改写，都还明显带有80年代人道主义与启蒙主义思想的印迹。因此，90年代以来的自述作品，虽然较之80年代在苦难经验与怨恨情绪的表达上更为直接与大胆、更为翔实与具体，对官方意识形态的疏离也更加自觉，却仍带有重复记忆的痕迹，也并没有完全摆脱历史循环的怪圈与创伤记忆的困扰而进入问题的深层领域，因而也就难以产生相应的社会效应与知识生产力。

这也是为什么当前的"反右"叙述虽然也在一定程度上获得了知识界与广大读者的关注甚至认可，却没有像几乎与此同时出现的底层叙事（如2002年由春风文艺出版社出版的尤凤伟的《泥鳅》，载于

---

① 徐贲：《五十年后的"反右"创伤记忆》，《当代中国研究》2007年第3期。

《当代》2004年第5期的曹征路的《那儿》等作品）那样，一经出现便在知识界与文学界引起较大的争论。其中原因，除去意识形态与政治禁忌的敏感，恐怕更多还是与在当下社会与历史条件均发生较大变化的情况下，"反右"叙述依然无法完全摆脱20世纪80年代旧的叙述模式与思维框架，没有能够和当下人的生存处境发生关联，没有形成与现实对话的能力等原因有关。而底层文学虽然也存在许多问题，却因为是从当下社会现实内部生发出来的，因而作品一经发表，便在知识界引起了关于底层、发展主义与改革等问题的争论与思考。

也就是说，新的现实语境并没有深入内化到当下的"反右"叙述中。比如，90年代中后期以来，随着外来理论的涌入与对中国传统思想资源的挖掘与整理，随着市场经济的发展与知识分子的渐趋边缘化，以及在市场化进程中，由于政治体制改革与社会配套机制改革的相对滞后导致的大量弱势群体的出现带给知识分子的冲击，知识界内部也出现了新的分化，对在历史境遇与全球化视野中的中国60多年来的社会主义实践经验与30多年来的改革开放经验，都有了新的认识。原来被坚决否定和彻底批判的历史与观点，现在则能够以较为理性与辩证的眼光来发现其中的合理因素，而对在80年代被奉为圭臬的自由主义、人道主义和启蒙主义也有了新的，甚至解构性的认识，对知识分子自身的精英化、贵族化倾向，知识分子与普通民众之间的代言关系及其在公共生活中的地位等问题，也有了新的反思。但可惜的是这些多元性的思考并没有进入到这些自述作品中，这些自述者对自我的反思大多还是停留于简单的"好人"受难的控诉，而鲜有对"人"的受难的觉醒，还多停留于同谋者的事实坦白，而鲜有对自我从思想到人格的双重批判；对历史反思与清查的结论，也不过是用"左"的激进来解释一切，而无法在更深层次上对历史前进中的偶然性与必然性、对现行体制或制度的时代适应性与制度演变的现实性、对个人与体制和国家之间的关系等问题做更透彻的分析，也没有对知识分子自身在参与这些问题时的知识结构、意识纯度、自身局限等问题有更深刻的反省。而如若不能从思想与意识深处重新认识"反右"历史、不能从问题或语言深处为"反右"历史记忆重新命名，这段历史记忆就不能被转化为切身的个体经验，也就无法真正与现实和自我进行对话，当然，也就更谈不上作为叙述者的经验主体的自我建构。

因此，历史记忆与伦理自我的建构其实始终处在艰难的、未完成的状态，因为它拒绝肤浅、趋附和屈从，而宁肯在孤独、疼痛、记忆与想象中进行关于自我的反刍、舔舐与咀嚼。而作为后来者的我们，只有跨越"创伤记忆"的门槛、穿越各种记忆的表象，才能走向历史与自我的深处。

第四章

伦理之美与美之遗憾

  这一章，主要谈高尔泰的《寻找家园》。

  《寻找家园》是高尔泰带自传色彩的回忆性散文集。足本共3卷，即"梦里家山""流沙堕简""天苍地茫"①，分别代表了作者生命的三个阶段。卷一，怀着温暖的乡愁，回忆故乡、家庭与年少求学经历，虽云乱世，却如言世外桃源，平静，甜美，充溢着暖意与柔情；卷二，捡拾个体生命在"反右"与"文革"动荡岁月的零落碎片，慢慢积攒、拼合，细心擦洗、审视，以复现宏大历史事件背后"流血的细节"②及蕴结其中的人性尊严与温暖；卷三，回顾了从"文革"后到出国前近三十年的人生际遇。观其一生，劫难虽然"宿命般地追赶着他，却丝毫没有磨钝他触摸自由的敏感神经。……他像是来自另一个世界的孩子"③，总是站在一旁观察、思考、审视布满荆棘的历史与人生。

  阅读《寻找家园》，犹如一次奇异的旅行，面对苦难、屈辱、死亡、沉重，竟还可以时时感受到快感与美感、温暖与感动，以及遭难的个体与历史和苦难和解的努力。这一独特的阅读体验可以从许多角度被说明，而文本叙述话语层面体现出的伦理力量和道德感，便是其中很重要的一个。

---

  ① 第1版及增补版的卷三原题为"边缘风景"，在北京十月文艺出版社2014年的第2版中，卷三标题改为"天苍地茫"。

  ② 北岛：《证人高尔泰》，载《寻找家园》网络增补版，第16页（http://www.doc88.com/p-69217300106.html）。

  ③ 徐晓：《半生为人》，同心出版社2007年版，第263页。

第一节　祈祷与超越：面向"不在之在"的希望

卡夫卡说，祈祷和诗是伸向黑暗的手。

过去，悲哀而残酷：家园的废墟、旷野的骸骨、生命的渺小脆弱、世事的虚无绝望，"烟花万重后面，是荒凉无边的太空。"① 然而当这一切被重新讲述时，没有苦难的阴影和积怨的爆发，没有"'我不下地狱谁下地狱'圣徒般的悲壮，也没有'风萧萧兮易水寒'英雄般的豪情。他控诉，但不止于个人的悲苦；他骄傲，但同时也有悲悯；他敏感，但不脆弱；他惟美，但并不苛刻"。② 高尔泰凭借对苦难和生命悲哀的深刻感受力，凭借对现代汉语的良好驾驭和深度开采，在噩梦般灰黑色记忆的背景上，使生命的痛苦弥散出撼人心魄的内涵。如他笔下的安兆俊，面对死亡，从容大勇，自信而有尊严。虽然，在别人眼里，他迂得很，"已经不行了，还要天天擦脸梳头。沾一点儿杯子里喝的开水，就那么擦。分饭的时候，别人都到手就下了肚子，他还要找个地方坐下来吃。不管是什么汤汤水水，都一勺一勺吃得人模人样。别人都躺在炕上，他不到天黑不上炕，在门外边地上铺一块东西，背靠墙坐着看天。有时候还要唱点儿歌。咿咿唔唔的，不知道唱的什么。他就是这么坐着死的。"③ 但是在令人绝望的处境之中，他却吟唱出"不光是要活下去，还要活出意义来"④ 的生命绝响。

奥地利医生维克多·弗兰克尔曾在《存在的意义》一书中说过一番发人深省的话："人所拥有的任何东西，都可以被剥夺，惟独人性最后的自由——也就是在任何境遇中选择一己态度和生活方式的自由——不能被剥夺。正是这种不可剥夺的精神自由，使得生命充满意

---

① 高尔泰：《寻找家园》，北京十月文艺出版社2014年版，自序第2页。
② 徐晓：《半生为人》，同心出版社2007年版，第265页。
③ 高尔泰：《寻找家园》，北京十月文艺出版社2014年版，第147页。
④ 同上书，第143页。

义且有其目的。"① 马斯洛在《洞察未来》中把这一意思进一步深化了。他写道:"精神病学家布兰特·贝特海姆和维克多·弗兰克尔的回忆录都证实,即使是在纳粹集中营里,一个人仍然可以很好地做自己的事情,或者过得非常糟糕。一个人仍然可以保持自己的尊严或者完全相反。在极端困难的情况下,一个人仍然可以有发挥最大能力或根本不能发挥能力两种状态,即使处在死亡边缘,一个人仍然可以成为积极主动的人,或者是软弱无助、牢骚满腹的小卒。"② 在安兆俊身上体现的正是人在绝境中坚守最后尊严与追求自由意志的努力。这就像电影《肖申克的救赎》中,那盘旋在监狱上空的《费加罗的婚礼》和瑞德口中那羽毛上闪烁着自由光辉的飞鸟所给予人们的启示与震撼。所以,生如夏花之绚烂,死如秋叶之静美,他以"勇敢和尊贵的方式等候死亡"。③

在龙庆忠的身上,则体现出作为"生命之树的最后一片绿叶"④的爱原是一种比死亡更强大的力量:

  他戴着深度近视眼镜,瘦得像把筋。衣架子一般顶着那件引人注目的藏蓝色大皮袄,下面空空荡荡直透风。我说只要在腰上捆上一道绳子,问题就解决了。他不,他说这是双面咔叽布,磨不得,一磨一道白印,哪禁得起绳子捆!……袖口、肩膀、肘关节处磨过的地方,已经发白。他很伤心,抚摸那段白痕就像抚摸伤口一样。⑤

他甚至在"休息时也不躺下,只是坐着打个盹。我躺着看他,那

---

① [奥地利]维克多·弗兰克:《活出意义来》,赵可式等译,生活·读书·新知三联书店1991年版,第69—70页。
② 熊培云:《自由在高处》,新星出版社2011年版,第89页。
③ 佚名:《相同的境遇,不同的人生——解读高尔泰笔下几个"犯人"》(http://bbs.tianya.cn/post-books-53072-1.shtml)。
④ 同上。
⑤ 高尔泰:《寻找家园》,北京十月文艺出版社2014年版,自序第159页。

纤细的脖子和深陷的两颊，垂着的下巴和吊开的嘴，都无不呈现出深度的衰弱和疲劳。但他顽强地要坐着，劝不睡——衣服要紧"。① 因为"那是他母亲自己亲手做的，眼睛老花手指粗硬，针脚不是很齐，但是反反复复，缝得密密实实"。② "我相信那是母亲的爱，给了他生存下去的力量。我想爱是一种比死更强大的力量"。③

这里显示的不光是母亲对儿子的爱，也有儿子对母爱的体验与珍藏。这种相互之爱不光温暖了儿子的身体，也给予了他，甚至别的人作为人活着的尊严与生命的感觉。极端境遇中，个体自救正是经由爱而实现的，就如屠格涅夫笔下那只体型瘦小却具有英雄般强大意志的老麻雀，凭借着对幼鸟巨大的爱击退了那个庞大而强悍的对手。所以龙庆忠的故事"特别使我感动，因为我也想念我的母亲"。④

而敦煌洞窟内那些壁画，包括"藻井、龛楣，以及分布全窟的装饰纹样"⑤，"像一组组流动的乐音，有笙笛的悠扬，但不柔弱。有鼓乐的喧闹，但不狂野。从容不迫，而又略带凄凉。凄凉中有一种自信，不是宿命的恐惧或悲剧性的崇高，也不是谦卑忍让或无所依归的彷徨。"⑥ 特别是几尊佛教诸神的塑像，各有个性，"阿难单纯质朴；迦叶饱经风霜；观音呢，圣洁而又仁慈。他们全都赤着脚，像是刚刚从风炙土灼的沙漠里走来，历尽千辛万苦，面对着来日大难，既没有畏惧，也没有抱怨，视未来如过去，不知不觉征服了苦难。"⑦ 而"释迦牟尼临终时的造像，姿势单纯自然，脸容恬淡安详，如睡梦觉，如莲华开，视终极如开端，不知不觉征服了死亡"。⑧ "死亡的曲子如此这般地被奏成了生命的凯歌"⑨，"这些文弱沉静从容安详的塑像所

---

① 高尔泰：《寻找家园》，北京十月文艺出版社2014年版，第159—160页。
② 同上书，第160页。
③ 同上书，第161页。
④ 同上。
⑤ 同上书，第240页。
⑥ 同上书，第240—241页。
⑦ 同上书，第241页。
⑧ 同上。
⑨ 同上。

呈现出来的，也许是更加强大的力量。这不是一个可以用阳刚阴柔之类现成的概念，或者十字架和太极图之类近似的比喻可以说明的差异，其中隐藏的消息，也为我打开了一个通向别样世界的门窗。"① 它使"我"终能洞悉忧患、生命与死亡，并最终走出苦难的迷障。

无论是面对宇宙洪荒还是人世无常，无论是面对历史酷烈还是个体悲怆，"视未来如过去""视终极为开端"，这种豁达与透彻，超越了时间与空间，在原本脆弱的心灵中激发起勇气，荡涤出情怀，孕育着感恩与谦卑，释放着悲悯与博爱，使黯淡的生活最终被当作命运的恩赐来领受。因此行文中没有对苦难的畏惧与宿命的无奈，而是在凄凉中彰显着从容，寂寥中蕴含着深广，温暖而自信。

大多数人关于创伤记忆的叙述常止步于苦难。但在高尔泰看来，与逝去的、不能再讲述自己经历的难友相比，他还能够继续思考与写作，便是命运对他最大的恩赐。因此，他没有把写作当成苦难呈现的终点，而是在别人终止的地方重新启程，并视写作为对命运之神的最好答谢："往事并非如梦，它们是指向未来的。而未来正是从那浸透着汗腥味和血腥味的厚土上艰难而又缓慢地移动着的求索者的足迹中诞生的。"② 于是，苦难、死亡、沉重便在不知不觉中被超越了。

这里无论是意义、爱，还是感恩与谦卑，以及对苦难的超越，都不只表现于事件本身或被描述的形象本身，也表现于一种独特的叙述品格与态度即祈祷之中。比如，类似于安兆俊与龙庆忠这样的人物在其他叙述类似经历的作品中也出现过，但很少有人能够如高尔泰这般以凝重、克制，却又同时不失从容亲切的细致笔触，使人性的魅力在瞬间的极小细节而非事件中定格，且"眉目清晰，话语娓娓"③，既不深痛惋惜，也不过分渲染，仅依靠叙述话语的力量就使丰富的内蕴尽得彰显。

宗教家卡莱尔说，祈祷就是背着重担奋斗的软弱心灵向永生的上

---

① 高尔泰：《寻找家园》，北京十月文艺出版社2014年版，第242页。
② 高尔泰：《留在沙路上的足迹》，《书林》1989年第1期。
③ 汪曼：《流沙坠简》，载《寻找家园》网络增补版，第16页（http://www.doc88.com/p-69217300106.html）。

帝表示热切的愿望。虽然并非人人心中都有上帝，但在极端境遇中，当语言面对虚无、绝望与沉重，彰显了人性的尊严与勇气、信仰的存在与可能、生存的方向及限度时，它自身也就获得了超越极限的诗性言说空间。这种浸透着温暖、爱、希望与明亮的语言便是祈祷式的语言，它不是宗教教徒面向上帝的祈求，而是苦难者面向"不在之在"的希望，它来自"有神"精神的穿透，给予了软弱的人心以力量，并给执着于现实、过去与苦难的自我以启示：生命的远游也是生命的回归，苦难再深远也终不过沧海一粟。希望是通向，而非到达；是启程而非目的；是意义的追寻、人心的献祭、爱的期待、感恩的承诺、从容中的超越，而不是对虚无与绝望的妥协，更不是自欺与推诿。因此希望与生命总在，作为对"不在之在"的相信，祈祷的姿态蕴含着超越现实、激发生命、催生意义、秘密抵达并照亮黑暗中的人性尊严的力量，并终有可能通向个人同历史与苦难的和解。

第二节　浸润与自由：灵魂在大地的复苏

当语言匍匐于地面，紧贴大地的根基，当心眼微启，身心如丝雨般浸润于万物的脉搏与气息，一个迥异于乏味、生硬现实的繁华世界便苏醒了：

> 土屋鳞次栉比，往下一直延伸到河边的果园。果园的绿色只限在河边，并不向外蔓延。在水车灌溉的范围之外，寸草不生。……山与房屋同色，是光秃秃的土山，山上没树没草没石头。山后面还是山，都是这种山，从最高峰望出去，千山万山一片苍黄，单调丑陋之中，有一种雄奇犷顽。①
>
> ……穿过荒凉的田野和一些相距遥远的小村，向茫茫大戈壁中开去。卷起的阵阵黄云，拖得很长不散。须臾，望中就杳无人烟了。戈壁滩的地貌，无非砾石组成的平面，车行几百里，都是

---

① 高尔泰：《寻找家园》，北京十月文艺出版社2014年版，第97页。

那个样。使人困倦，使人丧失时空观念。走了不知多久，冉冉地，戈壁滩变成了盐碱地。荒原上出现了一些淡咖啡色的水洼、白色的碱包和灰绿色的芦草。偶尔会碰到一株两株低矮的沙枣树，灰不溜秋，和芦草同色。大戈壁雄浑莽苍的阳刚之气不见了，取而代之的是一股子不死不活赖兮兮的味儿。①

荒原里除了小块的沙漠和戈壁，大部分是盐碱地，望出去白茫茫一片。不是雪原的明净洁白，是恒久地积淀着大漠风尘的惨白。近看斑斑驳驳，烈日下蒸发着一股子苦涩重浊的碱味。②

午休的哨音远远的那么几声，听起来像一只失群的野鸟在风天中哭泣。③

晚霞正在消失，出现了最初的星星。……须臾月出，大而无光，暗红暗红的。荒原愈见其黑，景色凄厉犷悍。④

河滩上长满了红柳，红柳墩一个接一个连成大片迂回在许多簇拥着金黄色芦草的丘陵之间，茫无涯际。如果在夏天，远望上去就像希什金笔下蓝色的林海，秋天花开，却是一片粉红。现在是冬天，花和叶子都凋落了，它那细长、柔韧而又繁密的枝干，被夕阳一照，银灰里掺杂着金红，轻柔模糊如同烟云，渐远渐淡，和丘陵、雾霭结为一体，变成了一片紫色的微茫。而在微茫的上方，悬浮着连绵不断的雪山的峰峦，在晚霞中闪着琥珀色的光芒。许多地下水从河滩上冒出来，形成许多大大小小的池沼和湖泊，在红柳丛中闪着天光。因为地气暖，这些池水不结冰，清澈见底。水底下的鹅卵石上，长满了天鹅绒一般绿油油的水苔。⑤

一道斜阳穿过山峡，把河谷照成金黄色。一时间不但黄羊，近处的岩石、红柳、芦草，我脚下的每一颗石子全都像镀了金。

---

① 高尔泰：《寻找家园》，北京十月文艺出版社2014年版，第120—121页。
② 同上书，第124页。
③ 同上书，第126页。
④ 同上书，第128页。
⑤ 同上书，第247页。

一道蓝色的阴影，摇晃着伸展到了我的脚下……①

除此之外，还有阿来、阿狮（他曾养过的羊和狗）以及"昂着稚气的头，雪白的大耳朵一动不动，瞪着惊奇明亮而天真的大眼睛望着我，如同一个健康的婴儿"②一般的黄羊……

粗糙刚硬的现实曾打磨掉许多人纤细感觉的触须，使得人与大地的距离越来越遥远；语言也因逐渐失去与大地根基的关联而日益沦为尘俗世界的某种玩物或工具，虽仍具诉说的功能，却总显得干燥、粗粝，声嘶力竭中难掩内里的孱弱与苍白。而对高尔泰来说，劫难虽"宿命般地追赶着他，却丝毫没有磨钝他触摸自由的敏感神经，与我们需要经受觉醒的镇痛的一代人不同，他像是来自另一个世界的孩子"。③因此，在《寻找家园》中我们呼吸到的是另一种气息：高尔泰凭借对感性之物、生命本真的敏感，凭借对感受万物生存尊严的自由之心与柔软之情的呵护，使自然界的山、光、水、色、风、云、星、月、大地、天空、宇宙、洪荒等，都于自然本性之中生发出人性的光辉，语言也因获得大地的给养而彰显出强硕的生命力：绿果园、黄云、淡咖啡色的水洼、白色的碱包、灰绿色的芦草、灰色的枣树、亮晶晶的排碱沟、灰黄色的天空、土黄色的眉毛、茫茫沙碛上蓝色的云息、金黄色的芦草、蓝色的林海……明净洁白、惨白、大而无光、暗红、愈见其黑、银灰里夹杂着微红、紫色的微茫、蓝色的云彩、琥珀色的光……这些描述相近而不相同，绚烂缤纷又细致入微，作者似乎不是在以文字书写，而是在以文字绘画，他手拿如椽大笔，将早已尽收眼底、了然于胸的苍茫远景，恣意倾洒在如绢画布上。"失群的野鸟""颤动的琴弦""蠕动不止的泥塑群""拾荒者晾晒的破烂""新鲜棉布的气味""具有硬度的时间"等意象与形象的营造，则无论写实还是写意，都饱含着光、色、线条、气味，或细腻、生动，或素朴、飞扬，跳荡着节奏与韵律的美，但用字却朴实、纯净，甚至到

---

① 高尔泰：《寻找家园》，北京十月文艺出版社2014年版，第259页。
② 同上书，第258—259页。
③ 徐晓：《半生为人》，同心出版社2005年版，第263页。

了吝啬的程度。

这是"当代《红楼梦》般的汉语……在饱满、丰沛的感性元素中，会有理性的光出其不意地突然闪现，让人在毫无防备的情况下，陷入一场天茫茫地茫茫的思考，就像撞见了地平线"。① 这是炉火纯青的文字，"朴实而细腻，融合了画家的直觉和哲学家的智慧……。"② 这是洞烛世界的艺术，精微的感觉经由"跌宕浩繁但独树一帜的文字"③ 而被传达出来。只有以谦卑之心面向自然世界才能开启这样的慧眼；只有具有卓越的绘画才能，才会拥有如此强烈的色彩意识、精确的空间感和细腻丰富的感受力；只有凭借高超的语言造诣，才能将早已被删繁就简并在历次运动中从整体结构到内部元素都或被拆除或被改造的当代汉语仅存的表意与创化功能发挥到如此淋漓尽致的程度，并赋予汉语言超凡的气魄与力度、雄浑与壮美。它们刺破了汉语的睡眠，使之在困顿中夹杂着丝丝缕缕的纷繁情绪而在感性与哲思的交会中苏醒。而叙述者在恢复语言活力的同时，也复活了世间万物的存在，锐化了人心对世界的感知，原本细微精妙的世界又重新变得五彩纷呈，残破、麻木的灵魂也再次苏醒，它的每一个毛孔中都浸润着挣脱禁锢的自由与喜悦，并自信地拒绝着种种有关自我的臆想，以平等而谦卑的姿态、豁达而开阔的胸襟，跳出自我、走出困厄，走向自然、自由、和谐，走向与历史和苦难的和解。这个"从大自然的怀抱中走出来的少年，没有偶像，没有权威，没有导师，他的精神家园是自给自足的"④，他在审美的层面上追求着自己的理想，"他始终梦想的，是与世界同一的自由"⑤。

---

① 崔卫平：《读〈寻找家园〉》，载《寻找家园》网络增补版，第302页（http://www.doc88.com/p-69217300106.html）。

② 北岛：《证人高尔泰》，载《寻找家园》网络增补版，第16页（http://www.doc88.com/p-69217300106.html）。

③ 汪曼：《流沙坠简》，载《寻找家园》网络增补版，第304页（http://www.doc88.com/p-69217300106.html）。

④ 徐晓：《半生为人》，同心出版社2005年版，第263页。

⑤ 同上书，第264页。

第三节　爱恋与敬惜：美到极致乃是
　　　　一种伦理的显现

高尔泰曾说仇恨是他生命的哲学与宗教，北岛也曾提到高尔泰写作《寻找家园》是在将"毕生的愤怒铸成一个个汉字"①，但是阅读过程中，人们却很难在字里行间寻出一丝的火气，即使是描写曾经的仇人，也云淡风轻，既无轻慢与蔑视，也难见个体仇怨的鸿沟。然而压制这些怒火并使之留在文字之外的，不只是作者炉火纯青的写作功力，也不只是在历经苦难之后灵魂的彻悟与净化，而是因身处异域而难以堪负的故园之爱。高尔泰曾说，面对仇人的云淡风轻无关价值判断，也不是宽容妥协，仇恨之所以失去了支点，是因为"在无穷的漂泊中体验到的无穷尽的无力感、疏离感，或者说异乡人感（也都和混沌无序有关）"②，这让他"涤除了许多历史的亢奋，学会了比较冷静的观看和书写"。③ 不仅如此，置身于陌生的国度与文化，语言也会变得更加纯粹。正如崔卫平所说，在非母语的环境中，"语言不是用来日常交流，不是用做俗务的媒介，于是就有可能被当作艺术的材料，在上面进行艺术的加工。包括乡愁的原因，都有可能把某门语言的艺术推向一个极致。"④ 高尔泰正是这样，他"在不直接使用汉语时写下了当代'红楼梦'般的汉语"。⑤

然而作品叙述语言的美绝不止于此，它的独树一帜更在于在纯美的语言文字背后所彰显的文化道德的力量，即在美学层面对思想与言说的个体性等私人经验的强力捍卫。布罗茨基说："每一次新的美学

---

① 北岛：《证人高尔泰》，载《寻找家园》网络增补版，第16页（http://www.doc88.com/p-69217300106.html）。

② 高尔泰：《寻找家园》，北京十月文艺出版社2014年版，自序第5页。

③ 同上。

④ 崔卫平：《读〈寻找家园〉》，载《寻找家园》网络增补版，第302页（http://www.doc88.com/p-69217300106.html）。

⑤ 同上。

现实均赋予伦理现实更加明确的形态。因为美学乃伦理学之母。……如果伦理学不能'容忍一切',正是由于美学不能'容忍一切'。"[1]刘小枫"流亡话语"的概念也有助于我们来理解这一点。在刘小枫看来,20世纪创造的一种奇妙的知识类型与话语形式即"全权话语"或"总体话语",它意味着当某种言说通过实践为人民所掌握,或更准确地说通过掌握人民而变成实践时,就会产生无穷的力量,使得个体言说不论带有多高的道义性与科学性,只要它拒绝服从于总体话语,就只能沦为"流亡话语",处于被分离或被清除出去而流亡他乡的境遇。《寻找家园》的叙述在某种层面上也具有这种特点,但它的"流亡"不是一般意义上的被放逐,而更多是作者将一切看作异乡之后内心的自觉迁徙与漂流。因此,这种自我言说不单只是"回"与"忆",还同时是在"忆、审、思、识、断、释"[2]中对生命的重新体认与对个体存在价值与意义的重新赋予:即要在被"世俗力量、乐感文化、生活理性、庸常宿命"[3]弥漫的生存境遇中通过个体言说来拓展理想人格生长的空间,并以此作为对"我"之本性受到压迫、占有与异化的反抗,以体现出个体性所能达到的最大极限。正如高尔泰在《寂寂三清宫》与《〈论美〉之失》中所描述的体验:"无边的寂静就是坟墓……我自己活着,却好像已经死了。……不知不觉,又写了起来。……写起来就有了一种复活的喜悦"。[4]"我""……怎么想就怎么写,体验到一种快乐,一种生活的意义"。[5]意义的追寻化作了文字,写作不只成为复活自我的动力,也是漂泊的心得以栖息的驿站和达至内在自我的通途。《寻找家园》也因此具有了深刻的伦理意蕴与道德内涵。

---

[1] [美]布罗茨基:《大众应该用文学的语言说话》,王希苏译,载严凌君主编《人类的声音——世界文化随笔读本》第二册,深圳出版发行集团海天出版社2012年版,第45页。

[2] 一平:《读高尔泰〈寻找家园〉》,《今天》1997年第3期。

[3] 高尔泰:《寻找家园·代序:感激命运》,《书屋》2007年第2期。

[4] 高尔泰:《寻找家园》,北京十月文艺出版社2014年版,第207页。

[5] 同上书,第102页。

不只如此，在当今时代，"'敬惜字纸'的传统已成为隔世之音"①；话语被强势权力僭取当作暴力工具来有意识地伤及人身与人性的例子还时时可见；在当代文化生产机制巨大的吸附作用下，工业化、技术化与规模化的叙述更是给语言带来了难以逆转的灾难性后果，使语言探索与创新的潜能日益枯竭；更有叙述"脱离了大地、脱离了底层、脱离了实际生活，以致失去痛觉"②而流于狭窄、荏弱与轻浮，全然不见自由与深刻的大精神。在这种文化境遇下，《寻找家园》个体言说所体现的纯粹、诗意和虔敬及深蕴其中的伦理意蕴与道德内涵就更加意味深长。

此外，对一个漂泊异域的过客来说，还要时时面对迫在眉睫的生存危机。因此在叙述的态度上，选择"自上而下"还是"自下而上"，"由外往里"还是"由里往外"，"迫于外在压力"还是发自"内在冲动"的写作；在写作速度与作品产出上，选择"快"与"多"还是"慢"与"少"，已然成为一个写作伦理的问题。对于一个自述者来说，如果他拒绝编造历史，拒绝自恋和臆想，拒绝用某个抽象的观念来统摄精神深渊里发生的一切，那么，写作的难度和他所要经受的磨砺和痛苦，就不只是结构或主题的问题，更是灵魂裹挟的复杂历史经验如何顺利出场的问题，"其中所要担当的，乃是言说的本心。"③

面对这一伦理处境，高尔泰毅然选择了后者。他曾说他写作是由于"窒息感迫使我使用手指在墙上挖洞，以透一点儿新鲜空气；空虚感迫使我竭尽心力，想偷回一点儿被夺去的自我"④；因而写作是"听从心灵的呼声，是不问收获的耕耘"⑤，而"不问不是不想，凡事

---

① 王鸿生：《当代中国长篇小说现状及其问题——王鸿生教授2006年4月11日在上海财经大学的演讲》，人民网，2006年6月12日（http://culture.people.com.cn/GB/27296/4460696.html）。

② 高尔泰：《寻找家园·代序：感激命运》，《书屋》2007年第2期。

③ 王鸿生：《灵魂在一种语调里——〈抒情年代〉的叙事伦理意义》，《上海文学》2003年第7期。

④ 高尔泰：《寻找家园》，北京十月文艺出版社2014年版，自序第1—2页。

⑤ 同上书，第4页。

不可强求。……在这网络眼花缭乱,声、光、色、影像飞旋,'文化消费'市场货架爆满的年代,在这资讯滔滔,文字滚滚,每天的印刷品像潮水一样漫过市场的日子里,我一再嘱咐自己,要写得慢些,再慢些。少些,再少些"[1]。"尊重语言、敬惜字纸,耐心地守候真实"[2],听从心灵的呼唤与初始经验的复活,"让叙述自然成形,让语言产生体温"[3]。因此记忆虽然也会经历想象的改造、理性的审理,但通过感性动力同理性结构的悲剧性抗争,通过对祈祷、宽容、爱、自由与美的精心呵护与温柔呼唤,通过对物、生活、情感的细腻感知与湿润叙述,凭借语言伸向无限的表现力与面向细微的洞察力,记忆依然能够牢牢抓住个体生命置身其中时体验到的具体与生动,以及精神深处生命情绪和内在冲动的爆发及其所携带的温与热、甘与苦,依然能够保持住某种梦想的特征,并在一种想象力的变形术中"接触到命运没有加以利用的某些可能性"[4]。而对历史的多维度反思有时就是从这种可能性中开始的。这样,历史叙述与经验主体的自我建构才有可能进入"真实的历史关联与痛苦的精神历程,才有可能打开经验之门,返回语言的切身性,从而为真正的命运性的言说作好准备"[5];才能使感受历史创伤的意向方式从"观念型"的抽象模式回归到"一个人一个人的显现"[6]方式上来;才能避免公共化叙述对于个体记忆的修剪与剥夺,使面向个体经验的回归与转换成为可能。当陀思妥耶夫斯基说美将拯救世界,或当阿诺德说我们将由诗获救时,他们必是看到了语言的这种伦理功能:美到极致乃是一种伦理的显现。

---

[1] 高尔泰:《寻找家园》,北京十月文艺出版社 2014 年版,自序第 4 页。

[2] 王鸿生:《灵魂在一种语调里——〈抒情年代〉的叙事伦理意义》,《上海文学》2003 年第 7 期。

[3] 同上。

[4] [法]巴斯拉:《梦想的诗学》,转引自贾鉴《关于潘婧和她的〈抒情年代〉》,2007 年 1 月 19 日,中国作家网(http://www.chinawriter.com.cn/2007/2007 - 01 - 19/41600.html)。

[5] 王鸿生:《无神的庙宇》,上海人民出版社 2001 年版,第 243 页。

[6] 舒衡哲:《第二次世界大战:在博物馆的光照之外》,《东方》1995 年第 5 期,转引自张志扬《创伤记忆——中国现代哲学门槛》,上海三联书店 1999 年版,第 41 页。

第四节　质疑与思省："无懈可击"还是"自我隐瞒"？

也许是宿命，高尔泰连同他的文字总会被卷入一系列的"战争"之中，《寻找家园》的纯美叙述也不例外，在一片赞扬声中，人们也听到了另一种声音。

建筑艺术历史与理论学者萧默曾在题为《〈寻找家园〉以外的高尔泰》的文章中对《寻找家园》做出了这样的评价："文字可以称得上是'栩栩如生'，人物性格描写大多到位，有些段落相当精彩，令人记忆深刻，我可以作证，可信度至少在百分之八十以上。不可信者，是他在字里行间，总是把自己周围的人几乎都预设为自己的敌人，而有失公允。……实际上，在我与他几年的相当密切的相处中，发现他的确有一种明显的受虐心理，他也的确受到过极不公正的对待，这使他的心理遭受到了某种严重的扭曲，或许是出于自我保护的本能，加上他本性中的某种劣质（至少我这么认为），而反应过度，将不公正又施于别人。所以，在高尔泰貌似豁达的表象后面，在他的灵魂深处，其实隐伏着一些阴暗的东西。"[①] 在这篇文章中，萧默还讲述了他自己因高尔泰的小报告而蒙冤的事，并引用了当时同事们的一些言论来证实高尔泰内心确实存在着那些"阴暗的东西"，由此说明高尔泰的叙述带有隐瞒性、欺骗性，反思与忏悔也不够真诚与客观。对此，高尔泰在《昨日少年今白头——一头狼给一只狗的公开信》[②] 的文章中做了回应。高尔泰指出萧默的许多叙述只是手挥"剪刀"按自己的意愿对历史恣意的"修剪"与"砍伐"，并无客观性与准确性可言。萧默于 2010 年 4 月，出版了个人回忆录《一叶一菩提——我在敦煌十五年》（北京新星出版社）。高尔泰则在 2010 年 11 月 4 日的《南方周末》上发表了回应文章《哪敢论清白——致〈寻找家园〉的

---

① 萧默：《〈寻找家园〉以外的高尔泰》，《领导者》2008 年第 1 期。
② 高尔泰：《昨日少年今白头——一头狼给一只狗的公开信》，李广平新浪博客（http://gpliblog.blog.163.com/blog/static/20622708020105304602 00/）。

读者，兼答萧默先生》。① 在这篇文章中高尔泰称，在他的《昨日少年今白头——一头狼给一只狗的公开信》的文章在网上发表之后，萧默就曾在他的个人博客上对高尔泰的回应作了答辩，题为《萧默致高尔泰的公开信》，而高尔泰也据此补充了先前的回应并再次发表。高尔泰认为，萧默著作中关于高尔泰的描述，正是在与高尔泰的往来答辩中又重新"分割"最初的《〈寻找家园〉以外的高尔泰》这篇文章而成的。2012 年 3 月 13 日，萧默在他的个人博客上又再次发表回应文章《清白何可"论"——答高尔泰先生〈哪敢论清白〉》。萧默称，对于之前的"高萧之争"，他曾在 2010 年 11 月 11 日的《南方都市报》发表了文章《致高尔泰先生》以示回应。但在得知旧文《〈寻找家园〉以外的高尔泰》又被共识网（2012 年 3 月 13 日）转载，并链接了《哪敢论清白》一文之后，"觉得还有些话不得不说，遂成此文。"② 在文章中，萧默指出高尔泰常常会通过隐藏个人历史污迹、丑化被他告密的人，以及混淆历史逻辑等方法来达到美化自我、修改历史的目的，萧默还认为在人性深处，"高氏与这些红卫兵有一点是完全相同的，也是那个扭曲的时代的施虐者；也有所不同，一是同时也是那个时代的被虐者，二是不但不隐藏自己，反而特别高调，充分利用他的受害者身份，把自己打扮成似乎侠骨义胆的国士，也要留取'清白'了！却又用了'哪敢'二字，大打悲情之牌，令人产生了仿佛踏着了死耗子般的感觉。"③

这一轮轮的笔战，仿佛是在上演一出现实版的"罗生门"。历史与个人好像又都回到了纷乱繁复的纠结之中，使得来往之辩在寻求历史真相的目的之外，又具有了别样的写作意义与内涵。而当历史在双方的一再辩解与澄清之中被层层剥离时，人们感受到的是浓浓的火药

---

① 高尔泰：《哪敢论清白——致〈寻找家园〉的读者，兼答萧默先生》，《南方周末》2010 年 11 月 4 日 E23 版。

② 萧默：《清白何可"论"——答高尔泰先生〈哪敢论清白〉》，萧默个人博客 2012 年 3 月 13 日（http://blog.tianya.cn/blogger/post_show.asp? BlogID = 1837741&PostID = 39409658）。

③ 同上。

气息，是历史深处的惊心动魄和个体被置于历史风口浪尖时的震撼。在此，争论孰对孰错、孰是孰非是没有意义的。实际上，任何渺小有限的个体都不可能是真理的化身，也都不可能去充当道德法庭的终审法官。而且，作为后来者的我们也很难仅凭两本回忆录就解开历史真相的纷乱绳结。君特·格拉斯特在反思德国历史的《剥洋葱》一书中早就表达过这样的观点，即回忆是可以作弊的：它既可以美化过去，也可以伪装过去。因此，无论是宣称自己写下的一切并不是要刻意丑化高尔泰来抒发愤懑，而只是为了更好地展现复杂人性和广阔社会的萧默，还是坦言自己写下一切只是出于个人心灵需要而无关乎义务使命的高尔泰，都不能百分之百地肯定在自己的回忆录中没有对自我进行一丝的美化或没有对回忆做一丝选择性的遗忘或修改。

但也正因如此，当我们重新回到《寻找家园》时，就必须对此加以反思：一方面，高尔泰在作品中建构的自我，的确让人觉得无懈可击，甚至，还正如徐晓所说，在阅读过程中，人们总不由自主地想为高尔泰辩护："一边是作为物质的生命极限，一边是作为精神的尊严的极限，有谁能够恰如其分？"① 这或许是因为与其他难友相比，"劫难"似乎从未停止过追赶高尔泰的脚步，他的人生似乎总处于弱者的境遇中，总宿命般地在谷底翻转，令人无法不动容；而且在作品中他对"既往之我"的龌龊与不义也做出过坦白与忏悔。更重要的是就创伤记忆的叙述与叙述者经验主体的自我建构来说，《寻找家园》具有内在的完整性与统一性，体现了一种大多数同类叙述难以企及的高度。长久以来，我们的苦难文学总是在两种叙述的极点之间摇摆：或是停留于浅显的悲情宣泄与苍白的历史控诉，而缺乏深度体验与反思历史所必要的距离；或是将苦难神圣化而切断了与个体自身的紧密关联。因此，像《寻找家园》这样能够在纯美而伦理的叙述中体现出苦难的深度与切身性的叙述是十分稀缺的。可以说，在某种程度上，正是这种阅读体验让人不自觉地将感情的天平倾向于高尔泰。

但另一方面，也正如徐晓清醒地意识到的，当人们试图为高尔

---

① 徐晓：《半生为人》，同心出版社2005年版，第266页。

泰，其实也是在为自己这样辩护时，"清白、圣洁、高贵，这些本来就难以企及的品质、品格、教养，就会离我们更加遥远，成为昨日的精神"。[①] 因为在某个隐秘的深处，存在着一种关乎个体生存精神姿态的更高的尺度。一个智性而伦理的读者不应当无视这个尺度的存在。因此，对《寻找家园》及其他同类作品，人们不能持双重标准。因而，面对高尔泰写作只是为自己，而无关道义和使命的自白，我们必须认识到：经由那段历史之后，无人再可以是清白之身，也无人可以完全同那段历史脱离干系，个人的回忆以及经由伦理的叙述对自我经验主体的建构，也都不可能真正地绕它而行。《寻找家园》虽然没有完全回避这些问题并在某种程度上展示了一种高度，对个体生存之真与存在之思的展示却仍还有相当的空间，因为这些或许本可以在纯美、深刻、严谨的伦理叙述中被探看得更深远、更透彻，被呈现得更清澈，也更厚重。美总需附丽于真，诗的本质不是审美的遗忘或旁观，而是对生存之洞见和生存之苦难的神圣关怀。对于《寻找家园》这样美到极致的伦理叙述来说，这或许是一个遗憾。

[①] 徐晓：《半生为人》，同心出版社2005年版，第266页。

第五章

自我经验的出场及其困境

从整个叙述活动来看,叙事伦理不只是形式化的伦理形态,也是个体性、对话性的伦理结构,它来源于作者、存在于文本、生成于读者,是读者、作者与叙事文本在对话中形成的生命感觉的共鸣。因此,对自述伦理的探讨,还必须在文本之外引入作者与读者的维度。本章即从自述者的境遇伦理与读者的接受伦理入手,对此前的文本分析做一补充。

第一节 "说"还是"不说":自述者的境遇伦理

威廉·斯泰隆在小说《索菲的选择》中谈到了索菲的几次选择:第一次,在被送往集中营的路上,索菲被强令将自己的孩子交出以送往死亡营。索菲竭力想说明自己出身的清白,甚至不惜以美貌去诱惑纳粹军官,以求留下自己的儿女,但纳粹军官却告诉她,两个孩子只可以留下一个,至于哪一个,让她自己选择。索菲自然无法选择,但纳粹军官的回答是,如果不交出一个的话,那么两个孩子都得死。在最后的瞬间,索菲终于喊出,把小女儿拿去吧。第二次,背负生存裂伤的索菲得以侥幸生还,在身心憔悴之际遇到纳山并与之相爱,现实之爱给予了索菲继续生活的勇气,她努力忘却过去,希望开始新的生活。青年作家斯汀勾在与她们成为朋友之后,发现索菲关于过去的记忆总是有着诸多掩饰,但还是深深爱上了"有故事"的索菲。当斯汀勾提出要带索菲"远奔他乡、圆成幸福"[①] 时,索菲忆述了自己在集

---

① 刘小枫:《这一代人的怕和爱》,华夏出版社2007年版,第28页。

中营中梦魇般的痛苦经历,拒绝了斯汀勾,重新回到患有精神分裂症的纳山身边,并和他一起走向死亡。在这次选择中,回忆、叙述起到了重要作用,它们把索菲重新带回到噩梦般的过去,使她再一次经历了令人心折、心碎的创伤性体验。在这个过程中,对往事的回忆与述说在某种程度上成为索菲走向地狱之门的最后一根稻草,它证明了,过去的终难忘记。

其实,从索菲侥幸生还的那一天起,就注定要面对生存中的悖论抉择:要开始新的生活,就必须麻醉自己忘记过去;然而新的开端,又意味着必须对过去进行清理,这使她又不得不时时面对过去。女儿的交出使索菲怀有很深的负罪感,并近乎自虐地憎恶与鄙视过去的自己。而无法原谅过去,也就不能面对现实生存,更难以接受未来的幸福。所以,在斯汀勾面前,无论索菲选择记忆还是忘却,倾述还是沉默,在选择伊始,她就已经陷入一种艰难的伦理困境:当生存的裂伤已然无法弥补,记忆抑或言说又有什么意义可言?

索菲的处境也是经历过"反右"运动的这一代人在当下所处的伦理困境:"记忆"还是"忘却","说"还是"不说",以及怎么"说"。

有人选择沉默。从那样不堪回首、充满痛苦与死亡的历史阴影中走出来,相信再不会有人有洁白无瑕的记忆。逝者无言,但生者有权利要求新生,屈辱和内疚不应当与生命永在。美国学者阿伦·哈斯采访过许多纳粹集中营幸存者,其中有三分之一的人都表示想把曾经经历的所有这一切都忘掉。因为,记忆是现在向过去的回溯,意味着个体在身心被残酷地蹂躏之后,又要重新遭遇过去,并再次与死亡、恐惧、丑陋为伍。与曾经的痛苦相比,这痛苦同样让人难以承负。正如古希腊悲剧中俄狄浦斯的女儿所说,"我不愿忍受两次痛苦:经受了艰苦,又来叙述一次。"[①] 而索菲在把集中营的经历记忆起来并向斯汀勾讲述完之后,最终走向了死亡:叙述成为她的"地狱之路",写作

---

① 东西口述,黄慧敏整理:《关于"小说"的几种解释》,2007年3月19日,中国作家网(http://www.chinawriter.com.cn)。

成为"野蛮行为",对过去的恐惧也因此成为言说者难以逾越的心理障碍。

在"反右"叙述中同样存在这种情况。对许多亲历者来说,劫难虽已是过去,加上"我"有意地忘却,似乎离现实越来越远,但每每想起,却都是人心深处难以愈合的内伤,"十二年的监禁虽然越来越成为远去的岁月,加上我有意忘却,绝不再回想,但它不时重现在我的噩梦中,一次次把我惊醒。这使我痛苦不堪,似乎它已埋藏到我的意识深处,时刻提醒我不要忘记自己是个罪人。"[①] 在噩梦中,"我"好像"又回到了劳改农场,又看见了监管队长严厉的脸,又在宣布延长我的劳教期限……我惊恐地大叫,浑身冷汗"[②]。过去犹如一个可怖的阴影,如影随形地跟随在人们身后,不堪追忆,不可回想,令每一个回想起它的人痛苦不堪、难以喘息。考虑到这一点人们便不难理解那些虽然选择记忆,却仍然时时感到心有余悸的自述者的话:"我实在不愿意回忆那一段生活,一回忆,一直到今天我还是不寒而栗,不去回忆也罢。"[③]"我很矛盾,我应该把一生真实的记录下来,可我又不愿写……我写不出来,因为必然会涉及到丑陋的东西。"[④]"我要坦诚地说,为了这部个人档案的公之于众,我尽了最大的意志力,重又承受了一次精神的煎熬。"[⑤] 这样,人们也就不难理解为什么冯亦代在早些年回忆往事时,独对"反右"一段经历闭口不提;而荒芜根据被划右派后的 10 万余字日记整理而成的《伐木者日记》也只写了 10 篇,如《广陵散》绝,留下万千遗憾,个中缘由与苦衷怕是再难寻觅。更有许多人带着大悲哀、大苦痛离开斯世,还遑论文字与意义?正如意大利作家李威所说:"我们侥幸活过集中营的这些人,其实并

[①] 杜高:《又见昨天》,北京十月文艺出版社 2004 年版,第 195 页。
[②] 同上。
[③] 季羡林:《牛棚杂忆》,中共中央党校出版社 2005 年版,自序第 5 页。
[④] 乔冠华、章含之:《那随风飘逝的岁月》,学林出版社 1997 年版,第 198—201 页。
[⑤] 杜高:《一部个人档案和一个历史时代——2007 年 6 月 29 日在洛杉矶"中国当代知识分子的命运:反右运动五十周年国际研讨会"上的发言》,载丁抒主编《五十年后重评"反右":中国当代知识分子的命运》,香港田园书屋 2007 年版。本书引文摘自:http://www.360doc.com/content/08/0127/17/52987_1008603.shtml。

不是真正的见证人。这种感想，固然令人不甚自在，却是在我读了许多受难余生者，包括我自己在内所写的各种记载之后，才慢慢领悟……那些真正掉入底层的人，那些亲见蛇蝎恶魔的人，不是没能生还，就是哑然无言。"[1]

除此之外，也有一些人认为，过去是难以言说的，人同此心、心同此理的人类共通感，并不能通向人类极端处境下的内心体验："我们不喜欢谈过去的经验。身临其境的人，不必别人多费唇舌替他解说；没有经验过的人，不会了解我们当时和现在的感受。"[2] 这也说明过去的苦难经历给个人心智带来的内伤，使其失去在未来幸福、安心生存的能力，失去表达与融入世界的欲望，失去相信他人与世界的能力，以及生存所需的最基本的安全感。苦难本身在激起人的义愤的同时，也会对言说主体造成侵蚀和伤害，使其失去反抗的勇气、能力与激情。比如，很多右派在运动之前，曾是雷厉风行、独当一面的业务骨干，而被"平反"之后却都变得默默无闻，"谨小慎微，绝对听从指挥……摆脱不了那个不是我的'我'"。[3] 官方对此段历史的看法还留有尾巴，也使人不得不心存顾忌。对现行政治体制的不信任、对可能会出现的现实人事纠葛的担忧，甚至对话语世界的厌恶，也使得许多人拒绝言说或放弃言说。总之，"'怕'字当头，是这一代人共有的精神体验，或虽未'当头'，却已'深潜'，潜入集体无意识，成为我们难以启齿的心理底线"。[4]

当然，也有人选择了言说、记忆、反思，目的是试图为历史存留一份真相，承担一份自我应尽的责任，完成一次自我的救赎。他们认为，面对沉痛的往昔，最值得人们关心的不应该是"我们愿意记忆什

---

[1] 贺桂梅：《世纪末的自我救赎之路——对1998年与"反右"相关书籍的文化分析》，载戴锦华主编《书写文化英雄——世纪之交的文化研究》，江苏人民出版社2000年版，第56页。

[2] ［奥地利］维克多·弗兰克：《活出意义来》，赵可式等译，生活·读书·新知三联书店1991年版，第19页。

[3] 杜高：《又见昨天》，北京十月文艺出版社2004年版，第195页。

[4] 朱学勒："'怕'和阿伦特"，《南方周末》2007年3月1日写作版。

么,而是我们由于道德责任而应该记忆什么"①。

很多人发现,历史记忆的中断与扭曲极其严重:"骗局在一茬人中得逞和被识破后,马上又在另一茬人中大行其道,历史居然在三五年中就来一个循环!当我思考原因时,我发现个人叙述的局限和无力:我们这一代人的经验教训并没有进入公共话语,成为集体记忆……谎言对一批人失效后,立即物色到另一批轻信者和受害人……弥天大谎一次又一次,为什么都能成气候……原因就在于记忆中断,关键在于受骗者并不是同一批人,如果谎言对新来者永远有效,那么玩弄权术的人必然稳操胜券"。② 因此,记忆的遗失、真相的埋没,不仅是过去的缺损,也是未来的坍塌。

保罗·康纳顿曾指出:"任何社会秩序下的参与者必须有一个共同的记忆,对过去社会的记忆何种程度上有分歧,其成员就会在何种程度上不能共享经验或设想。"③ 因此,要想维系、延续历史记忆,要想使历史经验真正在当下社会发生效用,就必须建立起一种关于此类经验的共同记忆,这种共同记忆无论对于现时社会秩序的建立,还是对历史经验的汲取与挖掘,都是非常重要的。但所有的人性灾难都必须依靠见证人为苦难"作见证"才能保存下来④。因此每一个亲历者就都有义务将自己的个人记忆通过叙述的途径,转化为可以在公共空

---

① 徐贲:《人以什么理由来记忆》,吉林出版集团有限公司 2008 年版,内页说明。

② 徐友渔:《记忆即生命》,载余开伟主编《忏悔还是不忏悔》,中国工人出版社 2004 年版,第 6 页。

③ [美]保罗·康纳顿:《社会如何记忆》,纳日碧力戈译,上海人民出版社 2000 年版,导论第 3 页。

④ 徐贲在《人以什么理由来记忆》(吉林出版集团有限公司 2008 年版)一书中,曾对"见证"与"作见证"之间的关系进行过分析。他认为,"见证对为什么记忆和记忆什么的回答是明确的,因为见证是一种道德记忆,它的对象是灾难和邪恶。任何亲身经历过苦难的人都是道德的见证人。但是,即使在苦难过去之后,也并不是所有的苦难见证者都能够,或者都愿意为苦难作见证。在'是见证'和'作见证'之间并不存在自然的等同关系。'是见证'的是那些因为曾在灾难现场,亲身经历灾难而见识过或了解灾难的人们。'作见证'的则是用文字或行动来讲述灾难,并把灾难保存的公共记忆中的人们。第一种人只是灾难的消极旁观者,只有第二种人才是灾难的积极干预者。从'是见证'到'作见证',是一种主体意识、道德责任感和个人行动的质的转变。"(参见此书序第 5 页。)

间自由交流的可分享的记忆。也就是说,每一个具体的人都要使个体的记忆成为公共的、共同的记忆。虽然每个人只能代表个人经验,只能拥有关于过去某个共同回忆空间的局部的、零碎的,甚至带有偏见的记忆,但只要叙述出来,让这种回忆流通到公共信息的交流中去,这些记记就都会成为有用的历史证据,就能为避免历史真实的失声、历史记忆的扭曲、历史灾难的重演提供可能。这种对共同记忆的分工的承担,体现的正是"记忆的伦理的道德责任"。[1]

在这一意义上,主动地记忆或言说苦难的行为便呈现出一种难得的精神品质与历史意识。"作为主体精神的价值质素,苦难记忆不容将历史中的苦难置入一个与主体无关的客观秩序之中,拒绝认可所谓历史的必然进程能赋予历史中的苦难以某种客观意义,拒绝认可所谓历史发展之二律背反具有正当性。苦难记忆要求每一个体的存在把历史的苦难主体意识化,不把过去的苦难视为与自己的个体存在无关的历史,在个人的生存中不听任过去无辜者的苦难之无意义。苦难记忆因而向人性品质提出了更高的要求。"[2] 而作为"历史意识,苦难记忆拒绝认可历史中的成功者和现存者的胜利必然是有意义的,拒绝认可自然的历史法则。苦难记忆相信历史的终极时间的意义,因此它敢于透视历史的深渊,敢于记住毁灭和灾难,绝不认可所谓社会进步能解除无辜死者所蒙受的不幸和不义。苦难记忆指明历史永远是负疚的,有罪的"。[3]

这种想法也是大多数"反右"自述者的主要的叙述目的之一。邵燕祥曾说:"走过历史,留下历史的证词,这是每个人的责任,只有真实地留下了,我们才能对得起历史,对得起自己经历过的那些痛苦。我不主张对过去采取回避的态度,反对以不去回想过去的痛苦经历来欢度晚年的苟安心理。只有把走过的路看清了,看清我们有过怎样的勇敢和怯懦,我们才会比较心安,否则就处于自欺欺人的状态。

---

[1] 徐贲:《人以什么理由来记忆》,吉林出版集团有限公司2008年版,序第5页。
[2] 刘小枫:《这一代人的怕和爱》,华夏出版社2007年版,第34页。
[3] 同上。

个人得失可以不计较，民族走向却马虎不得。"① 这段话很能代表这些自述者的心理。在他们看来，回忆并不是简单的自说自话，而是对历史与自我的抢救与反思，对教训与经验的总结与清理。在他们看来，唯有如此，才能避免历史悲剧的重演与历史记忆的断裂，下一代也才能有望拥有理性、平安、幸福、美好的生活。

在笔者看来，这也正是叙事伦理道德实践力量的体现，即叙述不仅是在述说，也在述说中改变着个人。它会让我们的内心变得更温润、更柔软、更宽阔，也更深沉。于是我们才会懂得什么叫"欣喜若狂"，什么叫"热泪盈眶"……于是，我们生命深处的某些品质，才会于悄然之中发生某种改变。就像刘小枫所说，"叙事改变了人的存在时间和空间的感觉。当人们感觉到自己的生命若有若无时，当一个人觉得自己的生活变得破碎不堪时，当我们的生命想象遭到挫伤时，叙事让人重新找回自己的生命感觉，重返自己的生活想象的空间，甚至重新拾回被生活中的无常抹去的自我。"② 也正因为这种伦理的力量，我们——无论是接受者还是叙事者——才对叙事有着强烈的依赖。

因此，一种真实、真诚的"反右"叙述必然会给接受者带来一种新的历史体验，也将间接改变着他的生存与精神。对经历过"反右"历史的这一代人来说，几乎每个人都会有难以启齿的道德污点，也都曾在身心俱损的岁月里埋下层层苦闷与积怨，而通过叙述自己个体生命的故事，他将可以通过"曾经怎样和可能怎样的生命感觉来摸索生命的应然"③，同时，通过痛苦的自我承担，通过个人在自我人性内部的移动及对内在道德感的呼唤，历史留下来的破坏性力量以及在个人体内的种种毒素，也将有可能被消化、疏导、释放，叙述者自我的灵魂也因此有可能被净化、被洗涤、被修复、被拯救，因此，邵燕祥

---

① 邵燕祥：《我说出了一切，我拯救了灵魂》，《厦门日报》2007年1月10日第20版。

② 刘小枫：《沉重的肉身》，华夏出版社2004年版，第3页。

③ 同上书，第4页。

说:"我说出了一切,我拯救了灵魂。"①

因此"一种叙事,也是一种生活的可能性,一种实践性的伦理构想"②,其中集结着人性的复杂、尊严,以及理想人格所属的方向。虽然对于叙述的伦理与道德实践功能的意义,不应过于夸大,但可以相信的是,这些曾经残破的灵魂在叙述中经过再一次的撕扯后,将获得些许的安宁与释然,哪怕只是一点点,对于惊骇、波荡已久的人心都将是巨大安慰。

第二节 信任或质疑:自述读者的接受伦理

英国学者纽顿认为,文本讲述与读者的阐释之间是一种伦理关系,读者负有多维度伦理批评的责任,如个体阅读行为中的私人责任和以公众名义讨论或教授作品时形成的公共责任。与纽顿相似,布斯也认为当读者带着自我生活的经验阅读文本时,"伦理的读者不仅要对文本和作者负责,还要对他或她阅读的伦理品质负责。"③ 对"反右"叙述的阅读者来说,这种伦理品质主要体现在读者对作品积极、深度的体验,以及对自身道德优越感的自觉规避两个方面。

阅读这批作品,常会有震惊体验。且不说这场运动背后纷乱复杂的政治背景令人难以琢磨,单是文本呈现出的个体心智与灵魂所承受的折磨与苦难就足以让人窒息和恐惧。这样便产生一个问题:在纪实叙事中,对于这种已超出个人感受力与理解力的经历,读者何以会相信与接受?究其原因,或许有如下几点。

首先,读者的信任与文本的自述形式有关。这种叙述形式其实"是一种杂合性的话语形式,它既有一些历史的真实记载,又不必受制于正规历史学的严谨方法要求。它的许多细节之所以被视为'真实

---

① 邵燕祥:《我说出了一切,我拯救了灵魂》,《厦门日报》2007年1月10日第20版。

② 刘小枫:《沉重的肉身》,华夏出版社2004年版,第3页。

③ [美]戴卫·赫尔曼主编:《新叙事学》,马海良译,北京大学出版社2002年版,第44—57页。

可信',全在于它是一种个人的写作,不像国家官僚话语的'正史'那样被严格定调。它不需要为政治正确而牺牲真实回忆。这种回忆的真实可信几乎完全出于'无须说谎'的推导"①。可以说,这是自述文本和读者之间存有的一种心照不宣的契约。而且这些自述中的故事所蕴含的情感和审美的感染力也更容易使受众接受与认同自述者作为受难者的身份。事实上,"个人见证叙述中有历史,有故事,能取信于读者,又能打动他们的感情,是最能帮助构建'反右'和'文革'灾难的叙述形式之一。"②

其次,信任感也源于当下这些曾经的受害者与一般公众之间的关系的改变。苦难的性质需要公众的认可。"例如,林昭被打成'右派'后就确认了自己的苦难的性质,但她周遭的人群却认定她是'反党分子'。过了将近半个世纪,林昭和其他'右派'分子的遭遇才引起人们的公开同情。许多未经历过'反右'的青年人也对林昭充满了真挚的钦佩,于是受难者与一般公众之间形成了一种认同关系。正如亚历山大所说:'典型的情况是,在创伤过程的开端,大部分受众不太能够觉察自己和受害者群体之间的关系。唯有受害者的再现角度是从广大集体认同共享的有价值特质出发,受众才能够在象征上加入原初创伤的经验。'"③

再者,信任感也与读者的接受方式有关。虽然这些自述提供的是一种私人化的经验,但读者往往是以文学想象的方式来阅读这些经验,他们对这些苦难故事的认同也往往是"一种艺术感染和人性感染的结合"④,并且,还常常会在震撼、感动、愤懑等多种情绪中来形成自己"朴素的对错、正邪判断"⑤,而"这种价值判断的共识是社会自我道德教育的基本条件之一,也是创伤记忆的社会意义所在"⑥。

---

① 徐贲:《五十年后的"反右"创伤记忆》,《当代中国研究》2007年第3期。
② 同上。
③ 同上。
④ 同上。
⑤ 同上。
⑥ 同上。

但仅仅相信还是不够的。比如，对"反右"叙述的相信与接受，是把它们当作正视历史、理解现实、审视道德、拓展人性、触摸极限人生体验的前提，还是把它们当作与己无关的异域故事，或仅仅只是将这些叙述看作是个人苦难的释放与宣泄，就不是一个简单的相信可以区分的，这其中的差别往往还与读者能否积极、深度地体验与感知叙述者的讲述有关，通常，体验的深度直接决定着信任所达到限度。因此，只有明了这一点，读者才能在阅读中摆脱窒息、恐怖、激愤、嗔怨、仇恨、控诉等种种情愫，才能看到历史的严峻与厚重，也才能重新审视自我的生活态度和生命认知，并于无声处改变着自己的生存。阅读的伦理力量就体现于此。

但其中又有两点值得注意：

首先，积极、深度地体验并不是简单地相信或认同，更多时候它体现为质疑与追问。如：走过这一历史的这些人，为什么不深刻忏悔？为什么要保持沉默？为什么要为过去及旧我辩解？软弱者为什么不可以更坚强？屈服者为什么不可以保持更具高贵与尊严的精神品格？更进一步，则是这样的道德谴责：这么做是对历史、对自己、对后人的不负责，是自述者道德意识淡漠、道德感缺失的表现。

但是当追问与质疑不是出于对自述者积极的同情性理解，而仅是对表面现象的肤浅判断；当追问者因缺乏面向自我与表达的伦理维度而流露出高贵者对卑贱者、道德完美者对道德有缺陷者、强权话语者对失去发声能力的人的轻蔑、傲慢与道德优越感时，阅读也便失去了伦理根基。事实上，一个没有如此切身经历的后来人，并不是对所有事、所有人都有权利做出评价。因此，阅读者在追问与质疑时，更要注意的是自己内心的谦卑，在对相关的人与事进行道德判断时，要尊重当事人及其在付出代价之后的反省。而且，反思的不彻底、不深刻的问题也不是简单的指责可以解决的。其实，与其去指责，不如去积极地培育整体社会的宽容、理解与文明，去提高民主体制保障下的人性与民族整体素质。

其次，需要注意的是在作品中树立起来的"文化英雄"的形象。这些"文化英雄"身上体现的某些品质固然可贵，但是它们在抵达读者接受的过程中，往往又承载了太多额外的被附加的内涵，比如，这些形象常常或者被象征化与神话化，或者在商业社会中被当作某种被大众消费的文化符号和代码。因此读者在审视这些"文化英雄"时，既要注意不能一概以此为示范，对某些"沉默者"与"软弱者"进行盲目的声讨与谴责，又要注意不能混淆事实判断与价值判断之间的界限，以价值判断来代替事实判断，甚至还要对他们的某些做法保持一定的批判和警醒。

无论是作者还是读者，无论是经历过苦难的人还是未经历过苦难的人，我们所有人的生存总是被连在一起的，对那些已经开始忏悔和反省——虽然这些忏悔和反省可能还不够深刻——的长辈，我们应当多一些感谢与宽容，因为如果他们放弃了言说与忏悔，将被政治遮蔽的痛史带入地下，后人想要打捞历史或者修复历史就只能是一个空想；而对那些胸中还有几分顾忌的长者，也应该多一些同情性理解，给他们一个从苦难中喘息的机会，并努力创造一个更加文明与宽容的社会环境，让他们可以更早一些开口，更安心一些述说。这样想一想，阅读的心也许会多出几分平和与耐心！

第三节 经验遮蔽与言语迷失：自述的伦理困境与展望

阅读这些自述作品，读者常会感到矛盾：既同情叙述者的遭遇，又对叙述本身存有诸多不满，认为自述者身心携带的复杂历史经验，并没有完全向读者敞开，他说出来的不一定是他想说的，而他想说的又不一定被说了出来，或者貌似说了许多，但言语传达的内蕴又总是太少，体现不出历史本身的复杂性与应有的警醒示众的力度。

比如，大多数自述者主要是依历史事件发展的时间顺序来讲述自己的故事，并适当穿插一些他人的故事。但在此构架下，很少有人能够将个人的生活史与时代、与一代人的命运完全融合在一起，并同时展现出各自的丰富性与层次感：或者个人的小记忆无法承担历史大叙事的起承转合，或者历史大叙事无法兼顾独立个体的具体命运，因此，在"历史叙事的大构架下,个人记忆何以、且在多大程度上能够显示出来"①依然是值得探讨的问题。而施难/受难的叙述结构与控诉或诉苦式的历史记忆模式,则将历史简化为施难者与受难者两极对抗的历史,施难者僵硬、呆板、单一甚至被妖魔化的面孔被置于前台,成为历史暴虐、体制弊端、人性弱点的替身,而历史真相则在受难者的控诉或怨恨情绪的宣泄中流于虚空,失去了对历史多维度反思的可能。

又比如,在许多人笔下,斑驳芜杂的历史,常被简化为几个语焉不详的片断,或"一个只需要几个字就能表达出来但却永远难以摆脱的噩梦"②,"噩梦"几乎成为那一代人关于那段历史的"集体意象"。

如《随想录》凡150篇,以"噩梦"为题的虽然只有一篇,但噩梦的意象却无时不在,无处不在。"我白天整日低头沉默。夜里常在梦里怪叫,……我在梦里常常跟鬼怪战斗。那些鬼怪三头六臂,十分可怕,张牙舞爪向我奔来……最近一次是一九七八年八月,我在北京开会,住在京西宾馆,半夜里又梦见同鬼怪相斗,摔在铺了地毯的地板上,声音不大,同房的人不曾给惊醒,我爬起来回到床上又睡着了。……我在梦中斗鬼,其实我不是钟馗,连战士也不是。我挥动胳膊,只是保护自己,大声叫嚷,无非想吓退鬼怪。我深挖自己的灵魂,很想找到一点珍宝,可是我挖出来的却是一些垃圾,为什么在梦里我也不敢站起来捏紧拳头朝鬼怪打过去呢?"③"我接连做了几天的噩梦,这种梦在某一个时期我非常熟习,……我怕噩梦,……"④"在我的梦里那些'三突出'的英雄常常带着狞笑用双手掐我的咽喉,我拼命挣扎,大声叫喊……我经常给吓得在梦中惨叫……"⑤

---

① 贾鉴:《关于潘婧和她的〈抒情年代〉》,2007年1月19日,中国作家网(http://www.chinawriter.com.cn/2007/2007-01-19/41600.html)。

② 贺桂梅:《世纪末的自我救赎之路——对1998年与"反右"相关书籍的文化分析》,载戴锦华主编《书写文化英雄——世纪之交的文化研究》,江苏人民出版社2000年版,第63—64页。

③ 巴金:《随想录·探索集》,人民文学出版社1981年版,第135—136页。

④ 巴金:《随想录·无题集》,人民文学出版社1986年版,第118页。

⑤ 同上书,第121页。

又如,"多年以来……我每隔一段时间便重复一个可怕的梦,每次都一身冷汗地惊醒过来。然而却没有一次能回忆出梦的内容来。这是一个没有内容的梦,它有的只是一个感觉,一个恐怖的感觉,我感到的是处在一种莫可名状的环境之中而摆脱不了。感到唯一的解脱是要等待,但在难以忍受的痛苦中没有把握等得到出头的等待正是最大的恐怖。"[1]

因此,尽管大多数自述者一再表明要说出历史真相、重构自我,但就目前的叙述来看,这仍是难以企及的目标。

此外,自述面临的障碍还表现在:首先,"反右"叙述在今天虽然已经拥有了一定的叙述空间,但是这一空间还十分有限。其次是语言自身的有限,以及自述者整合、描述经验能力的有限。面对生命如此的内伤,情何以堪?面对在苦难中死去的亡灵,言何以堪?每个试图言说的人终会发现,在难以负重的历史面前,只能惘然失语,难写安慰之词,并最终不得不怀有"终究意难平"的歉然[2]。这既是对语言表达能力的无奈,也是对言说者能力的质疑。张志扬早就指出,对这一代人来说,从经历的创伤感的切身性来看,20世纪五六十年代经历的创伤感的强度不知要超出二三十年代多少倍,但是他们却没有能力创造出一种新的记忆模式来为这些经验命名。个中原因自然很多,而经过长期思想改造,意识形态总体话语对个人品质、思维方式与话语方式,对语言与言说者整合与命名复杂经验的能力造成的难以修复的损伤,不能不说是其中相当重要的原因之一。

比如,巴金在《随想录》中,虽然也提供了一些具有深度的思考,但就思考与叙述的形式而言,却正如张志扬所说,并没有提供一种新的关于创伤记忆的思考与记忆模式,巴金的提问方式已经决定了他的思考还不能成为思考本身;朱学勤则指出,巴金虽然翻译过赫尔岑的《往事与随想》,但《随想录》从思想、形式到语言却都与之有一定距离。因此,虽然从道义与情感上讲,人们赞美、同情并珍爱巴

---

[1] 李梧龄:《不堪回首》(http://www.netor.com)。
[2] 刘小枫:《这一代人的怕和爱》,华夏出版社2007年版,第35页。

金,但就他的这些反思历史的作品而言,却不能否认张志扬与朱学勤在某种程度上确实点到了问题的实质。而这种现象在关于"反右"的自述中是很普遍的。尽管这些自述者们也在竭力探看、反思这个时代的复杂面孔,但他们一开口就已陷入重复记忆的模式。而若不能给这种经验一种命名,又如何能获得个体的真实性,谈灵魂的出场又何以可能?谈对历史的深度反思又何以可能?

因此,笔者认为,在关于"反右"的叙述中,并不缺少对苦难的回忆,缺少的只是深沉理解、深度叙述苦难与创建新的创伤记忆模式的能力。特别是对比犹太民族、俄罗斯民族"二战"后在挖掘创伤经验、叩问灵魂与人性极限、推进问题的深度等方面赫然在目的成就,我们在这方面的欠缺就更加明显。比如弗兰克、西蒙根据自己集中营经历写的回忆录《活出意义来》与《宽恕》,就不仅有难以负重的历史呈现,也有对极端境遇中存在的尊严与勇气、生命的极限与品质的呵护与感怀。因此,在悲哀、恐怖、沉重之余,还会带给人深沉、强悍,甚至崇高的美学体验,这种悲剧性的悲哀性,正如舍勒所说:"是事件过程的具体特征本身",[1]它是"纯粹的,绝无一星半点可能引起激动,愤怒,指责的成分。它冷静、安宁、伟大。它具备了深度和不可预见性。它摆脱了伴随着的肉体感受,摆脱了一切堪称'痛苦万分'的因素,并且蕴涵着断念、满意和某种同所有偶然事件的和解。"[2]而我们很多关于"反右"创伤性记忆的叙述,除了把读者引向身临其境般的痛苦体验之外,并不能产生这种感受,我们缺乏对苦难崇高感的体验力,缺乏真正的悲悯情怀与精神性的心灵敏感。

从叙述者的角度来说,苦难叙述的深度其实还与作者对属己伦理责任的自觉、袒露自我的勇气、思想的穿透力和想象力、突破政治禁忌的能力与勇气等因素有关,也与他的思维方式、知识结构、审美能力、感知与体验历史的能力、突破意识形态规训及在叙事话语层面的表达能力有关。当然从远处来说,也与我们的汉语写作缺少叩问存在

---

[1] 刘小枫主编:《人类困境中的审美精神——哲人、诗人论美文选》,东方出版中心1994年版,第297页。

[2] 同上书,第297—298页。

意义的本体维度，缺少叩问超验世界的本真维度，缺少叩问彼岸世界的宗教维度，缺少关于灵魂的论辩和对话的叙事传统，缺少可以为作品带来深邃的精神内涵、可以使作品进入超验世界与想象世界或可用于忏悔的带有超验性与神圣性的非功利语言，以及缺少严格意义上的宗教信仰与可供反身关照的忏悔资源等诸多层面的因素有关。①"因此，和拥有宗教背景的西方文学（特别是俄罗斯文学）相比，中国数千年的文学便显示出一个根本的空缺：缺少灵魂论辩的维度，或者说，灵魂的维度相当薄弱。"② 所以王鸿生说："对于身后没有上帝，没有《忏悔录》，没有内省性写作传统的汉语小说家来讲，如何让一个人的灵魂，让一种心灵的秘史，在自己的母语中生成，出场，始终是一道历史的难题。"③

当然这也与自述者所依托的个体经验的有限、自述者缺乏明晰有效的还原历史的方法，以及缺乏深入到学理层面进行历史反思的能力有关。因此，自叙者对历史与自我的反思还只能停留在一个比较浅的层次。

除此之外，自述的艰难还在于，由于历史真相的复杂、经验主体认知能力的有限、言说情境的制约、自我总是有待建构与生成的等原因，对历史真相的还原，以及对自我主体的伦理构建，都不可能仅凭一次自述就可以完成。这样也就不难理解为什么同一个人对同一段历史会有不同的叙述与思考，为什么同一个人会有多种自传，如邵燕祥的一系列自传性叙述与历史反思。历史其实是说不尽的，自传也只是"一种永远迈向、却无法真正达到'自在之我'的叙述文类，也或者说它证伪了'自传是一种最真实的叙事文类'的神话"。④ 因此，自

---

① 此处观点可以参见刘再复：《中国现代文学的整体维度及其局限》《新文化运动中的忏悔意识》《忏悔意识与中国思想》，再复迷网站（http://www.zaifu.org/）。
② 刘再复：《中国文学的根本性缺陷与文学的灵魂维度》，《学术月刊》2004年第8期。
③ 王鸿生：《灵魂在一种语调里——〈抒情年代〉的叙事伦理意义》，《上海文学》2003年第7期。
④ 王成军：《自述·叙述·他者——中西自传主体论》，《国外文学》2006年第4期。

述者的每一次述说都不是关于自我与历史的最后叙述,而只是它们在获得完整性与统一性的过程中的一次丰富与更新。

障碍所在也正是出路所在,对"反右"叙述来说,一个宽松、进步、文明的社会体制和环境的培育,一个独立的叙述主体的形成、一种属己的言说方式和一套可资借鉴的话语体系的确立,一种尊重与奉行叙事伦理的态度与行动,以及对历史与个体自我性的持续性追问,都将是激励自述者们去讲出并讲好自己的故事的重要因素,同时也是我们未来努力的方向。

下 篇
代述、混合叙述与他人的经验

第一章

何谓代述

第一节 引入代述概念的必要性

"反右"运动距今已半个世纪，当年的右派或已不在人世，或已进入人生暮年。在这些老人中，尽管已经有人开始以自述形式记录与回忆这段历史，但由于自述者个人经验的有限，以及自述者整合与叙述经验能力的有限，被叙述出来的历史经验还十分有限，其中所蕴含的思想内涵也没有被有效开掘出来。不仅如此，还有许多当事人三缄其口，选择了回避与封存历史。值得注意的是，这种状况虽然在知名右派身上也有体现，但更能体现这一点的却还是那些右派小人物。因为尽管关于知名右派的作品的出版也会受挫，他们对言说空间的争取也十分艰难，但他们的故事，至少是部分故事，已经被他们自己或是朋友与家人讲述了出来。而大多数底层右派或右派小人物，则或是由于没有叙述与表达的能力、权力与机会，或是由于没有瞩目的社会影响力而难以获得他人的关注，至今关于他们的叙述（包括纪实叙述）还比较少，即使有，也多是与出版社合作出版即口头上说的自买书号出版，私人自费印刷圈内交流，或散落民间与网上，数量与影响力都十分有限。因此，在这样的格局中，右派小人物要想很好地实现与表达自己，便只能借助于有道德见证意识并执着于历史真相与正义的"作见证"的非亲历者的代述来完成。而且，随着时间的流逝，随着当事人逐渐的年老逝去，代述也将成为后人抵达这段历史最有效的途径之一。徐贲曾谈道，在构建反右灾难回忆的过程中，起作用的承载者可以是直接受害者，但也可以不是直接受害者。在灾难记忆构建中，能动者不一定有直接经验。特别是"随着直接当事人和受害者年老逝去，构建'反右'灾难记忆必然会越来越多地倚重较直接受害者年青的关心者，近年来一些极为感人的'反右'灾难叙述往往产生在他们的笔下，如杨显惠的《夹边沟记事》、《告别夹边沟》，邢同义的《恍若隔世·回眸夹边沟》，赵旭的《风雪夹边沟》，刘海军的《束星北档案》，尤凤伟的《中国一九五七》等等。"① 徐贲所说的"后代记忆者"正是本书所提到的代述人。因此，笔者认为，研究历史经验的叙述，引入代述概念是十分必要的。

所谓代述，是相对于自述而言的，指由作为非亲历者的代述人代为讲述他人的故事。由于代述人完全独立于故事之外，既非故事亲历人，也非故事见证者，他对被代述者故事背后历史经验的抵达主要依赖于对史实文献的辨析研究，以及对亲历者与当事人的调查采访，因此相对于自述，代述是一种间接叙述。从叙述形式上看，主要包括以下几种类型：

第一类，是对与当事人有关的历史文献与档案资料的汇编与整理。如李辉主编的《一纸苍凉——〈杜高档案〉原始文本》、武汉出版社的《自诬与自述——聂绀弩运动档案汇编》与郭小惠主编的《检讨书：诗人郭小川在政治运动中的另类文字》等。这几本书都是对当事人的个人档案等原始资料的汇编，旨在通过展示史料来展现一段历史与个人命运的踪迹。这种方式虽与历史研究有些类似，但又不同于一般意义上的历史研究。通常意义上来说，历史研究是指研究者通过收集、鉴别、评价文献资料，来客观地解释历史事件及其过程内含的目的性。而代述中的史料汇编与整理，则不只是为呈现或还原一段历史，其目的还在于要通过对史料的爬梳、筛选、分类、编辑、展示，为个人经验的展示提供一个"史"的背景，并依托于此，将当事人具体真实的生命轨迹与命运发展以恰当的话语方式讲述出来，因此，研究重点在于代述话语而不是历史史实本身，因此，笔者认为这些由非亲历者对有关历史与当事人档案资料的汇编与整理，也可以划入历史代述。而且，由于档案资料特有的见证与文献作用，它们对个体生命

---

① 徐贲：《五十年后的"反右"创伤记忆》，《当代中国研究》2007年第3期。

经验的呈现往往更直接，也更真实。其实在自述中也有类似的叙述形式，如邵燕祥的《沉船》与《找灵魂——邵燕祥私人卷宗：1945—1976》，不同之处在于，这两部作品中的档案资料及作品是由当事人邵燕祥自己整理的，因此，我们将其放在自述部分来研究。此外，由于历史无法重演，历史研究也提倡创造性解释。但这并不意味着研究者可以主观臆断地解释历史，或随意投射自己的情感倾向与价值意向，忠于客观史实依然是历史研究最重要的准则。而历史代述则在尊重史实之外，还要遵循并体现被代述者的叙述立场与历史认知，这可以说是二者最大的不同。

第二类，是对当事人采访的口述实录，如邢小群的《凝望夕阳》。《凝望夕阳》是邢小群的一本散文随笔集，主要内容是由对一些有丰富经历的知名右派的系列访谈组成的，这也是本书最吸引人的地方。但访谈不是随意的采访，而是事前对采访对象的人生经历做了比较深入研究以后，在时代的大背景下来看他们悲剧命运的不可避免性，因此，其学术意义也是显而易见的。杨显惠的《夹边沟记事》中的部分篇章也运用了这种方法。需要说明的是，代述中的口述实录不同于口述自传。二者之间的差别前文已有交代，这里不再赘述。

第三类，是对他人故事的转述。如杨显惠的《夹边沟记事》、邢同义的《恍若隔世——回眸夹边沟》中的部分篇章，以及赵旭的《夹边沟惨案访谈录》等。此外，茆家升的《卷地风来——右派小人物记事》、唐世彦的《小学老师的妻子们》、程光炜的《艾青在1956年前后》以及收于老威的《中国底层访谈录》中的《老右派冯中慈》等也可以划入此类，它们的意义主要在于对右派小人物或者说底层右派经验的展示。

此外，一些他传也可划入代述范畴。

在代述研究部分，本书主要以"夹边沟"故事系列作为重点分析样本。原因在于：

首先，在90年代以来的纪实类"反右"叙述中，虽然代述作品从数量上来看没有自述作品多，但在题材上较为集中，其中尤以"夹边沟"故事系列最为突出，如杨显惠的《夹边沟记事》、邢同义的

《恍若隔世——回眸夹边沟》、赵旭的《夹边沟惨案访谈录》等①。

杨显惠的"夹边沟"记事系列主要包括发表于《上海文学》2000年第7期至2001年第6期、2003年第2期，及发表于《小说界》2002年第1期、2002年第3期、2003年第2期的共计16篇关于夹边沟的中短篇纪实小说。《夹边沟记事》一书，最早由天津古籍出版社于2002年出版，收入了《上海文学》最早发表的7个单篇；2003年上海文艺出版社将《上海文学》与《小说界》一共发表的16篇，连同另外三个单篇《驿站长》《在列车上》《邹永泉》汇成一册，共19篇，以《告别夹边沟》为名出版；2008年花城出版社重新出版了这本书，并且恢复了它的原名即《夹边沟记事》。有人这样评价杨显惠的作品，"这两部作品（笔者注：杨显惠的《夹边沟记事》和高尔泰的《寻找家园》）的共同点是，它们都在西北一望无垠到严实的沙漠上拉了道口子，继而使那些被掩盖的往事冲天而起，释放出漫天的幽魂，浓得化不开，泛珍珠白。"②某种程度上可以说，正是由于杨显惠的努力，哑然失声四十余年的夹边沟历史才彰显于天下，并为后人认识"反右"历史提供了赋有价值的例证史料。就此而言，他的"夹边沟"故事系列的历史意义是重大的。"夹边沟"故事系列的一版再版，

---

① 笔者认为，在目前的"反右"叙述中，"夹边沟"叙述确实是一个值得关注的对象，除了上文我们提到过的关于夹边沟的代述与自述作品外，就笔者所知还有如下作品：纪实类如马廷秀《百年见闻录》、李景沆《我蒙恩的一生》（又名《蒙恩历程》，香港天马图书有限公司2003年版）等；以夹边沟为背景的小说，除长篇小说《风雪夹边沟》（赵旭，作家出版社2002年版）外，还有长篇小说《苦太阳》（贾凡、庞瑞林，中国戏剧出版社2002年版）、长篇小说《盛世幽明》（孙民，作家出版社1998年版）。《盛世幽明》中写到了甘肃某报社记者"汪超"被打成右派后"魂归夹石沟"。明眼人可以看出，夹石沟即夹边沟，因此，也有人认为这部小说是第一次公开发表的关于夹边沟右派遭遇的文字。此外还有赵旭的中篇小说《人劫》，原为《风雪夹边沟》的一个章节，1999年载入由甘肃文化出版社出版的兰州文学50年丛书中。赵旭认为："现在看来《人劫》的分量不是很重，但在当时能够出版实属不易，它首次在全国披露了夹边沟劳教农场充满血泪的一幕，它是坚冰开封的第一船"。（《廿载苦辛著就历史悲歌——赵旭和他的长篇小说〈风雪夹边沟〉》，载《甘肃日报》2003年6月20日）

② 孤光灯：《赤子的漂泊——高尔泰》（http://www.tianya.cn/new/Publicforum/Content.asp? strItem = books&idArticle = 85668）。

也可以说明这个问题。这也应了一名夹边沟幸存者的话："夹边沟是一弹丸，全国地图画上难。缘以沙沉右派骨，微名赢得倍酒泉。"① 需要说明的是，《夹边沟记事》还带有一定虚构的痕迹和某些小说创作的手法，并且是以小说名义出版的。但笔者认为，这多是出于出版策略的考虑，而且，为了体现沉重现实的真实，作者还是尽力在这些"小说"中保留了"纪实"的痕迹，因此，仍是本书重点分析的作品。

如果说杨显惠的"夹边沟"故事系列还带有小说叙事的艺术笔法，邢同义与赵旭的关于夹边沟的作品则以档案实录与转述的形式，逼真再现了那段历史，纪实性明显增强。特别是《恍若隔世——回眸夹边沟》。这部作品"以其档案资料的披露见长，作者历时数年，走访了其中的幸存者，而且查阅了有关的历史档案，掌握了大量翔实可靠的第一手资料。多数篇幅直接以档案的形式出现，言之凿凿，铁证如山。正如本书提要所说：'是目前以夹边沟为题材的作品中最具有史料价值的纪实文学作品'"。②

赵旭的《夹边沟惨案访谈录》是笔者在网上收集到的，目前尚未见到本作品公开出版的文本。关于赵旭，大家了解更多的可能还是他的长篇小说《风雪夹边沟》。在一篇关于赵旭的访谈录③中，赵旭曾谈到他其实早在 1985 年就开始着手采访夹边沟农场的右派幸存者，进行关于夹边沟的纪实作品的创作，并于 1994 年开始联系作品的出版，但是由于当时出版空间有限，他创作的纪实作品屡遭拒绝，于是他只能在此基础上又构思改写创作了长篇小说《风雪夹边沟》，这部作品由作家出版社于 2002 年出版。

其次，"与《往事并不如烟》等叙写被高层钦点过的大右派们的

---

① 杨显惠：《夹边沟记事》，花城出版社 2008 年版，第 528 页。
② 王纪人：《读〈恍若隔世〉》，2006 年 8 月，王纪人在线博客（http：//blog.sina.com.cn/s/blog_ 4a78abb6010006dd.html）。
③ 佚名：《廿载苦辛著就历史悲歌——赵旭和他的长篇小说〈风雪夹边沟〉》，载《甘肃日报》2003 年 6 月 20 日。本书引文摘自：http：//www.360doc.com/content/12/0228/21/3301972_ 190391031.shtml。

经历的作品不同，夹边沟系列作品叙写的是被关押在边远劳改农场的底层右派们的群体命运。无论是著名的大右派，还是默默无闻的底层右派，他们的命运都是一样悲惨的。不同的是，后者几乎完全被历史遗忘了。尽管在这些右派中，也不乏教授、专家、记者等高级知识分子，但由于他们的身份等同于劳改犯，在当时属于中国社会的最底层，又遭遇到饥荒，连生存的权利也被剥夺了，最后几乎暴尸荒野。……夹边沟的系列纪实作品……以血迹斑斑的事实还原了真实的历史。"[1] 因此，这些作品实际上触及了"反右"历史中一块久被遗忘与遮蔽的记忆暗区，即在夹边沟农场的特异环境中，右派们所遭受到的"漫长而有序的折磨：饥饿、劳累、寒冷、绝望，直至死亡"[2]，从而使得夹边沟成为一种"反右"创伤记忆的"极端处境"[3]。迄今为止，在当代中国文学关于历史苦难的创伤回忆中，还没有如"夹边沟"故事系列这样具有震撼力的密集的叙述。

同时，这些作品又与某些自述作品，如和凤鸣的《经历——我的1957年》、钟政的《血泪惊魂夹边沟》及高尔泰的《寻找家园》等作品中的有关叙述相互补充与印证，共同完成着对这段历史记忆的表达。

而与自述作品相比，由于代述者自身独特的历史意识，作为后来人同历史特有的时空距离，以及特有的非亲历性的旁观视角，它们对于历史经验的挖掘及叙述常有惊人之处。可以说使夹边沟成为纪实"反右"叙述中具有"右派地理群"[4]与"地缘政治"标识意义的研

---

[1] 王纪人：《读〈恍若隔世〉》，2006年8月，王纪人在线博客（http://blog.sina.com.cn/s/blog_4a78abb6010006dd.html）。

[2] 徐贲：《五十年后的"反右"创伤记忆》，《当代中国研究》2007年第3期。

[3] 同上。

[4] 冉云飞：《一群可敬的右派老人》，2007年11月，"匪话连篇：冉云飞个人博客"（http://blog.tianya.cn/post-185021-11639503-1.shtml）。在这篇文章中，冉云飞提到了"右派地理群"的概念："让我这样的后辈颇受鼓舞的是，不只一些著名的右派老人出来发表自己的回忆，向后一代提供资料。更有在边远地区备受欺凌的右派老人，坚韧努力，写下并编出非常有用的回忆录，如云南禄劝魏光邺先生编著的《命运的祭坛》（上下卷）近六十万字，就大量搜罗了禄劝的反右情况，并记下了一个堪与夹边沟、兴凯湖、峨边沙

究对象，主要还是因为这些代述作品产生的集中而广泛的影响。据说，杨显惠的"夹边沟"故事系列在《上海文学》连载一年后，引起巨大轰动，人民文学出版社、漓江出版社、上海文艺出版社、文汇出版社、工人出版社等多家出版社竞相争夺，且未获出版即遭假冒，最后由天津古籍出版社捷足先登[②]。

再次，这些故事也为叙述与保存右派小人物的历史经验提供了良好的范例。

除此之外，这些作品还几乎涉及了所有常见的代述形式，如档案史料展示、口述实录及转述。因此，无论从思想内容层面还是叙事形式层面，这些作品对于代述研究都具有典型意义，故而本书以它们作为代述部分重点分析的文本。

第二节 客观性——代述的叙事伦理尺度

由于代述者既非故事亲历者，也非历史见证人，在代述过程中最为重要的就是要尊重历史与被代述者的个人经验，努力做到叙述的公正与客观。因此，客观性是代述要遵循的叙事伦理尺度。

一直以来，在关于历史客观性问题上存在着一种本质论倾向，即认为历史就是某种真实存在，对历史的解释和叙述能够抵达这种实在，历史再现完全可能。这种观念的存在，一方面是由于确实存在着大量具体、确切的历史史料，另一方面也是因为人们一度认为依赖理性与逻辑推理可以解释万物。但是自20世纪60年代以来，随着结构主义（尤其是索绪尔结构主义语言学）、维特根斯坦的语言哲学、福柯的后现代理论以及社会学、文化人类学等理论的发展，人们开始对上述"内含目的论"的历史解释模式，以及语言/历史/历史解释之间的复杂关系进行反思，并认识到"语言或者'话语'并非如镜子那样直接或完全反映着既定的社会实体和意义……通过语言所作出的任何

坪等地一起，可列入右派受难地的劳改营元谋新民农场，对研究'右派地理群'贡献了可贵的第一手资料，特别是其中保留下来的'新民农场日记'等，堪称至为珍贵。"

② 杨显惠：《夹边沟记事》，天津古籍出版社2002年版，内封面。

解释都只是解释者通过语言的一种'建构'"①,"语言配置和运用使历史学的解释无从再具有客观性、规律性和必然性。……历史只是'以叙事散文话语为形式的语言结构'。"② 从这种意义上来说,历史叙述是一种具有建构性与修辞意味的话语实践活动。正如怀特所认为的:"在历史真实与历史想象之间有一根纽带,即修辞。当存在着的历史以书面文本呈现的时候,实际上已经完成了存在着的历史的意识形态化,历史被历史叙述合法地修辞化了。"③

这些观点对历史研究及历史叙述都产生了很大影响。但是认为真实的历史并不存在而完全是在语言世界被建构出来的,不免有虚无主义的色彩。笔者认为,相对于被叙述出来的历史,客观实在的历史史实的确存在过,但是,这个历史无法自语,也不可能完全再现,而"只能通过预先的本文形式或叙述建构"④、通过语言的修辞化去了解它、逼近它。因此,所谓叙述的客观也只能是指在言语实践中达到的客观。

对于代述来说,由于代述人和被代述者及其故事之间是采访与被采访、倾听与被倾听、故事(人物)与作品加工创造者之间的关系,强调代述的客观就意味着,代述者不仅要收集更多的史料、做更多深入的采访以最大程度贴近历史原貌,面对被代述人及其悲惨的人生际遇,伦理的代述者还应当站在原述者的立场上,做一个敏锐耐心、善于发现的倾听者,一个忠实可靠的记录者与一个诚实可信的转述者,摒弃多余的藻饰与技巧,以质朴的话语加以叙述,并尽量避免代述者自己的历史观、代述立场、代述意图等因素的渗透与影响。

但这并不意味着代述者只能扮演旁观者、实录者和书记官的角色,或代述者只能提供一种调查报告式的样本。事实上,对于代述者来说,他之所以要去讲述别人的故事,并不只是为了挖掘一段被

---

① 李宏图:《历史研究的"语言转向"》,《学术研究》2004年第4期。

② 同上。

③ 谭学纯:《历史与修辞相遇》,《光明日报》2005年9月29日第8版。

④ 方维保:《中国现代小说理论:从碎片呈现到系统整合——评谢昭新著〈中国现代小说理论史〉》,《安徽师范大学学报》2008年第5期。

尘封的历史真相，而是要在理解一段历史在它发生的时代里意味着什么的同时，也去理解它对于今天具有什么意义。因而代述者也总会在谨严的叙述中，寻找缝隙来嵌入他对历史的积极而深沉的反思，以及他的现实语境、思想资源、叙事立场与伦理意向，以实现他有效的自我表达与解读历史与社会的愿望。其实，任何形式的话语实践活动都会包含有一定的态度选择，即使那些看起来漫不经心、贫乏单调和毫无技巧可饰的表达，也都必然会隐藏着叙述者的伦理取向与价值评判。

因此，强调客观性，绝不是说代述只能机械地忠于历史或原述，而是意味着要在对史料的梳理与钩沉、文本化与修辞化的话语实践中，在尊重史实与原述，以及代述者有效的介入与自我实现的两极之间，取得平衡。

第二章

史料展示、口述实录与转述

第一节 史料展示中的历史踪迹

历史叙述文本，多由个人（自我或他人）或历史具有情节性与戏剧性的故事构成，体现的是个人视域中的历史或"他者视角"（也包括历史视角）中的个人。但是在李辉的《一纸苍凉——〈杜高档案〉原始文本》（以下简称《一纸苍凉》）中，有关当事人杜高的历史经验及其生命轨迹却是通过展示杜高本人的历史档案被呈现出来的。这里所说的展示，更多是从叙事学意义上来谈的。热奈特曾说过，作为一种叙述的方法或语式，展示的基本训诫在于叙述者尽可能多地提供情报，尽可能少地在文本中出现，最好完全隐退，让人忘记有一个叙述者在讲述，以实现客观化的叙述追求。在笔者看来，正是这种"基本训诫"使展示成为一种很有效的代述方式。

《一纸苍凉》中所展示的当事人杜高的档案资料，始于1955年的"反胡风"和"肃反"，历经1957年的"反右"和随后长达十一年的劳教生活，结束于1969年的"摘帽"和被释放回家，历史跨度十多年，包括120余份，共计几十万字的书信、汇报、交心材料、外调材料、与朋友之间的相互检举与揭发、批判提纲、批判会议记录、思想总结、评语、结论，甚至连"批判会议的领导人随意写下的小纸条，劳改期间每年必填的表格，都原封不动的按时间顺序装订成册"[①]。

面对这样一堆故纸，李辉不止一次感叹："一个人的历史，以这样

[①] 李辉编著：《一纸苍凉——〈杜高档案〉原始文本》，中国文联出版社2004年版，序第2页。

一种方式，在这样一些泛黄的纸页上具体呈现出来，每次翻阅，都让我感到震撼。苍凉是挥之难去的感觉"①。"一个人的生命历程，居然以这样的形式用这样的一些文字和表格记录下来，实在是莫大的悲哀"②。但是尽管有着诸多感慨，在《一纸苍凉》中他还是放弃了一切可以置入自我个体情感与价值评判的手段，既没有对档案文本做任何删节，也没有提供任何资料简介或串联的说明文字，"叙述者放弃了他选择和引导叙事文的功能，听凭'现实'的指挥，听凭存在着的要求被'展示'的事物的指挥"③，仅依时间顺序将其一一展示出来，对一些同样的内容在同样的题目下一再出现的重复交代也都照样选录，以保持历史原状，"这样读者可以从这些重复的交代文字中，真切感受到当事人当年生命是如何白白消耗，精神是如何无端地被蚕食"④，如何从一个普通人被政治运动塑造成人民的"敌人"与"罪人"，又是如何失去最美好的人生岁月，从一个活泼的青年变成一个衰颓的老人的过程。因为"看似单调、重复的交代，如果细细琢磨"⑤，其实更容易让人"从彼此之间的内在关联中，感受到曲折、复杂的精神历程和历史轨迹"⑥。出于同样的考虑，在整理这些档案时，李辉及出版社的编辑们，"没有去纠正那些文字的错误，也没有修改那些查无出处却表达着强烈情感的词语；没有去统一那些交代材料中前后不一的人名，更没有去统一时间记述上的不规范。因为这些文字的'问题'，体现着贯穿事件的历史原貌。"⑦ 编者们相信，甚至在"审查和监督者们的报告中，读者也能感受到一种时代的印痕——思想感情的'真挚'和表现在档案材料中的形

---

① 李辉编著：《一纸苍凉——〈杜高档案〉原始文本》，中国文联出版社2004年版，序第1页。

② 同上书，序第2页。

③ 张寅德：《叙事学研究》，中国社会科学出版社1989年版，第232页。

④ 李辉编著：《一纸苍凉——〈杜高档案〉原始文本》，中国文联出版社2004年版，第10页。

⑤ 同上。

⑥ 同上书，第6页。

⑦ 同上书，编辑说明。

式主义作风的机械传承"①，从而能够更加深刻地去体察文字背后苍凉的个人命运。一如书名所说，这本书是一本档案的原始文本，透过这样的文本，史料自身成为历史与个体生命现身的踪迹和体现其客观效果的"中介物"与"内涵体"。

可以划入此类的代述作品还有 2001 年由中国工人出版社出版的《检讨书：诗人郭小川在政治运动中的另类文字》（前半部分）及 2005 年由武汉出版社出版的《自诬与自述——聂绀弩运动档案汇编》。在这些作品中，那些形成于当代中国一段特殊政治运动之中的原本属于"私家绝密"的文字记录，不仅为当代中国政治运动史留下了一份难得的记录，还清晰地展现出了当事人在 20 世纪 50 年代到 70 年代的独特而又具有一定普遍性的政治命运。其中的许多细节所呈现的历史现场感与真切感，是一般的历史回忆录或历史史书均难以达到的。

邢同义的《恍若隔世——回眸夹边沟》与赵旭的《夹边沟惨案访谈录》虽然不是完整的档案史料的展示（两作品后半部分，都是对一些右派故事的转述），但关于夹边沟农场情况的介绍却都是以史料整理的形式呈现的，这与其他作品以简要文字概述说明的方式有很大不同，更具客观性与科学性。

如赵旭在《夹边沟惨案访谈录》中有这样的描述：

> 甘肃酒泉夹边沟劳教农场是甘肃省劳改总局于 1954 年 7 月开办的一个国营劳改农场，它的场部是在夹边沟村龙王庙的原址上修建起来的，离夹边沟村约有二里路程。在酒泉城东北约 30 公里处，夹山之南，北城之北。它的东南面叫临水，北面叫北湾，西北方叫新添墩。……面积约为 200 多平方公里，……夹边沟农场虽属酒泉市管辖，但地理位置靠近金塔县。……1957 年，反右派运动中，夹边沟的劳改刑事犯留下了一部分刑满释放的骨

---

① 李辉编著：《一纸苍凉——〈杜高档案〉原始文本》，中国文联出版社 2004 年版，编辑说明。

干,……1957年11月16日,张掖专区机关来的48名右派为劳教农场第一批劳教犯人,其后,开始陆续往这里押送思想政治犯,有右派分子八百八十七人,反革命分子八百九十八人……坏分子四百三十八人,反党、反社会主义分子六十八人,贪污、违法乱纪分子七十八人,还有些与领导顶嘴不听话被捆绑来而没有档案的,也有单位还没有定性的,还有在大学里被拔了白旗的大学生和右倾机会主义分子的领导干部,也有其它农场不听话的右派转送到这里来的。1958年最高峰时,夹边沟农场向省劳改局汇报的犯人数为3074人。……夹边沟农场条件恶劣,劳动强度大,……管教对犯人越来越严厉,……夹边沟农场有共产党员也有各民主党派的人士。其中,1958年时女犯人曾达到32人。劳教犯们住的四合大院是原先劳改犯们住过的地方,周围是高不可逾的大墙,只有一处大门,大墙角落有高高的岗楼。犯人们都住在可容百余人的大监舍内。1958年5月份以前全场为一个大队,10个小队;6月份开始划分农业队、基建队、副业队;1958年底开始建新添墩作业站。此时,农业队为7个小队(梁进孝为队长),基建队为6个小队,……夹边沟农场为科级单位,下设……各股。……还有一个直属中队,下设三个小队……由于管教干部不足,劳教犯人不能当中队长,实际便没有中队干部的中队称为小队,小队长由犯人充任。……场部共有管理干部和警卫三、四十人。农场党委书记为张鸿,场长刘振玉。①

这种概述类似于柏拉图所说的"纯叙述",即去除了一切由形容词或副词带来的状语及生动的修饰与说明,以及一切可以显示叙述者声音的冗赘的细节,而只剩下对基本史实的展示,或者说是纯粹描写。因为叙述的对象是一个空间性的事物,而不是时间性的行为或事件,因此显得十分客观,尤其是具体数字与人名的运用,使叙述显得

---

① 赵旭:《夹边沟惨案访谈录》(http://www.360doc.com/content/090212/08/14381_2521494.html)。

更加精确，也更具权威性与说服力。

《恍若隔世——回眸夹边沟》又有所不同。作者邢同义由夹边沟农场最早的资料即夹边沟农场的《计划任务书》（以下简称《任务书》）入手，通过对《任务书》的样貌的描述、对《任务书》内容的细读式分析，对《任务书》现今保管者及当地百姓、当年亲历于此的右派对《任务书》及相关事宜叙述的转述，完成了对夹边沟农场总体概貌（包括筹建时间、负责单位、农场性质、地况、地貌、地形、地势、气候、土壤、植被等）、历史及现状的介绍。值得一提的是，从1957年到1961年之间近三千名右派在此劳教的历史，也是穿插在这种细读与分析中的。

一般关于夹边沟的叙述，往往是借人物或叙述者之口来讲述这里极端残酷与恶劣的生存环境，而《恍若隔世——回眸夹边沟》则是通过对《任务书》中相关背景资料进行分析来得出相应的结论，如："今天的人们或许会这样问：右派们为什么不逃命？这本《任务书》可以部分回答这个问题。……上面这一段《农场地形地势概况》正好说明，夹边沟就是这样一个易守难逃的地方。……以上土壤调查（《土壤调查情况》）说明，这里是严重盐碱化的沙土地。要想耕作成功，必须进行'排碱'……不仅劳动强度大，……对人体伤害也大，属于有害的重体力劳动。对那些拿惯了笔杆子和教鞭的书生来说，……无疑是一道鬼门关……从这些介绍看，……可以想象，遇到灾荒年月，可供救急救命的野菜是很少的……这种野生植物的分布状况，注定在以后的日子里，右派们在这里要度过荒年，是很难找到替代食品的。"[1] 类似这样的说明还有许多。对材料客观而科学的分析，给人无以辩驳的真实感。而在涉及当年劳教人数、劳教情况以及竞相发生的饥饿与死亡时，作品也努力做到"言必有出"，如"《经历——我的一九五七年》的作者和凤鸣认为""关维智对当时情况的回忆是""经王世礼的指点""唐正生回忆说"等，争取让每一个历史细节都有据可依、有案可查。特别是书中对一份《右派分子甄文涛的单行材

---

[1] 邢同义：《恍若隔世——回眸夹边沟》，兰州大学出版社2004年版，序第8—11页。

料》的披露与分析，详细说明了一名右派分子，从最初被划右派到被送往夹边沟农场要经历怎样的环节与手续。通过史料先行和叙述者退场，历史叙述的客观性与真实感都大大增强了。

第二节　口述中的历史记忆

如果说文献资料的展示，是通过复现历史的踪迹来贴近历史，口述实录则是通过代述人对当事人与亲历者的采访，使历史与个体的记忆在当事人的口述中复活，并借助代述者对原述内容的记录、整理来最终完成对历史经验的叙述。这也是一种十分常见的代述形式。

由于被采访人作为历史参与者与见证人常拥有他人无法比拟的历史现场感，同时也由于留于纸面的史料常带有时代与意识形态的局限，这些当事人与亲历者关于历史的记忆就具有了见证与文献的意义，许多鲜为人知的历史细节就是经由他们浮于地表的。因此，经由代述者以口述实录方式对他们的历史与个体记忆的保存，就具有了十分重要的意义，是后人抵达历史的重要途径之一。

不同于纸面叙述只能以书面文字来传递历史信息，历史记忆在口述中行走要灵活得多，也生动得多：不只原述者的叙述语言、声音、语气、语调、语速、停顿、空白、习惯用语、语言的地域性特征，连同他的肢体动作、表情、精神状态、思想脉络等都隐含着丰富的历史内涵，它们既影响着原述对历史贴近的程度，也传达着原述者的价值评判与伦理立场，只有尽可能保持这种本来面貌，才能最大限度回到原述现场，在类似仿真的叙述中，客观、精确，却又生动地描绘历史与个人经验的图样。这就要求代述者要尽可能做一个值得信任、富有耐心的倾听者，与一个忠诚可靠的记录者，无论是采访时的发问，还是后期对采访内容的整理，都要尽可能客观、节制，避免个人主观感情的过多介入，或对原述内容做随意篡改。

如《夹边沟记事》中运用采访体的几篇。作者在文本中有意保留了原述人口述时的某些痕迹，这不仅增加了文本对历史呈现的真实性与感染力，还细致传达出叙述者某些微妙的内心感受及文本深蕴的道德伦理困境。如：

1."章……哎呀，叫章什么来的，那是个西北师院历史系的教授，姓章，可名字突然就想不起来了。"①

2."什么，你说人们为什么不逃跑吗？有逃跑的。崔毅不是跑了吗，后来钟毓良和魏长海也跑了。……但是逃跑的人总归是个别的，是少数人。绝大多数人不跑。不跑的原因，上次我不是和你说过了吗，主要是对领导抱有幻想，认为自己当右派是整错了，组织会很快给自己纠正，平反。"②

3."你觉得这个名字古怪吗？一点也不古怪。……这些年我老了，七十岁了，我经常回忆起年轻时候的美好的和艰辛的生活，想起在夹边沟生活过的日子，想起夹边沟的姐妹们来。一想起夹边沟的姐妹们就又想起夹农来，因为那一段时间围绕着夹农发生了许多难忘的事。"③

4."那秀云，我前边不是说了吗，1949年我们一起参加工作，一起到省公安厅政治部当内勤的。"④

5."以后的事情我简单说一下吧。"⑤

6."宋亚杰？你是问宋亚杰吗？"⑥

7."对了，我刚才忘了……"⑦

8."对了，夹农如果没有死掉，……他要是不和他妈在一起我就见不到了呗。"⑧

---

① 杨显惠：《夹边沟记事》，天津古籍出版社2002年版，第4页。另：此处阿拉伯数字"1、2、3……"的编号为笔者加。下文出现的阿拉伯数字编号均如此。
② 同上书，第9页。
③ 同上书，第38页。
④ 同上书，第43页。
⑤ 同上书，第61页。
⑥ 同上书，第63页。
⑦ 同上。
⑧ 同上书，第64页。

从叙述形式上来说，这些显示采访者/被采访者关系的口语化的表达，虽然有使叙事结构枝蔓、形式粗糙之嫌，却起到了保持原述原貌、丰富故事内容、补充故事背景的作用，而且透过原述者的语气、语调，还可窥见他们对往昔人与事的复杂情感，因此某种程度上又起到了铺陈故事情感基调的作用。如例3，舒缓的语气、伤感的语调，一下子就将读者带入某种苍凉、哀婉的氛围中，并预示着将要展开一段悲怆的回忆。由于这样的插话或发问，一般多是在故事开头与结尾，客观上又起到了调节叙述节奏与情感基调的作用，对读者感情的释放也是一个缓冲，使读者可以从故事人物遭遇的悲伤、恐惧、绝望的情感中回到现实，并建立一种反思的时空距离。因此这些看似散漫的表达并非可有可无。

这样的表达在《夹边沟记事》中还有很多处，其中《饱食一顿》与《逃亡》最为典型。从形式来看，这两篇文章均是由"我"对高吉义的采访和对话构成。但以"张记者"身份出现的"我"记录的不只是故事内容，还包括采访环境、采访缘起、被采访人面貌、神情、状态等在内的整个采访过程。而且为逼真再现这一切，代述者有意采用了一种拖沓烦冗、令人不尽痛快的叙述形式与叙述结构。且看《饱食一顿》中的几段叙述：

印象最深的事？你是要我讲在夹边沟经历过的事情当中印象最深的一件事吗？

对。就我所知，凡是从夹边沟走出来的人，都有许多难忘的事情。就你个人来说，你认为哪件事情叫你至今难忘，刻骨铭心……

……

他似乎是在用力思考或者回忆，久久不语。他扬着灰白色头发的头颅，他的年龄并不很大，——才六十四岁——但他的胡茬子全白了。

……

我仰视着他，启发他：你想一想，……肯定有一两件是你印象最深和难以忘怀的……

　　……

　　高先生思索片刻后说话了：难忘的事情是很多，还真有这么一件事叫我忘不掉……它在我心里藏了几十年，我从没对人说起过，就是我的女人、我的子女也不知道，可是它又时时刻刻咬着我的心，折磨我，有时把我从睡梦中惊醒……那是我亲身经历过的事，几十年了，但至今我也想不通，搞不明白，那件事我是做错了呢还是没做错……

　　……

　　那是1960年的春天吧，……高先生的脸上呈现出努力回忆的神情说。①

以下是《逃亡》中的几段叙述：

　　今天我想跟您谈一谈您是怎么逃跑的……我访问过许多在夹边沟劳教过的人，有几个人讲述他们逃跑的历程，也是很动人的。我想，您逃跑的路上也会有许多曲折、危险和艰辛。②

　　他久久地用黑亮的目光看着我，干巴巴的声音说，逃跑的经过嘛，那确实是惊险、曲折。昨天我不是跟你说过了嘛，11月初的一个深夜，也就是牛天德到我的窑洞里来托付后事之后的三四天……不，不，我记错了，不是深夜，是七八点钟的时间。我那时没有表，——原来有一块的，是梅花表，到夹边沟不久就叫分队长收走了。③

　　说到这儿，高先生停顿了。他似乎是在努力地回忆什么，又像是思考，俄而又说下去：……④

---

① 杨显惠：《夹边沟记事》，天津古籍出版社2002年版，第65—66页。
② 同上书，第81页。
③ 同上书，第83页。
④ 同上。

你遇到狼没有？我又一次打断高先生的话说，……你没遇到狼吗？

狼，你说狼吗？高先生怔了一下，说话也停顿了一下。①

以后的事明天我们再谈吧，你看天都快黑了。高吉义先生讲完了他逃离夹边沟农场的故事。……但我的采访意犹未尽，我又说，高先生，你的逃跑的故事讲得的确生动、翔实，但我还有个问题想问问你：你那天从明水的山水沟逃跑就没有人发现吗？没有人追你吗？

高先生说，这个……

见他沉吟，我又说：据我了解，……管教人员很轻易就追捕回来。

他还是沉吟不语。

我又问，……你家乡的公安局没来拘捕你吗？我问过的逃跑成功的人，……凡是跑回城市和乡下老家的，基本都被当地公安机关拘捕送回去了……

高先生终于说话了：张记者，你问得好，问得好呀！我那天逃离山水沟，农场是派人追了的……

没捉到你，因为你藏得好？

不是，不是这么回事。张记者，这件事我原本不想告诉你的，因为这又是一件我一辈子也没想通的事，我不知道我是做错了还是没做错。它比牛天德的事更加折磨我的心灵，使我寝食不安，经常在噩梦中惊醒……

我目不转睛地看着他。

他说，好吧，我今天就把事情的真相告诉你吧：那天晚上的逃跑，不是我一个人，而是两个人，我们是两个人一起逃跑的。②

---

① 杨显惠：《夹边沟记事》，天津古籍出版社2002年版，第83—84页。
② 同上书，第93—94页。

通过上述冗长的引文可以看出，高吉义对于两件事情的回忆与讲述，并不直接与爽快，每次都要经过采访人温和、耐心地催促、启发或提醒。而且在叙述过程中，"用力思考""努力回忆""久久不语"或"沉吟不语"的神情，重复的措辞，省略号形成的停顿，一逗到底造成的无节制，叙述语气的滞重与语速的迟缓，语调的低回与声音的干瘪，以及从"睡梦"到"噩梦"的语象修辞的转换，无不显示出一副迟疑不决、欲说还休，而一旦开口说话，情感的宣泄又欲罢不能、难以遏制的模样。这种烦冗拖沓的叙述节奏与一吁三请、迂回延宕的叙事结构，显示出原述人在坦白其经历时，在道德边缘挣扎与徘徊的痛楚，以及这些事在他心灵深处产生的震撼和影响。原述人情绪与精神状态的变化与调整，则起到了控制故事发展速度、制造故事悬念、为情感蓄势的作用，在惊心动魄的故事高潮到来之前就已经慢慢酝酿出一种氛围，而事实真相正是在这种氛围中，随着采访人的步步紧逼、层层追问渐渐浮现出来的。因此那些看似随意、琐碎的细节，其实都是作者独具匠心的精心安排，这既是对客观史实的尊重，也是对原述人情感及其历史的尊重。而在此过程中，代述者并不参与讲述，也不在实录中随意置入自己的情感或价值判断，而是将评判的权利留给读者，使他可以跟随原述人一道，从犹疑到坚决，从包裹到敞开，并一步步走向灵魂战栗与噩梦惊醒的边缘，对人物的同情与其道德困惑的分担也因此得以实现。同时，由于这种叙事话语包含着历史现场与当下生活的双重尺度，因而也有助于加深读者对历史与现实的认识。这种种叙事效果都是通过对原述的全程实录实现的，同时也正是口述实录叙事伦理内涵的一种体现。因此，在代述中，仅对故事内容层面进行转述，其实是对事件真实性与丰富性的一种剥夺。对口述历史来说，"太清晰、太条理、太漂亮、太干净的整理未免有买椟还珠之感。"[①]

[①] 韩晓飞：《历史在口述中行走》，《中华读书报》2005年10月26日第2版。

第三节　语式、语态变换中的转述伦理

除去展示与口述实录，转述是最常见的代述方式。

通常，在叙述文本中最常见到的叙述话语有两种，一种是叙述语，即由叙述者发出的话语行为；一种是转述语，即由人物发出但经由叙述者之口说出。因此，转述不只是对事件的叙述，也是对话语的叙述。而就话语层面来说，转述是指将原述话语中以第一人称叙述的内容，改以第三人称的口吻讲述出来，通常又表现为直接引语式转述与间接引语式转述两种形式。前者如"他说，我的头晕"，这其实是对原述话语的模仿，仿佛是人物自己在说话，转述人（叙述人）是不出场的；而后者如"他说，他的头晕"，这种方式虽然从原则上讲，完整地转述了原话，但是在句法关系中，转述人（叙述者）的存在却十分明显，使得话语不可能像直接引语那样"具有资料式的独立性"（热奈特语），对原述话语的模仿性也不会如直接引语那么直接。因此，在某种意义上，这种表达又可以理解为是叙述者出于某种考虑而对原述内容的改变，其中甚至有可能会体现出叙述人自己的风格与理解。因此虽然同为第三人称讲述，却显示出叙述人与事件及人物本身之间的不同距离：间接引语式转述显示的距离显然要大于前者。这一点在热奈特的叙述学理论中常被视为是对叙述语式的探讨，即对叙述表现的方法（形式和程度）或叙述者使用的话语类型，如描写/叙述，纯叙述/模仿，以及观察事物存在或行为的不同观察点的探讨。这也是最为常见的话语转述方式。通常在作品中这些叙述方式会交替使用。

但不论是直接引语式还是间接引语式，以第三人称进行转述，从总体来说，叙述者都是退隐的，目的是为了追求叙述效果的客观。但也正如前文所说，代述追求的客观是在与代述人的有效参与自我实现之间的平衡中取得的，也就是说，代述人在保证叙述客观性的前提下也会以恰当的方式，适度地参与到代述的过程中来。如有些作品没有以第三人称方式来转述，而是让一个或虚拟或真实的

"我"以亲历者、见证者或倾听者的身份来充当叙述人,甚至代述人的化身,使本应退隐的叙述人不仅存在于句法关系中,也存在于叙述行为中。

如果说话语层面的转述分析还属于语式层面的分析,叙述行为中叙述者的存在与否,以及如何存在涉及的就是语态①的问题,即叙述者在参与叙述的过程中,所寄予的态度选择与价值评判,这使得叙述行为本身就包含有一定的伦理内涵。

最能体现这一点的是叙述视点。所谓叙述视点,一般而言是指在叙事性作品中,对故事内容进行观察和讲述时,叙述者所站取的位置与角度。在叙事学中,有时又被称为视野或观察点,从"感知焦点"②的主体来说,包含作者叙述视点、叙述者叙述视点以及人物叙述视点等几个方面。在经典叙事学,如热奈特的叙事学理论中,叙述视点是在他所说的纯粹语式范围内来谈的,具体分为"零聚焦""内

---

① 这里需要指出的是,在热奈特的叙事学理论中,所谓语态指的是:"叙述的情境或主体,以及它的两个主角:叙述者和真实的或潜在的叙述接收者。我们有意把这第三类命名为'人称',可是,以后我们会很清楚地看到,为了某些原因,我认为最好还是采用一个显然更广泛的概念,……这个词便是'语态'。……而对于我们来说,'语态'是指与陈述行为的主语(或广泛地指主体)的关系。"(参见张寅德:《叙事学研究》,中国社会科学出版社1989年版,第193页。)因此,它体现的是行为动词在与其主语的关系中的形态,这里的主语不仅仅是行动的施予者或接受者,同时也是讲述这一行动或参与这一行动(哪怕是被动地参与这一叙述行为)的人。这种解释虽然从字面意义来看,与本书所提到的语态概念相似,但二者在本质上却并不相同。因为,在热奈特的叙事学理论中,无论语式还是语态,都是在纯粹符号学意义上说的,而本书则是在叙事伦理层面来使用这些概念,也就是说无论语式还是语态,都要与文本之外叙述者的态度选择与价值评判相关。因此本书中涉及的这些概念只是对热奈特叙事学理论的修正性使用而非完全照搬。

② 这一概念取自热奈特。他认为通常人们在谈到叙述透视点,即某个缩小的观察点时,常常会混淆两个不同的问题,即叙述透视点是由哪个人物的视点引导的,以及谁是叙述者,简单些说也即"谁看"和"谁说话"。但他后来对"谁看"这一说法提出了质疑,认为焦点不只是视觉的,也可能是听觉的,焦点的位置事实上也并不总是某一个人的位置,因此,他提出了"感知焦点在哪里"的说法。(参见张寅德:《叙事学研究》,中国社会科学出版社1989年版,第240页。)

聚焦"和"外聚焦"①。本书借用了热奈特对视点的划分，但是又将叙述视点的调节行为本身作为叙述者伦理取位的一种呈现，认为叙述结构的巧妙安排与叙述视点的适度调节，是代述者为安全介入叙述而采取的一种有效手段。因此，这里的叙事视点已不是符号学层面单纯的叙事形式，而是与言说的情境与主体相关并具有复杂的叙事伦理内涵的一个语态概念：即它不仅在审美感知层面规定着叙述时间与空间的位置，也在意识形态观念的层面表现着视点持有者对叙述对象的态度、看法，及依据考虑事情时的根据和看待事情时的观点的转变而转移的看法和判断，包含有思想、观点与道德评判等更深层次的意义，因此，必然要涉及叙述的情境或主体。用约翰·霍华德·劳逊论述电影镜头的话说就是"观看一个事件的角度就决定了事件本身的意义"②。后现代叙事学家马克·柯里也曾谈道："对视角的分析……使批评家们意识到，对人物的同情不是一个鲜明的道德判断问题，而是由在小说视角中新出现的这些可描述的技巧所制造并控制的。它是一种新的系统性的叙事学的开端，似乎要向人们宣称，故事能以人们从前不懂的方式控制我们，以制造我们的道德人格。"③因此，对于文本视点的分析，意味着不仅要梳理以这种视点安排和结构故事的形式意义，也要挖掘这种安排和形式背后如肉附骨的思想内容及伦理意义，以及各种视点（如叙述者视点与人物视点）之间的互动，各种叙述技

---

① 所谓"零聚焦"或"无聚焦"，指叙述者所知道的事情比任何一个人物知道的都多，用"叙述者＞人物"这一公式表示，也被称为"无所不知的叙述者的叙述"或"从后部来的视点"。"内聚焦"，指叙述者仅知道某个人物知道的情况，用"叙述者＝人物"的公式表示，又被称为"带观察点"的叙述或"缩小视野""共同的视点"。这个焦点可以是固定的，也可以是变化的，还可以是多元的。判断内聚焦的一个起码的标准是看有无可能将一个叙事片断用第一人称改写。"外聚焦"，则是指叙述者所知道的情况比人物所知道得少，叙述者只描写人物的对话和行动，不揭示人物的思想感情，用"叙述者＜人物"的公式表示，又称为是"客观式"或"行为主义式"的叙述，或"从外部来的视点"。（可参见张寅德：《叙事学研究》，中国社会科学出版社1989年版，第243—247页。）

② [美]约翰·霍华德·劳逊：《戏剧与电影的剧作理论与技巧》，邵牧君、齐宙等译，中国电影出版社1978年版，第466页。

③ [英]马克·柯里：《后现代叙事理论》，宁一中译，北京大学出版社2003年版，第22页。

巧和手法的运用、掌控对传达作者或原述者伦理意图的意义和作用。需要说明的是，这种探讨不只适用小说研究，也同样适用于对纪实叙事的研究，因为只要是叙事都会具有叙事视点。

本书对于转述文本的分析就是从上述几个层面入手的。为方便叙述，笔者根据叙述人称的不同将作品笼统地分为两类：即第一人称叙述与第三人称叙述来加以分析。

一

杨显惠的夹边沟故事系列是杨显惠在调查采访基础上，以采访体或转述体的形式，并结合一定的小说手法对历史进行的虚拟化还原。其中有相当一部分文章，如《上海女人》《夹农》《医生的回忆》《驿站长》《在列车上》《这就好了》等，都有一个明显的叙述者"我"，但在具体的叙述视点上则各有差异。

《在列车上》的叙述者"我"，完全是一个被虚构出来的、与"反右"毫无关系的年轻后生。"我"叙述的其实是"我"和单位领导李科长在一次追捕逃犯的任务中的奇遇：李科长在追捕逃犯的列车上遇到了30年前在夹边沟结识的生死之交，万千感慨之余对"我"讲述了他们之间发生在30年前的那些惊心动魄的故事。虽然在表面上看，这些故事是通过"我"与李科长之间的对话被讲述出来的，但对话又仅局限于对旅途过程的一些交代，就故事本身而言，除去一些作为一个未经历者的好奇发问，以及一句引导性的叙述性话语："于是，在去往武汉的列车上，深更半夜的，李科长跟我讲了下边的故事"[1]，"我"多是沉默的听众，因此故事本身基本上是以直录形式被呈现的，即以故事亲历者的回忆性自述展开："我是1957年10月在王家坪农场被划为右派的……"[2]，这种方式对原述模仿性最强、最具真实效果，在转述文本中也常被使用。

但形式上的叙述者"我"虽然与被转述的故事无关，却起到了穿

---

[1] 杨显惠：《告别夹边沟》，上海文艺出版社2003年版，第436页。

[2] 同上。

针引线、调度情节的作用,文本的叙事结构也因而更具层次感。通过"我"的倾听与转述,发生在30多年前的关于饥饿、死亡与逃亡的故事,与30多年后同样惊心动魄的追捕逃犯的现实故事巧妙嵌套在一起,形成镜框式的故事结构:"我"听到并转述出来的故事处于镜框之内,现场发生的故事则在镜框之外,二者因叙述者"我"而发生关系,并由于对镜内故事的详写(几乎占据作品大半篇幅)与镜外故事的略写(只有8句话)形成了叙述节奏上的鲜明对比,进一步凸显了被转述故事的意义与感染力;此外,通过"我"与李科长的对话,30年前的故事及故事中的人被拉入现实生活,对于如"我"一样的非亲历者来说,缩短了由于故事本身的惊心动魄所产生的虚幻性带给读者的距离感,与亲历者的自述一道,强化了故事的真实性、可信性与感染力,并同时也把关于"人相食"的道德追问带到了现实生活中。这在某种程度上又是对镜内故事叙述角度的一个调整,即不再只从故事真相,故事是什么的层面来讲述故事,而是从中提炼出了"极端境遇中道德底线何在"的命题。这不仅是故事人物的困惑,也不仅是"我"及读者的困惑,因为"我"只是把人和事客观展示出来,并没有直接出场做任何有倾向性的叙述、引导或阐释,而同时也是代述者的困惑,他以自己的隐退力求一种客观、中立、公正,与叙述者一起,对故事中的人与事,在"情感倾向与道德立场上保持着十分清醒的距离意识,成为故事的旁观者与局外人"①。这种不介入的姿态给予了读者最大的参与空间,使他们可以不受任何人的影响而自主地形成自己的伦理与价值判断。这正是此种叙述语态伦理意义的体现。

《上海女人》开篇便已呈现出转述的性质:"这段故事是一位名叫李文汉的右派讲给我听的……他说,……他便陆陆续续对我讲……"②被转述故事就是在"我"的自述中展开的:"今天我再给你讲一段夹边沟农场的故事……"③ 这个"我",是一个被虚拟出来的"真实右派",也是故事的见证人。但"我"除了只在第一段为导出故事而出

---

① 黄发有:《论九十年代小说的叙事视角》,《齐鲁学刊》2002年第3期。
② 杨显惠:《夹边沟记事》,天津古籍出版社2002年版,第3页。
③ 同上。

现之外，在整个后文中，便消隐为听众，读者只能从故事中一些人物说话的语气或某些口语性的用语，如"章……哎呀，叫章什么来的……可名字突然就想不起来了"①"什么，你说人们为什么不逃跑吗？有逃跑的，……不跑的原因，上次我不是和你说过了吗……"②中判断出来。这与《在列车上》与故事本身无关、作为沉默听众的"我"的叙述相似，形成一种客观叙事的效果。但《上海女人》更具匠心的地方在于结尾处叙述视角的变换：转述人"我"与原述人李文汉在多年后奇遇，并再次转述了李文汉多年后借一次出差到上海的机会，寻找上海女人的故事，从而将这个年代久远的故事拉入到现实生活中。但不似《在列车上》，故事在被拉入到现实生活中后，通过故人见面、互报劫后生活、共忆往事等情节安排，在线性时间发展逻辑中以现实、自然的方式结束故事，而是在故事高潮凸显之际戛然而止：在找到这个女人的可能性已经出现时，李文汉突然放弃寻找，这使转述的视角被拉长，故事本身及这个上海女人一下子被推到远处，类似于电影中的长镜头，带给读者无限回味与遐想，而故事本身的悲剧性力量、这个柔弱女人身上所呈现的忠贞、坚韧、决绝却长久地留在人们记忆深处，并打动着人们的心。因此，尽管代述者没有明显介入叙事，透过叙述视角的变化，其伦理取向还是隐隐地流露出来。

此外，在这种叙述中不仅存在双重叙述人，即转述者"我"与原述者"我"，原述人本身也常具有"双重叙述视角"或"双重主体"性，一重是在当下以第一人称追忆往事时的叙述视角，在这种视角下，不光故事本身，连同曾经的"我"也是被观察与叙述的对象；另一重是作为故事见证者在经历事件时的叙述视角。这种双重视角的交叉，拓展了叙述的伦理深度与空间。比如，《上海女人》中有这样的话：

> 她哇地一声哭起来。其实，她听懂我的话了，她是在抑制

---

① 杨显惠：《夹边沟记事》，天津古籍出版社2002年版，第4页。
② 同上书，第9页。

突如其来的悲痛。在抑制无效的情况下才哭出声来。这是发自胸腔深处的哭声。她的第一声哭就像是喷出来的，一下就震动了我的心。接着她就伏在那个花格子书包上呜呜地哭个不停，泪水从她的手指缝隙里流了出来。她的哭声太惨啦，我的心已经硬如石头了——你想呀，看着伙伴们一个一个的死去，我的心已经麻木了，不知什么叫悲伤了——可她的哭声把我的心哭软了，我的眼睛流泪了。确实，她的哭声太感人了。你想呀，一个女人，在近三年的时间里，每过三两个月来看一趟劳教的丈夫，送吃的送穿的，为的是什么呀？是感情呀，是夫妻间的情分呀……可是她的期望落空了——丈夫死掉了，她能不悲痛吗？再说，那时候从上海到河西走廊的高台县多不容易呀！……只有慢车，像老牛拉破车一样。她从上海出来，还要转几次车，要五六天才能到高台。一个女人，就是这样风尘仆仆数千里奔夫而来，可是丈夫没了，死掉啦，她的心能受得了吗，能不哭吗？我落泪了，的确我落泪了①。

在这段文字中，其实是两个李文汉在叙述，一个是故事中的李文汉，作为故事的亲历者与见证者，他看到了那个死掉丈夫的上海女人的悲惨哭泣，麻木的心因此受到强烈感染而与她一同落泪。另一个是正在讲故事的李文汉，事情虽然已经过去多年，但这个女人在他心中还是留下了深刻的印象，而且以今天的眼光与视角来重新看待这个女人，会让人愈加为其对丈夫的深情厚谊、为她的坚强与果决而感动。如果说在过去，李文汉的感动还有物伤其类的同情成分在其中，还只是一种感性层面自发的感动，今天李文汉的感动则包含有更多源自内心的体验、理解，因而在同情、感动之外，还带有钦佩和赞叹，与先前单纯的感动相比，这显示了另一种被拓展的伦理取向，而这是在两种视角的对比中发现的。

还有些篇目虽然也有一个叙述人"我"，但与《在列车上》及

---

① 杨显惠：《夹边沟记事》，天津古籍出版社2002年版，第17页。

《上海女人》中由"我"对原述内容做直录式转述而实际存在着"双重叙述人"不同,在这些作品中,叙述者只有一个,即那个虚拟化的"真实右派",他们作为事件的见证者或参与者,不仅承担着整个故事的叙事功能,也直接参与着故事进程,甚至对故事主人公的人生命运的转变都起着重要作用。最典型的如《驿站长》中的王新修,与《医生的回忆》中的"医生"。但由于作为叙述人他们只是以故事中某一个特定人物的身份来讲述故事,叙述视点必然受到限制,不可能对所有事件与人物了然于胸,因而伦理态度、道德判断只能代表叙述者自己。比如,《驿站长》中,"我"对于王玉峰故事的讲述:

1. "王玉峰没说话。他可能对面前的情况搞懵了,也可能心里有点发憷……"①

2. "书记静了一下,仰脸看着天空。他像是在思考什么……"②

3. "我只能告诉他们一个大概的过程,至于怎么和领导交涉的,过了好几天,生产股长……来找我,我才搞清楚了。

生产股长对我讲,那天常书记进了办公室坐下,对刘振宇说,……这个王玉峰我要保他出去。听了他的话,刘振宇、梁步云和办公室的人都惊了一下……愣怔好久,刘振宇才说,啥事嘛,你保他为啥事嘛?你总要说个一二三嘛?常书记说,他是我的救命恩人……梁书记说,说细些,你再说细些"③。

这里作为叙述人的"我"的叙述视角显然是有限的,在例1中,"我"不可能知道王玉峰内心的想法,而只能凭自己的猜度来把握他的心理活动;例2同样如此,"我"无法判断常书记的行为,只能揣测他"像"是在思考什么,而在后文我们知道,常书记是在考虑如何解决王玉峰的问题,但这不是"我"告诉读者的,而是读者从故事随

---

① 杨显惠:《夹边沟记事》,上海文艺出版社2003年版,第97页。
② 同上。
③ 同上书,第99页。

后的发展中自己了解到的。例3中，读者对于常书记和场领导的具体交涉过程，是通过"我"转述生产股长的话才清楚的。所以这三个例子中，叙述人的视角显然是人物的有限视角。采用这种叙事视角的意义在于：

首先，相对于全知视角，人物的有限视角只叙述自己看到和听到的，并依据自己的能力调节叙述所能提供的信息，如人物的对话和行动等，因此，给人言必有出、果必有因的感觉，增强了叙述的可信度。

其次，由于叙述视角仅代表叙述人本身，因而伦理态度、道德判断会出现多种可能性，并不总是与作者相一致，也不受作者的支配，有助于读者参与其中形成自己的伦理判断。

总体来说，在这种语态与叙述视角中，虽然有明确的叙述人"我"，但是由于"我"在文本中自觉地隐退：或完全退出文本，以实录的形式让故事人物自己开口说话；或者即使在文本中出现（这可以通过叙述人突然中断叙述过程，对某些问题进行回答等较为隐蔽的叙述话语中判断出来，如上文中我们举过的《夹农》中的例子："以后的事情我简单说一下吧""宋亚杰？你是问宋亚杰吗？"）也是化身为听众，并不直接表露自己的情感、价值与伦理判断，从而增强了文本叙事的真实性与感染力，也使作品的伦理场域呈现为一种开放的状态，增强了读者多种伦理判断的可能。

但是这并不等于说作者的伦理倾向丝毫不会在作品中有所表露，在作品客观化的叙述背后，还是可以听到作者的声音。如上文提到过的《上海女人》结尾处对于转述视角的调整。此外，在作品中还有这样的描述：

1. 她抹下绿色的缎子头巾，想把骨头全包起来，但是头巾太薄，透亮，一眼就能看见里边的骨头。（A）我说她：你就捡些小骨头拿回去吧，大骨头不好拿，也的确没那个必要。……她不听，说，我用那件毛衣裹起来。

2. 于是，她提了一大包骸骨回到窑洞，拿出花格子书包里的毛衣来包裹它。但是那仅仅是一件背心，她无论如何调度，骨头还是露在外边。后来我从皮箱里拿出一条军毯给她。我告诉她，……。我说，……

3. 她接过毯子去，(B) 她说，毯子用过之后，她要洗干净寄还给我，因为它对我很重要。(C) 我说你不要寄了吧，你寄来的时候，我可能收不到了。……

我在戈壁滩站了许久，看着她背着背包往前走去。……她的身体是瘦小的，而背包又大，背包把她的肩膀都挡住了。那块绿色的头巾，她又裹在头上了。……(D) 头巾的尖角在她的脖子上像个小尾巴一样突突地跳着[①]。

这段话是叙述人从自己的视角进行的观察，叙述对象的一举一动甚至每一个细节都在叙述人的掌握之中，给读者以真切和值得信赖的感觉。叙述人采用了白描的叙述手法，并以陈述句式来提供人物信息（而且仅限于人物的行动与语言，不包括人物内心），语言素净内敛，除了两处对头巾的描写"太薄、透亮""像个小尾巴一样"，几乎没有其他的形容词或比喻句的细描，体现出一种单纯、简洁、素朴的叙述风格。这部分内容本由两个人的对话组成。叙述人以两种不同方式处理对话：一种是直接引语的转述，如引文 A；一种是间接引语的转述，如引文 B。二者之间的区别上文已谈到一些，这里从叙述视点的角度再加以补充：引文 A，叙述焦点始终在作为说话人的"她"身上，而不是对话的具体内容，因为最能显示"她"性格特征的地方在于她捡骨头与包骨头时的坚决、细致，因而直接引语拉近了读者与人物之间的距离，这即是空间的距离，也是心理的距离与伦理的距离。引文 B 则恰恰相反，关于军毯的对话就故事来说，只不过是为后文"我"在多年后寻找上海女人埋下伏笔，对于人物性格的烘托、表现并没有太大影响，因而，可以以一

[①] 杨显惠：《夹边沟记事》，天津古籍出版社 2002 年版，第 33—35 页。另：引文中的大写英文字母是笔者为方便文本分析所加。下文相同。

种和原述人相距较远的方式来表达。同时，这两种叙述方式的交叉使用，也使整体行文简洁、紧凑而富有变化，体现出故事的进程与情感的层次，避免了一般对话体常有的拖沓与单调，使叙述在平稳、节制、冷静的语势中，在严整、缜密、不带枝蔓、不旁逸斜出的叙述结构内，又别具一种审美的内蕴。而读者内敛的情感状态也因而可以在一个具有多重审美空间的场域中持久蓄势，并最终转化为一种冲击和震撼。

然而再严丝合缝的叙述，也总会留下缝隙以嵌入作者的叙述倾向与伦理取向。因为，叙事是语言的艺术，而语言本身往往积淀着"社会、历史、文化、心理、道德、理性和情感等方面的内容"[①]，只要运用语言来叙述事实，就会不自觉地打上叙述者的伦理取向烙印。就拿上述引文来说，叙述冷静、内敛、沉峻，然而越是内敛、节制，越是可以看出叙述者内心肆意涌动的波澜与自我克制的努力，也就越是能够说明这一事件在他心中产生的震撼："就像一个人内心里翻江倒海而表面上却不露声色。"[②] 他对于这个上海女人的同情、感动、敬重，甚至怜惜也都深化其中，并对读者产生了"一种奇异的吸引"[③]，一种使你必须读到底的强大魔力。如引文 3，既可以看作是叙述人眼中的景象，也可以看作是代述者眼中的景象，可以说是两种视角的巧妙结合；笨重的背包与瘦弱的身体、凛冽的寒风与轻薄的头巾在主观感觉上形成的强烈反差，就很难说只是叙述人的感受而不是作者的感受。"绿色头巾"的反复出现可视为一种意象，成为这个女人的某种象征。这种对于语词造型能力的把握显然只有作者才具备。结尾处 D 句的比喻，用语轻柔、细腻，与引文 1、2 中表现女人时的冷静、果决形成叙述效果上的反差，在冷峻背后植入一丝温暖、柔和甚至明亮的色彩。这既是实写，也是虚写，是作者假借叙述人之眼、之口对自我感受的传达与伦理取向的呈现。

---

① 赵宪章：《词典体小说形式分析》，《南京大学学报》2002 年第 3 期。
② 雷达：《阴霾里的一道闪电》，《文学自由谈》2003 年第 4 期。
③ 同上。

二

相对于以第一人称"我"作为叙事人的有限视角的转述,《恍若隔世——回眸夹边沟》中《一个基督徒的右派生涯》《省委机关的第一个右派》《一个多才多艺的右派》,及《夹边沟记事》中的《贼骨头》《探望王景超》等是以第三人称作主语的陈述句式:"×××想(说)"或"他想(说)"来转述的。不只如此,有些作品,如《探望王景超》等,既有以第三人称进行的转述,又有作为叙述人的作者作为穿针引线的组织者,而故事中人以第一人称进行的自述,体现出两种叙述形式的结合。这种叙述形式的运用,突出了被叙述内容的纪实性特征。

《一个基督徒的右派生涯》《省委机关的第一个右派》及《一个多才多艺的右派》,完全以纪实手法来转述他人的故事与经验,不但没有虚拟出的人物及事件,有时还列举一些当事人的档案材料,以保证所述事实的真实可信,而且在转述中除去个别情节采用了插叙和倒叙之外,故事主体基本上以顺叙展开,对故事人物的整个人生历程(包括被划右派后的经历)也都有较为详细的叙述,因此,突出了被转述的个人,在某种程度上还有为人物"立传"的味道。当然这也面临着与他传作者相似的问题,即作为非亲历者的叙述人,如何使自己的叙述更为可信,如何确保转述的客观与可信。

作品中,第三人称全知视角的运用,从叙述形式层面解决了这一难题。作为"立传"者的叙述人由于持全知视角,他对故事的叙述有着充分优势,几乎不存在看不到或感受不到的东西。比如,他可以在人物内部聚焦,知道某个人物内心的想法与灵魂深处的秘密,甚至在人物已经失去主体意识时,仍能够探测人物内心。如《一个基督徒的右派生涯》中,李景沆在陷入昏迷之后,感觉自己和魔鬼撒旦进行了一场艰难的斗争,虽然在旁人眼中他不过是说了一天一夜的胡话。读者知晓这一切并不是通过李景沆清醒后对妻子的叙述,而是由叙述人在李景沆昏迷的过程中,对他的潜意识活动的同步叙述。此外,叙述人又可以在人物外部聚焦,既可以知道眼前发生的事,又能洞晓未来将要发生的事,"作为一个基督徒,……心中都要有上帝。哪怕今生坐监牢,……。八年之后,李景沆果然进了比监牢还可怕的夹边沟农场……"①,在此体现的就是全知视角"从后面"②看的视点。不仅如此,全知视角中,叙述人还可以同时知道几个人的想法,或是那些不为人知的事件,并自由地入乎其内,出乎其外,将聚焦点从一个人物转向另一个人物,从一个场景转向另一个场景,不断进行视点之间的跳跃与转换,甚至在某个特殊时刻突然跳出来,对人与事发表自己的看法和观点:"但是,美好的宏愿未必就能实现,未必就能得到善报,就像那位据传一生救苦救难的耶稣,……被钉在十字架上,慢慢受苦而死。这个世界多么不公平!李景沆是在他多次'碰壁'……的情况下,才认识到这一点的。"③ 这时叙述者已经不仅仅是从"后面"看,也是从"上面"看了,在俯视中,将不同叙述对象的一切内在与外在活动、生活环境与他人的关系等尽收眼底。这种类似于罗兰·巴特所说的"上帝的视点",拥有最广泛与最可靠的信息来源,体现出一种无所不在的超越性和毋庸置疑的权威性。因此,叙述人能够全面把握"传主生平",使人物从外表到内心、从性格到命运都能得到立体多维地呈现,在叙述形式上保证了被转述故事的真实可信。

在从形式上满足文体需要之外,视点抵达的伦理意义也是作者努力要追求的。就全知视点来说,其伦理意义在于作者与全知叙述人在情感倾向、伦理立场和观念的表达与评价上最容易结合在一起,可以说,全知叙述人就是作者的另一个我,因此,转述者在尽可能忠实于被转述者的同时,便可以借叙述人之口表达自己的伦理取向与价值判断。比如:

> 李景沆啼笑皆非。作为夹边沟农场改造右派分子的工作方法和成绩,……会堂而皇之地写上右派分子劳动之余还有丰富多彩的文化生活的内容:他们曾经跳起欢快的交谊舞。而实际

---

① 邢同义:《恍若隔世——回眸夹边沟》,兰州大学出版社2004年版,第100页。
② 张寅德:《叙述学研究》,中国社会科学出版社1989年版,第298页。
③ 邢同义:《恍若隔世——回眸夹边沟》,兰州大学出版社2004年版,第99—100页。

情况是：他们……已筋疲力尽，十分渴望躺下休息的时候，却被迫经历了一场自己制造的连气都出不来的"沙尘暴"的袭击①。

这段转述，虽然只是对当时干部们荒谬、不近人情的做法的一个交代，但语气、措辞却暗含着反讽，作者的情感倾向与伦理立场也因此被很好地体现出来。

当然全知视角也有自己的弊端，其无所不知的叙述姿态在增强叙述真实性的同时，也会破坏作品的逼真性和自然感。但是在《一个基督徒的右派生涯》的阅读中，这种感觉却不强烈。这是因为作者在假借叙述人来体现自己的情感倾向与伦理取向时，常会转换到故事人物的立场上，并借人物之口来说话。作品中，"×××（他）想（说）"等字样出现的频率相当高，除去叙述人的直接插话和少量描述性话语，作品几乎都是以第三人称作主语的陈述句式加以转述，尽可能从事实层面让被转述者以自己的声音说话，从而避免了转述过程中，叙述者在整合叙述内容时，过多使用个人的叙述权力，体现了一种较为平等与宽容的伦理姿态，同时，也拉近了读者和叙述人之间的距离，使读者不致因叙述者对人、事的渲染，和在其中置入的价值判断，而对其叙述产生距离甚至反感，因而更容易认同全知叙述所携带的伦理意义与价值判断。

以第三人称进行叙述，全知视角与有限视角之间有时也会发生转换，这同样也为代述者伦理取向的隐形介入提供了空间。如：

有一天，一位妇女带领两个孩子来到木工组，问她的丈夫埋在什么地方了？李景沆一听就明白了，这是"雕塑"的家属奔丧来了。李景沆反问她："你怎么不去找干部呢？"意思是让她去寻找管教干部。妇女说，她找了，干部们说让她自己去找，去找"雕塑"所在的农业队……李景沆从这件事上搞清了：人死以后，

---

① 邢同义：《恍若隔世——回眸夹边沟》，兰州大学出版社2004年版，第127页。

由死者所在的小队或队里处理尸体，场方不管。这个妇女四十岁上下，两个孩子一大一小，大的八九岁，小的七八岁。三个人哭成了一团，十分凄惨。李景沆想……太可怜了。他很想帮这母子三人找到"雕塑"的葬身之地。但是，看着他们母子三人的无依无靠的可怜样，找到了"雕塑"又能怎么样呢？李景沆也陪上哭，还劝他们回家去算了。这个妇女坚决不回，……李景沆便对她说……看着他们母子三人的背景，李景沆自问：下一个悲剧不知落到哪家？果然，以后每隔一半个月，就有死人的事情发生。①

这段话中，叙述人即充当着叙述组织者，又自由出没于人物内心，并在适当的时候正面出来插话，很明显是以全知视角在叙述。但是在全知视角下，就"妇孺奔丧"这一悲惨事件的描绘及情感与价值的取向，却基本上限制在李景沆的视角之中，并借助于李景沆与妇女的对话及其内心活动得以展示。引文中以第三人称作主语的间接引语式的转述话语可以很好地说明这一点。这也可以说是全知视角向有限视角的转换。这种前后包容的视点安排颇具匠心：通过叙述者视点，组织叙述，导入"雕塑"家属奔丧事件及其后续事情，而通过李景沆的人物视点，则因其见证者身份增强了叙述的真实性与感染力，使读者将自己的同情不只给予这可怜的母子，也给予了与"雕塑"有着相似命运的见证者。

在《贼骨头》里，也有类似体现：

（A）不到三天的时间里巴多学和沈大文相继命丧黄泉强烈地震撼了俞兆远的心灵。（B）做一个正人君子的信条在他灵魂深处动摇了。（C）他想，沈大文有着丰富的植物学知识，……却还是饿死了，我还能熬出夹边沟去吗？（D）能不能活下去，怎样才能活下去？这个问题他苦苦地思考了几天，终于做出了决定。②

---

① 刑同义：《恍若隔世——回眸夹边沟》，兰州大学出版社2004年版，第124—125页。
② 杨显惠：《夹边沟记事》，天津古籍出版社2002年版，第110—111页。

原始的求生本能与做人的尊严与信条之间明显发生了伦理上的龃龉，因此，如何看待极端境遇中俞兆远的选择，是叙述人在转述过程中必然会遇到的问题。虽然"做一个正人君子的信条在他灵魂深处动摇了"是通过叙述人之口说出的，但是陈述而非疑问或选择的句式，表明转述的已经是一种结果，而叙述人并没有对这种结果持太多异议；而且在谈及俞兆远为什么有这样的思想转变时，由 A、B 充分体现叙述者在场的全知视角转为俞兆远的有限视角 C，并以第三人称直接引语方式进行的讲述，最大程度模仿了故事人物的叙述，也拉大了叙述者与人物之间的距离，使他更像一名与故事没有关联的旁观者，把解释的权利让渡给俞兆远自己，这种对事实与原述人的尊重与理解本身，已表现出叙述人的伦理取向。

转述作为一种最为常见的代述形式，看似简单、无须使用技巧，但"无技巧的技巧"恰是一种技巧。在转述中，叙述语式、语态、视角、人称的调节与变化，故事结构的安排与设置，不仅丰富了转述形式，也具有不同的伦理取义。

当然也会存在一些问题：如叙述结构的烦琐，叙述语调的匆促，叙述语气的浮夸等，因而作品有时也会显得有些粗糙。比如，在《贼骨头》与《探望王景超》两篇作品结尾的后记和附记中有这样的话："在金塔县城建局家属楼的一间住宅里，俞兆远先生讲述完了夹边沟的故事……"[1] "和桑是在兰州市五泉山公园附近的西北民族学院她的家中接受作者采访的"[2]，用以印证正文中的故事乃是采访后被作者转述出来的。有时作为采访人或作者的"我"还经常跳出来插话，比如，"这时我打断了和桑的话：和老师，你说的两位领导名叫李学福和周世杰吧？和桑一惊：你怎么知道？我回答，不光知道，我还很熟悉他们。我是……我们的团长叫李学福。……李学福不是长个农民式的脸吗，土里土气？"[3] 这些附语或插话，虽然在某种程度上增强了作品的纪实色彩，但是就转述部分本身而言，却打断了被转述者的叙述

---

[1] 杨显惠：《夹边沟记事》，天津古籍出版社2002年版，第134页。
[2] 杨显惠：《告别夹边沟》，上海文艺出版社2003年版，第254页。
[3] 同上书，第238页。

语势，显得不够克制和冷静。不过这一点在杨显惠的另一部纪实作品《定西孤儿院纪事》中已经有了很大改善：作者全身退出，把一切语气、疑问都归还给了讲故事的人，用笔更加内敛和克制，也更加成熟了。

第三章

代述话语的语用伦理特征

在代述中，无论是口述实录还是转述，呈现为纸面文本，都须经历一个从任意、芜杂、夹杂众多非语言信息的口述语言，到具有一定逻辑、节奏与情感基调，并体现出一定语式与语势能量的书面语言的转换。因此，代述者运用怎样的叙述策略、选择伦理还是非伦理的叙述语言，对于能否抵达并还原他者个体经验将产生很大影响。比如，以实录方式保留原述的原生态面貌，目的就在于模拟、建构原叙述场，以最大程度贴近原述。这在上文已谈过，这里只对转述话语的伦理语用特征进行分析。在笔者看来，伦理的转述绝不是简单、机械的复述，它所运用的语言应该兼具质朴、素净、克制、简约、口语化、具体化、精确化等语用特征。

第一节 质朴、素净与克制

任何话语都会带有倾向性，甚至沉默也代表着某种立场，因此，叙述的客观化并不是说真正有某种客观话语存在，而只是意味着一种在话语中寻求客观的努力。

比如《夹边沟记事》，为做到叙述的客观，叙述人有意选择了一种质朴素净，内敛节制，无藻饰，无渲染，无铺陈，无夸张，冷静平淡却又娓娓道来的转述风格，虽然有些地方还显粗糙和情绪化，但总体而言却是一种冷调的叙述，它具有一种内缩的力量，使文本在淡然的叙述中形成一种深沉、凝重而冷峻的氛围与格调，与作品携带的深广的社会内容与历史主题也相吻合，如前文引用过的《上海女人》中的三段话。一个右派的女人不远千里探望丈夫，看到的却只能是丈夫的遗骸,而且就连这也是极力寻觅才得到的,怎不让人心痛。而尤其撼人心魄的是,就是这么一个瘦弱的女子,毅然决定将丈夫的遗骸背跨千山万水带回家。放在那个时代的政治背景与自然环境中,这个细节任怎么渲染都不为过,但作品的叙述却极其克制,语言素净内敛、句式简短单一,除了描写绿头巾的几句带些比喻修辞之外,大多数都是白描,但在语言描述的尽头是无尽的想象、叹息、心跳甚至战栗。这是面对亲人被折磨至死时的悲愤、痛诉与不甘,是痛定思痛后的倔强与决绝,也是转述人在悲恸之余流露的同情、理解、尊重与赞叹。一个重情重义而又坚毅果决的女子的形象犹如一尊肃穆的雕像,被树立在读者面前,而在她背后那个荒谬的时代、那些悲惨的命运、那些原本鲜活的生命,也随之一同复生,撞击着另一个时代的人的心。

又比如,《一个基督徒的右派生涯》中写李景沆脱离苦海后的第一次吃饭:

> 不一会儿,红烧肉端上来了,大块子的,李景沆两三年没有见过这东西了。他做梦见过好几次。……不想今天竟能端到眼前。油光闪亮、香气四溢的肉块,看着真是过瘾。李景沆先让姐夫"吃",姐夫就吃起来。李景沆用筷子也夹了一片,刚要往嘴里填,他又停下了筷子,把肉片仍放回到碗中。姐夫问他为什么不吃?他说:肠胃好长时间没见过油水了,这几块肉吃下去,必然闹病,可能是要命的事情,……一个几乎饿疯的人,红烧肉到嘴边却不敢吃,在当时的情况下,能够控制住自己的食欲,需要多大的力量![1]

这段叙述,用质朴、简洁的文字,描述人物的一举一动,既不过分苛求,也不过分做作,对本可以大加渲染的细节,也没有精雕细刻,而只是以素描笔法平平静静地实录下来,看上去平淡无奇,朴实无华,字里行间却蕴藏着动人心魄的境界,使读者在一种不平静的心

---

[1] 邢同义:《恍若隔世——回眸夹边沟》,兰州大学出版社2004年版,第207页。

境中，体味故事人物坎坷多难的人生。

而转述的道德感也因之而彰显出来。因为朴实的背后是一份克制，克制背后则是一份叙事的耐心，面对汪洋恣肆的情感与可以大加渲染的题材，叙述人竭力避免匆促的调子，让质地最重的情感用质地最重的语言以最为平静的语气来加以表现，从而产生了强悍的爆发力与令人震惊的叙事效果，这既是对情感的尊重、对受损生命的尊重、对读者与历史的尊重，也是对语言自身的尊重，而尊重本身即是一种客观。因而在这种素净、克制中又蕴含着一个"诚"字——对历史、对他人、对语言之诚。也正因这个"诚"，叙述才显得真切、深刻、动人，也才会具有警示人心的力度。因此它不仅具有审美的意义，也是一种写作伦理的担当。正如布罗茨基所说："每一次新的美学现实均赋予伦理现实更加明确的形态。因为美学乃伦理学之母。"[①] 雷达说，"杨显惠的叙述具有一种魔力，能紧紧地抓住读者，语言似有粘性，在素朴、简洁的语句里，往往深藏着一种扣人心弦的心理能量。"[②] 这种貌似无技巧的技巧，之所以能产生如此的叙事效果，魔力就在于语言背后的伦理道德感给人心带来的悸动。

第二节 原述的"再口语化"

阅读这些转述作品，尤其是《恍若隔世——回眸夹边沟》中的几篇，常会有听评书的感觉，这与转述话语的口语特征有关。

原述大多是以口述形式完成的，因而常带有口语特征，用语通俗简洁，短句多、省略句多，句子结构松散、不合句法规则，不像书面语那样循规蹈矩。比如常通过省略或隐含一些成分，或是在句法上对句子语义结构进行紧缩，使表意话语更简洁，前者如："（你）怎么了？""（我的）腿受伤了，（我）走不动了。""去（一）趟上海。"

---

① ［美］布罗茨基：《大众应该用文学的语言说话》，王希苏译，载严凌君主编《人类的声音——世界文化随笔读本》第二册，深圳出版发行集团海天出版社2012年版，第45页。

② 雷达：《阴霾里的一道闪电》，《文学自由谈》2003年第4期。

后者如："买票请排队。（要买票的话，请排队）""他一提醒就明白了。（别人一提醒，他就明白）"。此外，在口语表达中，还常会根据表达的需要，在句子中添加表示停顿的语气词，或对句子结构进行移位，使句子结构显得松散。如："你呀，总是那样！""快走吧，你。"因此，口语中叹词、语气助词、象声词、重叠词以及疑问句、感叹句、重复句等的使用频率都要多于书面表达。而且口语中通过语调、停顿、重音等表示出的不同语法关系和语义，就不一定是书面语能体现出来的。如："我想/起来了"不同于"我/想起来了"；"他一节课就算了十道题"，"就"字重读，和"就"字轻读，所表达的意思就不完全一样。口头语具有这些特点，是因为它是借助于声音说与别人听的，因而要尽量通俗简约，以利于对话双方的沟通与交流。

而转述者要将原述者口述的故事以书面语言的形式表现出来，必然要对原述的口述语言进行改造，使它更符合书面用语的规范与习惯，如用语要庄重文雅；句式要合乎语法规则；表述不仅要文从字顺，具有逻辑性和连贯性，还要精要、准确。但是这样虽然会更有利于读者的阅读，却必然会削减原述话语蕴含的丰富的叙事信息。因此为了叙述的客观，为了尽可能逼真地再现原述的话语场，有时也需要对转述的书面语言进行"再口语化"，使其在符合书面语规范的同时，尽量保持原述的原貌：用语通俗不艰涩，句式简洁不繁杂、不缠绕，多用简短的陈述句，少用多重复句及远离主题的描写与抒情；同时，故事的发展脉络还应当尽可能清晰、简单，力求达到"立主脑""丢针线"，着重于主要情节与主要细节，不在旁逸斜出的枝节上浪费笔墨。因为，作为非亲历者的转述人，表述方式越复杂、用语越艰涩，故事的逻辑结构越烦琐，就越容易带有转述人自己的个性化特征，转述人干预与介入叙述的空间就越大，远离原述的可能性也就越大，被遮蔽或置换掉的叙事信息也就可能越多，而这将直接影响到转述客观化叙事效果的实现。因此，对原述内容的"再口语化"，是转述人既能尽量保持旁观者的叙事视角，又能同时克服转述的不可靠性而对转述者提出的一个叙述要求。

比如，尽量保留被采访人口述时的某些痕迹，使转述呈现出口述历史的色彩：如对话双方的明显在场、叙述结构的枝蔓、叙述话语的直白、措辞用语的缠绕、大量叹词、语气助词、疑问句、感叹句，以及以各种标点符号制造停顿、空白，尽量让故事人物以自己的语气讲话等，如本篇第二章第二节曾提到的《饱食一顿》中的例子：

> 印象最深的事？你是要我讲……印象最深的一件事吗？
> 对。……就你个人来说，你认为哪件事情叫你至今难忘……
> 我……启发他：你想一想……
> 那是1960年的春天吧……
> 他……干巴巴的声音说，逃跑的经过嘛，……昨天我不是跟你说过了嘛，……不，不，我记错了，
> ……
> 张记者，你问得好，问得好呀！……
> 没捉到你，因为你藏得好？
> 不是，不是这么回事。……
> 他说，好吧，我今天就把事情的真相告诉你吧：……①

又比如，下面这段话：

> 父亲告诉提钟政：我现在在天津国棉四厂工作，在工厂食堂当炊事班班长。工厂现在由解放军代表领导，军代表叫刘仁术。工厂已经恢复生产，工资也有了保证。刘仁术对工人们很客气，赶明儿我跟刘代表说说，看能不能给你在国棉四厂找个活儿。第二天，提钟政的父亲就跟刘仁术说了儿子的事。刘仁术问：你儿子多大了？父亲说二十一岁。刘仁术问：有文化吗？父亲说有，还当过记者呢。刘仁术说就培养他当干部吧。……叫他考虑好，愿意上哪个，回头给我说。提钟政提出，哪个高上哪个。②

---

① 杨显惠：《夹边沟记事》，天津古籍出版社2002年版，第65—66页。
② 邢同义：《恍若隔世——回眸夹边沟》，兰州大学出版社2004年版，第278页。

这段话表述干净、整齐，没有任何拖泥带水之处，显然经过了代述者书面化的整理。但是在直接引语式的转述中，几乎全是对话的内容，用语直接、通俗，没有过多的书面语汇，也绝少修饰；句式简洁、流畅、随意，不拘泥于句法规则的限制，某些语气叹词、疑问词的运用，最大限度保留了原述的语气与口语化的特征，如"有文化吗？"与"还当过记者呢"两句，在转述中，就本可以去掉语气助词表述为"有没有文化"和"还当过记者"，从表情达意来看，这种表述并不会伤害语意的传达，而且也更为精练，但是却失去了某些口语性特征，因此，反倒不如引文中那种看似罗嗦、保留语气尾巴、更具口语特征的表述更能贴近原述。

同时，对原述的"再口语化"还可以使转述人保持一种说故事或讲故事的姿态。我们知道，故事最早就是以口耳相传的方式传播的，只是在印刷术兴起之后，纸面媒介才成为故事主要的传播手段。这种传播方式一方面决定了故事语言必须具有公共性、易传播、易交流的口头性特征，一方面也决定了讲故事这一行为本身就具有很强的主体间性，将同时涉及讲述者、故事、听故事的人等多重关系。而故事深蕴的人文价值又使得故事成为实现人类种种伦理诉求的重要的途径之一。比如，人类某些难以处置的内在经验或深层焦虑，就是在故事中得到解决的。因此，某种程度上说，人类对于故事的需求，对于讲故事和听故事的渴望，实际源于人类的某种天性。因此，对原述的"再口语化"所赋予转述人的讲故事姿态，使转述具有了一种天然的吸引力和亲和力，很容易在读者的想象中点燃星星点点的火光，吸引着他不断参与到被转述的故事中来，去理解并接受转述人的叙述以及被转述的故事经验；而被转述的故事自然也由于语言的通俗、易交流、易传播，更易于进入公共空间，并与倾听者的内在体验相碰撞，从而转变成一种新的、可以共享的记忆与经验的设想，并最终对倾听者与当下的社会秩序产生影响。

因此，虽然在语言学上，口语与书面语之间的差异主要体现在由具体的交际环境、交际场合及交际对象所制约的语用层面，但当我们从故事经验的可交流性、可传播性、可共享性及其对现有社会秩序的影响等方面来看时，口语与书面语的不同，就不再只是单纯的语体层面的差异，还包含了伦理、道德、文化等诸多层面的内涵。这也可以说是在叙事伦理层面，对原述"再口语化"语用特征的体现。

第三节　原述的"再细节化"

强调转述语言的质朴、素净与"再口语化"，并不意味着在转述中就不允许添加细节性的描绘，或不允许使用形容词、比喻句等修辞方法，更不意味着只能机械地使用某种模式化的语言进行转述，从而造成在转述中只见故事不见经验，只见被转述的人称不见被转述者个人、只见事件的历史不见个性的历史的情况。对于转述来说，转述别人的故事经验固然重要，但绘出一个包裹在复杂历史经验中的有形他者的形象同样重要。笔者把这个问题称为"转述话语中的个人"。其实，在转述话语中还存在另一个"个人"，即转述者，我们将会放在下一部分进行研究，这里只谈第一种情况。就这一点来说，这种"转述话语中的个人"能否存在与自述中的自我建构一样，是一个重要的、不容忽视的问题。如果说在自述中，个体自我的建构与自述者的思维方式及表述语言的属己性息息相关，在转述中，"转述话语中的个人"则不仅与转述者的思维方式及转述话语的个性化特征密切关联，还与原述有关，"个人"只有首先存在于原述中才能有在转述中存在的可能。但是在原述中，由于叙述人更多还是为了讲述自己的故事而不是绘制一个自我的图像，自我意识与自我形象的塑造都不够自觉和明显，因此，为绘出"转述中的个人"，转述人需要有意识地对原述中表现含混、模糊与混沌之处进行梳理，在不影响原述真实性的前提下，恰当运用细描的方法，对某些典型情节加以细节化处理，并以个性化的语言表达出来。如《一个基督徒的右派生涯》中的一段描绘：

　　李景沆独自一人蹲在一家农民的灶火门口，灶上灰烬还散发着微弱热量，凑在那里，身上舒服些。突然，一个妇女神色慌张地破门而入，李景沆不知所措地离灶火门远了一些，只见这个妇女找了一根烧火棍，迅速扒开灶膛里的灰烬，拨出几颗烧熟的土豆。李景沆这才明白了这个妇女看见他伏在灶门口时那种惊诧的神色。土豆皮已经被火灰煨成了金黄色，熟土豆散发出的香味顷刻弥漫了整个屋子，土豆表面被烧得鼓起皮的地方就像充了气的气球。李景沆想，这些鼓起来的小包，触摸起来一定有一种又软又滑的感觉。就在这一刻，李景沆的涎水已经不能自控地流到了嘴角。李景沆咽下了这口唾沫。在饥饿的驱使下，第一次放弃尊严，放下了自己知识分子的架子，伸出了他那拿惯三角尺和粉笔的手，用祈求的眼光望着这位妇女说："大姐，给我一个吧！"农村妇女把李景沆看了一眼，什么话也没有说，只是无声地把盛土豆的衣襟伸到李景沆面前。李景沆毫不犹豫地捡了一个最大的土豆，用双手抱在怀中。在整个过程中，两个人都没有说一句话。

李景沆等到那位妇女走后，才开始慢慢地消受这颗珍贵的土豆。他先是迅速地钻进了被窝里，用被子把头蒙起来后才开始一点一点地"品尝"。这天晚上，李景沆是一个人睡了一个屋，他像真正的贼一样，把自己完全蜷缩在被子里边，采用"蚕食"而不是"鲸吞"的吃法，来对付这颗极不平凡的土豆。他要把享受土豆对口腔、食道、胃壁抚慰的时间尽量拉长。①

与简洁的口语化叙述相比，这几处刻画很细致也很出彩，如对妇女拨土豆、烧熟的土豆的模样、李景沆要土豆，以及他在被窝里吃土豆等细节的描绘，几乎每个动作、每个情节都因经过润饰和修辞而具有了诗意与弹性，弥补了因转述语言的过于简洁而导致的表述上的欠缺与局限，以及叙事信息的流失和作为故事人物的他者形象的弱化与苍白，同时也在转述中融入了叙述者的某种个人气息。

此外，经润饰的转述语言，从叙述上淡化了以政治图解历史经验

---

① 邢同义：《恍若隔世——回眸夹边沟》，兰州大学出版社2004年版，第142—143页。

的意识形态色彩，并以对被转述人人生经历的某些细节精雕细刻，甚至竭力渲染的方式，使叙事效果集中于个性化历史的展示，即作为个体的人物形象的丰富与人物性格特征的强化，这时的被转述者已经不只是最初向转述者讲述自己故事的那个人，而同时也是转述者要极力重新绘制的人物形象。因此，每一个比喻、每一个修饰语汇都是转述人为表现人物而布下的神来之笔，目的是用以刻划个体生命在灵魂破碎处的呢喃，以及黯淡之中的人性之光：一个知识分子迫不得已放弃尊严与人格，而面对这一切，善良的农家妇女不但没有嘲笑或拒绝，反而施以援助，尤为可贵的是，在做这一切时，她始终是沉默的，虽然这可能是因为一时的恐惧，也可能是因为无法完全理解一个七尺男儿伸出的手和祈望的眼神背后有着怎样的痛苦放弃和勇气支撑，但不管怎样，她的沉默还是给予这被迫放弃的尊严以最后的尊重与挽回。因此，对她用笔虽少，却笔笔点睛，在有限的描述空间使她的形象得到放大与强化。这种叙述既包含着对"黑暗时代的人性"（阿伦特语）之善的珍惜与歌颂，也寄予着对那个摧残、迫害、扭曲人性的残酷时代的反省与鞭笞，体现出转述人从人的立场出发，在小人物中体现大历史的转述口径与角度，以及努力摆脱权力话语下集体叙述的桎梏，由公共叙述人向个体叙述者的转变。因此，对原述的"再细节化"，在确保转述的完整与丰沛的同时，也体现了转述者的叙事立场与伦理取向。同时，由于这些润饰与修辞多是对于环境、人物动作与人物神情的细化，而不是对故事情节的随意篡改，因此虽然带有转述者主观想象的成分，这种想象却是合理的、有意义的，并不会过多妨碍叙述的客观。

  以上从三个方面讨论了转述话语的伦理语用特征，它们并不只是出于审美的形式要求或转述人一己的主观臆想，而是在每一次力求客观的转述背后，都寄予着转述人深刻的伦理诉求，正是因为有了这种内在的规约，对这段历史与个人经验的转述才突破了最有可能出现的简单化、平面化的弊端，而具有了深度、意义和价值。

第四章

代述者伦理

第一节　代言人姿态与代言对象的选择

　　上篇曾谈及过一个观点：所有的人性灾难都必须依靠道德见证人的记忆与言说才能有效保存。在笔者看来，这里的道德见证人不单要具有某种道德良知或情义，还应执着于真相与正义。因此，他可以是亲历者，也可以是非亲历者。作为亲历者，可以通过自述其经历，使个人记忆进入公共空间，从而使历史记忆得到有效保存与延续；而作为非亲历者，则可以通过对史料的研究与对当事人的调查采访，使历史记忆在代述中复活。特别是对那些已然不能发声的逝者、没有叙述能力与叙述话语权[①]的当事人（既包括受害人、也包括施难者），以及不愿让人们看到他们伤心的眼泪，在"想哭的时候会把门关上"[②]的沉默者而言，代述者的叙述，将会使这些人连同他们的故事，一同从被遮蔽、被遗忘、被扭曲的黑暗世界中走出来，在人们记忆与灵魂深处复活，在常态的日常生活中现身，使历史记忆以一种新的面貌被构建、保存和延续。

　　威塞尔作为纳粹集中营的幸存者，曾因写作与集中营经历相关的《黑夜》而获得1986年诺贝尔和平奖，授奖者称他是"人类的信

[①] 从某种程度上说，长期以来，由于"反右"一直是官方意识形态比较禁忌的话题，"反右"叙述一直受到限制，"反右"叙述或不可能，或只能在官方意识形态限制下展开，相当一部分人，尤其是为数众多的、处于最基层的"小右派"或右派小人物的经验长期得不到表达。在笔者看来，这种情况从某种程度上来说也可视为一种话语权缺失的表现。

[②] 刘小枫：《沉重的肉身》，华夏出版社2004年版，第202页。

使"，因为他记录了"在人类遭受极大羞辱和彻底蔑视时的个人经历"①。这里的"信使"的含义正是在代言与道德见证的意义上来谈的。他曾说："我为什么写作呢？为的是受害者不被遗忘，为的是帮助死者战胜死亡"②。他主张，"让我们讲故事来记忆人类在面对凶猛的邪恶之时是多么脆弱。让我们讲故事来阻止刽子手说出最后的遗言……遗言属于受害者。这得取决于见证人来抓住它，使它成形，传递它，仍旧把它作为一个秘密来保存，然后向其他人传播那秘密"③。正是依靠道德见证人的代言，历史之蔽才得以清除，历史真相才得以部分程度的被恢复，受害者最后的权利也才能得到挽回与拯救。同时，这些被唤回的历史与记忆还将直接或间接改变着现世人们的生存，"影响我们的操行，影响我们的意识，影响我们的举止，使我们趋向善良，趋向光明。"④

不仅如此，历史的复杂性还要通过一个社会阶层、一个时代的群体生存状态来加以表现，而一个人的经历、一代人的世界和视野毕竟有限，因而恢复历史记忆绝不是一朝一夕的事，也不是只靠某一个人或某一代人就可以完成的事，往往需要几代人的努力才能实现，这样就更需要道德见证人来承担起代述的责任和义务。特别是在当下，大多数人都执着于讲自己的故事，替他人讲故事的道德感正日渐薄弱，这种承担就显得更为可贵与重要，因为历史复杂性要借助于各种不同的叙述才能表现出来，而放弃了替他人讲故事的责任与义务，也就等于放弃了一种叙述历史和追求历史复杂性的可能。

这一点在关于"反右"历史记忆的叙述、构建与保存中同样突出。长期以来，政治的禁忌使关于"反右"叙述的话语权备受限制。在官方意识形态的夹缝中，"反右"叙述或是如同尘埃碎影、闪烁其

---

① 苏晓康：《"让我们来讲故事"——阅读廖亦武兼谈见证与文献》（http://www.douban.com/group/topic/2655993/？type＝like）。

② 徐贲：《人以什么理由来记忆？》，《南方周末》2007年3月22日D30版。

③ 苏晓康：《"让我们来讲故事"——阅读廖亦武兼谈见证与文献》（http://www.douban.com/group/topic/2655993/？type＝like）。

④ 同上。

词,或是在命定的政治视角下被模式化、规范化,而一切脱离这一轨道的话语表述根本无法进入公共言说空间。再加上长久以来,对于历史的叙述,包括"反右"历史的叙述,普遍存在一种"大"的倾向,好像只是在围着大人物做文章,而那些处于最底层的右派小人物的经验却鲜有人关注,甚至只能处于自生自灭的状态:死去的自然再也无法开口,而侥幸生存下来的,也或是因为没有叙述与表达的能力、权利与机会,或是因为有隐情不便于表达,抑或由于其他某种原因而对这话语世界产生厌恶、反感,甚至不信任,而宁可化作人们身边平凡的树或沉默不语的石头,使他们及其身后的历史,处于被遗忘、被漠视的边缘。固然,表现"知名右派""大人物"是重要的,"因为这些人影响大,对他们的思想、命运的透视,能够揭示出当年鸣放与反右运动的被遮蔽的许多重要方面。但不可忽视的事实是,……蒙难者的大多数都是一些名不见经传的'小人物',将他们的命运排除在视野之外,也会遮蔽许多真相"。①

因此,具有强烈道德关怀并执着于真相与正义的非亲历者作为"道德见证人"的代述,在"反右"历史记忆的构建与保存中,正发挥着越来越重要的作用。正如我们在本篇一开始时提及的,近年来一些深入人心并产生较大影响的"灾难性""反右"叙述,往往就是对右派小人物在极端处境下的历史与人生际遇的代述。杨显惠就曾说他是有意在选择那些微不足道如"小草一样的人物,因为他们的命运与遭际更能体现强权统治的暴虐"②,也更能体现出代述者浓厚的悲情意识与强烈的使命感。茆家升则说得更明显:"我想如果有一天有一本叫做政治运动史这样的书出版,里面一定少不了反右派这一章,而写这一章的人,不要只看到右派群体里那些著名的人物,千万不要忘了还有无数的小人物,忽略了他们就是忽略了罹难者的大多数。不要相信什么权威性的结论,要眼睛向下,一直下到最贫苦的受难人群中去,那

---

① 钱理群:《拒绝遗忘:"1957年学"研究笔记》,牛津大学出版社2007年版,第446页。

② 卢翎:《逼近历史的真相——关于杨显惠的"夹边沟"系列小说》,《小说评论》2002年第4期。

才能反映出一场运动造成什么样后果的真正面目。他们本来就是社会的底层,再一受难,就成了一群最弱势的人了。鲁迅先生曾说过一句话,说地狱里最苦的鬼是无声的。我所接触到的基层右派们,几乎没有能用笔发言的人,是一群无声的人。所以从在那家右派农场起,我就想过有一天我要为这一群无声的人说几句真实的话,所以才有这本小书。"① 因此,在他们的笔下,一批沉默无声的小人物走上历史前台,他们柔弱、渺小、平凡、普通,虽被称作知识分子,但其实有许多人不能算作严格意义上的知识分子,有相当一部分右派知识分子只不过是读过几天书的小学老师,或中学老师(如茆家升《卷地风来——右派小人物记事》中记录的许多基层右派);其中虽也不乏恪守人格尊严者或洁身自好者,如董坚毅(《夹边沟记事·上海女人》)、张永伟(《夹边沟记事·一号病房》)、王景超(《夹边沟记事·探望王景超》)、安兆俊(《寻找家园·安兆俊》)、石玉瑚(《夹边沟记事·告别夹边沟》)等,但更多的人在噩运面前,放弃了直面灾难的勇气与悲壮赴死的气魄,选择了屈服、顺从、忍耐,以及如蝼蚁虫蛭一样无声无息地生存与死亡。作品中,这些人常常没有名字,即使有也很快就会被人们遗忘,人们记住的只是他们的故事,他们极端的生存困境、历史感伤、道德困惑,以及动荡年代里,平凡偶在的个体生命与整个历史之间脆弱却又强大的关联。从历史层面来说,这些代述作品集中揭示了"反右"运动的灾难性历史,也部分程度地恢复了历史的真实面貌,历史不再是抽象的宏大历史,而是有血有肉的小人物的历史。因此这些作品既体现了作者恢复历史真相的道德与情感冲动,也体现了当下知识分子为底层写作、为弱者代言的义不容辞的伦理担当。

但仅有叙事的立场是不够的,作为代言人更进一步要思考的是:如何进入、理解、体验代言对象的内心世界与利益诉求,以便更好地讲出、讲好他们的故事,并追回他们应有的权利;如何在完整、准确

---

① 茆家升:《卷地风来——右派小人物记事·自序》(http://www.xuancheng.org/thread-654604-1-1.html)。

地呈现他们的经验的同时，使经验的呈现更具文学的形式感和审美的内涵；如何防止代述人的悲悯同情沦为空洞的语言表演和泛滥的抒情，而最终失去介入现实的行动能力；以及如何避免出现代述者高人一等的叙事姿态与过多运用代述者叙述权力的状况。

也正是在这一意义上，杨显惠、邢同义、茆家升等人的叙述深深打动着读者的心。他们站在右派小人物的立场上代言时，既没有陷入空洞的悲悯与无力的同情，也没有以高高在上的姿态来俯视这些小人物，而是选择了一种匍匐于现实，在凄惨的地面上与之进行贴身缠斗、向地而生的写作方式。杨显惠为了写好《夹边沟记事》，"'每年数次往返于天津和甘肃之间，耗去了整整五年时光，……大海捞针般的搜寻到近百个当事人。'并在更多的作家以面向世界的姿态追逐潮流技法，以面向内心的姿态虚构创伤的时候"①，依然坚持自我，坚持对现世的关怀，坚持对文学在表现和挖掘人性重大主题方面的力量的发掘，并不断追寻其中的意义，"在集体遗忘的幽暗处，为我们开掘出一整个群体，一大段历史，一长串灾难，一种文学新感受。在轻逸的潮流下，坚持沉重，逼露出历史和真相的基石。"② 而《恍若隔世——回眸夹边沟》中涉及的每个人物和每件事，邢同义"都尽可能找到本人、本人的家属或他们的亲戚朋友，详细询问，反复核实，力求做到尽可能的准确真实。与其说三十万字是写出来的，毋宁说是跑出来的，是问出来的"③。这样做的目的非常明显：如果仅为了写小说，他们无须这样费尽心力，完全可以通过既有的材料，再辅以想象来进行虚构，而不必追求如此精确的客观。但是他们有意选择了较为纪实的方式，并在代述中力求站在每一个当事人的立场上，以深入现场、回到现场的决绝，以朴素内敛却并非完全隔岸观火的冷静与克制，试图让每一个当事人自行开口（如以虚拟的右派"我"作为叙述人或直接在转述中以第三人称视角标明××说、××想，让故事回到人物自身，而不是由代述者强行代替讲述），通过一个个当事人悲剧

---

① 雷达：《阴霾里的一道闪电》，《文学自由谈》2003 年第 4 期。
② 苏小和：《现实主义笔法的回归》（http://www.jydoc.com/article/849970.html）。
③ 邢同义：《恍若隔世——回眸夹边沟》，兰州大学出版社 2004 年版，序第 3 页。

性的经历，去从整体上把握这段历史，并逼近历史的真相。这种代言的自觉以及追求深度、平等代言的伦理意识与努力，使代言或曰写作本身，成为一种伦理担当。

为右派小人物代言，自然显示了代述者作为道德见证人的勇气与伦理担当，但是就"反右"叙述来说，另一群沉默的人同样不能弃之不顾，即当年向别人发难与施难的人，他们也构成了历史真实图像的一部分。从某种程度上说，这一类人也是历史的受害者，他们的人性也受到了扭曲与破损，但目前对这一类人的理解与叙述，过于简单和主观。事实上，施难者也并非铁板一块，也会有诸多复杂面相，但这些领域至今并没有得到很好的挖掘。许多时候这与他们自身有意的沉默有关。而沉默的原因可能是害怕打击报复；缺乏坦白、忏悔的勇气、胆识与胸襟；缺乏叙述自我、讲述自己故事的能力；或者根本就还没有认识到自己的问题所在。作为执着于历史真相与正义的代述者，也应该努力去挖掘这一部分的历史资源，使这一部分人的历史声音与历史图像也能够呈现出来，否则对历史的叙述与历史真相的描绘就不可能完整与真实。与选择作为沉默的大多数的右派小人物为代言对象一样，讲出这些施难者的故事，同样可以显示出代述者自身的道德理性与道德勇气。

第二节　有效介入与合理规避

由前述可知，代述行为具有特定的叙事内涵。因此，无论代述人如何隐蔽，如何宣称中立、如何借助旁观者视角来和文本保持一定的距离，无论实录多么细致严密、忠实客观，无论转述话语多么质朴、素净、克制，在代述的过程中还是会在不经意间暴露出代述者的叙述立场、伦理诉求与价值评判。事实上，前文已论及过的叙述语式与语态的转换，如叙述视角的调整、转述口径与角度的选择，都是代述人介入叙事的有效方式，但在此之外，还有其他一些渠道。

一　对被叙述故事的选择、组织、安排

以《夹边沟记事》和《恍若隔世——回眸夹边沟》为例。这两部

作品均是作者在调查与采访了约百十余位幸存者与当事人之后创作而成的，但在书中却只有几个故事。天津古籍出版社出版的《夹边沟记事》中有7篇故事，上海文艺出版社出版的《告别夹边沟》及广州花城出版社出版的《夹边沟记事》有19篇故事，《恍若隔世——回眸夹边沟》中典型的故事也不过六七个。在近百个故事中，哪些故事在成书过程中被留下，哪些又被放弃，必定要遵循一定的标准，这标准可能是故事内涵的独特、深刻，故事细节的典型，也可能是故事本身具有历史、社会或文学的多重内涵。但不论怎样，这些标准总是与叙述者的叙事追求与伦理意图相关的。

比如，天津古籍出版社出版的《夹边沟记事》中的7个故事（《上海女人》《夹农》《饱食一顿》《逃亡》《贼骨头》《李祥年的爱情故事》《医生的回忆》），虽然都是描述当事人在夹边沟的生死经历，但每一篇都有较为独立的主题，如爱情、亲情、死亡、饥饿、逃亡以及为了生存而导致的尊严的贬损与人格的分裂等，这些主题又大致涵盖了在夹边沟的极端境遇中所有关于生存的主题，因而极具代表性。而且这些单个的故事，彼此之间并不是孤立的，围绕这些关于生存的主题，故事与故事之间就有了一定的关联，单个的故事因而也就组成了一个整体，个体记忆成为关于那段历史的集体记忆的一个部分与单元，同时也是一个注解和说明。

如果说天津古籍出版社出版的《夹边沟记事》中的7个故事还不足以说明这一点，2008年由花城出版社出版的《夹边沟记事》中的19个故事，在这一点上的体现就比较明显了。不仅如此，在这些篇目的选择中还透露出另一个信息，就是作者讲述这些故事，并不仅是为了展现那一段被遗忘、被埋没的历史与记忆，同时，也是为了挖掘极端境遇下更深层次的人性百态：在生存危机面前，洁身自好坚守尊严者有之（如王景超、张永伟），不惜代价帮助他人者有之（如许霞山），忘恩负义、背叛朋友者有之（如王朝夫），明哲保身、不顾亲情者有之（如季队长及她的女人），更有放弃精神追求与人格尊严，去偷、去骗、去抢食别人的食物，甚至是吃别人的呕吐与排泄物或死人肉的（如俞兆远、牛天德、魏长海等）。不仅如此，作者还展现了在这百态人性背后的道德困惑与道德焦虑：当最基本的生存受到直接威胁的时候，生命与道义之间该如何选择？极端境遇下，伦理道德的底线究竟在哪里？这些问题意识某种程度上也体现了作者选取故事的标准。

《恍若隔世——回眸夹边沟》中几个故事的入选也都是有原因的。《"抗拒劳教"而被起诉和判刑的右派们》与《"黑骟骡事件"的主人公》两篇入选的原因，作者自己说得明白："全国五十五万右派分子，投入劳教的是不幸中的不幸者，但毕竟占的比例不是很大。投入劳教之后又因'抗拒劳教'而被起诉者，又是这不幸者中的最大不幸者……这是一个更为不幸的群体，是以前诸多关于右派分子生活情况的纪实文学作品中很少涉及的领域。"① 而在"被夹边沟农场告上法庭的总共四十六名劳教人员当中，能够找到他们本人或他们的遗属的，目前只有马述麟"② （即"黑骟骡事件"的主人公，笔者注），而其余几篇《一个基督教徒的右派生涯》《省委机关的第一个右派》《一个多才多艺的右派》《撞见了不该撞见的场面而获罪的右派》的入选，则体现了作者"尽可能地选择自己最熟悉的人物和事件，如自己的老师、同学、同事、邻居等"③ 的标准，以避免根据"某种意识形态来选择人而带来的局限性"④。因此，成书标准的制定也是作者介入叙事的一种方式。

对入选故事在文本中的顺序安排，也是作者干预叙述的一种方式。比如，杨显惠把《上海女人》放在《夹边沟记事》（天津古籍出版社，2002年版）第一篇，除去因为这篇作品曾获奖，具有较大影响外，可能还与作者试图以这篇震撼人心的作品，将读者的伦理意向拉向故事中的人，也即作者的代言对象——那些右派小人物们，使他们能够通过这些小人物生存的历史语境来理解他们的命运及其背后的历史，以确定一种人性化与情感化的叙事与阅读的角度与立

---

① 邢同义：《恍若隔世——回眸夹边沟》，兰州大学出版社2004年版，第58页。
② 同上书，第93页。
③ 邢同义：《读〈恍若隔世——回眸夹边沟〉》，《炎黄春秋》2007年第3期。
④ 同上。

场的道德诉求有关。而接下来的篇目安排（依次为《夹农》《饱食一顿》《逃亡》《贼骨头》《医生的回忆》《李祥年的爱情故事》）则体现出作者对整个文本叙述基调与叙述节奏的调节：从伤感、苦涩、惊心动魄到含泪的讽刺，从节制、平缓到激荡，使读者不至于因文本情调与叙述节奏的单一而感到乏味，增强了他们积极阅读与伦理判断的热情。

二 细节捕捉与人物形象塑造

对于文本细节的捕捉与人物形象（他者形象）的塑造，在某种程度上，提升了作品的文学意义与品格，也是作者介入叙事、暗寓其伦理取位与价值立场的一种方式。

雷达曾指出杨显惠《夹边沟记事》的最闪光之处在于随处可见的精湛的细节，它们全来自生活，并赋予了作品深远的意蕴。比如，《上海女人》中，对这个外柔内刚的女子包裹丈夫骸骨、与她走在风中两个细节的描写，运用了很多文学表现手法，如设置意象、运用比喻的修辞等，因而这个人物形象特别具有表现力。而关于饥饿与死亡的细节更是俯拾皆是。比如，在《饱食一顿》中关于牛天德晾晒"我"的呕吐物与排泄物时的专心、被发现后与"我"的对峙、反抗"我"的阻止时的反常等几处细节的描写，就极其真实地表现了饥饿困顿下人的"类属性"的下降与人格、人性的破损。

《恍若隔世——回眸夹边沟》虽然主要以较强的纪实手法（直接呈现文档资料）和较朴素的语言进行叙述（主要是转述），而鲜有修饰性语汇和评价性表达，但这并不影响作品的感染力与文学性，其秘密就在于对细节的捕捉以及以文学手法对人物形象的塑造。比如，写一个右派因无法支撑超强度的体力劳动而成为一尊"雕塑"："有那么一个人，把铁锨挂在身前，双手抱着锨把，站在水里边纹丝不动，像个雕塑。任凭小队长怎么喊叫，这个人都'我自岿然不动'"[1]。"'雕

---

[1] 邢同义：《恍若隔世——回眸夹边沟》，兰州大学出版社2004年版，第115页。

塑'分明还活着,他的眼睛还在眨巴,眼睛里散发着悲凉的风。看样子,他的体能只够支撑他站着,而且还离不开铁锨的扶助"①。这段细节的描写,很细致也很悲凉,使人想起鲁迅《祝福》中对祥林嫂的描写:"只有那眼珠间或一轮,还可以表示她是一个活物"②,悲哀直沉心间。

又比如,写右派们在饿极之时的两种吃馍的方法,一种是狼吞虎咽,又急又猛,可称为短跑式,几步之内解决问题,"每口咬得太多,只在口腔内翻几下就下咽。下咽一次就使劲伸长一次脖颈。人一瘦,就显得脖子长,再使劲一伸,活像一只呆头鹅"③;另一种吃法是细嚼慢咽,也可称为马拉松式。"他们拿到馍后并不急于吃,而是把馍拿回房,坐在自己的床铺上,把馍放在眼前,看一看,然后再拿起来上下左右端详一番,像一位收藏家在鉴定一件古玩,又像一位文物工作者研究一件新发现的文物。欣赏完之后再拿出小刀,小心翼翼切成小薄片,慢慢地一片一片往嘴里送,从两唇开始,让口腔中的硬腭、软腭、两侧、下膛、舌尖、舌面、舌根都能充分感受到馍馍的滋味。"④写右派们如何吃西瓜:"先在西瓜表面随便选一个位置,用小刀子旋开一个鸡蛋大小的圆锥形小洞,取出这个连在一起的圆锥体。先把小刀子上的西瓜水吮吸干净,然后解决这个圆锥体,最后才进入正式的吃瓜程度。吃的时候是用一把小勺,挖一勺吃一口,慢慢咀嚼和下咽。遇有瓜子的时候,要把瓜子全部嗑完,才再吃下一勺。……红瓜瓤和花瓜皮中间那一部分发硬的非皮非瓤的东西,也要刮得一干二净填到肚子里,剩下的只是一个薄薄的壳子。到了1960年,连瓜皮也不剩了……"⑤ 这些细节展现犹如电影中的慢镜头或特写,把右派们在饥饿感下对食物异常甚至病态的珍惜和体验,刻画得淋漓尽致。

又比如,写对饿死的右派的处理,开始还有一口杨木棺材厚葬,

---

① 邢同义:《恍若隔世——回眸夹边沟》,兰州大学出版社2004年版,第115页。
② 鲁迅:《彷徨》,人民文学出版社1973年版,第3页。
③ 邢同义:《恍若隔世——回眸夹边沟》,兰州大学出版社2004年版,第132页。
④ 同上书,第133页。
⑤ 同上书,第133—134页。

后来就改成芨芨草编成的草笆子，把尸体放在笆子上就抬埋了，到最后，就只是简单地把死者原来的衣服穿上，用他的铺盖将尸体一裹、一卷，再用他原来捆行李的绳子一捆，就草草地埋掉了。这里对"一根绳子"的留意，给人以很大震撼。

在《一个多才多艺的右派》中，提钟政这个人物很令人喜欢。他天性开朗、坚强，无论在怎样的境遇下都能保持一颗乐观、积极的心，也总能带给人信心与欢笑；不仅如此，他还多才多艺，"能采、能编、能写、能说、能演、能播，新闻、专题、科普、教育、文学、戏剧、说唱，没有一样不会，哪个岗位缺人他能到哪个岗位顶，而且都是好样的。"① 但他的一生又劫难重重，上天似乎是有意让他尝遍人间的各种情感与人世的各种安排，"反右"期间自不必说，从夹边沟死里逃生出来后，在"文革"中又莫名其妙地因为"投机倒把罪"被判处死刑，缓期两年执行；入狱1年后因机缘巧合，被免予刑事处分，并准予可以回家，可谁知老父亲却因念子心切、因为儿子多年来所受的磨难在他心中形成的另一份同样难以承受的疼痛而心力交瘁，竟然在儿子回家前的六个小时自缢身亡。从作品中可以看出，作者对这个人物寄予着非常复杂的情感，一方面为他的才艺与曾经的乐观所感染，另一方面又同情他坎坷的人生际遇，为他多难的人生、不公的命运、埋没的才艺心有不甘。因此，他有意让这个人物以欢乐的形式出现，并适当运用了一些讽刺、幽默等喜剧化的方法，使对他的展现充满戏剧性，甚至还时不时会带来一些笑声。但喜剧的表现手法终不能掩饰悲剧的命运，欢乐的面皮下是难以摆脱的宿命感与挥之不去的忧郁。因此，阅读给人的感觉是虽乐犹痛，笑中有泪，格外打动人心。

由此可知，在代述中，这些细节的描写与人物形象的刻画，不只是为了逼真地还原和再现历史，或单纯地再现历史的复杂性与多面性，也不只是为了成功提供几个鲜活、生动的人物形象，更是要在背后寄予并表达代述者对这些人物的同情和理解，以及对这一段历史的

---

① 邢同义：《恍若隔世——回眸夹边沟》，兰州大学出版社2004年版，第350页。

控诉与批判。

相比较在叙述形式层面的干预，代述者对叙述内容的干预性选择，如对文本人物、事件，及叙述行为本身发表见解、加以评论往往是比较直接的，能够较明显地暴露代述者的存在，使读者能够很容易地体会代述者对故事人物和故事本身的伦理态度，并做出相应的伦理回应。但是如果这种干预过于直接，缺少叙事的张力与美学的魅力，有时，也会因为未能兼顾代述客观化的叙述要求与纪实文学在文体方面的限制，而影响到阅读者对于代述历史本身的信任与接纳，因此，大多数的代述者在这方面是十分谨慎的。

第三节　代述者的伦理困境：对代言合理性与代述可靠性的质疑

一　代言的合理性与合法性

从上文可知，代述的现实意义自不待言。但在这种现实意义背后，有一个伦理问题却不容忽视，即采访一个灵魂受到贬损、内心有过创伤性历史经验的人，不论采访人如何谨慎地体谅、善意地倾听、安静地陪伴，都必将打破被采访人安宁的内心生活，使他不得不重新面对那段不堪回首的历史与浸满血泪的伤痕，并给他当下及未来的生活带来深刻甚至致命的伤害与影响。在这种情况下，要求一个因内心创伤而无法平静、幸福生活的人，重新回到过去、讲述苦难是合理或正确的吗？就像斯汀勾发现索菲关于过去的记忆充满虚假、空白与扭曲之后，认为一个人无法逃避、也不应该逃避过去，而一再要求她讲述曾经的往事，结果却使索菲陷入往昔无法自拔，只能任凭过去如荆棘般划痛内心而更加木然地生活，直至选择死亡来寻求解脱。在这里，无法挣脱的过去，成为索菲个体生命的一种在体性欠缺。如果这种在体性欠缺客观存在，他人又如何能够硬将她拽向过去的危险之地或以这种方式来帮她填补这种欠缺？

因此，这也就提出一个问题：为有如此创伤性记忆与在体性欠缺的他人代言"该"还是"不该"？也即这种代言的合理性基础是什么？

持肯定回答的理由或许很简单，即为了保存历史记忆、为了悲剧不再重演、为了大多数人特别是子孙后代的利益，我们必须寻求历史真相，必须坚持正义。只是，在历史和大多数人的利益的名义之下，真实的、已然千疮百孔的个体心灵与偶在生命的幸福与安然又将被置于何处呢？也许，走过这一历史的人注定要做历史的牺牲者与道义的承担者。只是这种历史担当又是多么残酷与艰难呀！

在《饱食一顿》与《逃亡》中，被采访人高吉义在向"我"讲述他和牛天德之间的故事，以及回答"我"的发问时总是迟疑不决、欲说还休。而李辉则猜想杜高在如何处置自己的那些检举揭发材料的问题上，将要度过一个个不眠之夜，在无比痛苦之中又一次煎熬自己。代述人对于历史真相的探究与揭露，总是以撕破当事人的内心创伤为代价的。问题是谁来做这个"个人"、如何看待这个"个人"？再进一步这个问题还将被转化为：代言，以谁的名义？个人还是历史？所谓的右派小人物是抽象的群的代号，还是一个个具体鲜活的个人？从这一角度来看，当下的"反右"代述虽然是以一个个鲜活的个体生命为基础的，但对代述者而言，却并不是在为某一个人代言，而更多是在为这一群体和这一被淹没的历史代言。

但不论以谁的名义代言，谁赋予了代述者代言的资格与权利？即代述者代言的合法性依据在哪里？如果说较之沉默的当事人，代述者往往更理性，拥有更多的表达能力、叙述空间与言说的道德冲动，但这最多不过说明他具有代言的能力，而能力不等于资格，也不等于权利。

在笔者看来，有资格赋予代述人代言权利的只有两种人：一是上帝，一是代言对象自己。由于我们国度宗教感的匮乏，有资格的便只有代言对象自己。这样再回过头去看一些当事人在看到《上海文学》上连载的《夹边沟记事》的部分篇章后，主动打电话给杨显惠要他讲述自己的故事这一行为，其中所包含的深刻寓意就尤值得人注意：他们的托付不仅仅只是为了说出一段故事，也是在赋予代述者一种代言的权利，寄予着对代述人的信任与期盼。

当然，作为知识分子来说，在避免自大的同时，也应当有一份自觉：即知识分子要自觉担负起为底层右派、为沉默的小人物群体代言的神圣使命，这种责任与义务应当是知识分子分内的职责。对知识分子来说，将这种使命感与被代言对象赋予的资格合而为一，才能够更好地履行代言的职责。

二 代述的可靠性与不可靠性

对于作为非亲历者的代述者而言，客观叙述是确保代述可靠性的重要前提。为此，代述者采取了一系列手段与方法，如展示档案资料、以口述实录形式最大限度还原原述现场；尽量采用质朴、素净、克制、内敛的代述语言，对代述语言进行"再口语化"、"再细节"化以充实原述、丰富人物形象、确保叙述的客观和历史的丰富与完整；凭借第三人称全知视角，以及站在人物立场上、从事实层面让人物以自己的声音说话，以避免代述人主观情感、价值评判的随意置入和叙述权力的滥用来增强叙述的真实性和自然感等。此外，被代述人的信任与托付在一定程度上也增加了代述的可信度。

但仅有此是不够的。对作为非亲历者的代述者而言，代述的不可靠性问题始终存在。

这首先是由于，代述者作为非亲历者往往缺乏历史现场感，和历史史实之间也总是存在难以跨越的时空距离。虽然这种距离在一定程度上确保了代述者能够更有效地认知与反思历史，但始终是代述者难以弥合的叙事鸿沟和代述自身无法彻底修复的在体性缺陷，它使得代述者只能凭借历史史料及对当事人的调查采访来抵达历史。由于资料来源的有限和意识形态的局限，由于史料本身和当事人的口述本身已经具有建构性特征，代述者由此获得的历史认知必将会带有他个人整合与甄别历史的主观印迹，使得代述的可靠性与可信度成为代述者始终要面对的伦理难题。

而在此之外，与我们生存的经验世界相比，言语的世界总是有限的，总会有一些领域是语言难以企及的，如玄想、顿悟等微妙的内心体验；不仅如此，就语言表意本身而言，它既是抽象的、概念化的、理性的、公共的、普遍的，又是具体的、感性的、个人的、诗意的，这一系列的二律背反说明造成语言困境的成因也在语言本身；但悖谬之处在于：面对生命世界，又不得不使用语言，就像讲究顿悟、不依文字、不立文字的禅宗最终不得不宣布"不离文字"一样。因此，对语言在传达意义的同时总会遮蔽意义的语言悖论，我们无法超越。这种局限不仅仅存在于原述者讲述自己故事的过程中，也存在于代述者代他人讲述故事的过程中，这也是人们对代述可靠性提出质疑的另一原因。

前文谈到自述伦理时曾提到，一个宽松、进步、文明的社会体制和环境，一个独立的叙述主体、一种属己的言说方式、一套可资借鉴的话语体系，以及一种尊重与奉行叙事伦理的态度与行动，将有助于自述伦理困境的解决。在笔者看来这对解决代述伦理的困境也具有一定可行性。体制的宽松可以释放更多叙述空间，使更多被遗忘、被遮蔽的历史重现于历史前台，比如，就夹边沟历史来说，前文曾谈到赵旭早在1985年就开始采访夹边沟幸存者，并着手关于夹边沟历史的纪实文学创作，但他的作品在当时（1994年）却无法出版，夹边沟历史因此也就一直处于被遮蔽的状态，直到2000年杨显惠开始在《上海文学》连载"夹边沟"故事系列之后，才又重新彰显于天下，而这与当时（2000年）言说情境的相对宽松是分不开的。也正是在这个意义上，王纪人认为对于右派人小物的历史展现（如《夹边沟记事》《恍若隔世——回眸夹边沟》等），标志着"文学解密时代的到来"[1]。而史料的丰富、意识形态禁忌的宽松，对于确保代述的客观具有重要意义，它使得叙述主体可以脱离命定的政治视角，突破意识形态框架设置的叙述模式、叙述立场，在新的语境下依托新的思想资源，以新的视角进入历史、展开叙述。比如，杨显惠与邢同义在对大量史料加以整理、对当事人进行多次深入采访的基础上，站在人——尤其是具体的小人物——的立场上，以充满悲悯与同情的人类情怀进

---

[1] 王纪人：《读〈恍若隔世〉》（http://blog.sina.com.cn/wangdada）。

行的叙述较之20世纪80年代的叙述就是一个很大进步。而为达到这一点，则需要代述者尊重并奉行一种伦理的叙事态度，即代述者应尽量以平等的叙事姿态，贴身靠近历史与每一个被代述者，让抽象的悲悯与同情化解在每一个具体的人身上，在尊重历史的同时，更尊重每一个具体的偶在的个体生命，从而真正做到让每一个被代述者和每一段被代述的历史自行开口说话，唯其如此，才能在代述中最大程度实现客观化的叙事要求与叙事意图，也才能获得更多历史当事人的信任与尊重，使他们能对代述者交付自己的真心，为确保代述的客观、可信提供最基本的前提。再者，无论是自述者，还是代述者都要最大限度挖掘现代汉语的创化功能与表意功能，尽力为我们如此繁复的历史经验提供一个可资利用的表述模式与话语资源，以便在言语实践的世界中最大程度地抵达历史。

第五章

混合叙述：自述与代述的结合

第一节 自述与代述两种叙述方式的混合使用

本书依据叙述人与故事事件之间的关系，将20世纪90年代以来的纪实类"反右"叙述大致区分为两种样态：即亲历者的自述与非亲历者的代述。在笔者看来，这既是两种不同的叙述话语方式，也是两种不同的叙述历史与传达个体经验的方法。但这还只是一个笼统的划分，文本中具体的叙述话语与叙述形式并不会如此单一。通常情况下，故事的讲述总会同时使用两种叙述方式，即自述中穿插有代述，或代述中穿插有自述。为方便写作，笔者暂且将这种叙述方式称之为混合式叙述。在具体叙述中，这种方式的使用常能使文本获得不同的叙事效果与伦理内涵。

如《上海女人》《夹农》《医生的回忆》等作品，虽然从总体上说采用的是代述的叙述方式，但是对具体故事的叙述来说，却是以第一人称的自述方式展开的。叙述者多为虚拟出来的"真实右派"，他们作为事件的耳闻目睹者或直接参与者，承担着整个故事的叙事功能，而转述者、作者则与读者一样，退身为听众。因此，可以说这些作品是以自述形式完成的代述。前文曾说过，客观性不仅是在认知层面对代述提出的要求，也是在叙事伦理层面对代述设定的伦理标尺。因此，代述文本中混合式叙述的使用也与这一伦理维度的体现有关。自述的穿插显然可以增强代述文本的真实性、可信度与感染力，拉近读者同故事人物之间的伦理距离，同时也可以避免在叙述话语形式上只有直接引用与间接转述两种方式的单调刻板的状况。除此之外，自述者"我"的出场与作者的自觉隐退，还使文本透射出一种冷漠的风格，文本自身的艺术内涵与伦理空间也随之得到了深化与拓展。这可以说是代述中混合式叙述伦理内涵的一种体现。

相对于代述来说，混合式叙述方式在自述文本中的运用更为普遍，某种程度上可以说，任何一个自述文本都离不开这种方式的使用。比如，叙述人常常在讲"我"自己的故事的同时，又以亲历、亲见、亲闻者的身份讲述了别人（诸如难友、丈夫或妻子、同事、友人等）的故事。如高尔泰在《寻找家园》中，专门分篇讲述了安兆俊、龙庆忠、上官锦文、郭永怀、张元勤等人的故事；韦君宜在《思痛录·露莎的路》中则提道："在反右中，我是沾上了，但尚非'主犯'。还得更多记录一些耳闻目睹的事情。"[①] 因此，在作品中，韦君宜专门讲述了几个她亲见亲闻的右派的故事，如王蒙、储安平、章乃器、罗隆基、浦熙修、龙云、公木、钱伟长、王斐然等，除此之外，还专门用了一节的篇幅（《一个普通人的启示》）来讲述被自己亲自宣布为右派的李兴华的故事（《一个普通人的启示》）。和凤鸣则在回忆录中讲述了王景超、杜博智、徐秀莲、石天爱、毛应星、朱希、林昭等人的故事，其中王景超为和凤鸣的丈夫，其余几人则或为她的同事，或为和她一同劳教的难友，或虽不熟识却是自己所敬仰的难友。同样，丛维熙在《走向混沌》中也代述了妻子张沪、友人刘绍棠、王蒙、逃犯张志华与姜葆琛、传奇人物英木兰等人的故事。可以说，这些自述作品有相当一部分是由别人的故事来构成的。除此之外，在自述作品中，还常引用别人的话或以他人的口吻来叙述某件事或某个问题。比如，"我"和别人的对话，作为自述式文本，只有"我"自己的话能经由"我"之口直接出场，"别人的话"的出场只能是依靠"我"的代述：不论是"我"的直接引用，还是间接转述，这也构成了自述中的代述，较之前者，这种情况更为常见。至于口述自传，由于执笔人的存在，代述的特征就更为明显。

为什么自述总不可避免要借用代述的形式，而难以用一种纯粹自语的方式完成？自述者"我"又是基于什么样的叙事立场、现实诉

[①] 韦君宜：《思痛录·露莎的路》，文化艺术出版社2003年版，第41页。

求、叙述语境、伦理意图与叙事效果的考虑来引用或转述别人的话？被代述的故事和自述者自己及他的故事之间又具有怎样的关系？前文曾提到，自述的叙事意图在于使承载复杂历史经验的个体"我"，连同"我"背后的历史与自我的灵魂和心灵秘史一同生成、出场，反思性是自述要依循的重要尺度。从这一角度来看，自述中混合叙述的采用也正是要服务于此。

　　首先，自述中总不可避免要借用代述是由"我"的社会性决定的。马克思早就说过"人是一切社会关系"的总和。而从现代伦理意义上的主体观来看，自我已不再是本质主义意义上那个恒定、孤立、纯粹自主的自我，而是要穿越语言、历史、他者及自身等多维参照空间的有待建构的自我。因此，所谓的"我"的故事，不会只是一个孤立的"我"的故事，而必然是处在历史与现实语境中、由"我"与他人共同构成的，他人的存在本身就是"我"的故事以及"自我"构成的一个重要元素与参照。比如，在当前已成主流模式的"灾难性""反右"叙事中，"我"的故事常常就是一个无辜者含冤受屈的苦难故事，但这就需要另一极即施难者的存在，缺少这一极，"我"作为受害人的身份便难以成立。但需指出的是，虽然"他"是"我"的故事的一部分，却并不意味着"他"的存在依附于"我"，实际上，每一个"他"都是一个独立的个体，也正是由于这种独立，在关于"反右"的苦难叙事中，"他"才可以作为一个对立极出现。因此，在讲述"我"的故事的时候就必然要以代述的形式涉及他人的故事、凸显他者的存在。

　　这也说明，"自我"背后复杂的历史绝不只是"我"一个人的独自表演，而是"我"与众多的"他人"在同一历史空间的共舞；历史的真实也绝不只是可以眼见的一些人、一些事，还有许多不为人所知所见的被隐蔽与被遮掩之处。而个体对历史的触摸与感知又毕竟有限，因此要想客观还原某一历史事件，或厘清某一历史问题也只能有赖于他者的存在与他人的故事。比如，一个人被划为右派，往往就是因为他人的某一句话或与某个人的一己私怨，因为某个人的秘密汇报与揭发，以及在批斗会中坐在台下的人的或真心或违心的声讨与批斗，正是因为这众多的他者，才使得一个人的右派史如此屈辱与心酸。和凤鸣在《经历——我的1957年》中就曾细致描绘了她和丈夫王景超被划右派的详细经过，这里既有个别领导的诱供逼供，昔日友人的揭发汇报，也有来自"群众"的声讨批斗。在和凤鸣的叙述中，这个过程就像一台被精心组织的表演，但主角并不是"我"和王景超，而是某一个别领导、明哲保身的友人与那些"愤怒"的群众，"我们"只不过是这出闹剧中的一个道具，历史真相及其背后的复杂、荒诞也由此被很好地展示了出来。又比如，为了说明"反右"的荒诞性、盲目性与残酷性，韦君宜在《思痛录·露莎的路》中提到"平衡右派""比较攀扯法"划定的右派时，引用了何其芳与杨述等人的话，并讲述了黄秋耘、陈涌与王蒙等人的故事。而丛维熙在《走向混沌》中则代述了"点头右派"与"摇头右派"的故事。没有这些具体的个案与实例，"我"对历史的认识就会单一得多。

除此之外，就"反右"叙述来说，虽然每个右派都有各自独特的人生经历，但"反右"事件本身却不是一个个体行为。据官方统计，在"反右"扩大化中，全国约有55万人被划为右派，其中大多数为底层右派，而实际数字可能远不止于此。因此，"反右"绝不只是某一个人的灾难，甚至也不只是某个群体（如知识分子）的灾难，往深处说，"反右"可以视为整个民族的灾难，其程度之深、范围之广、影响之大、后果之严重都是仅凭一个人的故事难以承载和表现的。因此，许多自述者都会借用他人的故事来强化这种灾难性与悲剧感。而且自述者的回忆并不单是为了讲述自己的故事，还蕴含有更深层的叙事意图，即希望通过自己的故事、自己的叙述，让更多的人认识这一段历史，并能够从中吸取经验、教训，以防止历史悲剧的重演。而读者对这种叙事意图与伦理主张的认可与接受的前提之一，就是要清楚地了解到这种灾难与悲剧的普遍性，这也决定了自述不可能仅仅局限于一己私人的讲述。

同时，由于右派数量众多，难免会出现某些人的右派经历大致相似的情况，这给予了右派个体以类的归属感与意义，或者说为这些受难的个人提供了一个想象当中的共同体。这种心理上的共通感与个人记忆背后所具有的普遍性，也使得自述者在讲述自己故事的过程中，总会以一种将心比心的理解与设身处地的同情来讲述同伴的故事。而在叙述过程中，个体自我的苦难似乎也在这个假想的共同体中被化解与分担了。这种叙事期待与叙事效果是潜在于每一个叙事文本之中的。

上述分析还集中于故事层面（如"我"的社会性决定了"我"的故事的社会性、历史真相的复杂性要通过个体故事的复杂与多维来体现、自述者叙事意图与伦理主张的被认可与接受有赖于个人故事经验的普遍性等），而从叙事话语层面来说，无论是在日常言说中还是在文本叙事中，纯粹自语往往只存在于一个人面向自我自说自话时的喃喃叙语中或面向具有超越性的他者如上帝的沉思默想里。如史铁生，"当白昼的明智与迷障消散之后"[1]，"他躺在轮椅上望着窗外的屋角"[2]，"用另一只眼睛来看这黑夜的世界"[3]，因此他的叙述往往会"少一些流浪而多一些静思，少一些宣谕而多一些自语"[4]，并通过在默想中的行进与流转，实现自己与自己或与上帝的对话，纯净、自由、内敛、宁谧，语言表达的诗与思式的品格，也都被如此深邃地开掘出来。但这种质地纯贵的语言，却不是所有人都能够驾驭的。可以说，对于很多叙述者来说，他们仍然没有能够找到一种适合于自己，并能够讲述自己或他人的复杂历史经验的语言，依然没有能够形成一种把某种私人经验集结成故事的话语方式。

无论是自述中引入代述，还是代述中引入自述，都还是从叙事形式层面来看的一种比较明显的混合叙事。在90年代以来的纪实类"反右"叙述中，还有一些由当事人的亲人或友人所做的回忆性文章，如舒芜的《让伐木者醒来》、刘发清的《一个不屈的英魂——

---

[1] 史铁生：《宿命的写作——在苏州大学"小说家论坛"上的书面演讲》，《当代作家评论》2003年第1期。

[2] 同上。

[3] 同上。

[4] 同上。

忆林昭》、蒋祖林的《回忆母亲丁玲——1957年前后》等，由于作者和当事人之间较为亲密的关系，在他们的写作中，在历史叙写的客观之外，往往熔铸着作者浓浓的深情，对他们而言，"情"与"史"是同等重要甚至更为重要的，因此很难把它们划入纯粹的代述。

此种方式的最典型的表现，即是以自述的方式来讲述别人的故事，在他人的故事中融有自我的经验，从而形成另一种混合叙述形式。这种混合叙事不是简单的两种叙事方式的交叉使用，而是由于叙述者与故事之间较为含混的关系造成的：叙述者虽然只是故事的亲见者，但却以自己的思考与情感参与着故事与历史意义的生成；同时，她虽然也在故事中出现，但对于故事本身的发展来说却仍不过是旁观者。这种叙事形式可以说是在亲见中有亲历，亲历中又有游离，较之前者，这是一种更为复杂的混合叙事形式，运用这种叙述形式的最典型的文本莫过于章诒和的《往事并不如烟》。

第二节　复合视角下的混合叙事

一　一个独特的叙事文本

2004年，一本关于中国知名"大右派"的回忆性散文集产生了轰动影响。据说，该书部分作品先是在某杂志[①]刊出，后又在网上流传，并于2004年集合作者的其他一些文章由人民文学出版社经删节处理后出版，并因其独具的文学价值与史学价值而一度洛阳纸贵，但终因内容的敏感而被下令封杀、禁止重印，但大量盗版书籍却仍在坊间与图书市场上出现。2004年该作品还获得了台湾2004年"读书人年度最佳书奖"（非文学类）与"开卷年度十大好书"（中文创作类）奖。这本书即是章诒和的《往事并不如烟》。

---

① 即《老照片》。《正在有情无思间——史良侧影》，载刘瑞琳《老照片》，山东画报出版社2002年版，第26辑；《君子之交——张伯驹夫妇与我父母交往之叠影》，载刘瑞琳《老照片》，山东画报出版社2002年版，第28、29辑。

在书中，章诒和以一名晚辈的眼光，用饱蘸血泪的笔触，凭借独特的人生经历、深切的体验观察、出众的文学才华和卓越的讲故事的能力，回忆、刻画了她的几位父辈长者（史良、储安平、康同璧、罗仪凤、章乃器、张伯驹、潘素、罗隆基、聂绀弩、章伯钧、李健生等）在1957年"反右"前后至"文革"前后各自不同的人生际遇和性格命运。这部作品之所以颇受瞩目并具有如此戏剧性的际遇，与这些叙述对象身份的特殊也不无关联。

90年代以来的纪实类"反右"叙述有一共同之处，即都是站在受害者立场上进行叙述。但虽然同是受害者，彼此之间却并不完全相同，用一个不甚恰当的表达来说就是虽然同为右派，却存在着等级的差异：比如有知名"大右派"，也有底层"小右派"。从这个角度来说，《往事并不如烟》所描述的这些人在"右派等级系列"中是处于最高层的这不能不使本书成为官方意识形态审查的目标，当然这也是本书最具吸引力和市场潜力的卖点之一。

叙述对象的特殊还表现在，这些作品并没有着力展示这些大人物的政治生活与宦海沉浮，而是集中笔力描绘了他们的日常生活与日常交往。从书中可知，这些人在"反右"之前多担任要职，位高权重，享有优渥的生活。如史良两周要换一次毛巾，坐火车卧铺还要随时搭床幔；章伯钧在"反右"前担任政协副主席、交通部长等九个重要职位，章家当时住的房子有79间之多，还配有司机、秘书、厨子、服务人员等，属于那时的特权阶层，就是在被划右派后，也仍然享有部分特权：如司机、服务员，"肉蛋"待遇等，还能时不时去吃西餐、请客或看戏。书中还提到，在章诒和身陷成都觉得有危险时，就借了80元钱偷偷买了一张飞机票悄悄飞回北京，章伯钧亲自带车去机场接女儿，这种待遇在当时仍是普通人望尘莫及的。所以相对于55万名被打入深渊谷底、在灵魂与肉体的极端生存境遇中苦苦挣扎的底层"小右派"来说，虽然同是受难的右派，境遇却不可同日而语。

阿城的看法也许可以从侧面说明这一问题："这本书写得很好，书名也好……积极，往事真得并不如烟。但是它也再次证明了就是因为这哥几个,才开始了反右运动。"① "……扩大化指的就是这几个人以外的人,包括党内党外的高层中层和底层,尤其是底层右派,现在来看这本书:唉,'反右'后'文革'前你们活得还不错嘛!我觉得这是这本书的一个反效果。"② 孔庆东也曾对书中所描写的"大右派"和贵族们奢华的文明生活提出质疑,认为在当时生活的艰难与不艰难要通过比较来看,在他看来,书中所描述的那个群体的生活与广大民众的生活相比,并不艰难,甚至可以说是"非常的好",比如,吃腐乳都要吃二十多种③。

当前关于"反右"的"灾难性"叙述已渐趋成为一种主流叙述模式,并日益得到越来越多读者的认可与接受,当年的右派们也开始得到越来越多人的同情。因此,像章诒和所受到的这种质疑与批评都较为少见。当然这与读者的接受语境也有很大关系。90年代市场化推进以来,在经济发展与社会进步的同时,一个庞大的人群正迅速地边缘化和贫困化,他们在社会的利益分配格局中基本上处于被遗忘的状态。这个群体最终被政府工作报告认定为"弱势群体",而与之相随的则是一批新贵阶层的渐渐兴起,贫富差距的日益增大,使得相当一部分人难以保持心理平衡而在心中积有很深的怨气。因而许多读者虽然能够认同这部作品所具有的较高的文学价值与史学价值,对叙述者在作品中所表现的贵族气、精英气与优越感却较为反感,认为这是作者对自身精英意识与贵族心态反思不足的体现。

二 复合视角的运用

无论是描述对象的独特,还是接受状况的独特,都不是本书关注的重点。本书关注的只是作者如何来勾勒这些人的或深邃如海或浅白如溪的灵魂,如何来讲述这些正在渐行渐远的人们的故事。从这一层面来说,《往事并不如烟》与前文提到过的自述与代述都不同,它将

---

① 查建英:《八十年代访谈录》,生活·读书·新知三联书店2006年版,第38页。
② 同上书,第39页。
③ 孔庆东:《章诒和家庭所属的阶级是政权的敌人》(http://bbs1.people.com.cn/postDetail.do?id=1385088)。

个人的经历与叙述者对历史的体验糅合在别人的故事中,并以自述的方式讲述出来,呈现出一种亲见中有亲历、亲历中又有游离的复合叙事视角,与上文谈到的由两种叙述方式的交叉使用构成的混合叙述相比,这可看作另一种样态的混合叙事,即由叙述人与故事之间较为含混的关系而形成的混合叙述。

"反右"运动爆发时,章诒和只有十四五岁,自然不会被划为右派,也不可能有真正右派的切身经历与体验,因此,对这段历史经验的感知只能来自她的观察和倾听,正如她在《往事并不如烟》中所说的:"往事如烟,往事又并不如烟,我仅仅是把看到的、记得的和想到的记录下来而已。"① 与亲历者不同,观察者和倾听者并不置身于故事之中,而总是与之保持一定的距离,这不仅是时间与空间上的距离——作品中的那些人多是"我"的长辈,关于他们的许多事都是"我"直接从父母处或躲在耳房与玻璃门后面偷听、偷看到的——也是叙述者和笔下人物之间难以逾越的心理距离。比如,"我"与罗仪凤之间,"在我与她已经混得很熟的时候,仍觉自己并不完全了解她。她和自己的母亲拥有一个很大的活动天地,交游缙绅,往来鸿儒。但是当她一个人独处时,又好像全世界皆与之无关。她和康老一样的善解人意,却很少将自己的事随便告人。"② 因此,"我"其实是站在历史与这些人物的旁边,用眼睛与耳朵,以外在于故事人物的视角,来打量与感知那些人与事,因而文本叙述带有很强的代述性特征。

除此之外,叙述人与故事之间又有着一定的"亲历"关系。这首先是由于章诒和具有特殊的家庭背景:父母都为著名民主人士,较一般人更为民主开放,大人们的事情常常会讲给孩子们听,这使得她对这些历史人物并不陌生;其次,这些人的交往有很多时候是在她的家中进行的,她虽然不允许到客厅去参与大人们的讲话,却可以躲藏起来偷听或偷看,因而也能够以较近的距离观察笔下的这些人物;再者,她本人也与其中一些人(如张伯驹、潘素、康同璧、罗仪凤、罗

---

① 章诒和:《往事并不如烟》,人民文学出版社2004年版,自序第1页。
② 同上书,第195页。

隆基）颇为熟悉，甚至还产生过情感上的相依相近相敬。在她眼中，这其中的每一个人都是一个美丽而凄婉的故事本身，望之如诗如画、品之如甘如饴。因此，在某种程度上可以说，章诒和与她笔下的人物之间又是一种零距离的状态，这给予了她进入这些人物内心，并以内在于故事的视角来观察这些人与事的可能。再加上章伯钧对一些事情精辟的分析讲解以及章诒和自身的聪慧，她对这些人和事常有超出常人的认识与理解。同时，作为"大右派"章伯钧的女儿，一些事情她虽然没有亲身经历，但父女同心，感同身受，在情感上，并不会有什么隔膜。还有一点不容忽视的是，章诒和自己在"文革"中，也曾被打成"反革命"并被判刑十年，经历过漫长而非人的劳改岁月，这些有形监狱内的经历，使她更容易接近和"懂得反右、懂得右派，懂得当时虽未所经而所见、所闻的那些人和那些事"①，也更能理解父辈们"当年在那无形的牢笼中所受的折磨和内心的挣扎"②，有些感受和识见甚至还可能超过了她的父辈，因而在半个多世纪之后，当她再来回想与叙述当年的往事，就会有不是亲历胜似亲历的感觉。沙叶新就认为，"反右应该说是她亲历的历史。她是活的见证人"③。因而作品的叙述又呈现出类似亲历者的自述的特征：即在作品中，人物性格的刻画、人物命运的展开、历史真意的揭示，都是在"我"的内在视角中来呈现的，"我"讲述的是"我"眼中的"别人"与"我"眼中的历史，它们虽然外在于"我"，却是"我"意识的对象，而且"他者"本身无法自明，只能在"我"的视角下，通过"我"的叙述，将"他者"的经验转化为"我"的个体经验才能被有效地传达出来。因此，"他者"不仅是有待建构的，而且是有待"我"来建构的。同样，被讲述的历史也不仅仅是已然发生的历史事实，还是"我"记忆中的历史，因此它的"真实性"更多体现为情理中，可能有的或应该有的真实。

---

① 沙叶新：《往事如雷》（http://eblog.cersp.com/userlog/115/archives/2007/480746.shtml）。

② 同上。

③ 同上。

这样，作品在叙述历史与传达个体（他人与自我）经验的时候就形成了一种复合视角下混合叙述的样态：一方面，叙述中有"我"，但"我"讲述的却是外在于"我"的别人的故事，因此不是纯粹的自述；另一方面，故事虽然是别人的，但无论是故事的呈现还是人物形象的生成，又都熔铸着"我"的情感与理解，体现着"我"内在于故事之中的视角的规约与限制，因而又不是纯粹的代述。而作为观察者与倾听者的叙述人，则自由出入于任何一种视角，并凭借出色的神来之笔完成着对"他者"形象——"我"之外的别人与他们曾经之历史——的建构：借助外在视角，她获得了反思历史、认识人物的审视距离，保证了历史叙述的客观与理性；而凭借内在视角，她拥有了感知历史、体验人物的现场感，这又给予她的历史叙述以感性的特征。因此，如果说，反思性是自述重要的叙事伦理尺度、客观性是代述重要的叙事伦理尺度，在客观中寄予情感、在理性中融入感性，则是这种混合叙述所具有的叙事伦理内涵。[1]

三 观察者伦理与他者形象建构

在作品中曾多次出现的那个躲在"耳房"或"玻璃门后面"偷看、偷听大人们谈话的小女孩形象，不仅是对幼年章诒和的一个实写，也是对作者当下叙事姿态的一种意象式传达。而复合视角下，观察者的伦理与他者形象建构的关键在于，对故事与人物投入积极的同情性了解与理智的情感参与。所谓积极的同情性了解，是指作者要设身处地地理解笔下的人物与历史，积极融入自我生命的印迹与体验。而理智的情感参与，则是指叙述者在认知历史的过程中，一方面要融入自我积极的理性思考，并使这种思考成为历史体验的一部分；另一方面还要以历史与人性的复杂面相为基础，力求表达的具体化，甚至

---

[1] 需要说明的是，这里的"外在/内在视角"并非严格叙事学意义上的"外视角"或"内视角"，而只是以作者和故事之间的距离所作的划分，即认为作者兼备着故事亲历者与非亲历者的两种身份，作为亲历者，她可以深入故事中，以内在于故事的视角观察故事人物；而作为非亲历者，她停留在故事之外，以外在于故事的视角，从旁来打量这些历史与人生。

具有一定的感性特征；同时，还要避免毫无节制的情感投射。

通常情况下，以观察者或倾听者的身份来叙述历史或讲述人物故事，首先要做到的就是尽量减少观察者主观情感的介入，努力做到叙述的客观、冷静与节制。这是观察者所要遵循的最重要的伦理尺度之一。因此在作品中，回忆本身虽然充盈着血泪，但作者还是尽量跳出自我主观情感的囿限，保持着最大限度的克制与冷静，用笔也凝练素朴，以求给出一个客观的历史和一个既处于历史风口浪尖又处于日常生活静湖之下的真实的个人形象，因而作品在极具文学感染力的同时，又极具历史的穿透力。

但由于作为观察者或倾听者的叙述人和故事之间类亲历的关系，作者在对历史与人物进行考量时，并不只是被动的"看"或"听"，还常常以向大人发问或以自我理性沉思的方式深入其中，使自我成为一个真正的"故事中人"。在这种情况之下，"我"的"看"与"听"便具有了行动的含义：它们与他人经验交织在一起，影响、改变、形塑着"我"的思想、观念、认识与理解，并最终内化为自我成长经验的一部分。因而，"看"与"听"的过程，也是"我"的善感、好奇、灵慧的心在那段历史中游走和成长的过程。

而在数十寒暑的沧桑之后重新来叙述这些被"看"到或"听"来的故事，由于叙述者自我生命印迹的积极渗入，叙述人与叙述对象之间的距离被大大缩短了，叙述者因而也能够凭借一份内在视角的关怀，以设身处地的同情与理解，来探看她笔下的历史与人物。这不仅使文本叙述在客观、冷静之余平添一份亲切与温情，也使历史与人物复杂面相的呈现得以可能。比如，《正在有情无思间》中展现的史良。史良曾是历史上著名的"七君子"之一，也是章伯钧的好朋友，但在"反右"中为了自保、为了个人的政治前程，不惜对挚友章伯钧反戈一击。对这些事端，章诒和虽有了解，和事实之间毕竟是有距离的，因此，作为观察者与倾听者的她，虽然心中感慨万千，下笔却很节制，更多时候只是对史良发言内容的展示，简洁、客观，只求清晰地捋顺其间的关系，而尽量避免卷入其中。但是对政治生活之外、富有情感和审美品位、有气度、有风范，有着一般人的情爱欲念、炽热之情与刻骨之思的普通女性的史良,对这个曾给她最亲爱的父亲以致命一击的人,则投入了相当厚重的情感,不但没有抱怨、嗔恨与轻视,还倾注了欣赏、尊敬、怜爱、宽容、思念、同情甚至赞美,并借助对人物日常生活细节的还原,使这个人物得以从干巴巴的人物辞典与历史书中复活。而对史良晚年孤寂人生所做的设身处地的同情与积极的理解,以及自我生命的投射,更是让人感到想对一个人说"恨"也并不是一件容易的事。同时,这种叙述与描述在让人深感悲怆与震撼的同时,也触动着读者去想象与思考:1957年的那个夏天,当史良决定在第二天的大会上发言揭发挚友章伯钧与昔日恋人罗隆基时,她是否会彻夜不眠?在1966年民盟的那个批斗会上,面对批斗者恶意的质问,当史良直起腰来大声回答"我爱他"(罗隆基)时,又是否感到了一丝的悲壮?"公愤"与"私怨",爱与恨究竟该如何分辨?

因此,积极的同情性了解与理智的情感参与,正是复合视角下观察者的伦理取位与构建他者形象的关键所在。也正因如此,《往事并不如烟》对历史与人物的建构显得与众不同。以往的很多叙述常因无法突破二元对立思维模式而存在叙述简单化现象,受难者/施难者、对/错、好/坏、真/假、理性/荒谬,一目了然,在主体事件之外,常常缺乏更多情景性细节与多层次复杂经验的支撑,作者的情感倾向也比较单一,或控诉,或悲伤,爱与乐、苦与仇一应鲜明。而经由积极的同情性了解与理智的情感参与,章诒和笔下的历史与人物呈现出了自身的复杂。无论是章伯钧、罗隆基,还是史良,在他们的内心,都既"有亮点,也有幽暗,相互之间有政治家的较量,也有知识分子的相轻,更有异性间的情爱恩怨"①。这种对于人物复杂性的呈现,使人物更加生动与真实,历史也因此更加有血有肉,有形有貌。正如有评论者所指出的:"没有活生生的人物站在面前,没有美好的事物撕裂开给你看,我们看似获得了历史的真相,实际上对历史一无所知,即使有了一点知觉,也一无所感,因为我们无法对一些苍白的面孔发生

---

① 许纪霖:《如何"亲历历史"——我看〈往事并不如烟〉》,《文汇报》2004年2月9日,本书此处引文摘自(http://blog.sina.com.cn/s/blog_4dade78b0101hdxj.html)。

同情。"① 只有当他们栩栩如生地来到我们面前时，我们对于历史的创伤才会有切肤的疼痛。这也正是观察者叙事伦理效果的体现。

同时，这种积极的同情性了解与理智的情感参与，也赋予了文本结构故事的空间和可能。我们知道，故事并不是事件的简单堆集，而是在编织情节的叙述过程中，通过种种叙述策略与叙述技巧的运用，使得原本纷乱无序的历史片断，经过重新剪辑、组合、转化而形成的新的有统一主题和一定时序性结构与内在逻辑关联的意义整体。但这个编织的过程并不是仅凭虚构、想象或臆想就可以完成的，还必须融有作者真实、积极的情感投入，否则再精妙的故事也会因为缺少丰富的情感张力，而失去生命的血肉成为一副干瘪的情节骨架。因为故事之所以吸引人、打动人，靠的就是故事中所包含的细腻而真实的情感，人们对故事的需求其实就是人类对诸多复杂情感，及建构在情感基础之上的理性之维的需求。因而，当人们想要将往事诸片断集结成一个故事的时候，叙事的策略与技巧固然是不可缺少的重要元素，但对笔下历史与人物积极而深沉、理性而有深度的情感投射与提炼同样不可欠缺，否则就很难结构一个故事，很难讲出一个好的故事。

四　具有切身性的有情语言

反思性与客观性分别是自述与代述最为重要的两种尺度。而对《往事并不如烟》来说，在这两种尺度之外，还要遵循另外一重尺度——情感性尺度，对章诒和来说，她在作品中要表现的不只是历史，还有对这些已经远逝的人的追思与想念，缺失这一维，她的叙述也就缺失了核心。章诒和曾说，对她而言，能够如常人一样悲伤也是一种权利。因为政治的禁忌有时也是情感的禁忌，长久以来有关这些人的情感并不总是都可以示人。但曾经的那些情感对她而言却又具有非同寻常的意义。章诒和曾说："1957 年以后的我，过着没有同窗友谊、没有社会交往、没有精神享受、没有异性爱情的日子。再以后便

---

① 子非鱼：《一个人的历史》，《新京报》2004 年 2 月 6 日，本书此处引文摘自（http://blog.sina.com.cn/s/blog_4a4f5c640102ep1f.html）。

是被孤立、被管制、被打斗、被判刑,且丧父、丧母、丧夫……数十年间,我只有向内心寻求生活。内心生活为何物?那就是回忆,也只有回忆。"① 某种程度上可以说她是活在记忆中的人,"在回忆中所唤起的温情与要承载的使命"② 是她生活下去的理由:"我拿起笔,也是在为自己寻找继续生存的理由和力量,拯救我即将枯萎的心。"③ 因此,从叙事伦理角度来说,呵护这种生命感觉、尊重这一生命体验、珍惜这些生命故事的重要体现,便是在笔端释放出这种感情。对章诒和来说,也唯有依附于这种感情,她的叙述才更真实、更伦理。所以《往事并不如烟》的叙述语言在优雅、素净、细腻、婉致、节制、简约之外,还别具情感性的特征,是一种具有切身性与质朴性的有情语言。比如,下面几段文字:

> 偌大的院子,到处是残砖碎瓦,败叶枯枝。只有那枝马尾松依旧挺立。走在曲折的小径,便想起第一次在这里见到的储安平:面白,身修,美丰仪。但是,我却无论如何想像不出储安平的死境。四顾无援、遍体鳞伤的他,会不会像个苦僧,独坐水边?在参透了世道人心,生死荣辱,断绝一切尘念之后,用手抹去不知何时流下的凉凉的一滴泪,投向了湖水、河水、塘水、井水或海水?心静如水地离开了人间。总之,他的死是最后的修炼。他的死法与水有关。绝世的庄严,是在巨大威胁的背景下进行的。因而,顽强中也有脆弱。……死之于他是摧折,也是解放;是展示意志的方式,也是证明其存在和力量的方法。通过

---

① 章诒和、王培元:《但洗铅华不洗愁——写者、编者谈〈往事并不如烟〉》,《理论参考》2004 年第 3 期。

② 章诒和曾在和王培元的谈话中说过,她之所以要写《往事并不如烟》,一是如她在此书中的序言中所言,是为陷入绝境中的自己寻找一个继续生存的理由和支撑,以拯救其即将枯萎的心,但除此之外,还有一个远因,即她在入狱前,是"接受了父亲撕心裂肺般的重托的",她说,今后如条件允许,她将会详细讲述这些情况。参见《但洗铅华不洗愁——写者、编者谈〈往事并不如烟〉》,《理论参考》2004 年第 3 期。

③ 章诒和:《往事并不如烟》,人民文学出版社 2004 年版,自序第 1 页。

"死亡"的镜子,我欣赏到生命的另一种存在①。

人心鄙夷,世情益乖。相亲相关相近相厚的人,似流星坠逝,如浮云飘散。而一个非亲非故无干无系之人,在这时却悄悄叩响你的家门,向远去的亡灵,送上一片哀思,向持守的生者,递来抚慰与同情②。

我一向认为人老了,简单的衣食住行,都是无比的沉重与艰难,他们的内心自不会再有炽热之情或刻骨之思。但我面前的史良,以忧伤表达出的至爱,令我感动不已。当我跨入老龄,生活之侣也撒手人寰的时候,史良的涕泣和那方白手帕的记忆,便愈发地生动起来,也深刻起来。是的,脆弱的生命随时可以消失,一切都可能转瞬即空,归于破灭,惟有死者的灵魂和生者的情感是永远的存在③。

这些文字,写景处平林淡远,曲径通幽;传情处温柔如水,余味无穷;悲凉处坚如寒玉、字字血泪,入木三分,力透纸背,把至情至爱至痛至伤、世态炎凉与仕途险恶等生活样态活脱脱地和盘托出,给人以极大的震撼与警醒。在当代汉语写作领域,尤其是在当代散文写作领域,能与之媲美的怕是很少,再具体到"反右"叙述就更少,这大概与作者精妙的驾驭文字的能力有关。但是无论作者文学语言的功底多么深厚,倘若没有源自生命深处的真切体验与真情实感的依附,这些叙述也终不过轻若飘云、无质如烟,华溢而不纯美,难以给人持久、清澈的感动与震撼。事实上,在这些或雍雅或淡泊或撼动或静美的语言与冷静低回的叙述语调背后,无不充溢着作者如玉如血的情感,只不过由于作者笔力老道,才使情感的流露寂然无声、哀而不伤、伤而不溢。除去上述例文,这样的文字在作品中俯拾皆是。可以

---

① 章诒和:《往事并不如烟》,人民文学出版社 2004 年版,第 76 页。
② 同上书,第 143 页。
③ 同上书,第 23 页。

说作品叙述语言的精妙处,就在于它是具有切身性的有情语言。正是依靠这种语言,历史与日常生活,才苍白朱紫、各臻其妙;故事人物的命运也才揪人心魂:"发噱处令人喷饭,艰厄时使人鼻酸,深刻处让人心灵震撼,相濡以沫时又令人眼眶湿润"[1];历史记忆与当代情感、文采与历史、词章与史实也才能融为一体,并在有限的篇幅里始终保持饱满的激情与悠远的深情。在以往的散文写作中很少有能达到这样高度的,因此,它不只为当代散文,特别是历史散文写作,也为当代史学写作提供了新的艺术经验。

五 讲故事与叙述历史

《往事并不如烟》的独特不仅在于它的语言的文学性、具体性与情感性,还在于它讲述历史的方式的独特,即它是以讲故事的方式来叙述历史的。所谓故事,前文已说过,是指在编织情节的叙述过程中,通过种种叙述策略与叙述技巧的运用,使原本纷乱无序的历史片断,成为一个有统一主题、一定的时间性和一定的内在逻辑关联的意义整体。而就历史叙述来说,情节化模式、关于事件的细节性描述与创造性虚拟、对历史人物形象的个性塑造、戏剧化冲突的设置等,常常是历史叙述赖以组织史料,赋予历史事实以统一形式和意义整体、并使之成为故事的基本手段。

在《往事并不如烟》中,章诒和就是凭借出色的讲故事的才能,将这些人物诸多的人生片断集结在一起,使之成为一个个美丽凄婉的故事。尤值得人称道的是,她特别善于捕捉具有典型性与表现力的细节,如史良摘茑萝松花嵌入扣眼、张伯驹将文化部颁发的奖状"高高而悄悄地悬靠在近房梁的地方。'奖状'不慎考究,还蒙着尘土。……极显眼的东西被搁在极不显眼的地方,浪漫地对待"[2]等,它们不但丰富了故事的内容,也起到了烘托人物性格、提示人物命运的作用。对某些场景的描绘、气氛的铺陈、情节的安排则使"文学散

---

[1] 章诒和:《往事并不如烟》,人民文学出版社2004年版,封底。
[2] 同上书,第192页。

文的平台上经常暴发小型的但甚是尖锐的戏剧冲突，颇具兴味和可看性"①。如罗仪凤为母亲八十大寿和自己生日准备的舞会和西餐宴会、罗隆基打成"右派"后在吉祥剧院看戏被认出就主动站起来向观众自亮身份等。而故事中插叙的那些小事件，在丰富故事人物的同时，也改变了叙述的节奏，增强了故事的可看性。比如对康同璧十九岁登大吉岭而获"支那第一人"美誉之事的穿插，就像在娓娓道来的故事中插入了一部老旧的风光片，使阅读犹如享受。除此之外，人物之间的对话包括独白，也细致纯熟，简洁明朗，并常常伴有潜台词，十分耐人咀嚼。章诒和实在是一个讲故事的高手，就是一些以讲故事为业的小说家恐怕也会自愧弗如。因为，小说家的故事往往是虚构的，而对于一个叙述者来说，通常情况下，虚构一个故事显然要比讲述一个真实发生过，特别是发生在自己身上的故事要容易得多。尤其是这些人物，个个才华横溢、命途多舛、秉性迥异，要以纪实的笔触及带有文学性的语言把他们作为故事主角恰当描述出来而不带夸张与虚构色彩就更不容易。

就本书所涉及的"反右"叙述来说，大多数作品——特别是一些自述者的作品多是在线性时间框架内，或历时性地讲述自己的故事，或将往事分割为诸多没有内在逻辑的片断，能将往事集结成围绕某一主要人物、有内在逻辑、情节起伏、具有戏剧冲突效果的故事，并以讲故事的方式来叙述历史并传达个体经验的几乎没有。在代述中，杨显惠的《夹边沟记事》虽然一定程度上采用了讲故事的方式，但杨显惠作为代述者进行的讲述与章诒和以"亲历"视角所做的讲述显然不同。作为代述人，杨显惠完全是以现实主义的笔触匍匐于地面来进行写作，刻意回避自己的情感，有意追求叙述的内敛节制和质朴素净，以求最大程度的客观。因此，这两部作品在诸如叙述视角（外在视角/复合视角）、叙述语言（质朴无饰、节制内敛/有情的切身语言）、人物对话（直白、简洁/简洁却赋有大量潜台词）,戏剧性气氛与场面

---

① 沙叶新：《往事如雷》(http://eblog.cersp.com/userlog/115/archives/2007/480746.shtml)。

的营造（较少精彩场面的描绘/极善于营造一种氛围与场面）等方面，都有很大不同。相比较而言，章诒和笔下的故事更具戏剧性与故事性。同时，就历史还原与人物呈现来说，杨显惠更重视的是对右派们的饥饿、死亡、绝望等集体经验的展示，虽然在作品中也有对具体人物性格的刻画（如"上海女人"、俞兆远、李祥年、陈毓明等人物形象，都给读者留下深刻印象），但相对于集体经验的展示，个体的人还是躲在历史背后的。而《往事并不如烟》对历史人物形象的描绘，对其侧影与背影的展示，同对历史的呈现是一并的，较之杨显惠笔下那些躲在历史背后被虚拟出来的"真实右派"，章诒和笔下的这些人物形象更加充沛饱满，也更加鲜活生动，读之似呼之欲出，令人如临其境，如见其人。在关于1957年的"反右"叙述中，如此鲜活、复杂、真实的人物形象刻画十分少见。

章诒和这种出色的描绘场景、刻画人物形象、设置戏剧冲突的能力，展示了她卓越的讲故事的才能。而这种才能一方面得自她深厚的文学功底和文学素养，另一方面也与她戏剧专业的出身有关，上述提到的种种讲述技巧，无不显示出戏剧对于她写作的影响。

以讲故事的方式来书写历史的优势在于，结构故事的过程也是对历史史实进行有意味的调度、丰富化或简约化，并赋予其意义的过程，需要对史实有充分的了解和认知。因此，以讲故事的方式表现历史，往往能够更深入地观察与体验历史，更深刻地理解和认知历史的意义与价值。而且，由于任何故事都离不开情境化的细节与具有丰富张力的情感，这种方式呈现出来的历史常常更生动、更翔实、更有情。此外，由于叙述题材的特殊，讲故事的方式还可以避免因对历史与人物进行直接评价而冲撞意识形态禁忌造成的"叙述危险"，从而能够更有效、更细致、更传神地传达历史与个人的经验。或者，也可以说，讲故事的形式本身即具有疏离政治与意识形态的可能性的空间。不仅如此，对章诒和来说，这种方式更像是在现实考虑之外的一种缘自内在的、自然而然的选择。她曾说："我是个很没出息的人，不像有些人有非常深刻的思想，要著书和立说，写一个东西传世。我觉得我的环境是非常特殊的，遇到了如此之多的非常优秀的人，他们有非常非常多的故事，他们自己就是故事，……他们充满着故事，他们讲故事也讲理论，但可惜的是，他们讲的理论，我不懂。……他们故事中的人物，我没见过，也不知道是谁，那可能是更有价值的历史，或者是涉及到他们的本质的一些东西，遗憾的是，当时我还小，还不懂，不懂就记不住，我懂的就是这些故事，就是这些细节，我是生活在细节中，生活在故事里，我只知道要写出这一代人的故事。"①这使人想起那句话：戏里戏外都是人生，人生内外都是故事。其实，一如她笔下的人物，生活在故事与细节中的章诒和，又何尝不是一个有故事的人，她的人生又何尝不是一个耐人品嚼的故事！

六 几个小问题

首先，章诒和笔下的故事虽然精彩，人物形象虽然鲜活，有些论述却显得有些主观和随意。比如，她对聂绀弩的夫人周颖的描写，言辞间就常流露出轻蔑与反感。又比如，一些历史细节，如大人们的谈话、某一个人不同时期与场合的装扮、某一时期某一场景等在作者的笔下就更多是记忆与想象中的真实，而不是历史的真实。此外，对一些涉及他人隐私的细节与情节（如聂绀弩夫妻之间的关系及其家事、史良与丈夫小陆之间的关系、罗仪凤与罗隆基之间的情感纠葛，以及罗隆基的"随处留情"等）的处理也显得有些粗糙。因为虽然这些细节的展示有助于丰富人物形象、突出人物性格、增强作品的可读性，但是对这些史实的公开讲述却不见得是每个当事人都愿意去做的，也不见得是完全客观或公正的。比如，罗仪凤如果在世，以她的身份、修养和性格会愿意公开她与罗隆基之间的关系吗？

又比如，2015年2月9日的《文汇读书周报》上刊发的方竹（著名文学评论家、作家舒芜先生的女儿）的一篇文章《聂绀弩与周颖》，就对章诒和在《斯人寂寞——聂绀弩晚年片段》中的许多描述与论点提出了质疑。方竹认为，章诒和这篇文章的中心意思很明显：聂绀弩晚年寂寞，责任都在周颖。为配合这个主题，文中凡写到周颖

---

① 章诒和：《集体记忆并不如烟》（http://www.djzhj.com/Item/9998_3.aspx）。

之处，哪怕只是一种普通的生活状态，也都要用微言大义的笔法，将一些奇怪的意思，顽强地渗透到字里行间，力求把周颖写成一个和聂绀弩的朋友们都格格不入的心怀鬼胎的人。在方竹看来，章诒和文中的这一意思十分突出，但却不是事实。在《聂绀弩与周颖》一文中，方竹以聂绀弩的一些诗作、聂绀弩与父亲舒芜的一些通信等文字资料，以及她同聂绀弩与周颖的交往旧事等材料来反驳章诒和的描述，并证明她自己的论断。同时，她还指出，"在没有任何政治力量强制、迷惑、误导下，出于一种匪夷所思的原因，将完全没有实据的私下的猜测公之于世，使不堪的罪名和一位一直受人尊敬的长辈联系上，这种做法实在既不厚道也不公道"①。"我们文学的笔，应有尺度。章诒和在同一篇文章里写了：'从此，我不再向任何人议论或提及聂绀弩的家庭生活。'（《斯人寂寞——聂绀弩晚年片段》）又把这样不应公开的猜测（凭上面两封信可看出还绝不是持续的猜测）写进去，更大范围、更公开地议论了聂绀弩的家庭生活，这既食言了，也失度了。"② 方竹在文中还提及另一篇质疑章诒和的文章，即姚锡佩的《为周颖辨正》。方竹认为这篇文章翔实地纠正了章诒和这篇文章的许多不实之处，并引用了其中的一段文字（"好在最近王存诚教授告诉我，他处存有绀弩八十岁时写给另一名叫'大戈'友人的半封信，内容与此相同，其中说：'至今与老伴相处甚洽。我的过失都被饶恕了'。"③）来支撑自己的观点。

  我们无意要去强调孰是孰非，也无意去揭开、渲染或挑起他人之间的私人恩怨，而只是想通过不同声音的传达来说明，文学的尺度、叙事的边界的确存在，想要做到完全的有理、有度、有情并非易事，也因此，作为叙事者，更应该注意自己的叙事伦理责任，尤其是明知作品要面向公众时，笔触更不应该轻率、随意或任性。

  回到《往事并不如烟》，笔者觉得，即使书中的细节与材料完全真实，即使所记述的这些人与作者交往深厚不会在意这样的"坦白"，

---

① 方竹：《聂绀弩与周颖》，《文汇读书周报》2015年2月9日第9版。
② 同上。
③ 同上。

即使作者对他们的描述充满着溢美、赞扬与怀念，在某些事实的处理上，仍应当是谨慎的、有选择的，不需要也不应当事无巨细、有闻必录，以至于忽略了自我和对象之间的距离，使叙述显得缺少节制。

其次，结合宽容与忏悔两种叙述语态来对章诒和的作品加以考察，笔者发现，作品中有些叙述也值得推敲和质疑。

就宽容来说，笔者认为，由于叙述对象以及叙述中作者所携带的情感的不同，宽容往往呈现出不同的样态。比如，对"反右"运动伊始给章伯钧和罗隆基以致命一击的史良，作品表现出了较为纯粹的宽容，叙述几乎不见怨怒与嗔恨。这或许是因为史良与章家交往甚密、史良自身具有一定的人格感染力，也或许是因为章诒和与史良相似的晚年境遇使她对史良生发了更多的同情性理解；而对于另一些在"反右"运动之中"积极"向政府靠拢的人，如浦熙修，文本的描述就难见这种宽容与理解。据作品来看，浦熙修对罗隆基的反戈一击是非常厉害的，不仅对罗的政治生命是一个严重摧毁，对其内心也是一个很大的打击和伤害。在作品中，和对史良毫无嗔怨的宽容相比，章诒和对浦熙修的叙述不但少了这种纯粹与平和，对其揭发言论翔实的展示与转述，似乎还隐含有"揭他人之短"以宣泄怨愤所感到的快感与满足。这或许是因为罗隆基同章家有更多交往，而获得作者更多同情的缘故。

还可连带提及一下章诒和对冯亦代的态度。虽然章诒和认为，冯亦代在晚年能够反躬自省，从"匍匐中翻身站起，面对冤魂遍野、落英凋谢……正视自己以密告为能事的历史"[①]并加以忏悔，因而理解、原谅、宽恕了他的过去，但行文中对"卧底"中的冯亦代时时可见的怨愤、贬低甚至鄙夷，却使得这种宽容中又夹杂了种种复杂纠结的情绪：释然与沉重、爱与恨、疼痛与惋惜、宽容与悲愤、控诉与悲悯……，文章也因此而显得不够平静。一种经历、一段情感、一种情愫，想要完全消化与平复，的确是一件颇不容易的事。

---

① 章诒和：《卧底——晚年冯亦代开始正视自己的历史》，《南方周末》2009年4月2日B24版。

忏悔语态视角的引入,也带来对作品的另一种解读。在《斯人寂寞——聂绀弩晚年片断》一篇中,章诒和曾谈到"文革"中因为自己将对一位狱友言行的记录上报(狱方交代的任务)而导致这名发疯的狱友被枪毙的事。对于这一事件,章诒和说:"从抓我的那一刻起,我一直认为自己无罪。但从枪毙张家凤的那一天开始,我便觉得自己真的有罪了。"① 对于这种罪感,章诒和并没有过多描述,而且还通过聂绀弩之口对这种"罪感"进行了解析:"'罪不在你,错不在你'。聂绀弩的目光沉郁,仿佛人类的善良、忧患及苦难都随着目光,流溢而出。……他仰着头,看着这飘动的青烟渐渐散去,语调平缓地说:'密告,自古有之,也算个职业了,是由国家机器派生出来的。国家越是专制,密告的数量就越多,质量也越高。人们通常只是去谴责犹大,而放过了残暴的总督。其实,不管犹大是否告密,总督迟早也会对耶稣下手。'"② 章诒和自己也接着说道:"我在狱中呆了十年,体会到对一个囚犯来说,贪生可能是最强烈的感情。而狱政管理的许多做法,正是利用了这种感情。"③ 在这种言辞中"个人之罪"很巧妙地被"制度之罪"所替代了。

总体来看,《往事并不如烟》始终是在作为一个暴虐历史的受害人的立场来展开叙述的。但正如本书前文所述,每一个走过历史的人都不可能有清白之身,对于历史悲剧与灾难的形成都负有直接或间接的责任,如不能认识到这一点,反思就不可能彻底,同历史与他人,也就不可能达成真正的和解与宽容。《往事并不如烟》里的这一欠缺,在章诒和后来的作品中得到了弥补。在《三千丈清愁鬓发,五十年春梦繁华——邵燕祥〈别了,毛泽东〉(牛津版)序》一文中,章诒和谈道:"我也是被放逐到底层又重新'复归'到体制内'位置'的人。但为什么我只把自己看成是历史牺牲品,而没有意识到我也是历史的'合谋者'?为什么面对过去,我和其他人都很难做到不断忏悔

---

① 章诒和:《往事并不如烟》,人民文学出版社2004年版,第245页。
② 同上书,第246页。
③ 同上。

自身?"①

无论作品还是人,从来没有最完美的,自我的认识也没有终点,但不论这种认识能走多远,能够时时反躬自问总是好的。

---

① 章诒和:《三千丈清愁鬓发,五十年春梦繁华——邵燕祥〈别了,毛泽东〉(牛津版)序》(http://robert870119.blog.163.com/blog/static/4659898620075425551698/)。

结语

几个相关问题的再思考

一 历史的不可言尽性

本书主要是借助叙事伦理批评的方法，对90年代以来的纪实类"反右"叙述在呈现历史经验及经验主体的可能、意义与局限等方面的问题进行研究。坦白而言，这个课题于我而言的确是一项力有不逮的任务，本书所及也说明我对这个问题的思考还非常粗浅，甚至可以说还只是刚刚触及其皮毛，而在此之外，值得研究的问题还特别多。在此，我仅列出几例。

一位物理学家说过：树叶的下落看起来只是一个简单的物体运动，对它的受力分析却是物理学难以解决的重大课题。叙述历史正如分析树叶的下落，看似简单实却艰难。

这首先是因为历史叙述存在诸多悖论，如：

还原历史的悖论。还原历史要求叙述者既要尽可能接近历史现场，又要尽可能和历史史实保持一定的距离，这构成了叙述难以逾越的困境：亲历者具有历史现场感，在历史资源占有方面也独具优势，但是却容易拘泥于一己私见，难以和历史史实形成必要的审视距离，从而影响了对历史现象与历史效果的解读。自述类"反右"叙述不够深刻与彻底的一个很重要的原因就在于此：自述者往往或囿限于"既往之我"的受害人的身份，或囿限于几经改造与规训的思维与表达方式，而难以以超越性的眼光和属己的、超功利的语言来审视和整合过去的经验。而代述者与历史和他人故事之间先在、特有的时空距离虽然可以使他更好地认识某种历史现象或历史效果，但由于缺乏历史现场感，对历史史实与他人故事的了解只能依靠既有的历史文献或对当事人的采访，这在某种程度上影响了对历史真相逼近的程度。比如，杨显惠、邢同义的作品，在看似独立的单篇故事背后往往具有相似的主题，如饥饿、死亡，而这些又恰好是夹边沟幸存者最主要的历史体验。因此作品不是在某种预设或命定的政治视角内来进行叙述，并对某些现有叙述形成对抗，而是凭借非亲历者的后视视角、现时的思想资源、较为属己和自由的表述方式，在对具体个人生命体验的展示中呈现作为类的人的情怀，因而具有浓郁的生命与人文气息，就反思的深刻性与叙述的包容性来说都要优于亲历者的自述。但是由于他们对历史的抵达多是依靠对史料的搜集、整理以及对当事人的调查、采访，而且有时为了获得连贯的历史逻辑或凸显某一他者形象，还不得不加入合理的虚构与想象，甚至运用小说的笔法，因此，叙述之真往往是人性层面的情感与意愿之真，同史实层面的真，如史料、数据等都会有一些出入，这在某种程度上影响了历史还原的客观性。

语言表现的悖论。作为史实的历史虽然客观存在过，但它复杂、多面甚至吊诡的面向、规定、属性和关系却无法自明，需要通过理解来逐渐地获得呈现，而人对自身及世界的理解只能在语言中形成和表达，语言是其唯一可以凭借的工具。但语言本身作为表意工具却有着自身难以克服的局限：比如，它的抽象化、概念化、隐喻性特征使得它难以真正抵达被表现的对象。除此之外，语言作为一个符号体系，其能指与所指之间并不具有天然对应的关系。因此，凭它并不能真正到达历史的真实之岸，历史借助语言只能是既澄明又遮蔽的来加以显现，言语中的历史与真实发生过的历史史实之间总会存有裂隙。比如，真实的历史往往是生动的、具体的，甚至被称为是由真实的个人演绎的活报剧，但这样的历史在被转换成"文本"或"话语"时，往往被缩减成一些抽象名词，如"抗日战争""土改""反右""文革"等，这些代名词固然会保留一些历史的骨架，但历史细微的呼吸与灵动的血肉却难免散佚。因此，言语无法穷尽历史。

其次，言说情境与叙述者现实诉求等的不同，使历史呈现不同面相。

比如，社会主义现实主义传统下的文学史其实是国家命运史或革命英雄史，民间的野史、小人物的历史、革命对立面如地主等的历史一度是无法顺利进入主流叙述话语的。因此,这种叙述呈现的历史必然是片面的。又比如,不论是国家史,民族史还是个人史,往往会包含多种面向,既恢弘磅礴又具体而微。但是,由于叙述人所依据的叙述规则、叙述立场、现实诉求,以及叙述人整合历史经验能力等因素的不同,在具体叙述中往往只能兼顾一面:或是将历史空间化,以单纯的个体生命史遮蔽国家史或民族史,以个人记忆取代集体记忆;或是在国家史、民族史的叙述中,出于社会教化或意识形态整合的需要,以制度或权力介入的方式,遮蔽、整合或删改个人史,规范社会记忆的历史表述方式,造成社会历史中个人存在的被否定与人的历史性荒芜,如80年代虚构类的"反右"叙述就是如此。

再次,"历史事件的意义未必如当事人所意旨或预计,却往往是根据后续事态的发展定位的"[①]。比如,"辛亥革命""五四运动"等历史事件在今天的意义就未必是当天的行动者所能预料的,只有对于后世人来说,它处于历史脉络中的意义才具体可见和有效。因此,历史被后来者不断改写有其必然性。

因此,历史叙述不会间断,历史面相与意义的呈现也会不断更新,历史是言说不尽的。每一次对历史的叙述都是重构,它们都具有扩充、修正、完善与补充历史认知的可能。而只有意识到历史叙述的无终结性,才能够真正抑制对历史的遗忘。

二 历史叙述的"散文化"与"故事化"

历史叙述意味着要把过去发生的一桩桩偶然的、很可能还互不相连但又具有多方面的属性、规定和关系的历史事件、行为和机构等,在言语世界中转化为对它们的认识、知识、话语或文本。就关于"反右"的纪实类叙述来说,笼统来讲通常有两种表现方式,一种是"散文化"叙述,一种是"故事化"叙述,即以讲故事的方式来叙述历史。

所谓"散文化"历史叙述,并不是指先秦时期的历史散文。在笔

---

① 周建漳:《历史与故事》,《史学理论研究》2004年第2期。

者看来，先秦那些记录历史人物的思想活动及历史事件的著作，虽曰散文，但多是以讲故事的方式进行的，所以它们对后世文学的影响主要体现在叙事文学方面。我们所提到的"散文化"，更倾向于现代文学体裁划分标准下的散文，即语终联属，意若贯珠，虽然也有一条或隐或显的线索贯穿其中，但并不追求繁多历史事件内在的逻辑联系、情节的完整或人物形象的鲜明，而只求在随笔或片断式的篇章结构中，将对历史记忆的回溯与个人历史经验的呈现，与叙述者深沉的历史反思、深刻的哲理分析、精到的见解议论，以及对往昔人与事的哀悼、缅怀、痛楚、悔怨等积胸之情结合起来。如《沉船》《随想录》《里面的故事》《沉默的视野》《三十年间有与无》①等。这类叙述的优点在于容易突现叙述者的情绪以及他对历史的反思与认识的深度，但是它对叙述者伦理的自我定位能力、驾驭语言的能力及理论运思和整合历史经验的能力都有很高的要求。因此虽然有很多人以这种方式叙述历史，但有深度的作品并不多。比如，在"反右"叙述中，许多叙述者对于自我的定位仍停留于过去，特别是诸如单一的受难者的认识上，这使他不能以超越性的眼光来面对过去的经验，再加上没有一种新的更具表现力的叙述话语，对曾经繁复经验的叙述往往止于诉苦和申诉，而无法提供多层次的、具有整体性的反思与呈现。

所谓故事，在汉语中本义为"旧事"，"已经发生的事"或"过去的事情"；它呈现的是关于事件的一个相对完整的发展过程，是各个局部相互联结、具有内在逻辑和相关性的引人入胜的整体。也就是说，任何故事，哪怕是篇幅再短小的故事都具有一个或一组基本的情节线索，以及开端、中间、高潮、结尾等结构要素。而最传统也最适合故事的言说方式是叙述，因此，故事在今天主要指叙事性的文学作

---

① 需要说明的后三部作品不是关于"反右"的叙述，其中《里面的故事》（朱正林，生活·读书·新知三联书店 2005 年版）是关于作者"文革"经历的回忆，《沉默的视野》（陈家琪，上海文艺出版社 2012 年版）与《三十年间有与无》（陈家琪，复旦大学出版社 2009 年版）则主要是以个人视角对"文革"历史及从 1978 年至 2008 年约 30 年经历的回顾与反思，在此列出，是因为在笔者看来，它们提供了一种值得借鉴的讲述历史的方法。

品。而讲故事就是要在言说中"提供一种完形理解力,借此使得记叙文中所发生的每一事件构成有意义整体的组成部分"①。故事的意义是在编织情节的叙述过程中被赋予的,因此叙述本身即是故事。因而以讲故事的方式来叙述历史,不仅意味着要通过个性塑造、主题重复、变换叙述者的声音和视点等叙述策略和技巧对历史事件进行特别的塑形,如"对事件的回忆和想象、关于事件细节的描述和创造性虚拟、关于事件的可能性情境的再现和表现等等"②,赋予它们以故事的特性,使历史事件戏剧化、历史过程故事化,同时也还意味着,在把原本混沌无序、本身不具有故事性有机结构的诸多历史片断,集结成为围绕某一主题、具有一定的时间结构,具有一定的逻辑性、戏剧性和统一性的情节,同时又井然有序、彼此呼应的叙事话语,也即故事的过程中,赋予历史以意义。因此,较之其他表现历史的手段,讲故事的方式往往能够更深入地观察、认知、体验、掌握和呈现历史的意义与价值。这一点也可以从故事与历史具有的内在关联性与共通性中得到说明。

首先,故事与历史在话语和叙事层面具有互文性。故事的叙述性、文本性特征自不待言。就历史来说,自20世纪60年代语言学转向以来,历史哲学经历了由本体论、分析论到叙述主义历史哲学的转变,历史之维的关注焦点也顺之从历史的真实性与客观性向历史的叙述性、文本性位移。历史不再是独立于研究主体(人)与研究手段(语言)的客观史实,而是以"叙事散文话语为形式的语言结构"③,和叙述者通过语言进行的具有建构性和修辞意味的话语实践活动,并且不可避免地渗透着叙述主体的认识、理解、趣味、情感、体验乃至想象和虚构,政治、伦理、意识形态乃至审美的取向,以及叙述语言的诸种特性。没有叙述主体凭借语言进行的叙述,纷乱的历史事件就无法被组织成为有条有理的时空结构。因此历史在话语形式上也是叙

---

① 尼古拉布宁、余纪元编著:《西方哲学英汉对照辞典》,人民出版社2001年版,第651页。
② 周建漳:《历史与故事》,《史学理论研究》2004年第2期。
③ 李宏图:《历史研究的"语言转向"》,《学术研究》2004年第4期。

述文本，其深层结构同故事一样具有"隐喻、修辞、情节化等诗学特征"①。因而历史与故事可以"互相映衬、渗透，彼此寄居"②。从这一角度来说，讲故事的方式尤其适宜于叙述历史。

其次，无论是讲故事还是叙述历史，作为现实的人的实践活动，目的都是在线性时间进程中掌握、理解、规范、建构、拓展世界及人类自身的生活、实践的结构和存在的意义。而从意义的生产体系来说，二者也具有相似性，都是经由叙述获得的。前文已说过，故事的意义是在编织情节的叙述中获得的。而对历史来说，确切发生过的历史史实既不能自行讲述自身，也不能仅凭编年体框架内简单、抽象的记录被完整或形象地再现，更不可能在庞杂、松散的事件堆积中彰显它应有的意义与价值，历史意义的获得同样有赖于叙述。而叙述本身也具有化异质性为统一性的功能，正如利科所指出的："叙述中的情节将多元和散乱的事件'拢在一起'，整合为一个完整周延的故事"③，而这是意义最基本的单元。因此，通过叙述，历史的无限多样性及其广度和深度才能被意识和掌握，叙述给历史追加了形式和意义，故事与历史共享一个意义生产体系。这样，"故事的组织，言说便与历史意义的构成联系在了一起，故事被认可为一种历史认识的形式"④，而"情节化模式、修辞学传统等等，成为历史叙述赖以组织史料，赋予历史事实以意义并借此传达历史理解的基本手段"⑤。因此，在某种程度上，历史叙述的过程本身就是一个讲故事的过程。

除此之外，对于历史叙述来说，讲故事的意义还在于：在将历史

---

① 张冬梅、胡玉伟：《"故事"与"历史"互文性关联之重识》，《学术论坛》2006年第5期。

② 同上。

③ Paul Ricouer, *Time and Narrative*, vol. 1, trans. by K. McLaughlin and D. Pellauer, The University of Chicargo Press, 1984, p. x. 转引自张冬梅、胡玉伟《"故事"与"历史"互文性关联之重识》，《学术论坛》2006年第5期。

④ 张冬梅、胡玉伟：《"故事"与"历史"互文性关联之重识》，《学术论坛》2006年第5期。

⑤ 同上。

过程故事化、戏剧化的过程中，通过对历史事件的挪用、转换和再造，通过对局部历史的分化或整合，得以进一步"充实历史，提炼历史，鲜活历史，从而达到艺术上的再现历史"①，故事本身成为彰显历史真正面目的活生生的意义载体。因此，作为历史叙事的一种方式，讲故事虽然也强调要与事实、证据相联系，却并不着意去恢复历史的原貌、趋近客观的事实认同，而是更加注重一种情境的真实，以及在历史语境中依靠主体精神对历史的重新阐释和引导，塑造人性、激发其人文资质的文化力量。因此，以讲故事的方式来叙述历史，可以说是一种更加真实的话语声音，背后绽出的是人物性格、心理意识、情感冲突和人性矛盾，历史也由此被重新体验和敞开②……而对于如"反右"这样敏感的政治题材来说，这种方式还可以避免由于对事件与人物进行直接评价而带来的对意识形态的直接冲撞，因此，相对来说也较为安全。此外，就"反右"叙述来说，讲故事的叙述形式更具感染力，因而往往拥有更多的受众和更大的影响力，也是构建"反右"灾难记忆及完成社会自我道德教育的最有效的形式。

在90年代以来的"反右"叙述中，真正能够以讲故事的方式来叙述历史的只有《往事并不如烟》《夹边沟记事》等少数作品。大多数作品，如《经历——我的1957年》《半生多事》《走向混沌》《卷地风来——右派小人物记事》等，则只是在散文化、片断化的叙述形式中融入了某些故事性的因素，如将某些历史事件细节化与情境化，虽然对于历史面貌的呈现与历史深意的挖掘，较之编年体式的叙述已更为具体、生动和深刻，但是就历史经验的整合、历史面相的整体性呈现、深层次人性的刻画，以及历史自身富有的思想价值与人文质素的开掘来说，都还显得过于单薄。

选择"散文化"还是"故事化"的方式叙述历史，自然与叙述者整合历史经验与结构故事的能力有关。但是对于不同的叙述者而言，这两种方式并没有好坏之分而只有合适与否的区别。章诒和曾说，

---

① 唐浩明：《敬畏历史、感悟智慧——写在〈唐浩明文集〉出版之际》，转引自张冬梅、胡玉伟《"故事"与"历史"互文性关联之重识》，《学术论坛》2006年第5期。

② 同上。

《往事并不如烟》之所以要以讲故事的方式叙述历史,是因为在她的记忆中所能记起和理解的只有那些故事、那些细节。她认为自己就生活在细节中、生活在故事里,因而她只知道要写出这一代人的故事。而陈家琪则说:"无论是事件还是事情,哪怕就发生在眼前,大家也不会有一个共同的认可,甚至就连这件事是否'真的发生了'也会众说纷纭。在这种情况下,我们该如何记录过去?也许只能以散文的方式在记忆中描述自己的意识现象"[1],更何况历史本身有很多东西是超出人们的理解或难以被故事除尽的,因而无论是《沉默的视野》还是《三十年间有与无》,那些随笔、片断、断章、日记,虽然都只具有"抒发个人情感和记录身边小事的作用,而不是历史学家的卡片"[2],但当那些"冷静、旁观、多少有些悲切的感受"[3]与理性的哲思结合在一起时,它们就成为"我"以个人化或个性化的记忆来抵抗遗忘的一种努力。因此,无论是《往事并不如烟》中的故事,还是陈家琪笔下的散章,都带给人们关于历史及其叙事方式的体会和思索。

三 纪实与虚构

从文体划分来说,90年代以来的"反右"叙述可以分为两类,即纪实类叙述与虚构类叙述,二者之间似乎不可通约。但前文说过,历史本身就具有文本性和话语建构性特征,无论是纪实叙述还是虚构叙述也都概莫能外。以虚构方式叙事历史,其叙述性、文本性自不必说;在以纪实方式叙述历史时,由于个体与历史的经验只有经由记忆转化为语言,准确地说是转化为伦理化的叙述语言,从具体的已然发生过的物理事件转化为一桩言语的事件,才能够在某一话语框架内的言语世界中复活。而在这一过程中,由于语言本身的建构性特征,由于历史还原之悖论,由于相对于故事事件来说,任何纪实叙事都是现时的、借助于记忆来完成的延后的补叙行为,必然会带有因时间流逝而导致的记忆变形或遗忘的印迹,而且对于叙述者而言,其目的也往

---

[1] 陈家琪:《三十年间有与无》,复旦大学出版社2009年版,封底。

[2] 同上。

[3] 同上。

往并不在于对历史进行简单的还原，而是还要在此过程中反思、总结历史，因此纪实过程必然会因受制于某种叙事目的，遵循某种现时的、理性或情感的逻辑而带有建构性特征。因而纪实追求的客观之真只能是拟真。不论自述、代述还是混合叙述，不论是"散文化"的叙述，还是"故事化"的叙述，都不能超越这种拟真。这样看来，纪实类历史叙事与虚构类历史叙事之间的界限似乎也就不那么泾渭分明了，更何况虚构类的历史叙事也要遵循基本史实的客观与真实，也就是说虚构虽可构造，却不能造假。

但纪实与虚构共有的建构性特征，甚至某些叙述手法的相近并不能抹杀二者之间固有的界限。利科说得好："否认历史中的诗性叙述因素和将之与虚构等量齐观是两个都必须反对的偏见。"① 二者之间的区别依然是显而易见的。比如，虽然纪实叙事在建构中也需要借助想象，如以讲故事方式来叙述和结构历史时，想象就具有十分重要的意义，依靠想象，人们才可以将原本零散的历史事件串联起来，并赋予其逻辑顺序与意义，才可以使某些原本抽象的事件细节化和情境化，或者可以使人物形象更加丰沛和饱满，但纪实叙述所涉及的人与事，即使是个体的经验，在不同作品中也会具有彼此引征、印证和相互参照的互文关系。而虚构类历史叙事中所写的人物与事件则可以是一个只存在于单一文本中的孤立自足的小世界。对于确切发生过的史实，作者并不是把它作为私人经历记录下来，而只是将其作为构成故事的材料，也就是说在叙述中，它将割离许多具体的联系，独立成为一个自给自足的客观存在而与现实无关。比如，《中国 1957 年》（尤凤伟）中的人物冯俐，这个人物形象很明显源自林昭，但她又是自足的，既不必顾虑她的经历是否与林昭的实际经历相同，也可以在而后的小说中消失得无影无踪。而在对林昭的纪实类叙述中，不论是林昭的朋友、亲人，还是受林昭精神感召的后人，他们的回忆与叙述虽然角度、取义、立场可以各不相同，但所依据的史实在不同的文本中却

---

① Ricoeur, *Timeand Narrative*, vol. 3, pp. 154—155。转引自周建漳《历史与故事》，《史学理论研究》2004 年第 2 期。

具有相互引证的互文关系。《往事并不如烟》中的故事也是如此，章诒和在讲述19岁的康同璧独自一人海外寻父的故事时，可以凭想象来填充故事，使其情节更完整，叙述更曲折生动，更吸引人，但在文本之外，故事却无法超越历史事实的真切性。因此，纪实叙事中的想象总是有限的，或者说它虽然离不开想象但不能过分依赖想象。

而以虚构方式叙述历史，对于想象的依赖远胜于纪实叙事，这不仅是因为虚构叙事的作者往往不是故事的亲历者，叙述历史时缺少现场感的便利，只能借助于对历史史实和当事人的调查研究，并凭借想象来完成对历史经验的还原，更是因为想象可以带来对史实的超越和意义的提升。李辉在谈到尤凤伟的《中国1957年》时就曾说，对于小说家而言，在历史与现实面前，有时责任感、勇气和想象力是与经历的亲身性同样重要的。甚至在某种意义上可以说，作家的写作生命力与作品的艺术品质很大程度上也取决于作家的想象力。因为想象不是单纯、空洞的幻想，而是在直观、形象之外还带有理解与思辨的特征，凭借这些作者可以深入复杂事物的内里，捋顺其关系、建立其逻辑、洞察其规律、探查其意义，并创造出无限丰富的暗示和多种多样的情感，因而虚构中的想象不同于纪实中的想象，它不必受制于实在的对象世界或实际可能的范畴，它具有超越性的特征。蒙田也曾说过：强劲的想象力产生强劲的真实。这里的"真"并不是史料、证据或事实层面的实在的真，而是在理解、解释的可信度与合理性层面的意义的真，也即在超越事实层面时获得的"真"。因此，亚里斯多德认为合乎可然律与必然律、带有普遍性的诗比只描述已经发生过的偶然事件的历史更富有哲学意味。关于"反右"的虚构类叙述，对历史与人性的呈现与反思较之纪实叙述在某些方面更深刻、更人性化似乎可以印证这一点。

但是这并不能说虚构优于纪实。事实上，就"反右"事件来说，大多数作者作为亲历者、亲见者、亲闻者或代言者，选择纪实叙事的方式除了与他们的身份、年龄、结构历史经验的能力相关外，也与他们对纪实叙事本身及对历史本身的认识、理解有关。在不少人的潜意识中或许有这样一个共识：即沉重的事实本身比任何超越性的意义更具震撼力与说服力。因此,当现实足够深重的时候,虚构何堪?

四 纪实"反右"叙述与未来研究之可能

虽然长久以来,人们一直认为虚构优于纪实,亚里斯多德"诗比历史更富哲学意味"的命题可视为此种观点最早的代表,但20世纪90年代以来的这些纪实类"反右"叙述,还是较成功地展示了纪实叙事的表现力,以及人们对它的信任。在笔者看来,虽然这些作品还存在许多问题,但也呈现了纪实叙事尚可拓展的空间。比如,叙述语言的伦理化与表现力,以讲故事的方式来叙述历史,将个人与历史经验的呈现同理性的哲思、分析与议论相结合等。虽然现有文本在这些方面还并不成熟,但是有些作品在以当代汉语写作来承载复杂沉重的创伤性历史经验方面还是进行了十分可贵的探索与尝试,甚至预示着未来历史纪实叙事的方向。

就"反右"叙述来说,也还有很大空间可以深入。当下关于"反右"的叙述多出于受难的知识分子群体,而在此之外的其他群体的声音却很少听见,如工人、农民,有幸躲过"反右"的知识分子,当时各界各单位主持"反右"工作的人,积极参与"反右"运动的人和右派管理人,特别是其中的施难者,他们几乎没有发出什么声音——哪怕是自我辩护、自我忏悔,或只是为说出一种历史的事实。而且也很少有代述者去讲述他们的故事,虽然他们中有许多人一如那些底层"小右派",或电影《生死朗读》中的汉娜一样,根本不具备言说与表达自我经验的能力。而在以受难者立场进行的讲述中,这些施难者的形象又常常过于简单,他们折磨与迫害别人时的心态及过程,他们曾经和当下的生活,以及复杂的内心世界还没有得到应有的展现。而历史是由所有参与人共同谱写的,缺少这些人的声音,对历史的叙述就不可能完整与真实。因此,这一部分历史资源亟待挖掘与整理。

而就纪实"反右"叙述的研究来说,由于问题本身的复杂与敏感,可资利用的资料与研究空间的有限,以及笔者本人研究与认知能力的有限等诸多原因,使得本书尚有诸多不足,许多问题也还有待进一步补充与深化。如:

1. 对以不同叙述方式讲述同一题材故事的情况关注不够。比如，关于夹边沟的内容，在自述作品与代述作品中都有，前者如和凤鸣《经历——我的 1957 年》、高尔泰《寻找家园》，后者如杨显惠《告别夹边沟》、邢同义《恍若隔世——回眸夹边沟》等。两种不同的叙述方式不但使夹边沟的历史呈现出不同样貌，也在相互之间进行了补充。但本书对此并没有进行深入研究。

2. 本书以公开出版的纪实类"反右"叙述为研究对象，但实际上有更多的作品是以地下或民间方式流传的，它们对于纪实叙事伦理的研究无疑也具有十分重要的意义，但由于作品收集方面的困难，以及笔者研究能力与精力的有限，本书对它们的关注与研究明显不足。

3. 纪实类叙述与虚构类叙述之间相互的比较不多，使得本书的研究角度显得单一。

4. 由于对叙事伦理批评方法缺乏系统的认识与掌握，对文本的细读与分析还常显生硬。

5. 对"反右"叙述中的宽恕问题、知识分子的个体伦理、知识分子与公共生活之间应该保持怎样的关系等问题的认识与探讨还比较肤浅；对当年的检讨书、认罪书、思想汇报等材料的叙事伦理的分析都还很不充分。

6. 以叙事伦理批评方法分析文本，同样要求研究主体遵守伦理批评的尺度：既不以某种简单的道德断言来肯定、颂扬、谴责或归罪研究对象，也不贸然充任某种价值的立法者或各种相互冲突的价值的调停者，而是尽量回到历史人物初始经验的发源地，即历史的现场中去，在"解释学的情境"中，以历史的态度对待历史经验与经验的主体，以平等的态度对待接受主体读者，尽量敞开历史的各种面相和可能，并以质疑、反省、分析和道德触动的方式对其意义与效果进行追问、比较，而把结论留给读者去思考，这显然也是比较高的要求。在本书中，笔者虽然也努力了，却还是没能完全做到这一点。比如，虽然笔者努力想要以一种较为中立、客观的立场来进行研究，但是在涉及具体文本分析时，还是常常会偏离这种大的立场，行文论述也难免有主观化之嫌。

　　结语并不意味结束。上述遗憾与不足将成为笔者接下来思考和研究的方向。事实上正是在这个时候笔者才深深意识到，对于"反右"叙述的研究，不过刚刚开始。未来，还任重道远。

参考文献

一 作品类

沈从文：《从文自传》，人民文学出版社1981年版。

巴金：《随想录》，人民文学出版社1984年版。

陈白尘：《云梦断记》，生活·读书·新知三联书店1984年版。

邢小群：《凝望夕阳》，青岛出版社1988年版。

刘宾雁：《刘宾雁自传》，时报文化出版企业有限公司1989年版。

萧乾：《八十自省》，上海文艺出版社1990年版。

薄一波：《若干重大决策事件的回顾》，中共中央党校出版社1991年版。

叶永烈：《离人泪——沉重的1957》，百花洲文艺出版社1992年版。

葛佩奇：《葛佩奇回忆录》，中国人民大学出版社1994年版。

陈白尘：《牛棚日记》，生活·读书·新知三联书店1995年版。

丁抒：《阳谋——"反右"前后》（修订本），九十年代杂志社——臻善有限公司1995年版。

贾植芳：《狱里狱外》，上海远东出版社1995年版。

李辉：《人生扫描》，上海远东出版社1995年版。

鲁丹：《70个日日夜夜：大学生眼里的1957之春》，光明日报出版社1996年版。

邵燕祥：《沉船》，上海远东出版社1996年版。

沈从文：《从文家书》，上海远东出版社1996年版。

乔冠华、章含之：《那随风飘逝的岁月》，学林出版社1997年版。

梅志：《往事如烟》，河南人民出版社1997年版。

季羡林：《怀旧集》，北京大学出版社1996年版。

唐瑜：《二流堂记事》，安徽文艺出版社1997年版。
邵燕祥：《人生败笔——一个灭顶者的挣扎实录》，河南人民出版社1997年版。
周一良：《毕竟是书生》，北京十月文艺出版社1998年版。
戴煌：《胡耀邦与平反冤假错案》，中国文联出版公司1998年版。
戴煌：《九死一生——我的右派历程》，中央编译出版社1998年版。
宋强、乔边编：《人民记忆50年》，甘肃人民出版社1998年版。
徐光耀：《昨夜西风凋碧树》，北京十月文艺出版社2001年版。
丛维熙：《走向混沌》，中国社会科学出版社1998年版。
萧克、李锐、龚育之等：《我亲历过的政治运动》，中央编译出版社1998年版。
傅雷：《傅雷家书》，生活·读书·新知三联书店1998年版。
冯友兰：《三松堂自序》，人民文学出版社1998年版。
喻明达：《一个平民百姓的回忆录》，作家出版社1998年版。
李辉：《沧桑看云》，花城出版社1998年版。
李辉：《文坛悲歌》，花城出版社1998年版。
李辉：《风雨人生》，花城出版社1998年版。
李辉：《往事苍老》，花城出版社1998年版。
张明策划，廖亦武主编：《沉沦的圣殿——中国20世纪70年代地下诗歌遗照》，新疆青少年出版社1999年版。
温济泽：《第一个平反的右派：温济泽自述》，中国青年出版社1999年版。
叶笃义：《虽九死其犹未悔》，北京十月文艺出版社1999年版。
瞿秋白：《多余的话》，岳麓书社2000年版。
唐文一、刘屏主编：《往事随想——萧乾》，四川人民出版社2000年版。
唐文一、刘屏主编：《往事随想——吴祖光》，四川人民出版社2000年版。
方方：《乌泥湖年谱》，人民文学出版社2000年版。
冯亦代：《悔余日录》，河南人民出版社2000年版。

郭小川著，郭晓惠、郭小林整理：《郭小川 1957 年日记》，河南人民出版社 2000 年版。

袁晞：《〈武训传〉批判纪事》，长江文艺出版社 2000 年版。

贾植芳：《解冻时节》，长江文艺出版社 2000 年版。

许觉民编：《林昭，不再被遗忘》，长江文艺出版社 2000 年版。

杨静远：《咸宁干校一千天》，长江文艺出版社 2000 年版。

李应宗：《新生备忘录》，长江文艺出版社 2000 年版。

柳溪：《我的人生苦旅》，长江文艺出版社 2000 年版。

郭晓惠：《检讨书：诗人郭小川在政治运动中的另类文字》，中国工人出版社 2001 年版。

季羡林主编：《没有情节的故事：有关 1957 年反右运动的文章专集》，北京十月文艺出版社 2001 年版。

季羡林主编：《我们都经历过的日子》，北京十月文艺出版社 2001 年版。

新凤霞：《我与吴祖光的 40 年悲欢录》，中国工人出版社 2001 年版。

尤凤伟：《中国 1957 年》，上海文艺出版社 2001 年版。

和凤鸣：《经历——我的 1957 年》，敦煌文艺出版社 2001 年版。

陈凯歌：《少年凯歌》，人民文学出版社 2001 年版。

谢冕、费振刚等：《开花或不开花的年代：北京大学中文系 55 级纪事》，北京大学出版社 2001 年版。

宋云彬：《红尘冷眼》，山西人民出版社 2002 年版。

顾准：《顾准自述》，中国青年出版社 2002 年版。

林贤治、章德宁编：《记忆》（第 3 辑），中国工人出版社 2002 年版。

吴永良：《雨雪霏霏——北大荒生活纪实》，中国戏剧出版社 2002 年版。

庞瑞林、贾凡：《苦太阳》，中国戏剧出版社 2002 年版。

顾准著，陈敏之、顾南九编：《顾准日记》，中国青年出版社 2002 年版。

赵旭：《风雪夹边沟》，作家出版社 2002 年版。

曹聚仁：《北行小语》，生活·读书·新知三联书店 2002 年版。

杨显惠：《夹边沟记事》，天津古籍出版社 2002 年版。

李蕴晖：《追寻》，甘肃人民出版社 2002 年版。

巴金：《巴金自述》，大象出版社 2002 年版。

田汉：《田汉自述》，大象出版社 2002 年版。

汪曾祺：《汪曾祺自述》，大象出版社 2002 年版。

黄裳：《黄裳自述》，大象出版社 2002 年版。

黄苗子：《黄苗子自述》，大象出版社 2003 年版。

萧乾：《萧乾自述》，大象出版社 2003 年版。

邵燕祥：《邵燕祥自述》，大象出版社 2003 年版。

冯亦代：《冯亦代自述》，大象出版社 2003 年版。

杨宪益：《漏船载酒忆当年》，薛鸿时译，北京十月文艺出版社 2001 年版。

黄永玉：《比我老的老头》，作家出版社 2003 年版。

洪水平：《站着写人生》，京华出版社 2003 年版。

杨显惠：《告别夹边沟》，上海文艺出版社 2003 年版。

杨绛：《我们仨》，生活·读书·新知三联书店 2003 年版。

徐铸成：《亲历一九五七年》，湖北人民出版社 2003 年版。

陈炳南：《赤子吟：一个小右派之坎坷人生》，中国文学艺术出版社 2004 年版。

吴文勉：《风雨人生》，中国文史出版社 2003 年版。

黄苗子：《寄自北大荒的家书》，大象出版社 2003 年版。

郑延：《人生之曲：我和我的一家》，中国青年出版社 2003 年版。

章正邦：《如歌岁月》，汕头大学出版社 2004 年版。

李辉：《一纸苍凉——杜高档案原始文本》，中国文联出版社 2004 年版。

张华强：《炼狱人生》，中国三峡出版社 2004 年版。

刘益旺：《昨夜风》，华龄出版社 2004 年版。

陈星：《风雨人生》，当代中国出版社 2004 年版。

杨勋：《心路——良知的厄运》，新华出版社 2004 年版。

邢同义：《恍若隔世——回眸夹边沟》，兰州大学出版社 2004 年版。

茚家升：《卷地风来——右派小人物记事》，远方出版社2004年版。

张元勋：《北大一九五七》，香港明报出版社有限公司2004年版。

章立凡主编：《记忆：往事未付红尘》，陕西师范大学出版社2004年版。

邵燕祥：《找灵魂——邵燕祥私人卷宗：1945—1976》，广西师范大学出版社2004年版。

黄永玉：《黄永玉自述》，大象出版社2004年版。

章诒和：《往事并不如烟》，人民文学出版社2004年版。

杜高：《又见昨天》，北京十月文艺出版社2004年版。

韦君宜：《思痛录·露莎的路》，文化艺术出版社2003年版。

高尔泰：《寻找家园》，广州花城出版社2004年版。

巴金：《再思录》（增补版），广西师范大学出版社2004年版。

黄宗英：《黄宗英自述》，大象出版社2004年版。

吴祖光：《吴祖光自述》，大象出版社2005年版。

宗璞：《宗璞自述》，大象出版社2005年版。

于光远：《于光远自述》，大象出版社2005年版。

陈炳南：《回声集》，中国文学艺术出版社2005年版。

徐铸成：《徐铸成回忆录》，生活·读书·新知三联书店2010年版。

刘海军：《束星北档案》，作家出版社2005年版。

王彬彬：《往事何堪哀》，长江文艺出版社2005年版。

林希：《百年记忆：民谣里的中国》，中国社会出版社2005年版。

季羡林：《牛棚杂忆》，中央党校出版社2005年第2版。

本社编：《自述与自诬——聂绀弩运动档案汇编》，武汉出版社2005年版。

徐晓：《半生为人》，同心出版社2005年版。

丁玲：《丁玲自述》，大象出版社2006年版。

黄永玉：《黄永玉自述》，大象出版社2006年版。

丛维熙：《丛维熙自述》，大象出版社2006年版。

程绍国：《林斤澜说》，人民文学出版社2006年版。

俞安国、雷一宁编：《不肯沉睡的记忆》，中国文史出版社2006年版。

王蒙：《半生多事》，花城出版社 2006 年版。

赵瑞兰：《生死恋曲》，中国文联出版社 2006 年版。

钱理群：《我的精神自传》，广西师范大学出版社 2007 年版。

顾准：《顾准文集》，中国市场出版社 2007 年版。

邵燕祥：《别了，毛泽东：回忆与思考 1945—1958》，牛津大学出版社 2007 年版。

贾植芳：《我的人生档案——贾植芳回忆录》，江苏文艺出版社 2009 年版。

谢泳：《储安平：一条河流般的忧郁》，中国青年出版社 1999 年版。

叶永烈：《王造时：我的当场答复》，中国青年出版社 1999 年版。

罗隆基：《罗隆基：我的被捕的经过与反感》，中国青年出版社 1999 年版。

波子：《"反右"的余震》（http://www.edubridge.com/youpai/index.html）。

陈奉孝：《我所知道的北大整风反右运动》（http://360doc.cn/show-web）。

陈奉孝：《我所了解的林希翎》（http://www.tecn.cn）。

丁抒：《北大在一九五七》（http://www.xici.net/d845112.htm）。

李锐：《反右派中新闻界"第一大案"——〈1957 年新湖南报人〉序》，《炎黄春秋》2002 年第 9 期。

李凌：《空军头号右派泣血控诉噩梦年代》（http://www.56cun.my-anyp.cn/blog/archive）。

李慎之：《风雨仓惶五十年》（http://blog.tianya.cn/blogger/post_show.asp）。

茆家升：《浮游在希望与绝望之间》（http://www.philosophydoor.com/Thinkers/）。

舒展：《铁帽压顶》（http://www.cssm.org.cn/view.php?id=4951）。

施绍箕：《上海交大反右派亲历记》（http://chinsci.bokee.com/viewdiary）。

萧立功：《我在北大1957年整风反右中的遭遇》（http：//www.360doc.com/showRelevantArt.aspx？ArticleID=447137）。

严仲强：《"疯子"的话》（http：//www.cnread.net/cnread1/zzzp/）。

姚治邦：《臭老九的一生》（http：//hk.netsh.com/eden/blog/）。

吴容甫：《劫海恶波》（http：//www.taosl.net/）。

向明：《任仲夷反省历次政治运动》［N］，《南方周末》2000年8月17日解密版。

朱正、刘皓宇、罗印文等：《1957年新湖南报人》（http：//www.tianya.cn/publicforum/content/books）。

曾伯炎：《57年的桃李劫》（http：//www.360doc.com/content/11/0729/16/4402542_136557110.shtml）。

赵旭：《夹边沟惨案访谈录》（http：//cjc.jc0553.com）。

二 理论著作类

蔡翔：《神圣回忆》，中国出版集团东方出版中心1997年版。

蔡翔：《回答今天》，上海人民出版社2000年版。

蔡翔：《何谓文学本身》，春风文艺出版社2006年版。

崔卫平：《积极生活》，中国人民大学出版社2004年版。

段跃编：《鸟昼啼：1957年"鸣放"期间杂文小品文选》，中国电影出版社1998年版。

戴锦华主编：《书写文化英雄——世纪之交的文化研究》，江苏人民出版社2000年版。

戴锦华主编：《隐形书写——90年代中国文化研究》，江苏人民出版社1999年版。

华民：《中国大逆转：反右运动史》，明镜出版社2007年版。

胡平：《禅机：1957苦难的祭坛》，广东旅游出版社1998年版。

徐贲：《人以什么理由来记忆》，吉林出版集团有限公司2008年版。

洪子诚：《作家姿态与自我意识》，陕西人民教育出版社1999年版。

李维汉：《回忆与研究》，中共党史资料出版社1986年版。

刘小枫：《沉重的肉身》，华夏出版社2004年版。

刘小枫：《这一代人的怕和爱》，华夏出版社 2007 年版。

刘小枫：《现代性绪论》，上海文联出版社 1998 年版。

骆玉明：《近二十年文化热点人物述评》，复旦大学出版社 2000 年版。

牧惠：《知识无罪》，天地图书有限公司 2001 年版。

摩罗：《耻辱者手记》，内蒙古教育出版社 1998 年版。

牛汉、邓九平：《原上草——记忆中的反右派运动》《六月雪——记忆中的反右派运动》《荆棘路——记忆中的反右派运动》，经济日报出版社 1998 年版。

裴毅然：《中国知识分子的选择与探索》，河南人民出版社 2004 年版。

钱理群：《拒绝遗忘：钱理群文选》，汕头大学出版社 1999 年版。

钱理群：《世纪末的沉思》，河北人民出版社 1996 年版。

钱理群：《拒绝遗忘："1957 年学"研究笔记》，牛津大学出版社 2007 年版。

曲春景、耿占春：《叙事与价值》，学林出版社 2005 年版。

万俊人：《现代西方伦理学史》（上、下卷），北京大学出版社 1990 年版。

汪国训：《反右派斗争的回顾与反思》，香港国际学术文化资讯出版公司 2005 年版。

王朔：《美人赠我蒙汗药》，长江文艺出版社 1999 年版。

王鸿生：《无神的庙宇》，上海人民出版社 2001 年版。

王鸿生：《叙事与中国经验》，同济大学出版社 2008 年版。

王开岭：《跟随勇敢的心》，中国工人出版社 2002 年版。

伍茂国：《现代小说叙事伦理》，新星出版社 2008 年版。

许纪霖：《中国知识分子十论》，复旦大学出版社 2003 年版。

许纪霖：《20 世纪中国知识分子史论》，新星出版社 2005 年版。

许子东：《为了忘却的集体记忆：解读 50 篇文革小说》，生活·读书·新知三联书店 2000 年版。

徐晓、丁东、徐友渔：《遇罗克的遗作与回忆》，中国文联出版社 1999 年版。

邢小群、孙珉：《回应韦君宜》，大众文艺出版社 2001 年版。

夏中义：《大学人文读本·人与国家》，广西师范大学出版社 2002 年版。
谢泳：《逝去的年代：中国自由知识分子的命运》，文化艺术出版社 1999 年版。
谢泳：《西南联大与中国现代知识分子》，湖南文艺出版社 1998 年版。
谢泳：《教授当年》，百花文艺出版社 1998 年版。
谢友顺：《此时的事物》，江苏教育出版社 2005 年版。
叶永烈：《反右派始末》，青海人民出版社 1995 年版。
余开伟：《忏悔还是不忏悔》，中国工人出版社 2000 年版。
严家其、高皋：《中国"文革"十年史》，大公报出版社 1986 年版。
杨守森：《二十世纪中国作家心态史》，中央编译出版社 1998 年版。
余英时：《钱穆与中国文化》，上海远东出版社 1994 年版。
朱正：《1957 年的夏季：从百家争鸣到两家争鸣》，河南人民出版社 1998 年版。
朱地：《1957 年的中国》，华文出版社 2005 年版。
朱鸿召：《延安文人》，广东人民出版社 2001 年版。
朱学勤：《道德理想国的覆灭》，上海三联书店 1994 年版。
洪子诚主编：《中国当代文学史：史料选》（上、下），长江文艺出版社 2002 年版。
祝勇：《六十年代记忆》，中国文联出版社 2002 年版。
查建英：《八十年代访谈录》，生活·读书·新知三联书店 2006 年版。
张志扬：《缺席的权利》，上海人民出版社 1996 年版。
张志扬：《创伤记忆——中国现代哲学的门槛》，上海三联书店 1999 年版。
张者：《文化自白书》，北京广播学院出版社 2004 年版。
章诒和：《顺长江，水流残月》，牛津大学出版社 2007 年版。
章诒和主编：《五十年无祭而祭》，星克尔出版社 2007 年版。
沈志华：《处在十字路口的选择：1956—1957 年的中国》，广东人民出版社 2013 年版。
［德］阿伦特：《耶路撒冷的审判：现代性伦理困境》，孙传钊译，吉

林人民出版社 2003 年版。

［俄］索尔仁尼琴：《古拉格群岛》，田大畏、陈汉章译，群众出版社 1982 年版。

［英］玛丽亚·露西娅·帕拉雷斯－伯克：《新史学自白与对话》，彭刚译，北京大学出版社 2006 年版。

［俄］别尔嘉耶夫：《俄罗斯思想》，汪剑钊译，云南人民出版社 1999 年版。

［法］萨义德：《知识分子论》，单德兴译，生活·读书·新知三联书店 2002 年版。

［美］保罗·康纳顿：《社会如何记忆》，纳日碧力戈译，上海人民出版社 2002 年版。

［法］蒙甘：《从文本到行动——保尔·利科传》，刘自强译，北京大学出版社 1999 年版。

［法］菲力浦·勒热纳：《自传契约》，杨国政译，生活·读书·新知三联书店 2001 年版。

［英］安东尼·吉登斯：《现代性的自我认同》，赵旭东、方文、王铭铭译，生活·读书·新知三联书店 1998 年版。

［英］纳拉纳拉杨·达斯：《中国的反右运动》，欣文、唐明译，华岳文艺出版社 1989 年版。

［英］费正清：《剑桥中华人民共和国史》，谢亮生等译，中国社会科学出版社 1990 年版。

［英］麦克法夸尔：《文化大革命的起源》，魏海平、艾平译，求实出版社 1990 年版。

［美］莫里斯·梅斯纳：《毛泽东的中国及其发展》，张瑛等译，社会科学文献出版社 1989 年版。

［法］保罗·约翰逊：《知识分子》，杨正润译，江苏人民出版社 2003 年第 2 版。

［英］柯林·戴维斯：《列维纳斯》，李瑞华译，江苏人民出版社 2006 年版。

王恒：《时间性：自身与他者——从胡塞尔、海德格尔到列维纳斯》，江苏人民出版社2006年版。

［美］戴卫·赫尔曼：《新叙事学》，马海良译，北京大学出版社2002年版。

［英］鲍曼：《现代性与大屠杀》，杨渝东、史建华译、彭伟校，译林出版社2001年版。

［俄］尼古拉·别而嘉耶夫：《论人的奴役与自由》，张百春译，中国城市出版社2002年版。

［加拿大］查尔斯·泰勒：《自我的根源：现代认同的形成》，韩霞等译，译林出版社2001年版。

［英］马克·柯里：《后现代叙事理论》，宁一中译，北京大学出版社2003年版。

［美］詹姆斯·费伦：《作为修辞的叙事》，陈永国译，北京大学出版社2002年版。

［美］韦恩·布斯：《小说修辞学》，付礼军译，广西人民出版社1987年版。

［美］阿拉斯戴尔·麦金太尔：《追寻美德》，宋继杰译，译林出版社2003年版。

［美］理查德·麦尔文·黑尔：《道德语言》，万俊人译，商务印书馆1999年版。

［德］J. B. 默茨：《历史与社会中的信仰》，朱雁冰、杜小真、顾嘉琛译，生活·读书·新知三联书店1996年版。

［俄］肖斯塔科维奇口述，伏尔科夫记录并整理：《见证》，叶琼芳译，花城出版社1996年版。

［美］彼得·科利尔、戴维·霍洛维茨：《破坏性的一代——对60年代的再思考》，文津出版社2004年版。

［德］洛伊宁格尔：《第三只眼睛看中国》，王山译，山西人民出版社1994年版。

三　报刊论文

崔卫平：《叙事与伦理——写在"06年青年导演电影创作论坛"之

后》,《中华读书报》2007年2月7日第3版。

蔡翔:《禁忌,还是边界——读王鸿生的〈叙事与中国经验〉》,《文汇读书周报》2009年2月27日。

陈彦:《意识形态的兴衰与知识分子的起落——反右运动与80年代新启蒙的背景分析》,《当代中国研究》2007年第11期。

丁帆,王世城,贺仲明:《"个人化"写作:可能与极限》,《钟山》1998年第6期。

杜光:《反右运动与民主革命——纪念反右运动50周年》(http://www.tecn.cn/data/detail.php?id=16492)。

龚举善:《消费时代报告文学的叙事伦理》,《汉水学坛》2005年第2期。

何言宏:《为什么要鼓吹忘却?——重读〈记忆〉兼及知识分子的历史记忆问题》,《上海文学》2001年第7期。

何言宏:《传记伦理的尴尬与超越》,《江苏社会科学》2006年第2期。

何言宏:《"右派作家"的"革命"认同》,《人文杂志》2000年第5期。

黄平、姚洋、韩毓海:《1980年代的思想文化脉象》,《天涯》2006年第3期。

康粟丰:《〈思痛录〉及其忏悔意识:兼论新时期自传文学对历史的反思》,《杭州师专学报》2003年第4期。

李凤亮、华国栋:《批评的伦理》,《南方文坛》2006年第2期。

李敬泽:《报告文学的枯竭和"文坛"的青春崇拜》,《南方周末》2003年10月30日文化版。

刘忠:《"文革"时期知识分子的精神状态与话语方式》,《中共浙江省委党校学报》2004年第5期。

罗四鸰:《翻开一页尘封四十年的历史》(http://www.wenxue.news365.com.cn)。

孟悦、薛毅:《孟悦访谈录》(http://www.douban.com/group/topic/2879896/)。

司同：《疼痛与抚摸——〈务虚笔记〉的叙事伦理审视》，《和田师范专科学校学报》2007 年第 1 期。

申丹：《语境·规定·话语——评卡恩斯的修辞性叙事学》，《外国文学》2003 年第 1 期。

孙飞宇：《对苦难的社会学解读：开始，而不是终结——读埃恩·威尔金森〈苦难：一种社会学的引介〉》，《斯为盛学报》2007 年第 11 期。

钱理群：《面对血写的文字——初读林昭致〈人民日报编辑部的信〉》（http://www.doc88.com/p-386777318780.html）。

钱理群：《迟到的敬意》，《视野》2007 年第 8 期。

钱理群：《活着：艰难而尊严——为钟朝岳先生六十九寿辰而作》（http://www.360doc.com/content/13/0504/22/49267_283009629.shtml）。

钱理群：《林希翎——中国 1957 年右派的代表与象征》（http://www.doc88.com/p-730455016826.html）。

钱理群：《一个人的命运及其背后的社会体制运动——对张天痴〈格拉古轶闻〉的一种解读》（http://www.aisixiang.com/data/3071.html）。

邵燕祥：《民间的、个体的记忆》，《随笔》2006 年第 2 期。

王鸿生：《灵魂在一种语调里——〈抒情年代〉的叙事伦理意义》，《上海文学》2003 年第 7 期。

王雨吟整理：《文艺批评需要风度和规则吗》，《文汇报》2001 年 12 月 8 日第 8 版。

王鸿生：《文化批评：政治与伦理》，《当代作家评论》2002 年第 6 期。

王鸿生：《当代社会转型与文化研究》，《长江大学学报》（社会科学版）2004 年第 1 期。

王鸿生：《从叙事批评到叙事伦理批评》，《南方文坛》2008 年第 1 期。

王成军：《西方自传理论研究述评》，《荆门职业技术学院学报》2006

年第 4 期。

王成军：《自传文本的解构与建构——论保罗·德曼的〈卢梭忏悔录论〉》，《国外文学》2003 年第 3 期。

王成军：《〈忏悔录〉的真实性与语言的物质性——论保罗·德曼对卢梭的修辞性阅读》，《外国文学评论》2004 年第 3 期。

王成军：《叙事伦理：叙事学的道德思考》，《江西社会学刊》2007 年第 6 期。

王成军：《一篇典型的隐瞒之作——为〈借我一生〉以及自传写作看病》（http：//bbs. tianya. cn/post - no01 - 113883 - 1. shtml）。

王建军：《小说叙事与道德安全问题》，《淮海文汇》2004 年第 4 期。

阳敏：《历史的逻辑与知识分子命运的变迁——王绍光博士专访》（http：//blog. sina. com. cn/s/blog_ 7cdd6fe00101g0ta. html）。

伍茂国：《叙事伦理——伦理批评的新道路》，《浙江学刊》2004 第 5 期。

伍茂国：《艺术作为生活的"他者"——〈道连格雷的画像〉的叙事伦理》，《宁夏大学学报》2007 年第 1 期。

吴晓东：《记忆的暗杀者》，《读书》2000 年第 7 期。

谢友顺：《世俗烟火与兵荒马乱的叙事伦理——论铁凝的长篇小说》，《当代作家评论》2006 年第 5 期。

谢友顺：《对人心世界的警觉——〈尴尬风流〉及其叙事伦理》，《小说评论》2006 年第 3 期。

谢友顺：《为破败的生活作证——陈希我小说的叙事伦理》，《小说评论》2006 年第 1 期。

许德金：《自传叙事学》，《外国文学》2004 年第 3 期。

徐贲：《全球传媒时代的文革记忆：解读三种文革记忆》，徐贲个人博客（http：//blogsinacomcn/s/blog_ 4cacf1f3010008z3html）。

徐贲：《国人之过和公民责任：也谈文革忏悔》，徐贲个人博客（http：//blog. sina. com. cn/s/blog_ 4cacf1f3010008z3. html）。

徐贲：《人以什么理由来记忆?》，《南方周末》2007 年 3 月 21 日 D30 版。

徐贲：《五十年后的"反右"创伤记忆》，《当代中国研究》2007年第3期。

徐贲：《文化批评的记忆和遗忘》，《文化研究》（第1辑）2000年第6期。

乐黛云、舒衡哲：《历史与记忆——对20世纪我们应该记住什么》（http：//www.lesun.org）。

杨红旗：《伦理批评的一种可能性——论小说评论中的"叙事伦理"话语》，《当代文坛》2006年第5期。

周涛：《注重民间的叙事伦理——由〈碧奴〉所想到的》，《杭州师范学院学报》2007年第3期。

张育仁：《灵魂拷问链条的一个重要缺环》，《四川文学》1999年第10期。

张志杨：《西蒙的问题与现代性危机》，《开放时代》2001年9月号。

朱大可：《罪与罚：中国文坛的道德清洗运动》，朱大可个人博客（http：//blog.sina.com.cn/s/blog_47147e9e010003ok.html）。

杨慧林：《神学伦理学的当代意义——"奥斯维辛"和"文化大革命"所引出的真正问题》（http：//www.cfinance.com.cn）。

郑广怀：《社会记忆理论和研究述评》（http：//www.douban.com/note/56013548/）。

《中共中央委员会关于建国以来党的若干历史问题的决议》（http：//www.doc88.com/p-946603802569.html）。

后　记

　　本书是在博士论文基础之上修改完成的。当初选定这个题目，更多是由于在初步了解"反右"这一段历史之后，对自己历史认知之匮乏的不满，以及对发生在自己身上的历史记忆断裂的无知所感到的惊讶。而从选题到论文的完成，耗时近三年，从动笔之初的一团混沌，到期间的写写停停，再到后来的反复打磨，的确是一段颇不轻松的日子。静思默想之间，常会觉得仿佛又回到了那段在作品与资料堆里埋首阅读的日子，百感交集、困惑疑虑的体验都还清晰可感。可不觉之间，距离那段日子已是几年。

　　几年，说不上太长，可以眼见的变化却很多。博士毕业时，女儿还不到两岁，现在她已是一名小学生了。像所有孩子一样，她急切地盼望着自己能够快快长大。她还不能明白，长大，其实是无须着急的。

　　当然，在个人生命历程之外，也有很多的"未变"。

　　尤记得当时写作论文时，一个常常萦绕于心的痛感是："反右"历史，无论是对于我们的民族、国家而言，还是对于某些具体的个人而言，都是一段饱含血泪的创伤记忆，但我们关于"反右"的所知却那么少，那么偏颇，那么模糊。那时，看着女儿懵懂稚气的小脸庞，我常会自问："历史记忆在我自己身上的模糊与断裂是否还会继续在她身上出现？又或者，历史是否会在一代人的成长经验中完全被遮蔽或完全被遗忘？"这种发问常似"冷水浇背"一般让人"陡然一惊"。历史记忆的断裂其实并不是什么新鲜的话题。但是听别人谈论，和意识到这些问题就那么真切地出现在自己身上，特别是，有可能正是因为自己的混沌无知而波及下一代时，那种感觉是完全不同的。问题更明确也更具有切身性了,它夹杂着对孩子未来世界的担忧,并一再冲击着我对历史的信心。因为我知道,"被遗忘"可能正是历史重演的重要促因。所以,在女儿的成长过程中,我常会有意识地对她进行一些历史方面的教育。可也正是在这个过程中,我深深地感觉到了那些让人揪心的"未曾发生的改变"。

就"反右"历史叙述来说,无论是20世纪80年代以来的"伤痕文学"与"反思文学",还是90年代中期以来的"反右"纪实叙述热潮,以及对这些现象的关注和研究的热情,都好像已在时间的悄然流逝中渐渐冷却。这当然有诸多可以解释的原因,比如,外部大环境的制约,比如历史亲历者的日益老去、逝去等。总之,随着历史进程的延续,时间好像停止了,历史记忆通道的疏通也好像止步了。其实,不只"反右"历史,关于我们民族与个人的许多其他方面的历史记忆与反思也常是如此,常在三分钟的热情之后就悄然无声了,而且,即使是那些曾经发出的声音也常常是十分清浅的。所以,当我想对孩子去讲述我们的历史时,我惊讶地发现,我们所可凭借的影像或文字资源是那么有限,我们在讲述与反思历史时的深度、广度与形式方面仍然存在诸多问题。比如,我在本书提及过的,至今,我们几乎还没有创生出一种很好地讲述我们民族创伤经验与我们自己故事的合适的形式,更不用说是适合向孩子们讲述历史的形式了。

我无意要去做对比。只是这些年来,当我跟随女儿读到了国外一些写给孩子看的历史故事时,那种感受就更加复杂,也更加难以言传。如《安娜的新大衣》《铁丝网上的小花》《哭泣的树》《开往远方的列车》《世界上最美丽的村子》《数星星》《大卫之星》《汉娜的手提箱》《鸟雀街上的孤岛》《克拉拉的战争》《离家的路》《楼上的房间》《孪生姐妹》《穿绿毛衣的女孩》《穿条纹睡衣的男孩》《偷书贼》《欧先生的大提琴》等,这个书单还可以继续罗列下去。我女儿今年7岁多,这些书中有绘本,也有适合孩子读的儿童小说。女儿在这些书中了解了"二战",了解了"二战"中纳粹对犹太人的迫害。我记得女儿在看《汉娜的手提箱》时红着的眼睛,以及她的朋友写给她的一张小纸条:"不看了,好想哭!"可是,第二天,两个人又一起读了起来。孩子们虽然还小，尚不能完全理解故事中的历史，可是她们依然会被触动、被吸引，也会有所感悟，对历史的兴趣与认知，对历史记忆的储存与传承不正是在这样的点滴当中逐步完成的吗？而以此来反观我们自身在传承与反思我们民族与个人的创伤性历史经验方面的作为，就会发现我们缺少一份执着，也缺乏一份对自我应当承担的责任的体认，因此，历史记忆的传承与历史教育不能常态化，也缺乏持久性，更缺乏应当从儿童开始的慎始教育的敏感。所以，在我看来，我们的历史叙述与历史教育，从某种程度上来说，依然"未曾发生改变"。

从最初由于对自己历史认知匮乏的不满，以及对历史记忆之断裂的混沌切入这个话题并完成论文，到因对这个问题的切身焦虑感的日益增强而进一步翻阅资料、推进对这个话题的研究，我不知道，自我内的在成长能否反映到书稿之中。但是我希望这最终的书稿能体现出这种自我的成长。

虽然我很珍爱这个选题，并且努力要把它做好，然常有力有不逮之感，只能在书稿中留下太多不足和遗憾，而且这并不能令人完全满意的文字，也是在众多师长、朋友和家人的帮助下才得以完成的。常常，我会迷失在自己的惰性之中，幸而有他们的鞭策、鼓励与相助，我才可以走到今天。不论时光怎么改变，对于曾经给予我关怀和帮助的他们——我最亲爱的父母、家人，我的导师王鸿生教授、张月教授，在写作论文时曾拨冗为我进行指导的蔡翔教授，以及我的师弟徐博博士，我将永远珍藏心间。

破茧而出的并不都能成蝶，但不论是否成蝶，小幼虫要想看到外面的世界与天空就只有坚持与努力。有他们在心间，我想我会一直努力下去。

2015 年 5 月